WOFÜR STIRBT EIN MENSCH

LEBEN UND STERBEN KÖNIG DAGOBERTS II

ROMAN

JOHN ALEXANDER GORDIS

FÜR RAIK HECKL

INHALTSVERZEICHNIS

Im Frühmittelalter kam es in der westlichen Hälfte des römischen Reiches allmählich zu einer Romanisierung der angrenzenden nichtrömischen Völker (von den Römern „Barbaren" genannt) durch einen regen Verkehr über den Limes hinaus, vor allem durch den Handel, speziell die Belieferung der römischen Armeen. Gleichzeitig kam es zu einer „Barbarisierung" des Imperiums, vor allem durch den ständig wachsenden Einsatz von „Barbaren" in der römischen Armee und durch die Ansiedlung von Barbaren innerhalb der Reichsgrenzen, später sogar ganzer Völker. Auch die Errungenschaften römischer Zivilisation wirkten anziehend auf die Barbaren. Der Aufstieg in der Armee führte Barbaren in die höchsten Positionen. Manche waren gebildet und kultiviert, befreundet mit Männern aus dem senatorischen Adel wie Ambrosius, dem Bischof von Mailand.

Im Westen kam es allmählich zu einer Erosion der Zentralgewalt. Senatorische Adlige wurden unermesslich reich durch riesigen Landbesitz. Im Zentralstaat

sahen sie eine Bedrohung ihrer Privilegien. Nachdem ganze Völker ins Reich (z. B. Westgoten) aufgenommen worden waren, andere allmählich eingesickert oder gewaltsam eingedrungen waren, bildeten sich barbarische Königreiche innerhalb des Imperiums. Römische Adlige waren im Dienst dieser Könige, solange diese ihre Privilegien und ihre privaten Ländereien nicht in Frage stellten. Sie waren diesen Königen nützlich, indem sie ihre administrative Kompetenz zur Verfügung stellten. Im Zuge der Auflösung der

Kommunalverwaltungen traten Bischöfe aus dem senatorischen Adel an deren Stelle, sie verwalteten und regierten „ihre" Kommunen. Da diese Bischöfe meistens aus der staatlichen Verwaltung kamen, hatten sie nur selten einen theologischen Hintergrund. Sie traten aber auch als Fürsprecher für die durch ständig gestiegene Steuern und Abgaben verarmten Pachtbauern auf, sie gewährten ihnen Schutz. Der Status eines großen Teils dieser Bauern glich allmählich dem der Sklaven, nur dass sie noch zum Wehrdienst verpflichtet waren. Daher flohen viele von ihrem Land, das sie eigentlich nicht verlassen durften.

Das alles führte neben anderen Faktoren (Seuchen, Geburtenrückgang, Kollaps des Finanzsystems) zum Zusammenbruch des westlichen Imperiums. Die letzte römisch regierte Region in Gallien wurde vom Frankenkönig Chlodwig I erobert.

In den folgenden Jahren schaffte er durch weitere Eroberungen und brutales, rücksichtsloses Vorgehen, auch gegen Adlige seines eigenen Volkes, sogar gegen seine eigenen Verwandten, die Grundlage für das Frankenreich. Seither spricht man vom Frühmittelalter. Unter Chlodwigs Nachfolgern bildeten sich durch Erbteilung drei Teilreiche heraus: Neustrien, Austrasien und Burgund, die sich aber weiterhin nur als Teile des einen großem Reiches betrachteten.

Jeder König hatte in seinem Teilreich einen eigenen Majordomus („Hausmeier"), ursprünglich ein Verwalter des königlichen Haushalts. In der folgenden Zeit erhielt der Majordomus vom König allerdings immer mehr Aufgaben und Befugnisse übertragen, so dass er schließlich bei der Verwaltung des Landes beinahe kaum weniger Macht besaß als der König. In der letzten Phase der merowingischen

Dynastie regierte der Majordomus faktisch allein neben einem König, der sich auf repräsentative Aufgaben beschränkte.

ERSTES KAPITEL

DIE VERBANNUNG

An einem trüben Novembermorgen des Jahres 656 n. Chr. löffelte der junge Franke Ansegisil ohne rechten Appetit seinen Gerstenbrei zum Frühstück und trank Ziegenmilch dazu. Mit ihm an dem roh gezimmerten Tisch saßen seine etwas jüngere Schwester Haldetrud und ihr betagter Vater Wulfilaic. Ansegisil bewirtschaftete mehr schlecht als recht den kleinen Pachthof der Familie in der Nähe der Stadt Poitiers. Sein Vater half ihm, soweit es seine Kräfte noch zuließen; aber schwere körperliche Arbeit schaffte er schon seit einigen Jahren nicht mehr. Seine Frau, die Mutter ihrer beiden Kinder, war bei der Geburt der Tochter gestorben. Haldetrud besorgte die Hauswirtschaft und fütterte auch die Schweine, die Hühner und Gänse. Bekümmert blickte sie auf das sorgenvolle Gesicht ihres Bruders. Endlich fragte sie ihn leise: „Was hast du, Bruder? Geht es dir nicht gut?"

Ansegisil legte den hölzernen Löffel aus der Hand und sah seine Schwester

lange an, ohne ein Wort zu sagen. Schließlich seufzte er, ergriff ihre Hand und drückte sie fest. „Schwesterherz," begann er, „ich mache mir große Sorgen um uns Drei. Die beiden letzten Ernten waren sehr schlecht. Hagel hat einen Teil des Getreides zu Boden geworfen, wo die Körner von Raben und Krähen gefressen wurden. Danach hat eine Dürre das Land heimgesucht. Jetzt können wir die nächste Pachtrate nicht bezahlen. Der Grundherr wird uns von Haus und Hof jagen." Er stockte. „Der allmächtige Gott möge uns gnädig sein, sonst müssen wir in der Fremde Hungers sterben."

Natürlich waren Ansegisils Ängste nicht unbegründet. Das wusste auch Haldetrud. Aber sie wollte versuchen, trotzdem die Zukunft nicht so schwarz zu sehen. „Unser Grundherr," erwiderte sie, „ist doch der Bischof Dido von Poitiers. Bestimmt wird ein Bischof, ein Mann Gottes, nicht so hart vorgehen wie manch andere Grundherren und wird uns die Pachtzahlung stunden." Sie sah ihren Bruder fragend an.

Ansegisil schüttelte den Kopf. Seine Miene hatte sich noch weiter verdüstert. „Es sollte ja eigentlich so sein, wie du sagst, Schwester", brachte er mühsam hervor. „Ein Bischof sollte für seine Gemeinde - seine Schafe - ein guter Hirte sein, der uns die Güte und Liebe unseres Herrn Jesus Christus erkennen lässt. Vielleicht war es in der Frühzeit des Christentums wirklich so. Aber längst sind die meisten Bischöfe im Frankenreich vor allem Herrscher in ihrer Diözese, die mit eiserner Hand regieren, Steuern und Pachten eintreiben. Es gibt wohl nur wenige, die Pachten senken und sich als Fürsprecher für die Bauern einsetzen, indem sie die Steuerbehörden um Steuernachlass oder wenigstens Senkung der Steuerlast bitten. Von unserem Bischof Dido haben wir kaum Milde zu erwarten." Ansegisil ließ den Kopf hängen nach diesen Worten und schwieg. Seine Schwester wusste nicht, was sie darauf antworten sollte. Der Vater wiegte nur seinen Kopf hin und her und murmelte unaufhörlich: „Herr, erbarme dich, Christus, erbarme dich!"

9

Nach einem langen Schweigen erhob Ansegisil seinen Kopf und blickte von seiner Schwester zu seinem Vater und wieder zu seiner Schwester. „Ich kenne nur einen Ausweg", sagte er langsam, „dass wir uns freiwillig in das Patronat des Bischofs begeben, in welchem wir dann seinen Leibeigenen gleich gestellt wären. Er könnte dann über uns verfügen, wie es ihm gefällt. Immerhin könnten wir weiter auf diesem Hof leben." Ansegisils Gesicht wirkte eingefallen, Tränen rannen seine Wangen hinab.

Haldetrud stand auf, sie umarmte ihren Bruder. Auch sie hatte begonnen zu weinen. „Wenn es so sein soll, dann soll es eben so sein", flüsterte sie mit erstickter Stimme. Sie wischte sich die Tränen ab, setzte sich wieder auf ihren Platz und fuhr mit fester Stimme fort: „Geh so bald wie möglich zum Bischof, Bruder, wirf dich vor ihm auf die Knie, flehe ihn um Gnade an und mache ihm diesen Vorschlag mit dem Patronat, wenn es denn sein muss! Aber jetzt, ich bitte dich, Bruder, nimm deinen Löffel und iss etwas von dem guten Gerstenbrei!"

Ansegisil nickte. Er lächelte schwach. „Wenigstens haben wir noch die Ziegen, die uns mit frischer Milch versorgen." Er trank einige große Schlucke aus seinem Becher. Dankbar blickte er Haldetrud an; sie hatte ihm Mut gemacht.   Er begann wieder, aus der großen gemeinsamen Holzschüssel den Gerstenbrei zu löffeln. Er sann darüber nach, wie seine Familie in diese ausweglose Situation geraten konnte. Seine Vorfahren waren einst, nachdem König Chlodwig I den größten Teil Galliens erobert hatte, vom Niederrhein in diese Gegend Aquitaniens gezogen, angelockt von der Aussicht auf eigenes Land.

Doch im Laufe der Jahre war die Steuerlast immer drückender geworden, so dass sich sein Großvater in die Abhängigkeit der Bischöfe von Poitiers begeben musste. Sie waren jetzt die Grundherren, denen seine Familie von da an Pacht zahlen musste. Zudem war es ihnen nicht erlaubt, ihr Ackerland zu verlassen. Wie ihnen war es zahlreichen Bauern im Frankenreich gegangen. Sie galten zwar noch als Freie, aber ihre Freiheit beschränkte sich darauf, Kriegsdienst leisten zu müssen sowie an Gerichtsverhandlungen teilnehmen zu dürfen.

Die unaufhörliche schwere Arbeit und die Sorgen um die Existenz hatten Ansegisil gezeichnet. Mit seinen zwanzig Jahren glich er eher einem Dreißigjährigen. Er war ein hochgewachsener, hagerer Mann, dem man kaum zutraute, zu schwerer körperlicher Arbeit fähig zu sein. Sein täglich Wind und Wetter ausgesetztes Gesicht wirkte hart und verschlossen. Seine Schwester konnte sich kaum daran erinnern, ihn lachen gesehen zu haben. Mit seinem halblangen, leicht gelockten dunkelblonden Haar und seinen blauen Augen sah er eigentlich sehr ansprechend aus. Zudem lag ein freundlicher, gütiger Ausdruck in seinen Augen. Im nächst gelegenen Dorf Lezay fand zweimal im Jahr ein Tanzvergnügen für die Jugend statt. Wahrscheinlich hätte er dort manch junges Mädchen bezaubern können, aber Ansegisil hatte nie daran teilgenommen, er war wohl etwas zu schüchtern.

Haldetrud machte sich natürlich ebenso große Sorgen wie ihr Bruder wegen der verzweifelten Lage der Familie. Doch war sie aus ganz anderem Holz geschnitzt, sie hatte ein heiteres, geradezu sonniges Gemüt. Nichts konnte sie so leicht aus der Bahn werfen; sie glaubte

11

fest daran, dass es mit Gottes Hilfe immer irgendeinen Ausweg aus jeder misslichen Lage geben würde. Meist ging sie bei der Hausarbeit singend durch das kleine Holzhaus der Familie mit seinen zwei Räumen, dann über den Hof , um die Hühner und Gänse zu füttern, und zum Stall, um den Schweinen ihr Futter zu bringen. Das ungeduldige Quieken der Schweine brachte sie jedes Mal zum Lachen. Ihr Herz war voller Freude über das Zwitschern der Vögel, über die milden Strahlen der Sonne und das lustige Plätschern des Regens. Als Kind hatte sie in den Pfützen auf dem Hof immer winzige hölzerne Schiffchen schwimmen lassen. Sie hätte liebend gern an den dörflichen Tanzvergnügen teilgenommen, aber solange ihr Bruder sie nicht begleitete, war das leider nicht möglich, es wäre ganz unschicklich gewesen.

Haldetrud war nicht sehr hochgewachsen, im Gegensatz zu ihrem Bruder hatte sie eine rundliche Figur mit wundervoll geschwungenen Hüften und Schultern, sowie zart gerundeten Brüsten. Man hätte sie nicht unbedingt als Schönheit bezeichnen können, aber ihre weißblonden Haare schimmerten mit den Strahlen der Sonne um die Wette; und der Blick ihrer großen tiefblauen Augen, die manchmal ins Grün hinüberspielten, konnten bestimmt manch jungen Mann um den Schlaf bringen. So wie sie ihn davon träumen lassen würde, ihre weichen, vollen Lippen zu küssen. Zu ihrem großen Kummer hatten sie nie Besuch, höchstens schaute einmal ein Nachbar vorbei. Zum Glück durfte sie Ansegisil begleiten, wenn er gelegentlich für unumgängliche Besorgungen ins Dorf fuhr. Hierfür wurde die braune Stute Begga vor einen etwas wackeligen Wagen gespannt. Zu den wenigen Dingen, die gekauft werden mussten, gehörten Salz und Olivenöl.

Im selben Jahr, als Ansegisil. Haldetrud und Wulfilaic um ihre bescheidene Existenz rangen, starb in Austrasien, dem östlichen Teil des Frankenreiches, in seiner Residenzstadt Metz König Sigibert III aus dem Geschlecht der Merowinger. Er hinterließ seiner Witwe Chimnechild ihren gemeinsamen vierjährigen Sohn, den sie in Gedenken an seinen berühmten Großvater Dagobert genannt hatten, sowie die zweijährige Tochter Bilichild. In Chimnechilds Trauer um ihren so jung verstorbenen Ehemann brach gleich das nächste Unglück über sie herein. Der Majordomus (Hausmeier) Grimoald erschien mit einigen Soldaten im Königspalast und verlangte von Chimnechild die Herausgabe ihres kleinen Sohns. Im ersten Moment war die Witwe fassungslos, dann fiel sie vor Grimoald auf die Knie. Tränen überströmt rang sie die Hände. „Hab Erbarmen, Grimoald!", flüsterte sie mit erstickter Stimme, „nimm mir um Gotteswillen nicht meinen einzigen Sohn weg!" Doch der Majordomus grinste nur hämisch und befahl den Soldaten, das völlig verängstigte Kind mitzunehmen, das sich hinter seiner Mutter versteckt hatte. „Du kannst ja wieder heiraten und noch weitere Kinder bekommen," rief er Chimnechild im Weggehen zu.

Die Hausmeier der Frankenkönige waren ursprünglich Verwalter des königlichen Palastes gewesen, mit der Zeit hatten sich viele Könige aber immer weniger selbst um die Staatsgeschäfte gekümmert, sondern sie den Hausmeiern überlassen, die ihrerseits aus adeligen Familien stammten. Im Falle Grimoalds war es das Geschlecht der

13

Arnulfinger. Bis zu diesem Zeitpunkt waren seit der Reichsgründung immer Merowinger die Könige gewesen, doch Grimoald griff in seinem Machthunger nach der Königskrone. Er hatte bereits vor der Geburt des kleinen Dagobert König Sigibert III gezwungen, seinen eigenen Sohn zu adoptieren. Als nun der König plötzlich gestorben war, ließ er keine Zeit verstreichen, um seinen Sohn Childebert als neuen König über Austrasien zu proklamieren. Der eigentliche Thronerbe Dagobert II war ihm jetzt natürlich lästig, doch ihn töten zu lassen, scheute er sich. Da bot sich als Ausweg die Verbannung des Kindes an. Er beauftragte einige ihm ergebene Gefolgsleute und Soldaten, das Kind Dagobert zum Bischof Dido von Poitiers zu bringen Der sollte ihn möglichst weit weg schaffen, am besten nach Irland in ein Kloster, wo er sein Leben als frommer Mönch zu beschließen hatte.

Man kann sich die Gemütsverfassung des kleinen Jungen vorstellen, der seine ersten vier Lebensjahre behütet im Schoß seiner Familie verbracht hatte, plötzlich seiner Mutter entrissen worden war und nun von groben Leuten herum gereicht und herum geschubst wurde. Ja, einer packte das zitternde Kind und schor sein Kopfhaar ab.Das hatte Grimoald angeordnet, um den Jungen schon als künftigen Mönch zu kennzeichnen und und seine Eignung als künftigen König zunichte zu machen. Denn alle merowingischen Könige trugen langes Haar. Wahrscheinlich gehörte das zu ihrem Charisma. Schließlich setzte man Dagobert in einen Reisewagen, der rumpelnd losfuhr.

Um von Metz nach Poitiers zu gelangen, musste das halbe Frankenreich durchquert werden, eine Reise, die wohl zwei bis drei

Wochen gedauert haben musste. Es ging auf gepflasterten Römerstraßen über Paris, Orleans und Tours nach Poitiers, dem Sitz des Bischofs Dido. Dagobert hatte keine Ahnung, wohin er gebracht werden sollte; seine Angst vor dem Unbekannten wuchs von Tag zu Tag, völlig verstört kam er schließlich im Bischofspalast von Poitiers an, wo ihn erst einmal eine Kinderfrau unter ihre Fittiche nahm. Sie hatte die allergrößte Mühe, das arme Kind zu beruhigen. Der Junge weinte manchmal stundenlang, sprach kein Wort und mochte nichts essen. Schließlich wurde eine Amme geholt, eine warmherzige, mütterliche Frau, an die sich Dagobert schmiegte, und die ihm sogar die Brust reichte. Jetzt erst kam das Kind allmählich zur Ruhe und begann wieder zu sprechen.

Nach mehreren Wochen fasste sich Ansegisil ein Herz und brach zum Bischof Dido von Poitiers auf. Im Morgengrauen sattelte er die Stute Begga, stopfte etwas Proviant in eine Satteltasche und ritt schweren Herzens zur Landstraße. Die ungepflasterte Landstraße war zwar durch den winterlichen Regen etwas verschlammt, aber der kräftigen Stute machte das nicht allzu viel aus. Tapfer schritt sie durch den Schlamm voran, sog die frische Morgenluft ein und wieherte wie ein mutiges Schlachtross. Haldetrud und Wulfilaic hatten Ansegisil mit vielen Segenswünschen verabschiedet. In einen dicken Wintermantel gehüllt zog der junge Mann jetzt auf der Landstraße nach Poitiers. Der Winter war in diesem Jahr recht mild verlaufen, zu beiden Seiten der Straße blickte Ansegisil auf Wiesen, deren Grün im Licht der fahlen Wintersonne matt leuchtete. Ohne ihr Laub bildeten die kahlen Äste der Bäume ein filigranes, verwirrendes Muster, in tiefem Schwarz stachen ihre Silhouetten gegen den Himmel ab. Immer mehr Wolken verdunkelten ab und zu die Sonne, aber noch regnete es nicht. Von dieser düsteren Szenerie der Natur wurde Ansegisils Stimmung nicht gerade aufgehellt. Außer ihm waren kaum andere Menschen zu Fuß oder zu Pferd unterwegs. Nach zwei Stunden erreichte er die Stadt und stand bald vor dem Bischofspalast. Es war ein düsterer Ziegelbau, er glich eher einer Zwingburg als einem Palast. Er war wohl mindestens hundert Jahre alt.

Wie in ganz Aquitanien hatte die Bevölkerung von Poitiers schon vor langer Zeit das Christentum in der Form der römischen Orthodoxie angenommen. Hingegen hatten sich die Westgoten, die hier mehrere Jahrzehnte regiert hatten, zum arianischen Christentum bekehren lassen, was zu einer nicht unbedeutenden Kluft zwischen ihnen und der ansässigen gallorömischen Bevölkerung geführt hatte. Schon vor etwa hundert Jahren hatten jedoch die Franken Aquitanien erobert; zugleich mit König Chlodwig I waren seine Gefolgsmänner sowie der fränkische Adel zum orthodoxen Christentum konvertiert, im Gegensatz zu den fränkischen Bauern, die mehrheitlich weiter an die Götter ihrer Vorfahren glaubten, besonders an Wodan, den Kriegsgott, Donar, den Wettergott und Freia, die Göttin der Liebe.

Je näher er dem Bischofspalast gekommen war, desto schlimmer wurde Ansegisils Anspannung; er schwitzte, sein Herz klopfte bis zum Hals, seine Zunge war schon ganz trocken. Im Hof des Palastes nahm ihm ein Stallknecht das Pferd ab, ein anderer Diener geleitete ihn in den Palast. In einem Vorzimmer zum Audienzraum des Bischofs musste er zwei Stunden warten, dann wurde er vorgelassen. Wie fast

16

alle Bischöfe im Frankenreich war Bischof Dido ein Adliger aus einer gallorömischen Familie. Er war ein betagter Mann, eher klein von Wuchs, aber dennoch eine Ehrfurcht gebietende Persönlichkeit. Schon die purpurfarbene Soutane und der spitze Bischofshut, die Mitra, verliehen ihm eine gewisse Würde. Sein halblanges, weißes Haar und der weiße gestutzte Bart verstärkten noch diesen Eindruck. Seine stechenden braunen Augen und die scharfen Gesichtszüge, die zu einem römischen Heerführer gepasst hätten, ließen Ansegisil nichts Gutes ahnen, bevor einer von ihnen auch nur ein Wort gesprochen hatte.

Ansegisil fiel auf die Knie und küsste den Bischofsring an der rechten Hand des Bischofs, die jener ihm entgegen gestreckt hatte. Mit stockender, gepresster Stimme begann der junge Mann zu sprechen: „Hochverehrter Bischof, ich komme mit einem wichtigen Anliegen zu dir und bitte dich um deine Gnade."

Bischof Dido blickte Ansegisil streng an, er verzog keine Miene, aber bedeutete ihm mit einer Handbewegung aufzustehen. „Was ist dein Anliegen, junger Mann, ich kenne dich, du bist doch einer meiner Pächter. Nun sprich!"

Ansegisil hatte es erst einmal die Sprache verschlagen; der Bischof schien schon die Geduld zu verlieren, endlich brachte er mühsam einige Sätze hervor: „Hochverehrter Bischof, du weißt, dass in diesem Jahr eine Dürre das Land versengt hat, und im Jahr davor wurde der Boden von zu viel Regen durchtränkt, so dass wir zwei schlechte Ernten hintereinander hatten. Deswegen ist es mir leider nicht möglich, die Steuern sowie die nächste fällige Pachtrate zu

17

bezahlen.Ich flehe dich deshalb an, uns diese Zahlungen zu stunden, bis wir wieder auf die Beine gekommen sind. Meine Familie und ich würden uns auch unter dein Patronat stellen und unseren Stand als Freie aufgeben."

Ansegisil schlug die Augen nieder, er hatte begonnen, am ganzen Körper zu zittern; ängstlich wartete er auf die Antwort des Bischofs. Bischof Dido hatte keine Miene verzogen; er schwieg eine ganze Weile, schließlich kräuselten sich seine Lippen zu einem kaum merklichen, süffisanten Lächeln, bevor er Ansegisil antwortete: „Dein Vater und du wart immer fleißige, treue Pächter, ihr habt bisher jedes Jahr Steuern und Pacht pünktlich bezahlt. Deshalb werde ich deinem Wunsch nachkommen, Ansegisil. Was euren Status betrifft, hast du nicht das richtige Wort gewählt. Du meintest sicher das Patrocinium – das heißt, dass ihr euch unter meinen Schutz stellt. Formal wäret ihr dann noch Freie, aber tatsächlich wäret ihr mir unbedingten Gehorsam schuldig. Im Gegenzug würde ich euch gnädig die fälligen Abgaben erlassen. Bist du damit einverstanden, Ansegisil? "

Der junge Mann hatte aufgehört zu zittern. Natürlich war die Aussicht, dem Bischof – seinem Grundherrn – vollständig untertan zu sein und jedem seiner Befehle gehorchen zu müssen, überhaupt nicht erfreulich, aber es blieb ihm kaum eine andere Wahl. Wenigstens würden seine Schwester, sein Vater und er nicht ihr Zuhause und ihre Heimat verlieren. Er verbeugte sich tief vor Dido und sagte leise: „Ich danke dir, hochwürdiger Bischof, für deine gnädige und weise Entscheidung. Ich werde dir immer treu ergeben sein."

18

Für Ansegisil schien die Unterredung hiermit beendet. Er wandte sich schon zum Gehen, da hielt ihn Bischof Dido zurück. „Warte!", begann Dido, „es gibt schon jetzt einen besonderen Dienst, den du für mich leisten sollst. Ich werde den jungen merowingischen Prinzen Dagobert nach Irland geleiten. Dort soll er im Kloster Slane eine gute Erziehung erhalten und später einmal Mönch werden. Sobald die Zeit der Winterstürme vorüber ist, werde ich mich mit ihm einschiffen. Du und deine Schwester, ihr sollt uns begleiten. Ihr sollt in Irland auf ihn aufpassen und euch um ihn kümmern, als ob ihr seine Eltern wärt. Da der kleine Dagobert schon mit vier Jahren von seiner Mutter getrennt wurde, nachdem sein Vater gestorben war, ist es besonders wichtig, dass deine Schwester mitkommt, um sich anstelle seiner Mutter um den Jungen zu kümmern. Dein Vater, Ansegisil, mag derweil auf eurem Hof bleiben. Sobald wir mit dem Kleinen aufbrechen, werde ich es dir durch einen Boten mitteilen lassen. Nun geh in Frieden!"

Ansegisil taumelte aus dem Audienzraum, als ob er gerade einen heftigen Schlag auf den Kopf bekommen hätte. Der Befehl des Bischofs, dem er Folge leisten musste – außer er verließe fluchtartig Haus und Hof – würde sein und seiner Familie Leben vollständig umkrempeln. Ob es sein Haus überhaupt noch geben würde, wenn er mit seiner Schwester nach zehn oder zwanzig Jahren wiederkäme – wer könnte das schon sagen? Sein Vater wäre vielleicht inzwischen gestorben, und im Haus würde längst ein anderer Pächter wohnen. Es war ihm, als ob er am Rand einer Klippe stände und im nächsten Augenblick in einen bodenlosen Abgrund stürzen müsste. Niedergeschlagen ritt Ansegisil zurück zu seinem Hof. Er schaute nicht nach rechts oder links, seine Gedanken kreisten um die ungewisse, bedrohliche Zukunft. Er mochte sich gar nicht vorstellen, wie er mit diesen Nachrichten seiner Schwester und seinem Vater unter die Augen treten konnte. Natürlich würden sie entsetzt reagieren und ihn wegen des Ergebnisses seiner Unterredung mit dem Bischof als Versager betrachten.

Wie ein geprügelter Hund trat er endlich vor die beiden und berichtete kleinlaut, mit Tränen in den Augen, von dem Befehl des Bischofs. Es herrschte daraufhin minutenlanges Schweigen, die beiden starrten ihn ungläubig an. Schließlich ging Haldetrud auf ihren Bruder zu und nahm ihn in die Arme. „Mein liebster Bruder, mein Armer," flüsterte sie, „es ist alles nicht deine Schuld. Du arbeitest dich hier Jahr für Jahr krumm und kommst trotzdem aus den Sorgen nicht heraus. Was kannst du dafür, dass dieser Bischof so grausam mit dir umspringt? Er hat, weiß Gott, kein Herz Das Vorhaben, den kleinen Dagobert nach Irland zu schaffen, um ihn dort in ein Kloster zu stecken, ist höchst seltsam. Es gibt doch hier im Frankenreich genug Klöster. Offenbar hat irgend jemand vor, den Jungen so weit weg wie möglich bringen zu lassen. Das hört sich für mich an, als wollte man ihm die Thronfolge verwehren, um jemand anderen an seiner Stelle auf den Thron zu setzen."

Sie nahmen am Tisch im Wohnzimmer Platz. Wulfilaic ergriff die Hände seines Sohnes und drückte sie fest. „Seid nicht traurig, meine Kinder, keiner von uns trägt an dieser Entwicklung die Schuld. Wer weiß. vielleicht liegt für euch beide sogar eine große Chance darin, euch in Zukunft um diesen Prinzen zu kümmern. Immerhin könnt ihr

20

ja nicht gleichzeitig euren Lebensunterhalt verdienen, es wird also für euch gesorgt werden. Und ihr seht etwas von der Welt, lernt ein neues Land kennen. Wo liegt dieses Irland eigentlich? Ich habe noch nie davon gehört. Es muss sehr weit weg sein vom Frankenreich. Und welche Sprache wird dort gesprochen? Was mich betrifft, macht euch um mich keine Sorgen. Der gnädige Gott wird für mich sorgen. Natürlich kann ich nicht allein unsere Felder bestellen. Aber die Tiere kann ich weiterhin versorgen, ich werde immer genügend Fleisch, Eier und Milch haben. Und unser Garten gleich hinter dem Haus wird mir frisches Gemüse liefern." Er lächelte tapfer. „Ich werde ganz bestimmt zurecht kommen. Und wenn ihr eines Tages wiederkommt, werde ich euch gesund und munter umarmen. Dann feiern wir unser Wiedersehen, danken Gott dem Herrn und bearbeiten wieder gemeinsam dieses Land."

Erstaunt blickten ihn seine Kinder an. Mit so viel Mut und Zuversicht ihres Vaters hatten sie nicht gerechnet. Beiden fiel ein Stein vom Herzen. Ansegisil hatte schon befürchtet, dass die Aussicht, allein auf dem Hof zu bleiben und sich selbst versorgen zu müssen, sein Vater nicht verkraften würde. Die Drei sprachen gemeinsam ein Vaterunser und baten den Heiligen Martin von Tours um seine Unterstützung und Fürsprache bei Gott.

Anfang April war es so weit. Im Januar und Februar waren einige Winterstürme über das Land hinweggefegt, aber inzwischen hatte der Frühling Aquitanien erreicht, hatte milde Luft herbeigeführt und Bäume und Sträucher zu neuem Leben erweckt. Die Ziegen und die Kuh konnten gar nicht genug von dem frischen Futter bekommen. Am dritten April ritt ein Bote in den Hof ein und überbrachte die Nachricht, Ansegisil und Haldetrud sollten sich in einer Woche zum Palast des Bischofs von Poitiers begeben.

Nun hieß es, die notwendigen Dinge für einen langen Aufenthalt in der Fremde zu packen. Auf die Fragen ihres Vaters hinsichtlich Irlands hatten die Geschwister auch keine Antwort gehabt, aber ihr Nachbar, der alte Brodulf, kannte sich da offenbar aus. „Irland ist eine große Insel," erklärte er ihnen, „noch weiter im Westen als Britannien, die Menschen sprechen dort Gälisch. Diese Sprache soll so ähnlich sein wie das Gallische, das die Bevölkerung Galliens früher gesprochen hat. So viel ich weiß, wird diese Sprache hier heutzutage nicht mehr gesprochen, außer in der Landschaft Bretagne, vielleicht auch in abgelegenen Dörfern der Auvergne."

Die Familie war verblüfft. „Wir hatten ja keine Ahnung, wie gebildet du bist," meinte Haldetrud lachend. „Wir werden uns also auf eine lange Seereise begeben müssen." Sie mussten sich nun überlegen, wie Ansegisil, Haldetrud sowie das Gepäck nach Poitiers gelangen sollte. Schließlich besaßen sie nur die Stute Begga. Brodulf lächelte verschmitzt: „Das ist doch ganz einfach," wandte er sich an seine Nachbarn: „Mir gehören ja drei Pferde; auf einem wird Haldetrud reiten, ich auf dem zweiten, Wulfilaic auf dem dritten, Ansegisil auf seiner Stute Begga. Ein Maultier für das Gepäck habe ich auch noch. Auf dem Rückweg können Wulfilaic und ich je auf einem Pferd reiten und ein zweites an einer Leine führen. Das Maultier verkaufen wir in Poitiers, das dürfte nicht schwierig sein."

Dieser Plan fand allgemeine Zustimmung. Zur großen Erleichterung der Familie versprach Brodulf zudem, Wulfilaic in Zukunft zur Hand zu gehen, sollte er

Hilfe benötigen; endlich brach die kleine Kavalkade auf. Ansegisil und Haldetrud warfen noch einen bangen Blick zurück auf ihren Hof. Ihnen wurde schwer ums Herz; würden sie ihn jemals wiedersehen? In eine ungewisse Zukunft würden sie jetzt gestoßen werden. Gott allein wusste, was sie erwartete. Aber er würde sie bestimmt nicht im Stich lassen.

Als sie den Hof des Bischofspalastes in Poitiers erreicht hatten, kam ein junger Mann im langen schwarzen Gewand eines Geistlichen auf sie zu. Er war schlank, und mit seinen ebenmäßigen Gesichtszügen und dem freundlichen Ausdruck seiner braunen Augen machte er einen vertrauenerweckenden Eindruck. Er war glatt rasiert und trug sein dunkelblondes Haar sehr kurz. Er war unschwer als Römer zu erkennen: „Ich bin Libanius, Archidiakon dieses Bistums," stellte er sich vor. „Ich heiße euch im Namen des Bischofs willkommen. Ihr könnt eure Pferde jetzt im Stall unterbringen. Die Stallknechte werden euch Gerstengrütze und Wasser bringen, außerdem für jeden einen Strohsack. Heute Nacht könnt ihr im Stroh neben euren Pferden schlafen. Morgen früh, wenn die Hähne krähen, wollen wir alle auf der Römerstraße, die bis Bordeaux reicht, unsere Reise beginnen. Ein Stück vor Bordeaux biegen wir dann in nordwestlicher Richtung auf die Landstraße ein, die zum Hafen Royan an der Mündung der Gironde führt. Mit Gottes Hilfe werden wir drei Tage für die Strecke benötigen. Die Nächte können wir in Herbergen zubringen." Der

23

Archidiakon senkte leicht den Kopf und verschwand im Bischofspalast. „Ein seltsamer Mensch," meinte Brodulf.

In aller Herrgottsfrühe machte sich die ganze Truppe am nächsten Morgen auf den Weg. Der Bischof hatte mit dem Archidiakon in einem der Reisewagen Platz genommen; in einem zweiten Wagen saß Haldetrud zusammen mit dem kleinen Dagobert. Bischof Dido hatte zwei schwer bewaffneten Soldaten seiner Leibgarde sowie seinem persönlichem Hausdiener befohlen, die Gruppe auf der Reise zu begleiten. Sie ritten auf Pferden des Bischofs wie auch Ansegisil. Auf der Römerstraße ging es anfangs recht flott voran. Schon bald zeigte sich über einer sanften Hügelkette im Osten ein schmaler, blassgelber Streifen, bis der Himmel einen violetten Schimmer annahm. Nach einer weiteren halben Stunde überstrahlte die purpurne Morgenröte den ganzen östlichen Himmel. Ansegisil war immer wieder beeindruckt von diesem Schauspiel.

Nach etwa 10 Meilen kam ihnen eine Kamelkarawane entgegen. Noch nie hatte Ansegisil solche Tiere gesehen, besonders faszinierend fand er ihren eleganten, wiegenden Gang. Ab und zu ließ eines der Tiere ein kräftiges Brüllen ertönen. Einer der beiden Soldaten erklärte ihm, dass es syrische Händler wären, die Luxusgüter ins Frankenreich importierten. „Auch Griechen und Juden durchwandern mit Karawanen das ganze Reich," fügte er hinzu. „Aber die Waren – Juwelen, kostbare Gewänder, Papyrus und fremdländische Gewürze – sind natürlich nur für die Mächtigen und Reichen bestimmt, die sich so etwas leisten können." Er lachte. „Unsereins muss froh sein, wenigstens Salz zu bekommen Ich heiße übrigens Frodo. Mein Kamerad hier ist Rado."

Auch Ansegisil stellte sich vor „Werdet ihr auch mit dem Schiff nach Irland fahren?" fragte er die beiden.

„Selbstverständlich!", erwiderte Rado. „Und anschließend auf demselben Weg wieder zurück, sobald der Bischof seinen Auftrag erfüllt hat. Man kann ja nie wissen, was für ein Gesindel sich so herumtreibt," fügte er grinsend hinzu und klopfte auf die Scheide seines Schwertes. Wie um die Worte des Soldaten zu bekräftigen, fanden sie nach weiteren zehn Meilen am Straßenrand einen umgestürzten, arg ramponierten Reisewagen. Als sie näher herangekommen waren, erblickten sie im Inneren die blutigen Leichen von zwei Reisenden. „Das waren Straßenräuber," meinte Frodo grimmig. „Oder hier hat es einen Kampf zwischen zwei adligen Sippen gegeben, die eine Fehde untereinander austragen," warf Rado ein. „Seht doch die Kleidung der beiden Getöteten an, das waren offensichtlich hohe Herrschaften. Bevor sie getötet wurden, hat man sie bestimmt ausgeraubt. Ihre bewaffneten Begleiter sind nach dem Kampf sofort geflohen. Ich habe gehört, dass im Zuge solcher Fehden Adlige sogar Gehöfte ihrer Gegner überfallen und sie ausplündern."

Ansegisil war erschüttert v0m Anblick der beiden getöteten Männer und des zerstörten Reisewagens. Was für ein hemmungsloser, blinder Hass mochte die Leute angetrieben haben, dass sie mit dieser Brutalität ihre Gegner hingemetzelt hatten! Sein Großvater hatte ihm einmal erzählt, dass es bei den Franken in früheren Zeiten, bevor sie Gallien eroberten, auch schon Fehden zwischen Familien und Sippen gegeben hätte. Aber dass sogar Könige ermordet wurden, wie es heutzutage immer wieder geschah, das hätte es damals nicht gegeben. Mit Schaudern hatte er gehört, dass in der Sippe der Merowinger die Könige sogar ihren eigenen Verwandten nach dem Leben trachteten, besonders, wenn sie hofften, dadurch ihr eigenes Teilreich auf Kosten des Nachbarn vergrößern zu können. Ebenso waren offenbar auch die Hausmeier der Könige an diesem mörderischen Treiben beteiligt.

Am Abend des dritten Tages erreichte die Truppe des Bischofs das Fischerdorf Royan, wo alle Unterkunft in einer einfachen Herberge fanden. Die drei Tage waren für Haldetrud nicht einfach gewesen, da der kleine merowingische Prinz ihre ganze Aufmerksamkeit beanspruchte. Wenn er nicht gerade schlief, erzählte sie ihm Märchen oder allerlei Geschichten, die sie sich ausdachte; oder sie sang ihm Lieder vor, alle, die sie kannte – Tanzlieder, Schlaflieder, Liebeslieder, sogar Soldatenlieder, die dem Kleinen besonders gut gefielen. Sie erklärte ihm alles, was auf beiden Seiten der Straße zu sehen war – die Namen der Bäume und Büsche, Bauern auf den Feldern bei der Arbeit, Kühe und Schafe auf den Weiden. Dagobert war sehr wissbegierig und sog alles ein, was seine Begleiterin ihm zeigte. Besonders hatten es ihm natürlich die Kamele der syrischen Kaufleute angetan. Er war ganz begeistert von ihrem Anblick, lachte und hüpfte auf seinem Sitz auf und nieder. Anschließend fragte er Haldetrud, wann denn noch weitere Kamele kommen würden. Aber zwischendurch weinte er auch immer wieder. Der Verlust seiner Mutter war zu schmerzhaft für ihn, als dass er schon darüber hinweggekommen wäre; besonders, da es immer wieder andere Leute

26

waren, die zu seiner Betreuung abkommandiert waren. Wenn Dagobert eingeschlafen war, hing Haldetrud ihren Gedanken nach. Obgleich das Leben auf ihrem Hof eine ewige Plackerei war, vermisste sie es jetzt schon schmerzlich. Seit ihrer Kindheit war ihr dort alles vertraut gewesen; es war ihre Heimat, die sie verloren hatte. Erst jetzt wurde ihr klar, wie sehr sie diese Heimat liebte. Natürlich vermisste sie auch ihren Vater. Es war schrecklich, daran zu denken, dass er jetzt ganz allein auf dem Hof lebte. „Gnädiger Gott," betete sie immer wieder, „lass meinen Vater mit allem fertig werden, lass ihn zurechtkommen mit der Arbeit und der Einsamkeit, erhalte ihm seine Gesundheit!"

Das Schiff, das die Gesellschaft nach Irland bringen sollte, hatte am Abend schon im Hafen vor Anker gelegen. Es war ein stattliches, mit einem Lateinersegel getakeltes Schiff. Ansegisil betrachtete es am nächsten Morgen voller Bewunderung; gleichzeitig war ihm aber etwas mulmig; schließlich war er noch nie zur See gefahren. Er konnte sich nicht erinnern, das Meer überhaupt schon einmal gesehen zu haben. Als alle glücklich an Bord waren, auch die Pferde und das Gepäck, befahl der Kapitän, den Anker zu lichten und abzulegen. Die Brise aus Nordost blähte das große Lateinersegel, das Schiff nahm Fahrt auf mit Kurs Nordwest. „Wir müssen erst ziemlich lange an der Küste des Frankenreichs entlang segeln," erklärte ein Matrose Ansegisil auf dessen Frage. „Vorläufig fahren wir noch im Golf von Biskaya, der berüchtigt ist für seine schweren Stürme. Gott bewahre uns davor, von einem solchen Sturm ergriffen und an die felsige Küste mit ihren vorgelagerten Klippen geschleudert zu werden." Er bekreuzigte sich dreimal.

Seine Worte waren nicht gerade dazu angetan, Ansegisils Angst vor der hohen See zu nehmen. Finster betrachtete er jeden neuen Wellenberg, der auf das Schiff zugerollt kam. Er und Haldetrud hatten miteinander vereinbart, sich bei der Betreuung des kleinen Dagobert abzuwechseln, besonders wenn dieser eingeschlafen war. Es war jetzt wieder Zeit, seine Schwester abzulösen. Ansegisil war es nicht unlieb, unter Deck zu gehen, wo er nicht ständig auf die Wogen starren konnte, die sich immer höher auftürmten, wie es ihm schien. Nun stand Haldetrud an der Reling und blickte auf die See hinaus. An Steuerbord konnte man noch die Küste wie einen schmalen Strich erkennen, an Backbord war nichts zu sehen außer Wellenbergen und Wellentälern, die in ihrer ewigen Ordnung aufeinander folgten. Auch sie hatte zuvor noch nie das Meer gesehen, es erfüllte sie mit Bewunderung und Ehrfurcht vor der Schöpfung, die der große, allmächtige Gott geschaffen hatte. Sie erschauerte bei jedem neuen Wellenberg, der das Schiff anhob. Aber es war nicht wirklich Furcht, die sie empfand. Es war eher eine tiefe Erschütterung ihrer Seele. Die in gleichförmigem Rhythmus heranrollenden Wogen waren ein grandioses Abbild der Ewigkeit Gottes und seiner Ehrfurcht gebietenden Schöpfung. Sie selbst war dagegen so klein wie ein winziger Wassertropfen im Angesicht dieser unendlichen Meeresflut. Obwohl das Schiff doch so klein wirkte auf diesem grenzenlosen Meer, und sie selbst nur ein Nichts, der Gewalt der Elemente ausgeliefert, fühlte sie doch Gottes Nähe, der auch sie bei ihrem Namen gerufen hatte, in dessen Hand sie immer geborgen sein würde.

Nach einer Weile kam ein vierschrötiger, verwegen aussehender Mann auf sie zu und stellte sich ihr vor. „Ich heiße Wulfoald, ich bin der Kapitän dieses guten Schiffes, das den Namen "Sancta Maria" trägt; und du bist Haldetrud, wie ich schon von deinem Bruder gehört habe. Du bist die einzige Frau an Bord, ich heiße dich ganz besonders willkommen. Ich hoffe, wir werden eine halbwegs ruhige Fahrt haben bis Irland. Ihr habt ja einen kleinen Jungen mitgebracht," fuhr er fort. „Ein so junges Kind hatten wir noch nie an Bord."

Der Kapitän hoffte wohl, von Haldetrud Informationen über Dagobert zu erhalten. Doch die junge Frau ignorierte seine Worte. „Hast du schon einmal Seeungeheuer gesehen?" fragte sie ihn stattdessen, „wie den Leviatan, von dem in der Bibel die Rede ist."

Wulfoald lächelte: „Das will ich meinen, Haldetrud. Wenn du Glück hast, wirst du auf dieser Reise selber solche Seeungeheuer sehen, die wir Wale nennen. Es gibt von ihnen riesengroße und auch etwas kleinere. Die großen sind mindestens so groß wie zwei Bauernhäuser."

Haldetrud starrte den Kapitän ungläubig an. „Du willst mich wohl auf den Arm nehmen, Wulfoald; so etwas gibt es ganz bestimmt nicht," fügte sie streng hinzu.

Der Kapitän lächelte nachsichtig. „Warte, bis wir durch die Irische See fahren, da gibt es manchmal Wale." Um sie etwas mehr Respekt zu lehren, fügte er grimmig hinzu: „Und wir können dann von Glück sagen, wenn uns so ein Riesenwal nicht alle verschlingt."

Haldetrud begab sich unter Deck, um Ansegisil abzulösen. Für eine Weile saßen sie zusammen neben Dagobert, der noch in tiefem Schlaf gefangen war. „Gerade hat der Kapitän versucht, mich über den armen Jungen auszuhorchen. Ich habe natürlich nichts dazu gesagt; wir wissen ja praktisch nichts über das Kind. Aber findest du Dagoberts Verbannung in ein irisches Kloster nicht auch äußerst merkwürdig, Bruder? Da stimmt doch etwas nicht. Ich habe den Verdacht, jemand wollte ein anderes Mitglied der königlichen Familie oder aus der des Hausmeiers auf den Thron setzen. Deshalb musste unser kleiner Prinz weg geschafft werden."

Das wird wohl so sein, Schwester", erwiderte Ansegisil müde; aber was geht uns das an?"

„Natürlich geht es uns überhaupt nichts an, Bruderherz. Aber denk nur, falls der Plan scheitert und Dagobert kehrt irgendwann einmal zurück, wäre sein Leben dann nicht in höchster Gefahr? Ich habe den Kleinen jetzt schon lieb gewonnen. Ich möchte auf jeden Fall verhindern, dass ihm ein Leid geschieht, wenn ich es verhindern kann."

Ansegisil begab sich wieder an Deck. Er war zwar nicht seekrank, trotzdem ging es ihm an Deck, wo er auf den Horizont schauen und frische Luft atmen konnte, besser als in der stickigen Luft unter Deck. Inzwischen hatte der Wind an Stärke zugenommen, aber dem Steuermann gelang es ohne Schwierigkeiten, die anrollenden Wogen abzureiten. Wie Ansegisil gehört hatte, würden sie auf dem Nordwestkurs bleiben bis zur Spitze der Bretagne, von dort über den Ärmelkanal bis zum westlichen Ende von Cornwall fahren, an den

Scilly Inseln vorbei, und immer noch auf dem selben Kurs in die Irische See hinein. Von dort würden sie auf Nordostkurs ein gutes Stück an der Ostküste Irlands entlang laufen müssen, bis sie in den Hafen von Ath Cliath (Dublin) einlaufen könnten. Von dort wäre es nicht mehr weit, um mit Reisewagen oder zu Pferd das Kloster Slane zu erreichen. Für die gesamte Reise würden sie vielleicht zwei Wochen brauchen. Falls allerdings ein schwerer Sturm oder gar ein Orkan sie vom Kurs abbringen sollte, oder sie tagelang Flaute hätten, würde die Reise entsprechend länger dauern.

Als sie am zweiten Tag weiter auf Kurs segelten, dauerte es nicht lange, bis achteraus ein Schiff auftauchte, das ziemlich schnell näher kam. Die Miene des Kapitäns verdüsterte sich. „Das ist möglicherweise ein Piratenschiff, verdammt noch mal!" fluchte er. „Wir werden versuchen, uns zu verteidigen." Als das Piratenschiff schon ziemlich nahe herangekommen war, hörte man eine Stimme, die zu ihnen herüber brüllte: „Ergebt euch! Dann geschieht euch nichts. Sonst wird es euch schlecht ergehen." Niemand von der "Sancta Maria" antwortete. Nun wurden vom Piratenschiff Brandpfeile herüber geschossen, die aber alle ihr Ziel verfehlten und zischend im Meer landeten. Nun war es an den beiden Soldaten des Bischofs, den Piraten eine passende Antwort zu erteilen. Auch sie schossen Brandpfeile ab, die aber im Gegensatz zu denen der Piraten ihr Ziel nicht verfehlten. Bald stand die Takelage des feindlichen Schiffs in Flammen. Der Pirat machte keine Fahrt mehr und fiel zurück.

Die ganze Besatzung der "Sancta Maria" und alle Passagiere lobten jetzt Gott und dankten überschwänglich den beiden Soldaten, die einen Angriff der Piraten verhindert hatten. Das Schiff setzte ungestört seine Fahrt auf dem gleichen Kurs wie vorher fort, bis der Kapitän in der Abenddämmerung befahl, in Küstennähe zu ankern. Auf dieser letzten Etappe ihrer Seereise tauchte an Steuerbord ein dunkles, buckliges Etwas knapp oberhalb der Wasseroberfläche auf. Es schwamm offenbar neben ihnen her. Der Kapitän rief Haldetrud zu: „Da, schau! Ein Wal!" Im selben Moment schoss eine Wasserfontäne aus dem Körper des Wals. Und bevor sich Haldetrud versah, sprang der Wal aus dem Wasser hoch in die Luft, um dann wieder klatschend in die Wellen einzutauchen. Haldetrud war tief beeindruckt von diesem Schauspiel. Der Kapitän hatte nicht übertrieben, dieses Tier war wirklich riesengroß, wahrscheinlich noch größer als ein Leviathan.

Die weitere Fahrt bis zum Hafen von Ath Cliath (Dublin) verlief ohne Zwischenfälle. Jeweils am westlichen Zipfel der Bretagne , in Cornwall und im Hafen von Fishguard war Proviant und Frischwasser aufgenommen worden. Der Kapitän war ein ausgezeichneter Navigator, der nach Landmarken, dem Sonnenstand und nachts nach den Sternen zu navigieren verstand. Endlich lief das Schiff nach zwei Wochen in den Hafen von Ath Cliath an der Ostküste Irlands ein. Der Bischof, seine Eskorte, der merowingische Prinz Dagobert sowie das Geschwisterpaar gingen an Land. Ansegisil fiel auf die Knie und dankte Gott für die glückliche Ankunft in Irland. Wie schon auf der Fahrt durch Aquitanien setzten sich der Bischof und der Archidiakon in den ersten, Haldetrud mit Dagobert in den zweiten Reisewagen, alle anderen erhielten Pferde. Auf einer holprigen, schlammigen Landstraße bewegte sich der Zug aus dem Frankenreich nun nach Norden. Auf Grund des schlechten Zustands der Straßen brauchten sie zwei Tage, um das Kloster Slane zu erreichen. Dort war man auf den Bischof von Poitiers und seine Leute schon vorbereitet, da ein Bote vorausgeschickt worden war. Alle kamen in einem Gästehaus des Klosters unter. Das Kloster bestand aus flachen, einfachen Steinhäusern, in denen sich die Unterkünfte für die Mönche, das Dormitorium, das Refektorium, die Bibliothek und Wirtschaftsräume befanden. Dem Geschwisterpaar mit dem kleinen Dagobert hatte man allerdings ein Bauernhaus ganz in der Nähe zugewiesen, da es nicht statthaft war, eine Frau auf dem Klostergelände zu beherbergen. Finlay O`Hara, der Abt des Klosters, hatte alle besonders herzlich begrüßt, vor allem Dido, den Bischof von Poitiers.

Haldetrud und Ansegisil staunten über das Bauernhaus, das für sie als Zuhause vorgesehen war. Nach der üblichen irischen Bauweise hatte man es aus grob behauenen Feldsteinen errichtet. In Gallien waren dagegen die Bauernhäuser aus Fachwerk oder Holz gebaut. Als sie die Tür öffneten, empfing sie eine gähnende Leere. Offenbar war das Haus unbewohnt. Im Hauptraum gab es an der Stirnseite einen gemauerten Kamin, in dem ein langer Eisenhaken angebracht war, an den man einen Kochtopf hängen konnte. Im zweiten Raum standen zwei Schlafbänke, sonst war im ganzen Haus kein weiteres Möbelstück zu sehen. Die Geschwister mussten erst erst einmal schlucken. Ansegisil wandte sich seiner Schwester zu und nahm sie in seine Arme. Er lächelte tapfer, aber seine Stimme klang heiser, als er sagte: „Meine liebe Schwester, ich bin sicher, mit Gottes Hilfe werden wir es schon schaffen, hier zu leben. Ich werde als erstes einige kleine Bäume fällen, damit wir heizen können. Dann werde ich mich daran machen, Möbel zu fertigen, vor allem einen Tisch und Stühle. Für Dagobert brauchen wir natürlich auch dringend ein Bettchen."

Haldetrud brachte ein mattes Lächeln zustande. „Ganz bestimmt wird uns alles gelingen, Bruder. Wir müssen vor allem auf Gott und Jesus vertrauen. Im Moment ist das Wichtigste natürlich, dass es im Haus erst einmal warm wird. Das Dach scheint zum Glück dicht zu sein, in den Räumen sieht ja alles trocken aus." Ein kleiner Stapel Feuerholz lag immerhin in einer Ecke, bald prasselte ein Feuer im Kamin, die Räume wurden allmählich warm.

Währenddessen hatte Dagobert mit offenem Mund dagestanden, ohne sich zu rühren. Er schien ins Leere zu starren, er gab keinen Mucks von sich. Doch

plötzlich begann er, laut zu weinen. Haldetrud nahm ihn auf ihre Arme und versuchte, ihn zu trösten. Es dauerte aber recht lange, bis er zu weinen aufhörte und nur noch schluchzte. Die junge Frau legte ihren Schützling auf eine der Schlafbänke, wo er bald in einen leichten Schlummer fiel. „Ich gehe gleich hinüber zum Kloster und besorge uns Lebensmittel," rief Ansegisil seiner Schwester zu und machte sich auf den Weg.

An den folgenden Tagen wurde vom Kloster die Lebensmittelversorgung der Drei geregelt. Außerdem ordnete der Abt an, dass der kleine Dagobert, wenn er das sechste Lebensjahr vollendet hätte, also in einem Jahr, täglich im Kloster unterrichtet werden sollte; vor allem in der christlichen Lehre, aber auch in den freien Künsten der römischen Bildungstradition, nämlich Grammatik, Rhetorik, Dialektik, Arithmetik, Geometrie, Musik und Astronomie. Das war natürlich ein sehr anspruchsvolles Lehrprogramm, aber für die Erziehung des Jungen hatte man ja viel Zeit. Frühestens mit fünfzehn Jahren könnte er sich als Novize auf den Mönchsstand vorbereiten. Dieses Leben hatten der Majordomus Grimoald und die anderen fränkischen Adligen, die den Knaben in die Verbannung geschickt hatten, für ihn vorgesehen. Außerdem bestimmte der Abt, dass Haldetrud, die für Dagobert die Stelle der Mutter eingenommen hatte, das Kind im Unterricht begleiten sollte. Die anfallenden täglichen Arbeiten im Bauernhaus sollte dagegen Ansegisil übernehmen.

Bischof Dido hatte nach einer Woche den Archidiakon zu einer Unterredung gebeten. „Du hast mir bisher stets treu gedient, Libanius, und du weißt, dass du mir unbedingten Gehorsam schuldest. Ich habe eine schwere Aufgabe für dich. Du sollst nicht mit mir nach Poitiers zurückkehren, sondern hier im Kloster bleiben, um die Erziehung des jungen Prinzen zu überwachen. Da der Junge unter dem Schutz der Kirche steht, obliegt uns nun die Fürsorge für ihn. Die lege ich in deine Hände. Solange er hier erzogen wird, sollst du also bei ihm in Irland bleiben."

Libanius glaubte im ersten Moment, seinen Ohren nicht zu trauen. Er sollte jahrein, jahraus in diesem irischen Kloster versauern, alles nur wegen dieses dummen Jungen? Er sprang auf, sein Gesicht war leichenblass, zornentbrannt schrie er den Bischof an: „Weißt du nicht, dass du mir mit dieser Anordnung meine Karriere zerstörst, dass du damit meine ganze Lebensplanung vernichtest? Du weißt genau, Bischof Dido, dass ich genauso wie du einer altehrwürdigen, vornehmen römischen Familie entstamme. Seit Jahrhunderten besetzt diese gallorömische Aristokratie die Bischofssitze. Meine Familie wird diese Entscheidung sicher nicht hinnehmen! Du weißt auch sehr wohl, dass Bischöfe im Frankenreich schon abgesetzt oder sogar ermordet worden sind. Die Stellung des Archidiakons ist nach alter Tradition als Vorbereitung für das Bischofsamt angesehen worden. Ich wäre also dein natürlicher Nachfolger in diesem Amt. Sollte ich aber Jahre oder Jahrzehnte in diesem elenden Irland festsitzen, dann kann ich die Aussicht auf das Bischofsamt vergessen. Ich warne dich, Bischof Dido, treib es nicht zu weit mit deiner Autorität über mich! Schließlich bist du nicht Gottvater oder Jesus!" Libanius` Stimme überschlug sich, seine Lippen bebten, er hatte die Fäuste geballt.

Mit einem derartigen Ausbruch hatte der Bischof wohl nicht gerechnet. Auch er war jetzt wütend, versuchte aber, die Fassung zu bewahren. Er blickte den jungen Archidiakon scharf an. Mit erhobener, aber nicht allzu lauter Stimme, in der seine unterdrückte Wut mitschwang, fuhr er den jungen Mann an: „Du wagst es, mir zu drohen, Libanius? Hast du den Verstand verloren? Weißt du nicht, dass du zu absolutem Gehorsam gegen deinen Bischof verpflichtet bist? Ich könnte dich auch gleich in dieses Kloster stecken, wo du bis zu deinem Lebensende als einfacher Mönch ausharren müsstest. Du hast sicher schon bemerkt, dass die Zellen der Mönche eiskalt sind.

36

Beheizt werden sie niemals, das Klima ist hier sehr rau, besonders wenn man an das milde aquitanische Klima gewöhnt ist. Kalt ist es das ganze Jahr, bis auf wenige Wochen im Sommer. Ich empfehle dir dringend, dich zu mäßigen, sonst droht dir genau dieses Schicksal. Es bleibt dabei; solange der junge Dagobert hier lebt und erzogen wird, wirst du ihn als Vertreter der Diözese von Poitiers beschützen und auch überwachen. Das ist mein letztes Wort. Du darfst dich jetzt zurückziehen!"

Zähneknirschend, immer noch bebend vor Zorn, entfernte sich der Archidiakon. Im Moment war es ihm zu seinem Leidwesen nicht möglich, etwas gegen den Befehl des Bischofs zu unternehmen. Aber er nahm sich fest vor, sich damit nicht abzufinden, sondern einen Boten nach Paris zu König Chlothar III zu senden und um Rückkehr ins Frankenreich zu ersuchen. Mit schweren Schritten stapfte Libanius erst einmal zurück in sein Gemach im Gästehaus und warf sich auf seine Schlafbank.

ZWEITES KAPITEL
AIDAN

Das Kloster Slane war auf einem Hügel errichtet, dem Hill of Slane. Von hier schweifte der Blick auf eine sanft gewellte Landschaft mit grünen Wiesen und frisch eingesäten Äckern, so weit das Auge blicken konnte. Nirgendwo gibt es so ein leuchtendes Grün der Wiesen wie in Irland, da es hier fast täglich regnet. Doch es ist meist kein Dauerregen, sondern zwischen den Schauern bricht immer wieder die Sonne durch die Wolken und lässt die Landschaft in ihrem leuchtenden Grün erstrahlen. Daher rührt die Bezeichnung Irlands als die grüne Insel.

Während der Hill of Slane seit alters her eine spirituelle Bedeutung besaß, residierte auf dem Hill of Tara schon seit vorchristlichen Zeiten der Ard Ri, der Hochkönig von Irland. Er herrschte aber nicht wirklich über die Insel, sondern seine Stellung war eher nomineller oder symbolischer Art, ursprünglich sogar kultisch – sakraler Art. Seit langer Zeit war Irland zersplittert in zahlreiche kleine Königreiche, in denen jeweils ein eigener König regierte. Diese Königreiche lagen oft im Streit miteinander, schlossen Bündnisse mit anderen und führten Kriege gegeneinander. Der Hochkönig von Tara herrschte tatsächlich nur über das Gebiet Meath (heute: County Meath), in dem sich auch das Kloster Slane befand. Für diesen Hochkönig gab es ein ganz besonderes Vorrecht, nämlich auf dem Hügel von Slane zum alljährlichen Frühlingsanfang ein großes Feuer zu entzünden. Als aber der Heilige Patrick, der maßgeblich für die Christianisierung Irlands verantwortlich war, dieses Feuer am Ostertag – der mit dem Frühlingsanfang zusammenfiel – eigenmächtig entzündete, hatte der damals amtierende Hochkönig dies toleriert und den Heiligen Patrick nicht bestrafen lassen.

Der derzeitige Hochkönig war Cellach mac Maele Coba. Als er erfuhr, dass ein merowingischer Prinz in Begleitung eines fränkischen Bischofs mit seinem Gefolge im Kloster Slane weilte, hatte er verlangt, dass alle zu einer Audienz bei ihm erscheinen sollten. Auch Ansegisil und Haldetrud sollten daran teilnehmen, die Zieheltern des kleinen Dagobert. Tara war von Slane nur einen halben Tagesritt entfernt, so dass die fränkische Gesellschaft am übernächsten Tag in Tara eintraf. Während der Audienz des Hochkönigs für seine Gäste standen etliche seiner Familienmitglieder im Halbkreis hinter ihm. Der Hochkönig begrüßte alle sehr wohlwollend, besonders hatte es ihm der junge Prinz angetan. Er beugte sich zu ihm herab, tätschelte seine Wangen und gab ihm seinen Segen. Dem Bischof von Poitiers gegenüber verhielt er sich recht kühl. Vielleicht fürchtete er, dieser könnte dauerhaft in Irland bleiben und ihm seine Vormachtstellung streitig machen, eventuell sogar fränkische Truppen ins Land holen.

Eines seiner Familienmitglieder war sein Neffe Aidan, ein junger Mann von zweiundzwanzig Jahren. Mit seinem langen, rotblonden Haar, seinen blauen Augen und seinem gewinnenden Lächeln hatte er schon manches junge Mädchen verzaubert. Interessiert musterte er diese seltenen Gäste. Wie oft kam es schon vor, dass eine fränkische Abordnung nach Irland reiste, und dann noch mit diesem hübschen kleinen Jungen aus königlicher Abstammung? Für den Kleinen war diese Audienz natürlich eine schrecklich langweilige Prozedur, er versuchte mehrmals, sich von Haldetruds Hand loszureißen, aber es gelang ihm nicht. So schnitt er Grimassen und begann zu singen. Hierdurch wurde Aidans Aufmerksamkeit auf die Aufpasserin des Prinzen gelenkt, auf Haldetrud. Sie gefiel ihm gut, auch wenn er sie nicht als Schönheit bezeichnet hätte. Aber ihre schimmernden weißblonden Haare, ihre grünblauen Augen und ihre sinnlichen Lippen verfehlten nicht ihren Eindruck auf den jungen Mann. Wohlwollend betrachtete er ihre weiblichen Rundungen und stellte sich vor, wie es wäre, sie zu besitzen. Als der offizielle Teil der Audienz beendet war, ging er auf Haldetrud und Ansegisil zu und stellte sich ihnen vor. Zum Glück hatte er von einem irischen Missionar nach dessen Rückkehr aus Gallien etwas Fränkisch gelernt, so dass er jetzt in der Lage war, mit den Geschwistern in ihrer Sprache zu sprechen. Er begann die Unterhaltung mit der Frage, ob sie seit ihrer Ankunft in Irland schon einem Leprechaun begegnet wären. Als die Geschwister ihn verständnislos ansahen, fuhr er fort: „Das sind ganz kleine Zwerge, die grün gekleidet sind, einen hohen, spitzen Hut auf dem Kopf tragen, rote Haare und einen langen Bart haben. Sie fertigen Schuhe für die Feen an, vor allem aber verstecken sie Gold, oft einen ganzen Topf voll, am Ende eines Regenbogens. Wem es gelingt, einen von ihnen zu fangen, den führt er zu dem verborgenen Gold und macht ihn reich. Doch das ist sehr schwierig, da sie sich plötzlich unsichtbar machen können."

Haldetrud war sehr beeindruckt. „Ach, ich wünschte, so einen Leprechaun einmal fangen zu können und seinen Goldtopf ausgehändigt zu bekommen," rief sie aus.

Aidan lachte. „Wer weiß, vielleicht gelingt es dir ja. Ich könnte mir übrigens vorstellen, dass der Leprechaun so von deiner Schönheit geblendet ist, dass er das Gold für dich freiwillig herausrückt." Er lachte.

Auch Haldetrud musste lachen. „Nun übertreib mal nicht, Aidan," erwiderte sie. „Ich bin doch nur ein bescheidenes Bauernmädchen. Aber zu einem solchen Haufen Gold würde ich natürlich nicht nein sagen." sie lachte wieder. „Mir fällt gerade ein," fuhr sie fort, auch bei den Franken gibt es Zwerge, die Gold und andere Schätze horten. Sie leben aber meist unter der Erde, wo sie nach Erzen schürfen. Sie sollen sehr listig, sogar verschlagen sein. Besonders berühmt ist der Zwerg Alberich, der sich durch eine Tarnkappe ebenfalls unsichtbar machen konnte, so wie ein Leprechaun. Doch dem Helden Siegfried gelang es, ihm die Tarnkappe zu entreißen und an das Gold des Zwerges, den Nibelungenschatz, zu gelangen. Er brachte ihm aber kein Glück."

„Bei dir wäre das ganz anders," begann Aidan wieder. „Du würdest mit dem Gold klug umgehen, vielleicht würdest du einen großen Hof kaufen, mit vielen Kühen, Pferden und Schafen, und vor allem würdest du armen Leuten helfen, dessen bin ich mir sicher. Es wundert mich übrigens gar nicht, dass es bei den Iren wie auch bei den Franken so viele Erzählungen über Zwerge gibt. Man findet sie eben nur viel zu selten." Er lächelte. „Ihr beide," fuhr Aidan fort, „seid ja noch nicht lange in diesem schönen Land. Ich könnte euch hier in der Nähe die Ruinen einer uralten Burg zeigen. Wir könnten zusammen hin reiten. Selbstverständlich würden wir den kleinen Dagobert mitnehmen."

Haldetrud war gleich Feuer und Flamme. „Das wäre schön, wenn du uns zu dieser Burg führen könntest, Aidan," rief sie begeistert aus und lächelte Aidan zu. Ansegisil nickte zustimmend. Sie verabredeten sich für den übernächsten Tag. Als die Geschwister in ihrem Haus angekommen waren, nahmen sie ihr Abendbrot ein und Dagobert wurde zu Bett gebracht. Die beiden setzten sich noch eine Weile zusammen vor dem glimmenden Herdfeuer. „Nun, was hältst du von diesen Leuten?" wollte Ansegisil wissen.

„Was soll ich sagen, Bruder, es scheinen recht freundliche Leute zu sein, wenn sie auch – wie alle Adligen – einen ziemlich hochnäsigen Eindruck machen." Ansegisil stimmte ihr zu, doch die Unterhaltung kam ins Stocken. Haldetrud war an diesem Abend ungewöhnlich schweigsam. Nach einer guten Stunde legte sie sich auf ihre Schlafbank und drehte den Kopf zur Wand. Aber einschlafen konnte sie nicht. Mühsam war es ihr gelungen, ihre innere Erregung vor ihrem Bruder zu verbergen. Doch durch ihren Körper liefen kalte Schauer, ihre Zunge war ganz trocken, ihr Herz klopfte so heftig, dass sie befürchtete, Ansegisil würde es hören können.

Sie wusste überhaupt nicht, was mit ihr geschehen war. Noch niemals hatte sie so etwas erlebt. Offensichtlich war die Begegnung mit Aidan daran schuld. In ihrem Kopf drehte es sich wie ein rasend schnelles Mühlrad. Wenn sie ihre Augen öffnete, sah sie gar nichts, auch nicht die Wand des Hauses, alles war schwarz. Es war, als blickte sie in einen tiefen schwarzen Abgrund. Dann sah sie sich selbst, wie sie versuchte, von dem Abgrund wegzulaufen, doch vergeblich. Er zog sie magisch an, im nächsten Moment stürzte sie hinein und verlor das Bewusstsein. Als sie wieder zu sich kam, lag sie aber immer noch auf der Schlafbank. Ihr Körper war von kaltem Schweiß bedeckt. Sie fror und zitterte. Sie schloss wieder die Augen. Jetzt war ihr, als ob ein riesiger Adler auf sie niederstieß, sie mit seinen Klauen ergriff und sich wieder in die Lüfte erhob. Er flog mit ihr weit weg, in ein fremdes Land, wo er sie auf dem Erdboden absetzte. Sie schaute sich ratlos um. Das Land war grün, überall blühten bunte Blumen, kleine Vögel saßen in den Zweigen der Bäume und sangen wunderschöne Lieder. Auf einmal erblickte sie ein kleines Haus. Sie ging neugierig darauf zu und erkannte plötzlich, dass es ihr eigenes Haus im Frankenland war. Aus der Tür trat jetzt jetzt ein junger Mann mit roten Haaren, einem hohen Hut auf dem Kopf und bekleidet mit einem grünen Mantel. War es etwa ein Leprechaun? Doch als sie näher hinzutrat, gab es keinen Zweifel mehr. Es war der junge Ire Aidan! Er lachte, öffnete seine Arme und umschlang sie. Sie fühlte sich sofort vollkommen geborgen. Ruhe und Friede senkten sich auf sie herab, sie blickte zu ihm auf und lächelte glückselig, als sich ihre Blicke trafen. Schließlich nahm er ihren Kopf in seine beiden Hände und küsste sie auf den Mund. In diesem Augenblick verschwand das Traumbild. Traurig erwachte sie, Tränen stürzten aus ihren Augen, sie begann, laut zu schluchzen. Zum Glück hörte ihr Bruder es nicht, er war inzwischen fest eingeschlafen. Jetzt war ihr klar, dass Aidan schuld war an der Veränderung, die mit ihr vorgegangen war. Sein Bild stand vor ihren Augen wie das eines strahlenden Helden. Sie konnte nur noch an ihn denken. Dabei schmerzte ihr Herz in der Brust, aber sie konnte nicht aufhören, an ihn zu denken. In ihrem Geist sah sie jetzt, wie sie zusammen Hand in Hand durch die Fluren und Felder gingen, während sie ihn unverwandt anblickte, und er ihr mit dem bezauberndsten Lächeln, das es auf der Welt gab, zulächelte. Sie umarmten sich, sie küssten und liebten sich. Sie war so glücklich, wie sie es sich nie hätte vorstellen können, ihr Herz lachte und jubelte. Sie schmiegte sich ganz dicht an ihren Geliebten und schlief endlich ein.

Mitten in der Nacht wachte Haldetrud auf. Im ersten Moment war sie derartig verwirrt, dass sie nicht wusste, wo sie sich befand. Als es ihr klar wurde, begann sie wieder zu weinen. Alles fiel ihr ein. Wieder stand Aidans Gesicht vor ihrem inneren Auge. Hatte sie sich in ihn verliebt? Sie hatte sich in ihrem Leben bisher noch nie verliebt und kannte dieses Gefühl nicht. Doch was sie jetzt empfand, was sollte es sonst sein, als dass sie sich Hals über Kopf in diesen jungen Mann verliebt hatte?

Plötzlich fiel ihr mit Schrecken ein, wer er war und wer sie selbst war. Er entstammte einer hoch angesehenen adligen Familie, dazu sah er noch gut aus und war ganz bestimmt gebildet und klug. Sie dagegen war nur ein armes Bauernmädchen, das von Kindheit an arbeiten musste und nie Gelegenheit gehabt hatte, Bildung zu erwerben. Wenigstens sah sie wohl ganz ansehnlich aus, das hatten ihr junge Männer schon mehrmals gesagt. Aber dieser große Standesunterschied zwischen ihnen beiden wog doch schwer. Wie sollte er sich dazu herablassen, sie anders zu betrachten, als einen vorübergehenden Zeitvertreib, ein flüchtiges Abenteuer? Aber wenn sie auch noch so verliebt in ihn wäre, sie würde nicht zulassen, dass er auf solche Art mit ihr umspränge. Nach der grenzenlosen Verliebtheit war die Ernüchterung allzu schnell über sie gekommen. Jetzt, da sie erkannte, dass eine Verbindung zwischen ihnen beiden, gar eine Ehe, nicht möglich war, fiel ihre Seele in das tiefe Tal einer grenzenlosen Trauer. Nur in ihren Gedanken würde sie Aidan lieben können; in der rauen, erbarmungslosen Wirklichkeit aber niemals. Sie wünschte, sie hätte Aidan nie getroffen, jetzt würde ihr Leben nur noch aus Kummer und Leid bestehen. Sie könnte auch gleich als Nonne in ein Kloster gehen. Das ging aber auch nicht, sie trug eine große Verantwortung für ihren Vater, ihren Bruder und schließlich auch für den kleinen Dagobert.

Während sich Haldetrud schlaflos auf ihrem Lager wälzte, schlief Aidan sanft und selig im Haus seiner Familie. Beim Einschlafen hatte er über das Gespräch mit dem Geschwisterpaar noch einmal nachgedacht. Zweifellos war Haldetrud ein hübsches, attraktives Mädchen. Sie hatte ein sehr ansprechendes Äußeres, genau so, wie er es bei Frauen am meisten schätzte. Sie schien auch klug zu sein, aber am meisten hatten ihm ihr gewinnendes Lächeln und ihr Charme gefallen. Das war Grund genug, um sich wieder mit ihr zu treffen, vielleicht auch öfter. Doch deswegen war er noch lange nicht in sie verliebt. Aidan hatte schon mehrere Affären mit Mädchen erlebt, aber richtig verliebt war er erst einmal gewesen, vor einigen Jahren. Es war ein Mädchen von einem benachbarten Hof gewesen, eine entfernte Verwandte. Sie war allerdings sehr ungeduldig; als Aidan zögerte, ihr einen Heiratsantrag zu machen, hatte sie einen anderen Burschen geheiratet. Für eine ernsthafte Verbindung kam Haldetrud für Aidan allerdings ohnehin nicht in Frage. Als Angehöriger des irischen Hochadels wäre es ein Unding gewesen, ein einfaches Bauernmädchen zu heiraten. Seine Familie würde gegen eine solche Ehe entschieden protestieren, vermutlich würde sie ihm drohen, ihn zu enterben. Aidan hatte allerdings einen eigensinnigen Charakter und war willensstark. Falls er sich eines Tages doch in ein Mädchen aus niederem Stand verlieben sollte, konnte er sich durchaus vorstellen, seiner Familie die Stirn zu bieten und dieses Mädchen zu heiraten. Er glaubte eigentlich nicht, dass eine solche Ehe zu einem ernsthaften Bruch mit seiner Sippe führen würde.

Irland war zwar vom europäischen Festland ziemlich weit entfernt und war nie von den Römern oder den Angelsachsen erobert worden, aber es gab zahlreiche kulturelle Verbindungen. Die Christianisierung des größten Teils der Bevölkerung war sogar früher erfolgt als auf dem Kontinent. Irische Mönche hatten in Britannien, im Frankenreich und sogar in Norditalien als Missionare gewirkt, sie hatten Klöster gegründet und waren auch mit den herrschenden Sippen vernetzt. Hochberühmt wurden die beiden Missionare Columban von Iona und Columban von Luxeuil. Darüber hinaus galt Irland seit dem frühen fünften Jahrhundert als Zentrum der Wissenschaften, vergleichbar wohl nur mit der Pflege der Wissenschaften im Byzantinischen Reich. Deshalb nannte man Irland auch die Insel der Gelehrten und Heiligen. Auf Grund dieses regen kulturellen Austausches hörte man in Irland auch von profanen Dingen, zum Beispiel, dass die merowingischen

Könige nicht selten Frauen aus niederem Stand heirateten, gelegentlich sogar eine Dienstmagd ihres Haushalts. Das hatte für sie den Vorteil, dass der König durch eine solche Ehe keiner Adelspartei verpflichtet war, auf die er fortan hätte Rücksicht nehmen müssen.

Nicht dass sich Aidan mit diesen Dingen groß beschäftigt hätte, aber es war doch interessant, dass selbst Könige der Franken, die mächtigsten Herrscher Westeuropas, manchmal Frauen heirateten, die nicht standesgemäß waren. Die Frage, ob er sich verheiraten sollte oder nicht, brannte Aidan allerdings nicht gerade auf den Nägeln. Er fühlte sich einfach zu jung, um sich schon endgültig zu binden. Er liebte seine Freiheit als Junggeselle. Als verheirateter Mann dagegen hätte er Pflichten ohne Ende, das schöne, ungezwungene Leben wäre dann ein für allemal vorbei.

Nun stand erst einmal das erneute Treffen mit dem Geschwisterpaar an. Wie verabredet, erschien er am zweiten Tag nach der Audienz beim Hochkönig vor dem Bauernhaus, in dem Haldetrud, Ansegisil und Dagobert untergebracht waren. In seinem Schlepptau folgte ihm ein Knecht. Beide Reiter führten zusätzlich je ein weiteres Pferd an einer Leine mit sich. Auch die Geschwister waren auf den Ausflug vorbereitet. Beide trugen ihre warmen Wollmäntel, denn die Luft war noch recht frisch, auch wenn sich die ersten Boten des Frühlings schon überall zeigten. Als Haldetrud Aidan begrüßte, glaubte sie im ersten Moment, immer noch zu träumen. Seine Begrüßung war freundlich, allerdings nicht mehr als das. Sie lächelte, als sie ihn anblickte und schlug dann die Augen nieder. Sie konnte ja nicht offen zeigen, wie verliebt sie in ihn war, auch wenn sie ihm am liebsten um den Hals gefallen wäre. Als Haldetrud aufgesessen war, reichte ihr Ansegisil den kleinen Prinzen hinauf, sie setzte ihn vor sich auf den Sattel. Er war noch nie zuvor geritten, es gefiel ihm offensichtlich ausnehmend gut; er strahlte, lachte und stieß einen Freudenschrei aus.

Sie ritten jetzt über grüne Wiesen, die schon zu Beginn des Frühlings so strahlend grün leuchteten, wie die beiden Geschwister in Aquitanien es nie gesehen hatten. Aidan erklärte ihnen, dass die milden Winter in Irland dafür verantwortlich wären, und dass kaum ein Tag ohne Regenschauer verging. Die Sträucher am Rand der Wiesen trieben ungeduldig ihre Knospen, bei manchen entfalteten sich schon die ersten grünen Blätter. In ihren Zweigen saßen die kleinen Vögel, die um die Wette zwitscherten, sangen und jubilierten, um den Frühling zu begrüßen und mit ihrem Gesang die Schöpfung zu preisen.

Bis zum Ziel des Ausflugs war es nicht weit, nach einer guten halben Stunde konnte man die Mauern der alten Burg auf einer Anhöhe erkennen. Als sie angekommen waren, band Aidan die Pferde mit Leinen an kleinen Bäumen fest, sie begannen sofort, eifrig von dem frischen Gras zu fressen. Um die ganze Burg herum hatten die Erbauer einen tiefen Graben gezogen, der zum Glück von einer Holzbrücke überspannt wurde. Als die kleine Gesellschaft sie überquert hatte, kamen sie zu einem Durchgang in der Mauer, der früher wohl ein richtiges Tor gewesen war. Ansegisil und Haldetrud bestaunten diese gewaltige Mauer, die aus grob behauenen großen grauen Steinen errichtet war. Sie war so dick und so hoch, dass man kaum glauben konnte, wie Menschen das zuwege gebracht haben konnten. Aidan erklärte den beiden, dass die Festung schon in vorchristlicher Zeit aufgetürmt worden war, möglicherweise vor über tausend Jahren. Im Inneren der Burg stießen sie auf einen zweiten Mauerring, doch nirgends fanden sich irgendwelche Wohngebäude. Von Aidan erfuhren die Geschwister, dass sich zur Zeit der Erbauung im Inneren der Burg Holzhäuser befunden hätten, von denen jetzt aber keine Spuren mehr zu finden wären. „Woher weißt du denn das alles?" fragte Ansegisil ihren Führer.

Aidan lachte. „Du hast Recht, Ansegisil, eigentlich könnte das niemand wissen, da es keine Aufzeichnungen aus dieser Zeit gibt. Aber von den Menschen dieser Gegend wurde das Wissen aus dieser längst vergangenen Zeit über die Jahrhunderte mündlich weiter getragen. Daher stammt auch mein Wissen. Mythen und Legenden ranken sich um diese Zeit. Es soll damals Riesen gegeben haben, die diese großen Steine hergeschleppt und aufgetürmt haben. Auch Feen sollen mit ihren Zauberkünsten dabei geholfen haben. Er lachte wieder. „Ich kann das alles nicht so recht glauben," meinte er. „Aber dieser Ort ist wirklich erfüllt von einer geheimnisvollen Kraft, die ihm eine mystische Atmosphäre verleiht."

Auf einmal stieß Haldetrud einen gellenden Schrei aus, der die beiden Männer zusammenzucken ließ. Sie sackte zusammen und fiel rücklings der Länge nach auf den Boden. Aidan stürzte sofort zu ihr. Ihr Gesicht war totenblass, ihre Augen geschlossen. Er klopfte mehrmals auf ihre Wangen, zuletzt ziemlich energisch, aber sie zeigte keine Reaktion. Es fiel ihm nichts weiter ein, als seine Lippen auf ihren Mund zu pressen. Das schien zu wirken. Haldetrud öffnete ihre

Augen, erstaunt blickte sie Aidan an, der über ihr kniete. „Hast du mich gerade geküsst?" flüsterte sie.

„Ja, Haldetrud," erwiderte er etwas verlegen, „du hast uns einen ordentlichen Schreck eingejagt, du warst offensichtlich bewusstlos."

„Das war sehr schön," sagte sie leise, „ich danke dir." Sie lächelte verträumt. „Ich habe einen Mann gesehen, einen Krieger mit einem Helm auf dem Kopf und einem Kettenhemd angetan. In seiner Brust klaffte eine tiefe Wunde, aus der es blutete. Er blickte mich mit starren Augen an und sagte mit gebrochener Stimme etwas auf Gälisch, das ich nicht verstand. Dann deutete er mit der rechten Hand auf mich und mit der Linken auf dich, Aidan. Schließlich blickte er mit erhobenen Händen zum Himmel auf. Plötzlich war er verschwunden. Er war nicht weggegangen, er war einfach nicht mehr da."

Auch Ansegisil hatte sich jetzt neben seine Schwester niedergekniet, erschrocken blickte er sie an. Beide Männer halfen Haldetrud jetzt auf. Sie konnte wieder stehen, wenn auch etwas unsicher. Aidan hatten Haldetruds Worte tief berührt. „Du hattest eine Vision," sagte er stockend mit heiserer Stimme. „Es war bestimmt ein Hochkönig aus der alten, vorchristlichen Zeit. Von einem ist bekannt, dass er hier in der Nähe in einer erbitterten Schlacht gefallen ist. Es war Fergus Fortamail."

Bei diesen Worten lief Haldetrud ein eisiger Schauer durch den ganzen Körper. „Was mag das zu bedeuten haben?" Es war, als ob sie zu sich selbst sprach. Die Farbe war wieder in ihr Gesicht zurückgekehrt, sie lächelte versonnen. Auf einmal erhob sie ihre Hände zu einem Gebet: „Ich danke dir, Herr mein Gott, dass du mich aus dem Reich der Verstorbenen wieder ins Leben zurückgerufen hast," rief sie und fügte noch hinzu: „Erbarme dich dieses Königs, Herr, falls er eine schwere Schuld auf sich geladen hatte, und nimm ihn gnädig auf in dein Reich!"

Sie bückte sich zu dem Knaben herab, den Ansegisil an die Hand genommen hatte. „Es tut mit Leid, Dagobert, dass ich dir einen Schreck eingejagt habe, ich hoffe, es kommt nicht wieder vor."

Der Junge wirkte in der Tat ganz verstört. „Geht es dir wieder gut?", fragte er zögernd.

„Es geht mir ganz ausgezeichnet, mein Junge. Wir beide spielen jetzt Verstecken. Du versteckst dich, und ich zähle bis zehn."

Sie spielten eine ganze Weile; Dagobert lachte und jauchzte vor Vergnügen, wenn er Haldetrud gefunden hatte. Schließlich wurde der mitgebrachte Proviant

aus den Satteltaschen genommen. An der frischen Luft aßen alle mit größtem Vergnügen, bis die drei Erwachsenen mit dem Kind wieder aufsaßen und zum Bauernhaus zurückritten.

Mittlerweile war der Bischof mit seinem Knecht und den zwei Soldaten wieder abgereist. Libanius, der Archidiakon, musste dagegen zu seinem größten Leidwesen im Kloster Slane zurückbleiben. Er hasste dieses Kloster; er hasste diese seltsame, in seinen Ohren übel klingende Sprache, die hier gesprochen wurde; er hasste ganz Irland, wo er jetzt sozusagen als Gefangener herumsitzen musste; vor allem hasste er diesen merowingischen Knaben, der ja die eigentliche Ursache für seinen Aufenthalt in Irland war. Er hätte die größte Lust gehabt, dieses verflixte Kind eigenhändig zu erwürgen. Dagobert war zur Zeit noch zu jung, um schon unterrichtet zu werden. Im nächsten Jahr aber sollte sein Unterricht im Kloster beginnen. Im Moment hatte Libanius überhaupt keine Aufgabe. Allerdings war er den äußerst strengen Regeln des Klosterlebens unterworfen. Die irische Kirche war bekannt dafür, dass ihre Mönche in härtester Disziplin ein asketisches Leben führten. Es begann schon damit, dass Libanius zusammen mit den Mönchen um vier Uhr morgens an der Frühmesse teilnehmen musste; und in diesem Stil ging es den ganzen Tag weiter, dazu noch die eiskalte Zelle, in der er sich wahrscheinlich den Tod holen würde.

Am nächsten Sonntag begab sich Libanius, wie gewöhnlich, zur zehn Uhr- Messe, an der auch viele Laien aus der Umgebung des Klosters teilnahmen. Gleich, als er die Klosterkirche betreten hatte, erblickte er Ansegisil und Haldetrud mit dem vermaledeiten kleinen Prinzen auf dem Schoß, die neben ihrem Bruder auf einer Bank Platz genommen hatte. Als er die junge Frau erblickte, wollte er seinen Augen nicht trauen. Er war wie vor den Kopf geschlagen. Er hatte Haldetrud auf der Reise als graue Maus in Erinnerung gehabt, nicht weiter beachtenswert. Jetzt sah er in das Gesicht einer Frau, das an Schönheit und Anmut kaum zu übertreffen war. Libanius war wie geblendet. Er wusste offensichtlich nicht, wie Verliebtsein das Gesicht zum Strahlen bringen kann. Er wollte etwas sagen, aber er brachte keinen Ton heraus. Noch nie hatte er so etwas erlebt, Haldetruds Verwandlung war ja geradezu ein Wunder! Er brachte lediglich eine höfliche Verbeugung zustande. Von der Messe bekam er nicht das Geringste mit. Er ging zwar zur Kommunion, nahm auch mechanisch die Hostie entgegen, erlitt aber einen Hustenanfall, als er sich daran verschluckte. In seinem Kopf summte es, als als ob Hunderttausend wütende Bienen darin eingesperrt wären. Ihm war so schwindelig, dass er sich mit den Händen an der Bank festhalten musste; seine Zunge klebte am Gaumen; sein Herzschlag dröhnte so laut, dass er befürchtete, alle in seiner Umgebung würden es hören können. Er konnte keinen klaren Gedanken mehr fassen.Er wusste nur noch eins: er musste diese Frau wiedersehen! Nach dem Gottesdienst taumelte er mehr, als dass er ging, zu ihrem Platz hin und fragte die Geschwister, wobei er aber nur Haldetrud anstarrte: „Gott zum Gruß, ihr beiden! Kennt ihr mich noch?"

Sie sahen ihn so erstaunt an, als ob ihnen gerade ein Leprechaun oder eine Fee erschienen wäre. Schließlich antwortete Ansegisil dem Archidiakon zögernd: „Selbstverständlich, Libanius, unsere gemeinsame Reise ist ja noch nicht lange her. Wie geht es dir?"

Libanius fiel nun nicht mehr ein, was er sagen wollte. Schließlich brachte er mühsam hervor: „Mir geht es gut, vielen Dank! Es ist etwas einsam hier, da ich noch kein Gälisch sprechen kann. Ich würde euch gern einmal besuchen. Wann würde es euch passen?"

Haldetrud antwortete in freundlichem Ton: „Komm doch morgen Nachmittag vorbei!" Die Geschwister erhoben sich und begaben sich zum Ausgang der Kirche. Libanius blieb wie angewurzelt stehen und starrte ihnen verständnislos nach, als ob er den Sinn von Haldetruds Worten nicht verstanden hätte. Endlich wankte er zu seiner Zelle. Er legte sich auf seinen Strohsack, da sich der Raum immer noch um ihn drehte. Nach der Abreise des Bischofs hatte er sein bequemes Quartier im Gästehaus verlassen müssen, man hatte ihm stattdessen diese äußerst karge Zelle zugewiesen. Das war aber immer noch besser, als mit den Mönchen gemeinsam im Dormitorium, dem allgemeinen Schlafsaal, nächtigen zu müssen. Libanius fühlte sich völlig kraftlos. Er nahm an diesem Tag weder an den Stundengebeten teil, noch stand er in der Nacht zur Matutin auf. Der Abt rügte ihn deswegen am nächsten Tag, aber da Libanius kein Mönch war, konnte er ihn nicht bestrafen.

In dieser Nacht mied der Schlaf den Archidiakon. Immer wieder stand er auf, um rastlos in seiner Zelle auf und ab zu gehen. Wie war so etwas nur möglich? Was hatte dieses Mädchen an sich, das ihn dermaßen aus der Bahn werfen konnte? Sie war doch nur ein Bauerntrampel aus der tiefsten Provinz, die wahrscheinlich nicht einmal lesen und schreiben konnte. Und dennoch, seine Gedanken kreisten unaufhörlich um diese junge Frau, die er früher kaum eines Blickes gewürdigt hätte. Es war, als hätte sie ihn mit dunklen Kräften verhext. Sie hatte seine Seele in ihrem tiefsten Inneren getroffen. Er hatte doch bisher höchstens einige Worte mit ihr gewechselt. Auf der Seereise hatte er sie fast überhaupt nicht zu Gesicht bekommen, da sie so gut wie die ganze Zeit mit dem Knaben unter Deck in ihrer Kajüte verbracht hatte. Und trotzdem jetzt diese schreckliche Verwandlung, die wie ein Unwetter über ihn hereingebrochen war. Er verzehrte sich in schmerzhaftem Verlangen nach ihr; es war wie eine Gier, sie zu besitzen, ihren Leib zu umschlingen und sich in seiner unersättlichen Lust mit ihr zu vereinigen. Dass er als Kleriker keinen Verkehr mit einer Frau haben durfte, interessierte ihn nicht im mindesten. Er verschwendete gar keinen Gedanken daran. Es war noch nicht allzu lange her, dass der Zölibat im westlichen Christentum verbindlich für Kleriker eingeführt worden war. Bisher hatte er sich noch lange nicht völlig durchgesetzt. Selbst viele Bischöfe hatten Frauen und auch Kinder mit ihnen, ohne allerdings formell verheiratet zu sein. Er hatte sogar von einigen Frauen dieser Bischöfe gehört, die sich stolz als „Bischöfin" anreden ließen.

Doch wie sollte er es um Himmels willen anstellen, diese Frau zu gewinnen? Die Frage quälte ihn die ganze Nacht hindurch. Dass sie sich in ihn verlieben könnte, hielt er für äußerst unwahrscheinlich. Er hatte noch nie wahrgenommen, dass eine Frau ihn auch nur interessiert angesehen hätte. Frauen beachteten ihn nicht einmal. Das hatte ihn aber bisher in keiner Weise gestört. Im Frankenreich hätte es für dieses Problem eine einfache Lösung gegeben. Er hätte bloß einige finstere Gestalten anheuern müssen, die die Frau überfallen und zu ihm geschleppt hätten. Dann hätte er seine Lust an ihr so oft befriedigen können, wie er gewollt hätte. Besonders seit Haldetrud und ihr Bruder Ansegisil wie Leibeigene des Bischofs von Poitiers galten, hätte kein Hahn danach gekräht. Aber hier in Irland war das undenkbar. Würde er hier eine solche Tat begehen, hätte das mit Sicherheit seine Hinrichtung zur Folge. Vielleicht war ja Haldetrud mit Schmeicheleien zu gewinnen, und mit kostbaren Geschenken? Er musste es auf jeden Fall versuchen.

Zum Glück war er ja für den morgigen Tag von ihr eingeladen worden. Am nächsten Morgen erstand er im nächst gelegenen Dorf ein großes Kuchenpaket. Im Kloster gelang es ihm, eine Flasche Wein aus dem Keller zu stehlen. So ausgerüstet erschien er am Nachmittag im Haus der Geschwister, wo man ihn schon mit einem Krug Milch, Brot und Käse erwartete. Eine Unterhaltung wollte allerdings nicht recht in Gang kommen. In seinem derzeitigen Zustand wollte Libanius überhaupt nichts einfallen, dabei galt er sonst als ausgesprochen redegewandt. Nachdem sich die Geschwister gebührend für die Gastgeschenke bedankt hatten und die Unterhaltung sich eine Weile um das Wetter gedreht hatte, entstand schließlich ein etwas peinliches Schweigen. Im Grunde hatte man sich nichts zu sagen. „Wie kommst du denn mit dem Leben im Kloster zurecht?" wollte Ansegisil wissen.

„Na ja," erwiderte Libanius zögernd, „das Leben der Mönche ist dort sehr streng geregelt. Ich bin zwar kein Mönch, muss mich aber den Regeln notgedrungen anpassen. Das Schlimmste ist aber, dass ich mit niemandem reden kann, da ich die gälische Sprache nicht verstehe. Ich werde mich wohl anstrengen müssen, sie zu erlernen."

„Wir haben auch keine Ahnung vom Gälischen, aber wir haben ja einander, um uns zu unterhalten. Außerdem haben wir einen Verwandten des Hochkönigs kennen gelernt, der leidlich Fränkisch spricht."

Wieder entstand eine Gespräch spause. „Wie geht es denn unserem kleinen Prinzen?" fragte der Archidiakon schließlich.

„Ach, der kleine Dagobert ist zum Glück ein fröhliches Kind", erwiderte Haldetrud, „wir haben ihm einige Spielsachen gebastelt. Er kommt ganz gut allein zurecht, und ich habe ja auch viel Zeit, um mich ihm zu beschäftigen. Manchmal sitzt er aber auch in einer Ecke und weint ganz still. Bestimmt vermisst er immer noch seine Mutter.

Libanius dachte, soll sich der Bengel doch zu Tode heulen, umso eher kann ich zurück nach Poitiers; doch er bemühte sich, einen mitfühlenden Eindruck zu machen und sagte: „Das arme Kind! In so zartem Alter schon zur Waise geworden!" In diesem Moment vergaß er, dass Dagoberts Mutter ja noch lebte. „Ich habe meine Eltern auch schon verloren, als ich noch ein kleiner Junge war. Sie starben an einem Ausbruch der Justinianischen Pest, die immer mal wieder aufflammt. Ich kam dann in den Haushalt eines Onkels, eines hohen Beamten am Hof des Herzogs von Aquitanien. Wie es in den gallorömischen Familien nach wie vor üblich ist, erhielt ich eine sorgfältige Ausbildung in römischer Literatur, Rhetorik und Grammatik. Ich studierte griechische und lateinische Klassiker, angefangen von Platon bis Cicero, Vergil, Seneca und Livius. Ich habe viele Jahre ganz schön schwitzen müssen hinter meinen Büchern. Zum Spielen mit Altersgenossen kam ich nur wenig. Aber ich bin stolz darauf, dass unsere Sippen die römische Kultur hochhalten, auch in diesen traurigen Zeiten der Barbarei."

Die Geschwister schwiegen. Sie gehörten schließlich zum Volk der Franken und fühlten sich durch dieses vernichtende Urteil des Archidiakons irgendwie angesprochen. Libanius fiel jetzt ein, dass die Menschen seines Kulturkreises nicht ganz unschuldig am Niedergang des weströmischen Staates gewesen waren, hatten sie sich doch aus der Verantwortung für den Staat, seine Aufgaben und Institutionen schon seit langer Zeit zurückgezogen und sich nur noch um die Erhaltung und Ausweitung des Machtbereichs ihrer eigenen Sippen gekümmert. Libanius bemerkte sehr wohl, wie betreten seine

Gastgeber dreinblickten, er bemühte sich, den Schaden wieder gutzumachen.

„Ich erkenne sehr wohl an," fuhr er fort, „dass die merowingischen Könige die Kultur der gallorömischen Bevölkerung respektiert haben. Sie haben sie sich seit jeher zunutze gemacht, indem sie oft Mitglieder der senatorischen Familien als hohe Beamte in ihrem Verwaltungsapparat eingesetzt haben."

Libanius merkte inzwischen, dass er sich bei diesen politischen Ausführungen verrannt hatte. Er hatte doch vor allem Haldetrud beeindrucken und schmeicheln wollen. So fügte er nach einer kurzen Pause hinzu: „Ich bewundere deine Hingabe, Haldetrud, mit welcher Liebe und Geduld du für dieses Kind sorgst. Du bist für Dagobert wirklich zur Mutter geworden. Er kann sich glücklich schätzen!"

Ansegisil dachte im Stillen: `Das merkt man dir an, du Schnösel, dass dir die elterliche Liebe gefehlt hat.` Er fühlte sehr wohl, dass Libanius sie beide verachtete. Ein ganz ähnliches Gefühl hatte Haldetrud bei den Worten des Archidiakons empfunden, aber sie lächelte freundlich und erwiderte auf dessen schmeichelhafte Worte: „Aber das ist doch selbstverständlich, der Junge hat hier sonst niemanden. Ob seine Mutter noch lebt, wissen wir nicht, und wenn ja, lebt sie fern in Metz in Austrasien, dem östlichen Teil des Frankenreiches. Bestimmt weint sie sich die Augen nach ihrem Kleinen aus."

Als die Gesprächspausen immer länger wurden, machte sich Libanius auf den Weg zurück ins Kloster.

DRITTES KAPITEL

LIBANIUS

Er sann darüber nach, was er falsch gemacht hatte. An sich war seine Strategie durchaus richtig, doch sie hatte noch keine Früchte tragen können, da er sich bei ihrem Gespräch in politische Betrachtungen verirrt hatte, die in gewisser Weise sogar einer Beleidigung seiner Gastgeber gleich kamen. Er musste nächstes Mal behutsamer vorgehen. Er nahm sich vor, die Geschwister am nächsten Sonntag wieder in der Kirche anzusprechen, aber daran war nicht zu denken, da er am

nächsten Morgen mit klappernden Zähnen aufwachte. Sein Leib glühte im Fieber, eiskalte Schauer schüttelten ihn, kalter Schweiß bedeckte sein Gesicht. Zum Glück ließ der Abt einen Mönch nach Libanius schauen, da er ihn bei den Stundengebeten schon vermisst hatte. Die Mönche begannen gleich, ihm kalte, feuchte Tücher um die Unterschenkel zu wickeln und ihm Getränke mit heilenden Kräutern einzuflößen. Das alles bekam Libanius nur bruchstückhaft mit, sein Geist hatte sich verwirrt. Nachts wurde er von Alpträumen geplagt, tagsüber quälten ihn Fieberphantasien, in denen er Haldetrud einfangen ließ, sie dann vergewaltigte und anschließend folterte. Einige Tage lang dauerte dieser kritische Zustand, dann hellte sich sein Geist wieder auf. Er konnte sich teilweise an die Gewaltphantasien erinnern. Einerseits schämte er sich dafür, andrerseits berauschte er sich daran.

Aidan, der junge Ire aus der Sippe des Hochkönigs, war sich seiner Gefühle für Haldetrud nicht so recht im Klaren. Der Ausflug mit ihr und ihrem Bruder hatte ihm sehr gut gefallen. Beeindruckt hatte ihn auch Haldetruds Vision von dem Hochkönig, der wohl vor vielen hundert Jahren in dieser Gegend in einer grausamen Schlacht gefallen war. Rätselhaft war vor allem dessen Verhalten in dieser Vision, nämlich dass er auf Haldetrud und ihn selbst gezeigt hatte. Solche Visionen hatten meistens eine Bedeutung für die Lebenden.

Aidan hatte durchaus eine Zuneigung zu dieser hübschen jungen Frau aus dem Frankenreich gefasst, das fühlte er genau. Verliebt war er in sie wohl nicht, aber wer kannte sich mit seinen eigenen Gefühlen schon aus? War es nicht auch möglich, dass man sich Gefühle für einen anderen Menschen nur einbildete? Aber wie dem auch sei, er wollte Haldetrud unbedingt wiedersehen. Er besuchte daher am nächsten Sonntag den Gottesdienst in der Klosterkirche. Wie er vermutet hatte, waren Haldetrud, ihr Bruder und der kleine Prinz gekommen. Die Begrüßung nach dem Gottesdienst fiel sehr herzlich aus, als ob sie schon alte Bekannte wären.

Haldetruds Herz schlug gleich höher, als Aidan sie beim Eintreten mit einem Kopfnicken begrüßt hatte und ihr zulächelte. War er vielleicht ihretwegen gekommen? Sie nahm an, dass es in der Nähe des Gehöfts seiner Familie auch eine Kirche oder Kapelle gab, wo er gewöhnlich die Messe besuchte. Also war er wohl tatsächlich gekommen, um sie wieder zu treffen. Nach der Messe erkundigte sich Aidan bei den Geschwistern, wie es ihnen ginge und machte wieder einen Vorschlag: „Nicht allzu weit vom Kloster Slane kenne ich einen Ort, der ebenso

60

interessant ist wie die alte Festung, zu der wir uns letztes Mal aufgemacht haben. Es ist der uralte Hügel Brugh na Boinne, was Palast der weißen Kuh bedeutet. Seit alters her gilt er als Elfenhügel. Auch dort gibt es interessante Überreste aus vorchristlicher Zeit zu sehen. Wir könnten wieder hin reiten und vielleicht über Nacht in einer nahe gelegenen Herberge bleiben, falls es zu spät für den Rückweg werden sollte."

Natürlich stimmte Haldetrud gleich begeistert zu, ihre Augen leuchteten, sie war schon ganz aufgeregt. Sie hatte spontan zugestimmt, ohne ihren Bruder zu fragen, aber sie wusste, dass er bestimmt nichts dagegen haben würde. Da die Geschwister ja keine eigenen Pferde besaßen, um Ausritte zu unternehmen, kam ihnen diese Abwechslung gerade recht. In drei Tagen wollten sie früh am Morgen aufbrechen. Haldetrud zählte die Stunden bis dahin, so groß war ihre Vorfreude. Aidan brachte dieselben Pferde wie das letzte Mal mit; auch Dagobert lachte und jauchzte vor Vergnügen, dass er mitreiten durfte. Sie ritten in die Richtung des Sonnenaufgangs. Nach einer Stunde fiel etwas Regen, aber nicht für lange. Danach klarte es wieder auf, und die Sonne strahlte umso kräftiger den ganzen Tag lang. Wieder zogen sie durch die liebliche, leicht gewellte Landschaft der Grafschaft Meath mit ihren üppigen Weiden. Neugierig musterten die Kühe und Pferde die kleine Kavalkade, nur die Schafe ließen sich nicht aus der Ruhe bringen. Sie hoben nicht einmal ihren Kopf aus dem saftigen Gras, das sie mit größtem Appetit abrupften und verspeisten. Einige Kühe, besonders die jüngeren, kamen sogar angetrabt, um die Pferde und ihre Reiter aus der Nähe zu bestaunen.

Dagobert fragte Haldetrud ängstlich, ob diese Tiere gefährlich wären, ließ sich aber durch seine Ziehmutter beruhigen. Etwa auf der Mitte der Wegstrecke bemerkte Haldetrud plötzlich ein ziemlich großes Loch, das teilweise von einem leuchtend gelben Ginsterstrauch verdeckt wurde. Sie meinte, dort hätte sich etwas bewegt, das aber nicht wie ein Fuchs oder ein Kaninchen aussah. Da erblickte sie auf einmal einen spitzen, grünen Hut vor diesem Höhleneingang und hörte ein leises Kichern aus dieser Richtung. Sie lenkte ihr Pferd näher an die Stelle heran; sie glaubte, einen Pfiff gehört zu haben, aber der grüne Hut war verschwunden. Enttäuscht kehrte sie zur Gruppe zurück, bis sie neben Aidan ritt. „Stell dir vor, Aidan, ich habe eben einen Leprechaun gesehen, ganz bestimmt."

„Hast du versucht, ihn zu fangen?"

„Nein, Aidan, ich finde, wir sollten keinen von dem kleinen Volk stören oder ängstigen. Sein Gesicht habe ich leider nicht gesehen, aber er schien bester Laune zu sein, so wie er gelacht hat."

„Du bist sehr rücksichtsvoll, Haldetrud, vor allem hast du großes Glück gehabt. Nicht vielen Menschen ist es vergönnt, einen Leprechaun zu sehen. Vielleicht bringt er dir ja Glück."

Am frühen Vormittag erreichte die Gruppe ihr Ziel. Schon vom ersten Eindruck waren Haldetrud und Ansegisil überwältigt. Am Ufer des Flusses Boinne erhob sich ein kreisrunder, mit Gras bewachsener Erdhügel, etwa achtzig Meter hoch, aus den umliegenden Wiesen. An seiner Basis waren riesige graue Steine, die eher behauenen Felsen glichen, in die Wand der Grabanlage eingelassen. Einige waren mit geheimnisvollen Spiralmustern verziert. Nachdem die drei Reiter ihre

Pferde an einem Strauch angebunden hatten, betraten sie durch eine Öffnung zwischen den Felsblöcken einen Gang, der in das Innere führte. Ehrfürchtig betrachteten sie das hohe Gewölbe im Zentrum des Hügelgrabs, das sie an eine Kirche erinnerte. In einer Kammer lagen drei lange, mit einer Vertiefung versehene Steine, in denen einst die Asche der verstorbenen Könige ruhte, wie Aidan erklärte.

„Ich erzähle euch jetzt die Geschichte dieses Grabmals," begann Aidan, als sie sich wieder im Freien befanden und sich im Gras niedergelassen hatten. „Die Legende erzählt, dass sich vor vier – oder fünftausend Jahren hier der Wohnsitz von Oengus befand. Er war der Sohn des Dagda, eines Halbgottes, und der Flussgöttin Boann. Er galt als Angehöriger der Tuatha de Dannan. Sie sollen ein mythisches Volk gewesen sein, dessen Stammmutter die Göttin Danu war. Der Dagda zeugte Oengus, nachdem er den Ehemann Boanns, seinen Dienstmann Nechtan, durch Zauberei auf eine lange Irrfahrt geschickt hatte. Diese Irrfahrt erschien Nechtan aber nur so lang wie ein Tag, da der Dagda Sonne und Mond zum Anhalten gebracht hatte. Während dieses einzigen Tages wurde Oengus gezeugt und geboren. Später wuchs er bei seinem Ziehvater Midir auf, einem älteren Sohn des Dagda. Es gab wohl damals Menschen, die behaupteten, niemand kenne in Wirklichkeit die Herkunft des Oengus, und verspotteten ihn. Da forderte er von seinem Vater Dagda, er möge ihn als seinen Sohn anerkennen. Dagda war damit einverstanden. Daraufhin gelang es Oengus, von ihm den Brug na Boinne als Wohnsitz zu bekommen, da Dagda einwilligte, ihm den Brug einen Tag und eine Nacht lang zu überlassen. Bis dahin hatte Boanns Gatte den Brug bewohnt. Oengus aber stand über der Zeit, da er an einem Tag gezeugt und geboren worden war, und da das ganze Leben letzten Endes nur einen Tag und eine Nacht währt. Dafür half er seinem Vater gegen gegen den Dichter Cridenbel, der Dagda mit einem Schmähgedicht bedrohte. Damals galten Worte genauso wirkmächtig wie Taten. Nun wurde Oengus durch Ailill mac Mata eine Ehefrau zugeführt. Sie hieß Caer I bormeth und war die Tochter des Elfenfürsten Ethal Anbruail aus Connaught. Sie war die Göttin der Träume."

Die Erzählung dieser Sage aus der Vorzeit hatte das Geschwisterpaar schwer beeindruckt. Sie schwiegen eine ganze Weile. Schließlich sagte Ansegisil zu Aidan: „Aber ist es denn möglich, dass diese Menschen oder Halbgötter in einem riesigen Grabmal gewohnt haben?"

Aidan lächelte. „Ehrlich gesagt, ich verstehe es auch nicht. Ich kann es mir nur so erklären, dass neben der Grabanlage noch ein prächtiger Palast gestanden hat, der aber aus Holz und Mauern aus kleinen Steinen errichtet worden war. Dieser Bau ist dann wohl im Verlauf der Jahrtausende restlos von den nachfolgenden Generationen abgetragen und sein Material für ihre eigenen Bauten verwendet worden.

Ich möchte euch vorschlagen, dass wir jetzt erst einmal eine Mittagspause machen." Die beiden waren einverstanden, der kleine Dagobert war auch schon etwas ungeduldig geworden; er durfte jetzt im Gras herumtoben und die Pferde streicheln. Nachdem sich die kleine Gesellschaft an dem mitgebrachten Proviant gestärkt hatte, saßen sie auf und ritten zu weiteren Grabhügeln in der Nähe. In einem, so erzählte Aidan, gäbe es ein Loch in der Spitze, durch welches genau am Mittwinterstag ein einzelner Sonnenstrahl in den Innenraum fallen würde. Auch vor so langer Zeit hatten also die Menschen dieser Gegend derart präzise astronomische Kenntnisse,dass sie diese beeindruckende Leistung erbringen konnten. Haldetrud und Ansegisil kamen aus dem Staunen gar nicht mehr heraus. Nachdem sie noch einen Kreis aus hoch aufragenden Felsblöcken

bewundert hatten, wie es sie auch in der Bretagne gab, entschieden sie, dass es für eine Rückkehr an diesem Tag zu spät wäre. So begaben sie sich zu der nahe gelegenen Herberge.

Haldetrud ritt eine Weile neben Aidan her. Sie bedankte sich herzlich bei ihm, dass er sie zu diesen interessanten, beeindruckenden Monumenten geführt hatte. „Wir fühlen uns sehr geehrt," begann sie, „dass du dir so viel Mühe gibst, uns das kulturelle Erbe deiner Vorfahren nahe zu bringen. Mein Bruder und ich sind dir überaus dankbar. Dieses Land wird uns dadurch allmählich vertrauter."

„Das freut mich, Haldetrud. Ich bin sehr glücklich, wenn ich etwas tun kann, was dir Freude macht. Wie ich sehe, bist du sehr interessiert am Erbe der Menschen, die vor sehr langer Zeit in Irland gelebt haben, und du lauschst gebannt den Erzählungen über die Menschen von damals, über Feen, Riesen und Zwerge. Die meisten Iren glauben bis zum heutigen Tag, dass diese geheimnisvollen Wesen nach wie vor unter uns leben, doch man sieht sie äußerst selten, da sie die Kunst beherrschen, sich unsichtbar zu machen. Du hattest das Glück, heute Vormittag einen Leprechaun zu Gesicht zu bekommen. Du bist eine Auserwählte." Er lachte.

Auch Haldetrud musste lachen. „Ich habe übrigens von meiner Großmutter auch viele Sagen und Legenden aus der Vergangenheit meines Volkes gehört. Wenn sie am Spinnrocken saß und Wolle spann, war sie oft in der Stimmung, diese alten Geschichten zu erzählen, die sie ebenfalls von ihrer Großmutter kannte. So wurden diese alten Sagen über viele Generationen hinweg weitergegeben. Es gibt aber auch heute noch fahrende Sänger, nicht nur bei den Franken, sondern auch bei anderen Stämmen wie den Alemannen und Sachsen, die von Dorf zu Dorf und Hof zu Hof ziehen und zur Begleitung einer Harfe Gedichte, Lieder und Geschichten vortragen. In Aquitanien, wo meine Familie jetzt lebt, gibt es allerdings nur wenige Franken; die meisten Menschen dort stammen von den Galliern und Römern ab. Was hältst du davon, soll ich heute Abend beim Nachtmahl in der Herberge vielleicht eine spannende Geschichte zum Besten geben?"

Aidan strahlte. „Das wäre wunderbar, Haldetrud, ich bitte dich darum. Wie alle Iren liebe ich es, wenn Geschichten erzählt werden. Ich freue mich schon darauf." Er reichte einen Arm hinüber zu Haldetrud und drückte ihre Hand. Beide wechselten einen sehr innigen Blick und lächelten glücklich.

Es dauerte nicht lange, bis sie die Herberge erreicht hatten. Es war ein bescheidenes altes Fachwerkhaus, wirkte aber recht geräumig. Es stellte sich heraus, dass es einen Schlafsaal für Männer und einen für Frauen gab. Zu dieser Jahreszeit hielten sich nur wenige Gäste in der Herberge auf. Sie setzten sich in die Gaststube und erhielten ein einfaches, aber deftiges Nachtmahl serviert. Dazu gab es klares Wasser, Ziegenmilch und auch Bier zu trinken. Nachdem sich alle gesättigt hatten, machten sie es sich in der Gaststube gemütlich, um Haldetruds Darbietung zu lauschen.

„Vor sehr langer Zeit spielt diese Geschichte, die mir ein Reisender aus dem hohen Norden, ein Sachse, erzählt hat, der lange bei den Dänen gelebt hatte; die Menschen glaubten damals noch an Götter, Riesen, Zwerge und Ungeheuer. Unter den Hauptgöttern, den Asen, befand sich einer, nämlich Loki, der einen bösen Charakter besaß. Er hatte einst ein Verhältnis mit der Riesin Angrboda, die ihm drei Kinder gebar: den gewaltigen Wolf Fenrir, eine riesige Schlange und eine Frau namens Hel, von sonderbarem, erschreckendem Aussehen. Den Asen wurde geweissagt, dass ihnen große Gefahr von diesen Geschöpfen drohen würde. Deshalb warf Odin, der Göttervater, die Schlange ins Meer, und da sie das ganze Festland umschloss, den Midgard, wurde sie die Midgardschlange genannt. Die Hel aber wurde in das Totenreich geworfen, wo sie seither herrscht. Fenrir behielten die Götter zuerst bei sich; da er aber immer wilder wurde und die Asen es mit der Angst zu tun bekamen, fesselten sie ihn. Diese Fessel zerriss der Wolf mit Leichtigkeit, ebenso eine zweite. Die dritte aber stellten kluge Zwerge her, und zwar aus dem Lärm eines Katzentrittes, dem Bart einer Frau, den Wurzeln eines Berges, dem Atem eines Fisches und dem Speichel eines Vogels.

Durch eine List schafften es die Götter, dem misstrauischen Wolf diese Fessel anzulegen; als Pfand musste einer von ihnen allerdings seine Hand in Fenrirs Maul legen. Tyr erbot sich dafür. Tatsächlich konnte der riesige Wolf Fenrir die Fessel nicht sprengen, Tyr biss er dafür in seiner Wut die Hand ab. Der Wolf wurde nun festgekettet, zusätzlich steckten ihm die Asen ein Schwert in den Rachen, dessen Griff den Mundboden berührte, die Spitze seinen Gaumen. Von nun an heulte der Wolf unablässig in seiner Wut. So wird es gehen bis zum Weltende, dem Ragnarök, da wird Fenrir seine Fessel zerreißen."

Ansegisil und Aidan hatten dem nordischen Mythos mit großer Spannung gelauscht. Aidan hatte diese Geschichte noch nie gehört, er war sehr beeindruckt und bedankte sich bei Haldetrud. „Ich bin sehr neugierig auf solche Geschichten, du musst mir bald noch viele andere erzählen." Ansegisil war schon sehr müde, er stand auf, um sich schlafen zu legen. „Gute Nacht, ihr beiden, dann bis morgen."

Aidan schlug Haldetrud vor, noch einen kleinen Spaziergang zu machen. Sie war sofort einverstanden, nahm den schläfrigen Dagobert auf den Arm, und sie gingen noch etwas an die frische Luft. Nachdem sie sich ein Stück vom Haus entfernt hatten, nahm Aidan Haldetrud in die Arme, soweit ihm das wegen des kleinen Prinzen auf ihrem Arm möglich war. „Du bist das schönste, klügste und bezauberndste Mädchen, das ich jemals getroffen habe. Ich bin sehr glücklich, dich kennen gelernt zu haben."

Haldetruds Lippen zitterten, sie war ganz rot geworden, sie lächelte verschämt, ihre Augen leuchteten. Behutsam umfasste Aidan ihren Kopf und küsste ihre Lippen. „Wir müssen uns jetzt viel öfter sehen, meine Schöne."

„Unbedingt, Aidan, ich mag mich kaum noch von dir trennen," flüsterte sie. „Besuche uns, wann immer du willst." Sie küssten sich noch einmal und gingen zurück in die Herberge, Haldetrud mit dem Jungen in den Frauenschlafsaal, Aidan in den für die Männer.

Libanius, dem Archidiakon, war keineswegs entgangen, dass sich Haldetrud schon mehrmals mit dem jungen Adligen Aidan getroffen hatte. Er konnte sich denken, dass die beiden ineinander verliebt waren. Libanius tobte vor Eifersucht. Nachts lag er stundenlang wach, stellte sich in allen Einzelheiten vor, wie die beiden zärtlich miteinander turtelten, wie sie sich küssten und liebkosten. Dann ballte er die Fäuste, knirschte mit den Zähnen und stieß die übelsten Verwünschungen aus. Dieser Aidan war ihm bereits abgrundtief verhasst, obwohl er ihn gar nicht kannte. Aber dass dieser Kerl es gewagt hatte, mit der Frau anzubandeln, die er selbst für sich auserkoren hatte, das war einfach zu viel. In seiner Phantasie und seinen Träumen stellte er sich vor, wie er ihn erwürgte, mit einem Schwert durchbohrte oder ihm mit einer Axt den Schädel spaltete. Wie konnte Haldetrud, diese dahergelaufene Dorfschönheit, es wagen, diesen unbedarften, dümmlichen Aidan ihm vorzuziehen, einen fränkischen Archidiakon aus einem der ältesten, vornehmsten römischen Adelsgeschlechter Galliens? Je öfter er sich vorstellte, wie die beiden es miteinander trieben, desto wilder wurde seine Begierde angestachelt, sie selber zu besitzen. Sie musste ihm einfach gehören, ganz gleich, was er anstellen musste, um sein Ziel zu erreichen.

Da kam ihm eine Idee: er musste etwas Unerhörtes ins Werk setzen, das Haldetrud zutiefst erschrecken würde. Wenn sie dann ganz verzweifelt wäre, würde er kommen und die Sache wieder bereinigen. Er käme als der Retter in der Not. Sie würde davon tief beeindruckt sein, wie es ihm gelungen wäre, sie aus ihrer verzweifelten Lage zu befreien. Sie würde ihm unendlich dankbar sein. Er würde ihr seine

Gefühle für sie offenbaren, und ganz bestimmt würde sie ihn dann erhören und ihm zu Willen sein. Aber was könnte er aushecken, dass dieser Plan in Erfüllung ginge?

Nachdem er mehrere Tage darüber gegrübelt hatte, hatte er einen Einfall: Er würde den jungen Prinzen Dagobert entführen lassen! Ganz sicher wäre Haldetrud außer sich, völlig am Boden zerstört. Der Kleine war schließlich ihr Schutzbefohlener, der Sohn eines fränkischen Königs, und zudem liebte sie das Kind offenbar, als sei es ihr eigenes. Nach einiger Zeit, in der alle ihre Bemühungen, den Jungen wiederzufinden, gescheitert wären und sie sich in tiefster Verzweiflung befände, würde er als der strahlende Retter in Erscheinung treten. Mit dem Kind auf dem Arm würde er vor sie treten und ihr eine lange Lügengeschichte erzählen, wie es ihm gelungen wäre, das Kind wieder aufzufinden. Haldetrud würde sicher in Tränen ausbrechen und ihm, Libanius, um den Hals fallen. Natürlich musste er Helfershelfer finden, die skrupellos genug wären, die Entführung des jungen Dagobert durchzuführen. Vorläufig hatte er keine Ahnung, wo er solche Leute ausfindig machen könnte. Zudem konnte er sich ja mit niemandem in der Landessprache verständigen. Zuallererst musste er also Gälisch lernen. Ein Zufall kam ihm zu Hilfe, dass es nämlich im Kloster einen Mönch gab, der als junger Mann mehrere Jahre als Missionar im Frankenreich verbracht und in dieser Zeit Fränkisch gelernt hatte. Wenn er, Libanius, erst einmal so viel Gälisch sprechen könnte, dass er sich mit den Einheimischen leidlich gut unterhalten könnte, dann würde er sicher mit vielen

Mönchen im Kloster ins Gespräch kommen, die bestimmt neugierig waren, mehr von diesem weitgereisten Archidiakon zu erfahren.

Der Mönch, der als Missionar im Frankenreich gewirkt hatte, war ein schon betagter, gütiger, freundlicher Mann. Er hieß Cailan O`Neill.

Schon einen Tag, nachdem Libanius seinen finsteren Plan ausgeheckt hatte, sprach er den alten Mönch an: „Gelobt sei Jesus Christus", begrüßte er ihn auf Fränkisch.

„In Ewigkeit, Amen", erwiderte Cailan.

„Du weißt vielleicht", fuhr Libanius fort, „dass ich bestimmt viele Jahre hier im Kloster leben werde, da der junge Prinz Dagobert nach dem Tod seines Vaters, des Königs Sigibert III, von Grimoald, dem Majordomus von Austrasien, der Obhut der Kirche anvertraut wurde. Dies geschah mit dem ausdrücklichen Wunsch, dass der Knabe im Kloster hier in Irland erzogen würde, um später Mönch zu werden. Du hast ja auch meinen Herrn, den gottesfürchtigen, berühmten Bischof von Poitiers, kennen gelernt, der das Kind aus königlicher Familie selber hierher gebracht hat. Die weitere Fürsorge für den Jungen sowie die Aufsicht über seine Erziehung hat der Bischof dann mir übertragen. Nächstes Jahr, wenn Dagobert sechs Jahre alt geworden ist, kann seine Erziehung beginnen."

„Das ist eine außergewöhnliche, sehr verantwortungsvolle Aufgabe, für die der Bischof dich auserwählt hat, Libanius," antwortete Cailan O`Neill höflich. „Ich kann mir vorstellen, dass du gern in der Lage wärst, dich mit den Brüdern im Kloster Slane oder auch anderen Menschen dieses Landes in ihrer Sprache zu unterhalten."

„Genau so ist es, Vater Cailan," erwiderte der Archidiakon respektvoll. „Und wer käme da für den Unterricht besser infrage als du, Vater Cailan? Wir Kleriker haben zwar im allgemeinen alle Latein gelernt und können uns auch in dieser Sprache verständigen – mit Ausnahme der Laienbrüder vielleicht – aber ich muss gestehen, mein Latein ist inzwischen etwas eingerostet, bis auf die lateinische Liturgie natürlich. Deshalb begrüße ich es umso mehr, in dir einen würdigen Lehrer gefunden zu haben, der eben auch fließend Fränkisch sprechen kann."

Der alte Mann lächelte. „Ich fühle mich sehr geehrt, Libanius, dass du mich dafür ausgewählt hast. Von mir aus können wir gleich morgen mit dem Unterricht beginnen. Ich schlage vor, dass wir uns jeweils nach dem Mittagessen in deiner Zelle treffen. Dort wären wir völlig ungestört. An den wöchentlichen Fastentagen könnten wir uns ebenfalls zu dieser Zeit zusammen setzen, auch in der Fastenzeit vor Ostern, wenn es dir recht ist. Selbstverständlich können wir den Unterricht auch einmal ausfallen lassen, wenn einer von uns andere Verpflichtungen hat."

Libanius war mit dem Vorschlag von Pater Cailan O`Neill einverstanden. So begann er schon am nächsten Tag mit dem Gälischunterricht. Anfangs tat er sich schwer damit, die Sprache hatte doch einen ganz anderen Klang als Latein oder Fränkisch. Aber mit der Zeit wurde ihm das Gälische doch vertrauter, nach einem halben Jahr war er schon in der Lage, mit den Mönchen im Kloster Gespräche zu führen. Die meisten waren sehr beeindruckt von seiner weltmännischen Art und seiner Bildung. Besonders imponierte ihnen, dass Libanius fließend Latein sprach, was allerdings kein Wunder war, da er ja aus einer römischen Familie stammte. In seinen Unterhaltungen mit den Mönchen wurde ihm oft von den erbitterten Fehden zwischen den irischen Clans berichtet, auch die Könige der verschiedenen irischen Territorien fochten nicht selten Kriege gegeneinander aus, wobei die Allianzen zwischen ihnen einem häufigen Wechsel unterlagen. Allmählich hörte er heraus, was ihn am meisten interessierte: dass ganz in der Nähe des Klosters ein Clan lebte, der bei verschiedenen Fehden geschlagen und schwer gedemütigt worden war. Dieser Clan, beziehungsweise ein Teil dieses Clans, trug den Namen O`Coindeal–bhain, er lebte auf einem einsamen Hof nicht allzu weit entfernt vom Kloster Slane.

In einem Gespräch mit dem Abt des Klosters gelang es Libanius, ihn davon zu überzeugen, welch großes Interesse er für die irische Geschichte, insbesondere die seiner Clans, hegte. Dass er schon beachtliche Fortschritte im Erlernen der gälischen Sprache gemacht hatte, beeindruckte den Abt ganz besonders. Auf die Bitte des Archidiakons ließ der Abt drei Tage später einen Führer kommen, der auch ein Pferd für Libanius mitbrachte. Zusammen mit dem Führer wollte er sich zu dem Hof der O`Coindeal-bhain begeben. Libanius konnte es kaum erwarten, dass der Führer mit dem Pferd für ihn eintraf. Er malte sich schon aus, wie es ihm gelingen würde, mit der Hilfe eines dieser Clan-Mitglieder den kleinen Dagobert aus Haldetruds Armen reißen zu lassen.

Tatsächlich erschien der Führer, ein ziemlich verwegen aussehender junger

Mann namens Farlan, am dritten Tag im Kloster. Zusammen ritten die beiden zum Hof des O`Coindeal-bhain Clans. Libanius bat Farlan, mit den Pferden auf ihn zu warten. Die Bewohner des Hofes konnten es kaum glauben, dass ein fränkischer Kleriker, der sogar leidlich gutes Gälisch sprach, bei ihnen auftauchte. Libanius erklärte dem Oberhaupt der Sippe, dass er vor einiger Zeit vom Vater des jungen Dagobert tödlich beleidigt worden wäre, und dass er seitdem auf Rache sinnen würde. Er setzte dem Mann auseinander, wie er sich die Entführung des Knaben vorgestellt hatte, und wo das Bauernhaus lag, in dem Ansegisil und Haldetrud mit dem Kind lebten. Mit einem boshaften Grinsen auf seinem Gesicht stimmte das Oberhaupt der Sippe zu und bestimmte einen seiner Söhne mit der Durchführung. Libanius schlug vor, den geraubten Knaben nicht auf dem Hof der O`Coindeal bhain zu verstecken, sondern bei vertrauenswürdigen Leuten in der Nähe. Drei Tage später sollte sich Nuallan, der vom Vater ausgesuchte Sohn, mit dem Kind zurück zum Kloster begeben, sich im Kloster aber nicht blicken lassen, sondern in einem nahe gelegenen Wäldchen das Kind Libanius übergeben. Als Lohn wurden fünf fränkische Golddenare ausgemacht, worüber sich der Vater sehr zufrieden zeigte. Seine Augen leuchteten, er schnalzte mit der Zunge und zeigte wieder sein boshaftes Grinsen. Nachdem der Handel abgeschlossen war, ritt Libanius mit dem Führer zurück zum Kloster.

Das Vorhaben lief tatsächlich so ab, wie es sich Libanius vorgestellt hatte. Als Nuallan das Bauernhaus betrat, war auch Ansegisil anwesend. Der Knabe spielte dicht bei Haldetrud gerade mit Bauklötzen auf dem Küchenfußboden. Nuallan zog ein Kurzschwert und ging drohend auf Ansegisil zu. Haldetrud war vor Schreck wie erstarrt. Schnell ergriff Nuallan das Kind, das sofort zu schreien begann, stürzte zu seinem Pferd und galoppierte mit dem kleinen Dagobert davon. Wie verabredet, brachte er ihn zum Hof eines befreundeten Nachbarn, ebenfalls ein Mitglied seines Clans.

Inzwischen war Haldetrud, in Tränen aufgelöst, auf dem Fußboden zusammen gebrochen. Ansegisil schrie in ohnmächtiger Wut auf, auch er begann zu weinen. Haldetrud heulte und schluchzte, sie konnte sich überhaupt nicht mehr beruhigen. „Wer macht nur so etwas?" schrie Ansegisil. „Wem um alles in der Welt kann diese Entführung nützen?" Nachdem er sich etwas beruhigt hatte, ging er hinüber ins Kloster und meldete das Verbrechen dem Abt. Auch der war fassungslos. „Ich kann mir auch nicht vorstellen, wer so etwas machen könnte, und vor allem wozu." Ratlos ging Ansegisil zurück, um Haldetrud zu trösten und   beizustehen.

Wie verabredet, tauchte Nuallan drei Tage später mit dem entführten Kind in dem Wäldchen auf, das Libanius als Treffpunkt mit ihm ausgemacht hatte. Er übergab dem Archidiakon den Knaben, der inzwischen vom vielen Weinen völlig erschöpft war und einen apathischen Eindruck machte.

Libanius war mit dem bisherigen Verlauf der Entführung hoch zufrieden, mit Dagobert auf dem Arm ging er sofort zum Bauernhaus hinüber. Als er zusammen mit dem Kleinen eintrat, starrten ihn die Geschwister entgeistert an, mit einem Aufschrei stürzte Haldetrud auf den Archidiakon zu und nahm das Kind an sich Der Kleine begann, heftig zu schluchzen, er schmiegte sich dicht an seine Ziehmutter.

Ansegisil machte einen Schritt auf Libanius zu und fragte ihn in scharfem Ton: „Wo kommst du jetzt mit Dagobert her? Wie kommt es, dass ausgerechnet du mit ihm hier aufkreuzt?"

Libanius war auf solche Fragen schon vorbereitet. „Ich hörte vom Vater Abt von dieser schrecklichen Entführung und begann, Nachforschungen anzustellen. Ich ritt zu verschiedenen Höfen in der näheren und ferneren Umgebung des Klosters Slane und fragte die Leute, ob sie irgendjemanden mit einem kleinen Kind gesehen hätten, der ihnen vielleicht verdächtig vorkam. Schließlich wurde mir auf einem dieser Höfe mitgeteilt, man hätte dieses Kind, den Sprössling eines Königsgeschlechts, entführt, um ein Lösegeld zu erpressen. Ich sagte nichts weiter dazu, zahlte diesen Leuten das Lösegeld und kam mit Dagobert sogleich hierher. Mir war angedroht worden, ich würde getötet, falls ich Informationen über die Sache weitergäbe. Aber wie ihr seht, habe ich diese Drohungen in den Wind geschlagen und bin glücklich, euch das Kind wohlbehalten zurückzubringen."

Misstrauisch musterte Ansegisil das Gesicht des Archidiakons und bedankte sich dann knapp. Haldetrud hatte sich, ganz versunken in ihr Glück, den Kleinen wieder im Arm zu halten, mit ihm in den anderen Raum zurückgezogen. Libanius war peinlich berührt über diesen kühlen Empfang. Er hatte sich ja ausgemalt, als der große Retter überschwänglich empfangen zu werden. Schwer enttäuscht verließ er ohne ein weiteres Wort das Bauernhaus. Als Haldetrud ein wenig zur Ruhe gekommen war, teilte ihr Ansegisil mit, dass er von dieser Geschichte des Libanius kein Wort glaube. Auch seine Schwester fand die Sache in höchstem Grade verdächtig, aber für sie war die Angelegenheit jetzt abgeschlossen.

Doch Ansegisil begab sich am nächsten Tag zum Abt und erzählte ihm die Geschichte, die Libanius ihm aufgetischt hatte. Der Abt hatte von einigen Mönchen gehört, dass der Archidiakon sich nach irischen Clans erkundigt hätte, besonders solchen, die kürzlich in Fehden unterlegen waren. Und dass Libanius um einen ortskundigen Führer und ein Pferd gebeten hatte, kam ihm in diesem Zusammenhang doch etwas merkwürdig vor. Er schickte einen Mönch zum Clan der O`Coindeal-bhain. Der wurde dort zwar herzlich empfangen, aber da man über diese widerliche Entführung leider gar nichts wisse, wurde der Mönch unverrichteter Dinge zum Kloster zurückgeschickt. Trotzdem behielt der Abt Libanius weiterhin im Verdacht, aber da es nicht den geringsten Beweis gegen ihn gab, schwieg er. Libanius aber musste sich voller Ingrimm eingestehen, dass der ganze Aufwand für ihn nicht das Allergeringste gebracht hatte, dass sein Versuch, vor Haldetrud als der strahlende Retter ihres Ziehsohnes zu erscheinen, kläglich gescheitert war.

VIERTES KAPITEL

GERHILD

Der Sommer war mit viel Regen, aber auch genügend Sonnenschein ins Land gekommen, um für ein üppiges Wachstum des Grases und eine gute Reifung der Feldfrüchte zu sorgen. So wurde Menschen und Tieren Nahrung in Hülle und Fülle geschenkt. Auch die wilden Tiere in Wäldern und Feldern, in Seen und Flüssen kamen nicht zu kurz, so wie es in Psalm 147 heißt: `der den Himmel mit Wolken bedeckt und Regen gibt auf Erden; der Gras auf den Bergen wachsen lässt, der dem Vieh sein Futter gibt, den jungen Raben, die zu ihm rufen.` Auch der Herbst war schon weit fortgeschritten; manche Bäume leuchteten noch im farbenprächtigen Schmuck ihrer Blätter, aber viele hatten ihr Laub bereits abgeworfen.

Inzwischen sahen sich Haldetrud und Aidan immer häufiger, etwa zwei bis drei Mal die Woche. Meistens kam Aidan mit seinem Pferd zum Bauernhaus der beiden Geschwister, aber mehrmals hatte Aidan Haldetrud auch abgeholt, damit sie seine Familie kennen lernen konnte. Was auch immer seine Eltern über Haldetrud dachten, sie sagten zu ihrem Sohn nichts darüber. Es war anzunehmen, dass sie doch etwas enttäuscht waren, dass ihr Sohn diese Ausländerin - womöglich von niederem Stand – statt einer adligen Irin auserwählt hatte. Sie konnten aber nicht umhin anzuerkennen, dass das Mädchen einen gutmütigen Charakter hatte. Mit ihrer fröhlichen, herzlichen Art und ihrem Charme würde sie wohl bald das Herz der Eltern gewonnen haben.

Aidan hatte sich nach seiner früheren großen Enttäuschung vorgenommen, sich nicht mehr zu verlieben, doch zu seiner eigenen Verwunderung war er inzwischen in Haldetrud schwer verliebt. Er konnte sich ein Leben ohne sie kaum noch vorstellen. Beide dachten ernsthaft daran zu heiraten und sprachen auch oft darüber. Aber das war gar nicht so einfach, denn Haldetrud war ja gegenüber dem Bischof von Poitiers verpflichtet, für den kleinen Dagobert anstelle seiner Mutter zu sorgen. Das war ihr inzwischen zu einer Herzensangelegenheit geworden, da sie den Jungen lieb gewonnen hatte. Dazu gehörte eben auch, das er vom kommenden Jahr an mehrere Stunden pro Tag zur Erziehung bzw. Ausbildung im Kloster würde verbringen müssen. Zumindest, bis er zehn Jahre alt wäre, müsste sie dann im Kloster an seiner Seite sein. Zum Glück lag das Gehöft von Aidans Familie vom Kloster nicht allzu weit entfernt.

„Ich finde, wir sollten unbedingt nächstes Jahr im Frühling heiraten," hatte Aidan seiner Verlobten vorgeschlagen. „Du musst dann natürlich mit mir zusammen auf unserem Familienhof leben, und selbstverständlich wird auch Dagobert bei uns sein. Ich werde dich und den Jungen eben jeden Tag zu den Mönchen bringen, so dass sie ihm seinen Unterricht erteilen können. Am Nachmittag hole ich euch wieder ab."

Damit war Haldetrud einverstanden. „Aber mein armer Bruder wird dann ganz allein im Bauernhaus leben," wandte sie etwas bekümmert ein.

„Ich denke, er wird das verkraften können, Liebste. Ich werde ein Pferd für ihn besorgen, dann kann er uns besuchen, sooft er will. Und er kann zusammen mit dir an Dagoberts Unterricht im Kloster teilnehmen. Er hat sich ja auch an den Jungen gewöhnt. Er wird bestimmt gerne möglichst oft weiterhin mit ihm zusammen sein."

Die beiden Verlobten besprachen ausführlich ihre Pläne mit Ansegisil. Er war sehr froh über das Glück seiner Schwester. Er würde sie und den kleinen Dagobert auch weiterhin sehen können. Mit dieser Aussicht war er sehr zufrieden. Ein wenig mulmig war ihm freilich schon zumute, dass er in Zukunft allein in dem Bauernhaus würde leben müssen. Doch war er zuversichtlich, damit zurecht zu kommen. Besonders freute er sich über die Aussicht, bald ein eigenes Pferd zu besitzen, mit dem er nach Herzenslust die Gegend erkunden könnte.

Eines Tages am späten Nachmittag im November, als sich die Dämmerung schon sanft über Feld und Flur zu legen begann, vernahm Ansegisil ein schüchternes Klopfen an der Haustür. Er war gerade allein; Haldetrud war morgens mit Dagobert von Aidan zu seinem Familiensitz abgeholt worden. Bevor er öffnete, fragte Ansegisil, wer da klopfe. Erst hörte er gar nichts, aber nach einer Weile vernahm er ganz schwach eine Frauenstimme: „Ich bin eine entflohene Sklavin, habt bitte Erbarmen und lasst mich hinein, ich habe seit Tagen nichts gegessen und bin ganz durchgefroren."

Das Erstaunlichste war, dass die Frau vor der Tür Fränkisch gesprochen hatte! Ansegisil öffnete sogleich, er erblickte eine zerlumpte junge Frau mit totenblassem Gesicht und langem, wirren Haar. „Komm herein!" sprach er die Frau an, die ihn jetzt ängstlich anblickte, aber doch zögernd das Haus betrat. Ansegisil betrachtete sie schweigend, er war erschrocken von ihrem Anblick. Da die Frau sehr schwach zu sein schien, führte er sie als erstes zu einem Stuhl, den er vor das Feuer rückte. „Hier kannst du dich erst einmal aufwärmen, ich gebe dir gleich etwas zu essen." Es war noch Gerstenbrei von seiner Mittagsmahlzeit übrig, den brachte er der Fremden, sowie auch einen Becher Ziegenmilch. Gierig begann die Frau, sofort zu essen und zu trinken. Ansegisil musterte sie aufmerksam. Nachdem die Fremde den Brei aufgegessen hatte, leckte sie noch den Napf aus. Sie bemerkte, dass Ansegisil sie fragend ansah. Mit leiser Stimme begann sie, stockend zu sprechen: „Sprichst du wirklich meine Sprache?" Ansegisil nickte. „Ich komme aus der Stadt Dorestad," begann sie zu erzählen, „das liegt im Norden des Frankenreiches an der Nordsee. Es gibt auch einen Hafen für die Schiffe der Kaufleute. Mein Vater war eines Tages so verschuldet, dass er zum Schuldsklaven gemacht wurde. Auch meine Geschwister und ich galten von nun an als Sklaven. Ich wurde auf den Sklavenmarkt in Dorestad gebracht, um verkauft zu werden." Die junge Frau konnte nicht weitersprechen. Sie begann zu weinen.

Ansegisil legte einen Arm um ihre Schultern. „Sh, sh" machte er den Laut, wie man kleine Kinder beruhigt. „Du bist hier in Sicherheit. Aber wie heiß du eigentlich?"

„Ich heiße Gerhild," antwortete sie. „Ich bin jetzt achtzehn Jahre alt. Als ich siebzehn war, kamen Kaufleute aus Britannien, um auf dem Markt in Dorestad flandrische Stoffe einzukaufen. Sie entdeckten mich dann auf dem Sklavenmarkt und kauften mich. Ich wurde auf ihr Schiff gebracht. Dort fiel der Kapitän sofort über mich her." Wieder konnte Gerhild nicht weitersprechen.

„Dir ist schreckliches Leid widerfahren," sagte Ansegisil leise. „Du musst jetzt nicht weitererzählen. Bestimmt bist du todmüde. Ich zeige dir jetzt, wo du schlafen kannst."

„Kann ich, kann ich vielleicht noch etwas essen?" fragte Gerhild schüchtern.

„Aber natürlich, ich habe noch Fladenbrot, du kannst so viel davon essen, wie du magst."

Nachdem Gerhild von dem Brot gegessen und noch zwei Becher von der frischen Ziegenmilch getrunken hatte, führte Ansegisil sie zu seiner Schlafbank. Er selbst würde auf dem Fußboden schlafen, bis er eine weitere Schlafbank gezimmert hätte. Das Mädchen sagte noch: „Ich bin so froh, dass ich hier einen Landsmann getroffen habe. Gott segne dich, Ansegisil!" Sie legte sich hin und schlief sofort ein.

Ansegisil hingegen konnte lange nicht einschlafen. Dieses Mädchen und seine Geschichte hatten ihn tief berührt. Was für ein Schicksal! In gewisser Weise waren ja auch er und seine Schwester zu Sklaven des Bischofs von Poitiers geworden und hatten gegen ihren Willen ihre Heimat verlassen müssen. Immerhin hatten sie hier in Irland ein Dach über dem Kopf und satt zu essen, was in diesen unsicheren Zeiten nicht selbstverständlich war. Aber dieses Mädchen aus Dorestad hatte gar nichts mehr! Sie war wohl kurz davor gewesen zu erfrieren oder zu verhungern. Sie jammerte ihn. Er musste ihr unbedingt helfen! Endlich schlief auch Ansegisil ein.

Am nächsten Morgen holte er erst einmal Wasser vom nahe gelegenen Brunnen, damit sich Gerhild waschen konnte. Sie hatte wohl schon seit Tagen kaum noch irgendwo in Ruhe schlafen können, jedenfalls schlief sie immer noch. Ansegisil fing an, ein Frühstück für Gerhild und sich zu bereiten. Endlich wachte sie auf und blickte verstört um sich. „Ich danke dir für das Essen und den Schlafplatz. Aber ich will dir nicht länger zur Last fallen. Ich mache mich jetzt auf den Weg und ziehe weiter."

„Du brauchst nicht wieder zu gehen, Gerhild. Ich habe Wasser vom Brunnen geholt und auch schon Frühstück gemacht. Nun wasch dich erst einmal und iss etwas! Dann sehen wir weiter."

Gerhild blickte dankbar zu Ansegisil auf. Nachdem sie sich gewaschen hatte, setzten sich die beiden an den Tisch zum Frühstück. Jetzt bei Tageslicht konnte man erst richtig sehen, wie ausgemergelt das Mädchen war. Ihre Wangen waren eingefallen, das Haar wirkte struppig, obwohl sie es gerade gewaschen und gekämmt hatte. Auch jetzt aß sie eine große Portion frisch zubereiteten Gerstenbreis und hinterher noch Brotfladen. Nach dem Essen schien es ihr deutlich besser zu gehen. „Ich muss dir noch weiter erzählen, wie es mir ergangen ist, Ansegisil," setzte sie ihren Bericht vom vorigen Abend fort. „Wie gesagt, der Kapitän fiel über mich her, um mich zu schänden. Ich versuchte, mich mit aller Kraft zu wehren, doch er sagte: `Wenn du dich jetzt weiter so zierst, werde ich jedem Einzelnen von der Mannschaft erlauben, dich ebenfalls zu vergewaltigen.` Da gab ich meinen Widerstand auf und ließ alles über mich ergehen. Zu meinem Glück hatte diese Qual schon bald danach ein Ende, denn ein fürchterlicher Sturm brach im Ärmelkanal über das Schiff herein. Die Mannschaft hatte alle Hände voll zu tun, das Schiff vor dem Kentern zu bewahren, das Steuern war fast unmöglich geworden. So kamen wir völlig vom Kurs ab. Wir wurden an der Südküste Britanniens entlang bis in die Irische See abgetrieben. Die wütenden Sturmböen brachten das Schiff mehrmals fast zum Kentern, jede Menge Wasser kam über, die Matrosen schöpften es bis an den Rand ihrer Erschöpfung wieder aus. Da der Sturm in der Irischen See leicht abzuflauen schien, steuerte der Kapitän in nördlicher Richtung auf die irische Küste zu, bis wir den Hafen von Ath Cliath erreichten. Hier gelang es der Mannschaft, das Schiff auf den Strand zu setzen. Alle waren so entkräftet, dass sie sich, wo immer sie gerade waren, hinlegten und vor Erschöpfung einschliefen. Das war der Moment, als ich dachte: jetzt oder nie. Auch meine Bewacher waren eingeschlafen. Es gelang mir, mich von meinen Fesseln frei zu machen und unbemerkt auf den Strand zu springen. Ich rannte los, so schnell ich nur konnte, irgendwohin, nur weg von der Küste. Als ich nicht mehr konnte, legte ich mich in einem Wald auf ein Moospolster und deckte mich mit Zweigen zu.

Als ich wieder aufwachte, überdachte ich meine Lage etwas nüchterner. Ich war zwar der Sklaverei entronnen, aber wie sollte es weitergehen? Fürs erste hatte ich schrecklichen Hunger. Ich wanderte so lange, bis ich zu einem Bauernhaus kam. Die Leute hatten Mitleid mit mir und gaben mir zu essen. Danach zog ich aufs Geratewohl weiter, ich weiß gar nicht, wie lange ich jetzt schon unterwegs bin. Ab und zu bekam ich von mildtätigen Leuten etwas zu essen, aber ich wollte nirgends bleiben, aus Angst, man könnte mich zum Kapitän zurück bringen, oder mich einfach als Sklavin behalten."

Ansegisil war erschüttert. Als Gerhild geendet hatte, beschloss er, ohne lange darüber nachzudenken, dem Mädchen vorzuschlagen, bei ihm und Haldetrud zu bleiben. Er nahm Gerhilds rechte Hand und drückte sie kurz. „Gerhild," sagte er mit fester Stimme, „du brauchst wirklich keine Angst zu haben. Ich schwöre beim Heiligen Martin von Tours und beim Haupt meiner verstorbenen Mutter, dass ich dich nicht zu dem Schiff mit diesem widerlichen Kapitän zurückbringen und dich auf keinen Fall wieder zur Sklavin machen werde. Dass man dich und deine Geschwister wegen der Schulden deines Vaters versklavt hat, ist in meinen Augen ein großes Verbrechen. Überhaupt kein Mensch, auch dein Vater nicht, sollte ein Sklave sein müssen. Du bist jetzt ein freier Mensch, Gerhild, du kannst erst einmal hier in diesem Haus bleiben, so lange du willst. Aber natürlich steht es dir auch frei, weiterzuziehen, wenn dir das lieber ist. Ich wohne in diesem Bauernhaus zusammen mit meiner Schwester Haldetrud. Ich bin sicher, sie wird auch nichts dagegen haben, wenn du bei uns bleibst. Im Moment ist sie auf dem Hof ihres Verlobten. Wir beide sind vor gut einem halben Jahr vom Bischof Dido von Poitiers gezwungen worden, hier in Irland den kleinen Dagobert, einen Jungen von königlicher Abstammung, zu betreuen. In Wirklichkeit ist das arme Kind von seiner Familie und dem Majordomus von Austrasien nach Irland verbannt worden. Hier soll er im Kloster Slane unterrichtet werden und möglichst in den Mönchsstand treten, sobald er alt genug ist. Eine abscheuliche Tat dieser adligen Herrschaften, aber von der Nachfolge seines Vaters, des verstorbenen Königs, wollte man ihn offensichtlich ausschließen. Der Knabe kann noch von Glück sagen, dass man ihn am Leben gelassen hat. Ich habe schon einmal von einem ähnlichen Fall gehört, da wurde ein merowingischer Thronfolger im zarten Kindesalter einfach umgebracht."

Gerhild hatte Ansegisils Geschichte mit großen Augen gelauscht. Er konnte das Entsetzen darüber, wie grausam man mit diesem Kind verfahren war, in ihrem Gesicht ablesen. Beide schwiegen. Endlich sagte das Mädchen leise: „Wie konnte die Mutter des Jungen das nur übers Herz bringen?"

„Man erzählt sich," erwiderte Ansegisil, „dass ihr kleiner Sohn ihr geradezu aus den Armen gerissen wurde. Sie konnte bestimmt nichts dafür. Gerhild, hast du eigentlich gestern, bevor du zu diesem Haus kamst, das Kloster gesehen?"

Gerhild nickte. „Ich habe es gesehen. Aber ich bin nicht zur Pforte gegangen. Ich hatte Angst, die Mönche könnten eine ausländische, entflohene Sklavin wieder dorthin schicken, wo sie hergekommen war, obwohl fromme Christen so etwas nicht tun sollten. Aber es sind nicht alle Menschen so barmherzig wie unser Heiliger Martin von Tours."

„Das stimmt leider," Ansegisil seufzte.

Plötzlich kniete Gerhild nieder vor Ansegisil. Sie ergriff seine rechte Hand und küsste sie. Ansegisil spürte, wie ihre eigene Hand dabei zitterte. Sie wollte wohl etwas sagen, aber ihre Stimme schien dabei zu versagen. Doch auf einmal flüsterte sie mit niedergeschlagenen Augen: „Unser Vater im Himmel und die heilige Jungfrau mögen dich segnen, Ansegisil. Du hast dich meiner erbarmt, das werde ich dir mein Leben lang nicht vergessen. Ich möchte dein Angebot annehmen, ich würde sehr gern bei dir und deiner Schwester leben, wenn sie auch einverstanden ist."

Sie blickte Ansegisil jetzt direkt in die Augen. Er sah, dass Tränen über ihre Wangen liefen. Er drückte fest ihre beiden Hände. „Ich bin sicher, meine Schwester wird damit einverstanden sein, Gerhild." Er wusste nicht recht, was er noch sagen sollte. „Du hast viel Leid erfahren, Gerhild. Unser Herr Jesus Christus möge dich segnen und dich trösten," brachte er schließlich stockend hervor.

Gerhild lächelte. „Ich hoffe, ich werde dir und deiner Schwester eine Hilfe im Haushalt sein. Ich kann Brot backen, kochen und Wäsche waschen, was immer gerade erforderlich ist." Sie lächelte wieder.

Ansegisil stand von seinem Hocker auf, und während er zur Haustür ging, rief er Gerhild zu: „Ich gehe, einige Bretter zu holen. Ich fange gleich heute an, eine weitere Schlafbank anzufertigen."

Am Nachmittag traf Haldetrud mit Dagobert ein, die von Aidan gebracht wurden. Als Haldetrud die Tür öffnete und gleich Gerhild erblickte, die gerade damit beschäftigt war, den Küchenboden zu fegen, stutzte sie erst einmal. Im nächsten Moment kam Ansegisil aus dem zweiten Zimmer und begrüßte seine Schwester, den kleinen Dagobert und Aidan. „Ihr wundert euch bestimmt, wer dieses Mädchen ist. Sie klopfte gestern an unsere Tür, und ich ließ sie herein. Sie ist eine Fränkin aus Dorestad, man hatte sie dort zur Sklavin gemacht und an sächsische Kaufleute aus Britannien verkauft. Es ist ihr aber gelungen zu entfliehen; seitdem ist sie durch diesen Teil Irlands geirrt. Aber lasst sie selbst ihre Geschichte erzählen! Gerhild, dies sind meine Schwester Haldetrud, der kleine Prinz Dagobert und Aidan, der Verlobte meiner Schwester."

Erstaunt betrachtete Haldetrud das fränkische Mädchen, das immer noch seine zerlumpte Kleidung trug. Gerhild wagte es kaum, ihren Blick zu Haldetrud zu erheben, schließlich kam sie auf sie zu, fiel auf ihre Knie und küsste ihre Hände. Ängstlich sah sie jetzt zu Ansegisils Schwester auf.

Haldetrud war erschrocken von dieser Begrüßung. „Steh auf, Gerhild!" sagte sie in freundlichem Ton, „sei gegrüßt, ich heiße dich bei uns willkommen. Aber wir wollen uns jetzt alle um das Feuer herum setzen. Ich bitte dich, Gerhild, erzähl` mir doch auch, was dir widerfahren ist!"

Als alle um das Feuer herum Platz genommen hatten, fasste Gerhild wieder Mut und begann zu erzählen. Haldetrud und Aidan kamen aus dem Staunen nicht mehr heraus, je länger das Mädchen aus Dorestad ihnen von seinem Schicksal berichtete. Als sie geendet hatte, schwieg Haldetrud betroffen. Sie war erschüttert. Schließlich stand sie auf, küsste Gerhild auf die Stirn, nahm ihre beiden Hände und drückte sie fest. „Was hat man dir bloß angetan, Gerhild, was hast du alles erleiden müssen, ich mag es mir gar nicht vorstellen. Dass diese Menschen dich so grausam behandelt haben! Selbstverständlich bist du jetzt frei und keine Sklavin mehr! Bleib erst einmal bei uns in unserem Haus und erhol`

dich von all diesen Schrecken!"

Dankbar sah Gerhild Haldetrud an und lächelte schüchtern. „Ich weiß nicht, wie ich dir und deinem Bruder danken kann," sagte sie leise.

„Unser Vater im Himmel behüte und segne dich für deine Güte, Haldetrud. Wenn ich vorerst bei euch bleiben kann, will ich eure Hilfe dankbar annehmen. Ich will auch im Haushalt alles tun, was nötig ist, so wie ich es im Haus meines Vaters getan habe. Möge der Herr sich seiner erbarmen!"

Haldetrud gab Gerhild eines ihrer eigenen Kleider. „Dein zerschlissenes Kleid taugt nur noch für Putzlappen, Gerhild", meinte sie lächelnd.

Nun meldete sich Aidan zu Wort. „Auch ich möchte dich in unserem schönen Irland willkommen heißen, Gerhild. Bestimmt hat Gott dich gerade zu diesem Haus geführt, wo du zwei deiner Landsleute angetroffen hast. Heute Abend werde ich gleich eine meiner jüngeren Schwestern fragen, ob sie ein Kleid für dich übrig hat. Dann kannst du es morgen oder übermorgen anziehen. Und auf dem nächsten Markt kaufen wir dir ein neues."

So kam es, dass Gerhild in dem Bauernhaus bei Ansegisil und Haldetrud blieb. Sie war eine ruhige, angenehme Hausgenossin; außerdem war sie fleißig und packte bei allen Arbeiten im Haushalt an. Sie war nur wenige Jahre jünger als Haldetrud. Die beiden Frauen verstanden sich bald ausgezeichnet; Haldetrud war froh, jetzt auch eine Frau im Haus zu haben, mit der sie doch ganz anders plaudern und schwatzen konnte als mit ihrem Bruder.

Dass der Winter eingezogen war, konnte man in dem milden Klima Irlands kaum spüren; höchstens daran, dass die Laubbäume inzwischen alle Blätter abgeworfen hatten. Es fegten auch die ersten Winterstürme über Wiesen und Felder und rüttelten an den Balken und Reetdächern der Bauernhäuser. Nur den festen Steinmauern des Klosters Slane konnten sie nichts anhaben. Noch heftigere Regenschauer als sonst während des Jahres durchnässten die frierenden Mönche, wenn sie aus dem Dormitorium über den Hof zur Klosterkirche hasteten. Das Vieh auf den Weiden aber hielt auch diesem Wetter tapfer stand. Die Kühe und Schafe waren es so gewohnt, das ganze Jahr hindurch im Freien zu leben. Nur wenn es einmal allzu kalt wurde, Eis und Schnee die Weiden bedeckten – was selten genug vorkam – wurden sie in den Stall gebracht, wo schon duftendes Heu auf sie wartete.

Mittlerweile fraßen sich Eifersucht und Hass immer tiefer in das Herz des Archidiakons Libanius. Ob er wollte oder nicht, er sah Haldetrud jeden Sonntag im Gottesdienst. Einerseits lechzte er von einem Sonntag zum nächsten danach, sie wiederzusehen, andrerseits bereitete es ihm unendliche Qualen, sie dort auf ihrer Bank zwischen den Ihren sitzen zu sehen. Er hasste sie alle: Ansegisil, ihren vermaledeiten Bruder, ihren Zögling Dagobert, um den er offenbar Tag und Nacht herum scharwenzelte, als ob er schon die Königskrone trüge; aber am meisten natürlich ihren Liebhaber Aidan, der sie manchmal in die Klosterkirche begleitete. Das hatte ihm gerade noch gefehlt, dass so ein dreckiger, irischer Bauernlümmel – ganz gleich, aus welchem Hochadel er entstammen mochte oder auch nicht – sich offenbar in Haldetrud, seine Haldetrud, verliebt hatte und sie womöglich zu heiraten gedachte. Das war empörend, ungeheuerlich, geradezu ein Sakrileg! Niemand hatte einen Anspruch auf diese anbetungswürdige Frau als er allein, Libanius, dem auch nicht ein einziger elender Ire das Wasser reichen konnte. Dieses ganze Pack, verdammt sollten sie alle sein! Er hasste dieses ganze Land, besonders natürlich diesen Bauerntölpel Aidan. In seinen Träumen drehte er ihm genüsslich den Hals um, oder er stieß ein Schwert in seinen Bauch, immer wieder, bis der Kerl blutend und winselnd sein Leben aushauchte. Natürlich war ihm klar, dass er in einem direkten Kampf mit Aidan hoffnungslos unterlegen wäre. Durch die jahrelange Feldarbeit und die Kämpfe bei Fehden mit verfeindeten Clans strotzte dieser Bengel nur so vor Kraft und Geschicklichkeit mit Waffen. Er selbst hatte in seinem Leben niemals den Kampf mit Schwert und Speer geübt, er hatte seine Zeit hauptsächlich mit dem Studium langweiliger theologischer Schriften verbracht.

Viel häufiger als andere Menschen erschien ihm Haldetrud in seinen Träumen. Dann lag sie in seinen Armen, er streichelte sie, sie küssten sich immer wieder leidenschaftlich, es war die vollendete Glückseligkeit. Sie gingen Hand in Hand durch Auen und Wiesen, streiften durch dunkle Wälder, oder sie zogen ihre Kleider aus und badeten in einem See. Danach lagen sie dicht aneinander gepresst am Ufer und liebten sich. Niemand störte ihr Glück in seinen Träumen. Er schmiedete Pläne für ein Leben mit Haldetrud, er würde sie ins Frankenreich mitnehmen; Bischof Dido würde zurücktreten, er selbst würde zum neuen Bischof ernannt werden. Er konnte Haldetrud in diesem Amt zwar nicht formell heiraten, aber sie würde trotzdem mit ihm zusammenleben; sie würden Kinder haben. Auch als seine Konkubine wäre sie hoch geachtet. Das war durchaus üblich in Gallien, mit dem Zölibat nahm man es nicht so genau. Nur ein einziges Mal erschien ihm auch Aidan im Traum. Er, Libanius, saß gerade mit Haldetrud zusammen bei einem köstlichen Mahl, das sie zubereitet hatte, sie tranken einen erlesenen Beaune-Wein und genossen ihr Glück. Da stürmte plötzlich Aidan in den Raum, mit gezogenem Schwert, mit hassverzerrtem Gesicht, mit wildem Blick. Er setzte ihm, Libanius, das Schwert an die Kehle und zwang ihn, niederzuknien und um Gnade zu flehen. Inzwischen war Haldetrud auf Aidan zugestürzt und klammerte sich verzweifelt an ihn. „Rette mich vor diesem Scheusal, mein Geliebter!" rief sie. „Die Zeit, die ich mit ihm verbringen musste, war die Hölle. Gib diesem elenden Schwächling den Rest!" Doch Aidan begnügte sich damit, ihm ins Gesicht zu spucken und seinen Kopf auf den Boden zu drücken. „Du jämmerlicher Wicht," rief er, „verflucht sollst du sein in Ewigkeit!"

Da wachte Libanius auf aus diesem Alptraum. Er knirschte mit den Zähnen vor Wut und ballte ohnmächtig die Fäuste. Wie konnte dieser primitive, ungebildete Ire es wagen, ihn, den Bischof von Poitiers, zu demütigen und ihm seine heißgeliebte Frau wegzunehmen! Aber das sollte dieser Schuft büßen! Er würde schon Mittel und Wege finden, ihn ein für allemal unschädlich zu machen. Er musste allerdings schlauer vorgehen als beim letzten Mal. Die vorgetäuschte Entführung und anschließende Rettung des kleinen Prinzen war ein totaler Fehlschlag gewesen. Und Dagobert! Dieser lächerliche Prinz! Auch den hasste er abgrundtief. Nur weil dieser Bengel zufällig als Sohn eines merowingischen Königs geboren war, galt er jetzt als Thronfolger! Zumindest theoretisch. In Wirklichkeit aber hatte man sich seiner entledigt, ihn ins ferne Irland abgeschoben. Dort sollte er nun zum Mönch herangezogen werden und ein für allemal von der Nachfolge als austrasischer König ausgeschlossen werden. Sollte dieser Hosenscheißer doch in diesem stinkenden Kloster verrotten! Er missgönnte dem Knaben nicht nur seine Herkunft aus dem fränkischen Hochadel, er hasste ihn auch dafür, dass er jetzt so behütet aufwuchs, in der Obhut der engelsgleichen Haldetrud, die ihn liebte und umsorgte wie ihr eigenes Kind. Und wehe, wenn dieser Dagobert es eines Tages doch noch schaffen sollte, was Gott verhüten möge, nach Gallien zurückzukehren! Die politischen Verhältnisse im Frankenreich waren schließlich unberechenbar. Die Könige starben oft in jungen Jahren, außerdem führten diese Merowinger innerhalb der eigenen Sippe oft Krieg gegeneinander. Ein jeder versuchte, ein Stück des Teilreichs eines seiner Brüder dem eigenen Teilreich einzuverleiben, besonders wenn es um bedeutende Städte mit hohem Steueraufkommen ging. Insofern könnte sich durchaus einmal eine Situation ergeben, dass im Zuge dieser innerfränkischen Machtkämpfe eine Gruppe des austrasischen Hochadels auf die Idee käme, Dagobert wieder zurückzuholen! Nicht auszudenken! Niemals durfte das geschehen. Und wenn er, Libanius, eigenhändig dem Leben dieses verhassten Prinzen ein Ende machen müsste! Libanius steigerte sich immer heftiger hinein in diese Hassphantasien. Seine unerwiderte Liebe zu Haldetrud und seine Vernichtungsphantasien beherrschten bald seine Seele und vergifteten sein Leben.

Im Haus der beiden Geschwister, in dem sie mit dem kleinen Dagobert und nun auch mit der Fränkin Gerhild zusammenlebten, verliefen die Tage im großen und ganzen recht harmonisch. Natürlich gab es auch ab und zu Meinungsverschiedenheiten, wie das im Zusammenleben der Menschen nun einmal nicht ausbleibt. Haldetrud fand, dass ihr Bruder dazu neigte, mit den ihnen vom Kloster zugeteilten Lebensmitteln etwas verschwenderisch umzugehen. „Der Abt war ohnehin sehr großherzig, dass er uns erlaubt hat, Gerhild auf Dauer bei uns zu behalten," wandte sie sich eines Tages an ihren Bruder, als Gerhild gerade in ihrem Gärtchen zu tun hatte. „Sie wird ja nun aus den Mitteln des Klosters verköstigt, wofür wir auch sehr dankbar sind. Wir sollten aber mit dem, was wir vom Kloster bekommen, möglichst sparsam umgehen."

„Aber du willst doch sicher nicht, dass wir hungern müssen, Schwester," erwiderte Ansegisil gereizt. „Ich esse nun einmal für mein Leben gern und habe meistens sehr viel Appetit." Er lachte.

Haldetrud musste auch lachen. „Pass auf, dass du nicht fett wirst, Bruder!" Beide mussten lachen.

„Daran habe ich auch schon gedacht," fiel Ansegisil ein, „etwas Bewegung würde mir bestimmt nicht schaden. Ich werde den Abt fragen, ob ich nicht gemeinsam mit den Mönchen auf den Feldern arbeiten könnte. Dann trage ich gleich etwas zu unserem Lebensunterhalt bei."

Haldetrud war einverstanden. „Ich finde, das ist eine ganz ausgezeichnete Idee. Frag ruhig den Vater Abt!"

Der Abt freute sich über Ansegisils Vorschlag und stimmte zu. So kam es, dass er zusammen mit den Mönchen bei der Feldarbeit zu arbeiten begann. Er lernte dadurch einige der Mönche besser kennen. Besonders mit Zweien in seinem Alter, die Davin und Nuallan hießen, freundete er sich an. Durch die Zusammenarbeit mit ihnen lernte er allmählich etwas Gälisch.

Die Tage und Wochen vergingen, aber Ansegisil konnte sich keineswegs daran gewöhnen, dass Gerhild bei ihnen mit im Haus wohnte. Im Gegenteil, je weiter die Zeit voranschritt, desto unruhiger wurde er. Er bewunderte ihre schöne Figur und ihre graziösen Bewegungen; sein Herz bebte, wenn er ihr Antlitz betrachtete. Ihre leicht gewölbte Stirn, ihre feine, schmale Nase, ihre wunderbar geschwungenen Lippen, ihr süßes Lächeln hatten ihn verzaubert; dazu ihr volles, dunkelblondes Haar, das ihr schmales Gesicht umrahmte. Aber ihre Stimme, ihre helle, melodische Stimme hatten es ihm besonders angetan. Oft hörte er ihr zu, wenn sie die alten Lieder der Franken sang, die sie von ihrer Mutter gelernt hatte. Am liebsten hätte er sie den ganzen Tag lang betrachtet und sich an ihrem Anblick erfreut. Aber das ging natürlich nicht. Er konnte sie ja unmöglich ständig anstarren. Er konnte nur hin und wieder einen Blick auf sie werfen. Wenn sie ihn ansprach, wurde er gleich verlegen und stotterte manchmal, wenn er ihr antwortete. Ansegisil musste sich eingestehen, dass er in Gerhild verliebt war.

Oft fragte er sie nach ihrer Familie und ihrem Leben in Dorestad. Sie hatte noch sechs Geschwister, vier Buben und zwei Mädchen. Die Mutter musste natürlich arbeiten wie ein Pferd, um alles im Haushalt zu bewältigen und die Familie zu versorgen. Sie als die Älteste unter den Geschwistern konnte aber der Mutter viel Arbeit abnehmen. Sie fütterte auch die Hühner, die Gänse sowie die Schweine und half ihrem Vater bei der Feldarbeit. Es musste auch Wolle ihrer Schafe gesponnen, gewebt und die Kleidung genäht werden. Eine Mußestunde gab es für die Eltern nie; höchstens am Sonntag in der Messe fanden sie auch einmal Ruhe. Und trotz dieser Plackerei hatte hatte sich der Vater verschulden müssen, als mehrere Missernten aufeinander gefolgt waren und durch eine Viehseuche auch noch ein Teil der Kühe gestorben war.

Gerhild ihrerseits hatte sehr wohl bemerkt, dass Ansegisil offenbar ein besonderes Interesse an ihr zeigte. Es war ihr nicht entgangen, wie oft er sie ansah. Sein Gesicht nahm dann meistens einen verträumten Ausdruck an. Auch dass er oft verlegen wurde, wenn sie ihn ansprach, war ihr natürlich aufgefallen. Sie wusste nicht recht, wie sie darauf reagieren sollte. Sie befand sich in einer schwierigen Lage. Sie war ja als zerlumpter, völlig mittelloser Flüchtling im Haus der Geschwister aufgenommen worden und war deshalb den beiden zu allergrößtem Dank verpflichtet. Dass aber der Hausherr sich möglicherweise in sie verliebt hatte, war ja insofern problematisch, als es verwerflich war, wenn sich ein Herr seiner Schutzbefohlenen näherte, weil er sie begehrte. Daher war es wohl das Beste, wenn sie Ansegisil gegenüber kühl und abweisend blieb, was nicht hieß, dass ihr Verhalten unhöflich erscheinen müsste. Ihr Lage empfand sie als besonders kompliziert, da sie Ansegisil im Verlauf der letzten Wochen immer sympathischer fand. Ja, es war wohl mehr als das. Seine freundliche, zurückhaltende Art gefiel ihr immer besser. War sie vielleicht auch gerade dabei, sich in ihn zu verlieben?

Als der Winter eine Pause einlegte und den Tieren und Menschen einige milde Tage schenkte, kam Ansegisil eine Idee. Er schlug

Gerhild vor, gemeinsam einen kleinen Ausritt zu unternehmen. Er besaß ja seit einiger Zeit ein Pferd, für einen nicht allzu langen Ritt konnte das Tier auch zwei Menschen tragen. Es gab nicht sehr weit von ihrem Haus einen Eichenwald, der von den ausgedehnten Wäldern alter Zeiten übrig geblieben war, bevor die Menschen begonnen hatten, Wälder zu roden, um Platz für ihre Felder und Weiden zu schaffen.

Gerhild war einverstanden, und so ritten die beiden eines Morgens bei klarem Himmel und strahlendem Sonnenschein los. Beide trugen warme Wintermäntel, für eine Brotzeit zwischendurch hatten sie Proviant in eine Satteltasche gepackt.

Gerhild hatte sonst kaum eine Gelegenheit gehabt, sich vom Haus weiter zu entfernen, als bis zur Klosterkirche. Sie atmete die frische Luft tief ein und genoss den Blick über die weite Hügellandschaft mit ihren leuchtend grünen Wiesen und braunen Äckern, die oft von Hecken oder Feldsteinmauern gesäumt waren. Sehr wenige Menschen begegneten ihnen, nur hin und wieder sahen sie einen Jungen, der Rinder oder Schafe und Ziegen hütete und zu ihnen herüberwinkte.

Nach einer guten halben Stunde erreichten sie den Wald, saßen ab und banden das Pferd an einen Baum, aber so, dass es noch Spielraum hatte, von den Kräutern und Gräsern zu naschen. Langsam drangen sie in die Tiefen des Eichenwaldes vor. „Wir müssen aufpassen, dass wir später den Rückweg finden und uns nicht im Wald verirren. Wir sollten ab und zu einen kleinen Zweig umknicken, um den Rückweg zu markieren," schlug Ansegisil vor. Im Sommer herrschte in diesem Wald bestimmt nur ein schwaches Dämmerlicht, aber da die

Laubbäume inzwischen alle ihre Blätter verloren hatten, drang natürlich genügend Licht bis zum Erdboden vor, so dass sie eine gute Sicht auf alles in ihrer Umgebung hatten. Man hörte fast keinen Laut. Nur wenn sie auf einen trockenen Zweig traten, erschien ihnen das plötzliche Knacken in der Stille so, als wenn ein vorüber trampelnder Riese einen starken Ast zerbrochen hätte. Ab und zu konnten sie, wie aus weiter Ferne, das Zwitschern eines Vogels hören. Aber auf einmal vernahmen sie ein dumpfes, lautes Gebrüll. Sie zuckten beide zusammen. Gerhild musste lachen. „Gibt es hier mitten im Wald etwa Kühe und Stiere?" fragte sie Ansegisil. Er musste auch lachen. „Bestimmt keine zahmen Hauskühe, aber wilde Auerochsen muss es hier offenbar geben. Von so einem großen Ur ist dieses Gebrüll bestimmt gekommen. Aber dass er uns angreift, glaube ich kaum. Diese Tiere meiden die Menschen im allgemeinen. Höchstens eine Auerochsenkuh, die gerade Kälbchen führt, könnte einen Menschen wohl angreifen, um ihre Jungen zu verteidigen. Falls wir eine heranstürmen sehen, müssen wir uns schnell auf einen Baum retten." Er lachte.

„Du willst mir wohl Angst einjagen, Ansegisil," antwortete Gerhild lächelnd. „Vor solchen Tieren habe ich überhaupt keine Angst. Ich würde einen Zauberspruch sprechen und dann ein Schlaflied singen. Das wird jeden Auerochsen beruhigen. Ich komme gut mit Tieren zurecht. Ich glaube, sie lieben meine Stimme, sie spüren wohl, dass ich sie gern habe."

„Ich liebe deine Stimme auch, Gerhild," sagte Ansegisil schüchtern. „Du singst bei der Arbeit so wunderschöne Lieder."

Gerhild wurde rot. „Ja, die hat mir alle meine Mutter beigebracht. Und von meiner Großmutter habe ich viele Zaubersprüche gelernt, auch solche, die man über verletzten oder kranken Tieren sprechen kann. Diese Zaubersprüche werden schon seit langer Zeit von einer Generation zur nächsten weitergegeben; schon seit der Zeit, als die Menschen noch an die Götter der Ahnen glaubten. Einer lautet so:

> `Phol ende Wuodan fuorun zi holza.
>
> Du wart demo balderes folon sin fuoz birenkit.
>
> Thu biguol en Sinthgunt, Sunna era swister,
>
> thu biguol en Frija, Folla era swister,
>
> thu biguol en Wuodan, so he wola conda.
>
> sose benrenki, sose bluotrenki,
>
> sose lidirenki.
>
> ben zi bena, bluot zi bluoda.
>
> lid zi geliden, sose gelimida sin.`

Dieser Spruch des Kriegsgottes Wodan heilte den verletzten Fuß und das Bein von Balders Pferd."

Ansegisil staunte. „Was du alles weißt, Gerhild! Dann könntest du ja unser Pferd kurieren, falls es sich auf dem Rückweg einen Fuß verletzen sollte." Beide mussten lachen Sie gingen langsam weiter. „So einen schönen wilden Wald habe ich bei uns zu Hause nie gesehen," meinte Gerhild ganz ehrfürchtig. „In der Gegend von Dorestad gibt es vor allem weites Marschland, höchstens noch hier und da Moore und Heideflächen. Aber es ist ein wunderschönes Land. Ich werde es wohl nie wiedersehen."

„Sag das nicht, keiner von uns weiß, was die Zukunft bringen mag. Dieses Irland ist ganz sicher sehr schön, aber ich sehne mich auch oft nach meiner Heimat. Wir wollen Gott bitten, uns ein Wiedersehen mit unserer Heimat zu ermöglichen."

„Amen," flüsterte Gerhild, „so sei es." Die beiden mussten sehr vorsichtig sein, um in diesem urtümlichen Eichenwald voranzukommen. Überall lagen Felsbrocken und vor allem die Stämme alter Bäume, die ein schwerer Sturm umgeworfen hatte, oder deren Lebenszeit abgelaufen war. Die meisten waren mit dicken Moospolstern bedeckt, manche waren schon weitgehend verrottet. Dazwischen waren junge Bäumchen hochgeschossen, die es bestimmt schwer hatten, höher zu wachsen, da die großen Bäume im Sommer nicht genug Licht bis zum Erdboden durchließen. Für die beiden Wanderer wurde es immer schwieriger, sich durch die Wildnis dieses geheimnisvollen Waldes durchzukämpfen. Schließlich setzten sie sich auf einen Baumstamm, der zum Glück trocken war, und begannen damit, sich über ihren Proviant herzumachen.

Die mühselige Wanderung hatte ihnen ordentlich Appetit gemacht, und so verzehrten sie die Fladenbrote, das Trockenfleisch sowie Äpfel und Zwiebeln in Windeseile. Ganz in der Nähe sprudelte eine Quelle aus dem Boden, so dass sie mit dem köstlichen, klaren Wasser ihren Durst löschen konnten.

Sie blieben noch eine Weile sitzen und lauschten der großen Stille, die sie umgab. „Ich glaube, dieser Wald ist verzaubert," meinte Gerhild. „Vor vielen hundert Jahren wurde hier vielleicht ein Druide begraben. Vor seinem Tod hat er vielleicht einen Zauberspruch über den Wald gesprochen, dass jeder, der es wagt, den Wald zu roden und seine Ruhe zu stören, von den Göttern der Kelten bestraft werden soll."

„Da läuft einem ja ein kalter Schauer über den Rücken." Aber Ansegisil lächelte bei diesen Worten. „Du scheinst dich gut auszukennen in der Welt der Ahnen. Weil du gerade diesen Druiden erwähnt hast, von Aidan habe ich einmal gehört, dass es in Irland sogar heute noch Druiden gibt, weil ein kleiner Teil der Iren noch immer an die alten Götter der Kelten glaubt. Die Bewohner dieser Insel sind ja mit den Galliern verwandt, die auch Druiden und Druidinnen für priesterliche Dienste hatten, und die einst Gallien beherrschten, bis sie von den Römern besiegt wurden. Und so viel ich weiß, haben sich etliche Franken in Aquitanien und anderen Teilen des Südens mit den Galliern vermischt."

„Na, du weißt aber auch gut Bescheid über die Vergangenheit," meinte Gerhild lächelnd. Der dumpfe Schrei einer Eule ganz in ihrer Nähe unterbrach das Gespräch.

Ansegisils Miene nahm wieder einen ernsten Ausdruck an. „Weißt du, dass ich..., dass ich sehr froh darüber bin," wandte er sich stockend an Gerhild, „dass du auf deiner Flucht gerade an die Tür unseres Hauses geklopft hast? Und je länger du jetzt bei uns wohnst, desto glücklicher bin ich, dass Gott dich zu unserem Haus geführt hat, und dass du nicht weitergezogen bist, sondern bei uns geblieben bist." Er senkte verlegen den Blick.

Gerhild ergriff Ansegisils rechte Hand. „Sieh mich an, Ansegisil!" sagte sie mit großer Wärme in ihrer Stimme. „Um keinen Preis hätte ich weiterziehen wollen. Schon als ich durchgefroren und hungrig an deine Tür klopfte, und du mich sofort hineingelassen und mir zu essen gegeben hast, da wusste ich, dass ich an einen Ort gekommen war, wo ich ein neues Zuhause gefunden hatte. Das empfinde ich so bis heute. Und in diesen Wochen bist du mir immer vertrauter geworden." Jetzt war Gerhild etwas verlegen geworden. Aber Ansegisils Hand lag immer noch in ihrer.

Ansegisils Miene hatte sich aufgehellt. „Ich habe mich bisher nicht getraut, es dir zu sagen, Gerhild, auch du bist mir inzwischen so vertraut geworden, als ob du schon sehr lange in unserem Haus lebst. Ich habe dich sehr gern, und, und," er stockte, „ich, ich habe dich lieb gewonnen."

Gerhild war wie verwandelt. Von ihrem kühlen, distanzierten Verhalten Ansegisil gegenüber war nichts mehr übrig. Sie lächelte glücklich und strich ihm über das Haar. Dann neigte sie ihren Kopf zu ihm hin und drückte einen flüchtigen Kuss auf seine Lippen. „Mein Liebster," flüsterte sie, „Gott hat mir das größte Glück geschenkt, weil ich dich gefunden habe. Ich hab dich lieb, Ansegisil."

Ansegisils Antlitz war immer noch ernst, aber wie verklärt von großem Glück. Als ob eine Elfe sein Gesicht berührt und ihren Elfenglanz darauf gehaucht hätte. „Dieser Wald ist wirklich verzaubert, Gerhild, aber nicht durch einen Fluch, sondern durch einen Segen für Menschen, deren Herzen diesen Zauber erahnen." Er strahlte, als er Gerhild anblickte, nahm ihren Kopf zwischen seine Hände und küsste sehr zärtlich ihren Mund.

FÜNFTES KAPITEL

KRIEG

Es begann schon zu dämmern, als die beiden aufbrachen. „Meinem Pferd habe ich bisher noch gar keinen Namen gegeben. Ich will es jetzt `Zauberwald` nennen." Ansegisil stimmte ein lautes, fröhliches Lachen an über diesen wunderbaren, glücklichen Tag. Er riss beide Arme hoch und stieß einen Freudenschrei aus. Auf dem Nachhauseweg schmiegte sich Gerhild eng an Ansegisil, der immer wieder über ihr Haar strich. Als sie zu Hause angekommen waren, und Ansegisil `Zauberwald` auf die Hauswiese gebracht und ihm Hafer gegeben hatte, fielen sich die beiden Liebenden in die Arme und küssten sich. „Das Leben ist schön!" jubelte Ansegisil vergnügt. Als sie im Haus waren, küssten sie sich wieder und wieder. „Wir wollen tanzen, Liebste!" rief Ansegisil und ergriff Gerhilds Hände. Übermütig wie zwei kleine Kinder tanzten sie durch das Haus, bis sie sich japsend auf ihren Stühlen niederließen. Sie hatten schon wieder Hunger. Gerhild holte einige Fladenbrote aus einer Vorratskiste, während Ansegisil das Feuer anfachte und etwas Holz nachlegte.

Es dauerte nicht lange, bis Haldetrud und Dagobert eintrafen. Als Haldetrud die beiden erblickte, bemerkte sie sofort, dass etwas geschehen sein musste, beide strahlten vor Glück. „Nun erzählt schon!", rief sie vergnügt, „was habe ich in der Zwischenzeit verpasst?"

„Nun rate doch Schwester, was sich ereignet hat!" Ansegisil sprang auf, lief auf Haldetrud zu und umarmte sie. „Gerhild und ich haben uns ineinander verliebt. Was sagst du dazu?"

Haldetrud lächelte versonnen. „Ich habe mir schon so etwas gedacht, Bruder, als ich dich die letzten Wochen beobachtet habe. So wie du Gerhild angeschaut hast, das war gar nicht zu übersehen. Ich freue mich sehr für euch beide. Sie küsste ihren Bruder und Gerhild auf die Stirn und rief plötzlich: „Und wann soll nun die Hochzeit sein?"

Gerhild und Ansegisil wurden beide etwas verlegen. „Wir haben noch nicht darüber gesprochen, Schwester, aber alles zu seiner Zeit."

Doch wie auf Haldetruds Stichwort überlegte Ansegisil auf einmal nicht lange. Er kniete vor Gerhild nieder und fragte sie: „Willst du meine Frau werden, Liebste?"

Gerhild schien nicht allzu überrascht zu sein. „Das will ich, Liebster, ich will deine Frau werden." Ihr Gesicht leuchtete, als wenn es von einem Sonnenstrahl erhellt würde, der durch das Dach hindurch auf die junge Frau schien. Sie ergriff Ansegisils Hände, zog ihn zu sich hoch und küsste ihn.

„Ich beglückwünsche euch," rief Haldetrud, „unser Vater im Himmel möge euren Bund segnen!"

„Ich fände es schön, wenn wir zu Weihnachten heiraten könnten." Gerhild war selbst überrascht, dass sie diesen Vorschlag gemacht hatte.

„So soll es sein!" rief Ansegisil, „wir wollen zu Weihnachten heiraten. Gleich morgen frage ich den Vater Abt." Der junge Mann war wie verwandelt, er fühlte sich wie berauscht von seinem Glück. Während der ganzen Zeit blickte Dagobert staunend von einem zu anderen, er begriff nicht so recht, was da vor sich ging, bis Haldetrud es ihm erklärte.

Als Ansegisil am nächsten Tag zu Finlay O`Hara, dem Abt des Klosters, gegangen war und ihn bat, am Weihnachtsabend mit Gerhild getraut zu werden, stimmte der alte Mönch sofort zu. Er umarmte Ansegisil. „Ich freue mich für euch beide," sagte er mit heiterer Miene. Bring doch bitte bald Gerhild zu mir, damit ich sie etwas besser kennen lernen kann. In den Gottesdiensten habe ich sie ja schon oft gesehen."

Sehnsüchtig erwarteten die Liebenden den Weihnachtsabend. Es waren nur noch vier Wochen bis Weihnachten, aber für Gerhild und Ansegisil schien sich die Zeit endlos hinzuziehen. Endlich war es so weit. Nach der Messe traute der Abt persönlich die beiden Verlobten. Nach alter Tradition steckte Ansegisil Gerhild einen Ring aus Eisen an den vierten Finger ihrer linken Hand, den er zuvor beim Schmied des nächsten Dorfes hatte schmieden lassen.

Nach seiner Heirat mit Gerhild hatte Ansegisil das Gefühl, ein neues Leben wäre für ihn angebrochen. Nie hätte er sich vorstellen können, einmal derart glücklich zu sein. Und nachdem er und Gerhild sich in der Hochzeitsnacht geliebt hatten, war er geradezu überwältigt. Es war wie ein Urereignis gewesen, nicht in Worte zu fassen, es war einfach herrlich! Gerhild empfand es offenbar nicht so wie er. Obwohl er doch sehr zärtlich gewesen war, hatte es ihr weh getan. Aber nachdem sie öfter Sex miteinander hatten, gefiel es ihr immer besser. Auch sie empfand jetzt große Lust dabei.

Nach fränkischer Sitte gab Ansegisil Gerhild nach der Hochzeitsnacht einen Golddenar als Morgengabe. „Ich hatte vor unserer Abreise nach Irland dieses Goldstück in meine Tunika, die ich unter meinem Kittel trage, eingenäht. Mehr besitze ich nicht, Gerhild. Aber alles, was meins ist, ist auch deins."

Im vergangenen Jahr hatten die Mönche des Klosters Slane und die Menschen in der Umgebung des Klosters eine Zeit des Friedens erleben dürfen. Doch Hader, Hass und Gewalt warfen nun ihre Schatten voraus und drohten das Verhältnis der Clans untereinander in der Grafschaft Meath im Gebiet der Hügel Tara und Slane zu vergiften.

Es scheint, dass den Menschen das Los bestimmt ist, keinen Frieden untereinander halten zu können. Immer wieder frisst sich das Böse in ihre Herzen und sie erliegen der Versuchung der Macht. Waren im neuen Jahr Kämpfe und sogar Kriege unvermeidlich? Oder bestand noch die Möglichkeit einer friedlichen Übereinkunft? Aidan war klar, dass er als Gefolgsmann mit seinem Clan-Oberhaupt, dem Hochkönig Cellach mac Maele Coba, zusammen in einen Kampf ziehen müsste. Das war eine Selbstverständlichkeit, besonders da er selber zum Hochadel gehörte. Wenn es jetzt zu einer Schlacht käme, wäre es nicht das erste Mal für ihn. Er hatte unter seinem Clan-Oberhaupt und dessen Bruder Conaill Coel schon im Jahr 650 in der Schlacht von Dun Cremthain gegen den Clan Domnaill unter der Führung von Aengus mac Domnaill gekämpft. Dessen Clan hatte die Schlacht verloren. Seitdem sann sein Sohn Loingsech mac Aengusa auf Rache. Offenbar dachte er, dass jetzt die Zeit dafür reif wäre. Vorläufig gab es noch Verhandlungen zwischen den Clans, doch Loingsech mac Aengusa verlangte energisch eine Entschuldigung vom Hochkönig Cellach. Dieser dachte aber gar nicht daran, sich für irgendwas zu entschuldigen. So verschärfte sich der Streit allmählich.

Kurz nach Weihnachten waren auch Haldetrud und Aidan vor den Traualtar getreten. Sie wurden ebenfalls vom Abt des Klosters getraut. Auf dem Gehöft Ath Troim von Aidans Familie gab es nur eine bescheidene Feier. Doch das war den beiden gleichgültig, die Hauptsache war für die beiden, dass sie jetzt vor Gott und den Menschen Mann und Frau waren. Ihr Glück war jetzt vollkommen, und sie waren von großer Dankbarkeit erfüllt.

Nach dem Ende des Winters sollte im März endlich für Dagobert der Unterricht im Kloster beginnen. Haldetrud würde ihn an jedem Wochentag morgens dorthin bringen und nachmittags wieder abholen müssen. Da aber Aidan nicht jeden Tag Haldetrud und Dagobert zum Kloster bringen konnte, bekam seine Frau jetzt ein eigenes Pferd, so dass sie in dieser Hinsicht unabhängig sein würde. Sie wollte so oft wie möglich mit dem Jungen zusammen beim Unterricht anwesend sein. Aidan und Haldetrud hatten beschlossen, da sie jetzt verheiratet waren, zusammen auf Ath Troim, Aidans Familiensitz, zu leben. Das frisch gebackene Ehepaar Ansegisil und Gerhild hätte dann das Bauernhaus für sich. Auch Ansegisil hatte sich vorgenommen, sich um Dagobert zu kümmern, wenn er den halben Tag in der Klosterschule verbrachte.

Am zwanzigsten März zum Frühlingsanfang war es endlich so weit. Die beiden hochgelehrten Mönche Dubhan und Diarmait begrüßten den jungen Dagobert sowie seine beiden Zieheltern. Auch der Abt hatte es sich nicht nehmen lassen, zum Beginn des Unterrichts einige Worte zu sprechen: „Ich möchte dich herzlich in diesem Kloster willkommen heißen, Dagobert. Heute beginnt deine Erziehung. Der Herr unser Gott segne dich und und segne den Unterricht, der dir hier zuteil werden wird. Du wirst in den sieben freien Künsten sowie in der Theologie unterrichtet werden, bis du nach einigen Jahren dein Studium mit dem Grad des Baccalaureus artium abschließen kannst. Danach ist es dir freigestellt, als Novize im Kloster aufgenommen zu werden. Dies ist der Wunsch deiner Vormünder aus dem Frankenreich. Doch bis dahin wird noch einige Zeit ins Land gehen. Wir werden sehen, wie du dich dann entscheiden wirst. Bis der Unterricht in den sieben freien Künsten beginnen kann, ist es allerdings unerlässlich, dass du die gälische Sprache erlernst. Unterrichten werden dich die Mönche Dubhan und Diarmait, die hier an meiner rechten Seite stehen. Sie können beide ein wenig Fränkisch, aber unterrichten müssen sie dich auf Gälisch."

Dagobert hatte die ganze Zeit stumm von einem zum anderen geblickt. Die Mönche in ihrem langen, braunen Habit und dem feierlichen Gesichtsausdruck – besonders der Abt mit dem Kreuz auf der Brust und seinem langen, grauen Bart – beeindruckten den Jungen gewaltig. Schließlich brach er in Tränen aus und barg sein Gesicht in Haldetruds Kleid. Sie beugte sich zu ihm herab, strich ihm über das Haar und bemühte sich, ihm Mut zu machen. „Das sind sehr freundliche, gutherzige Männer, Dagobert. Sie werden dich bald lieb gewonnen haben. Sie werden auch ganz bestimmt im Unterricht nicht zu streng mit dir sein. Du kannst ihnen vertrauen. Außerdem bin ich ja an deiner Seite, ich lasse dich nicht allein hier."

Dagobert drehte sich wieder zu den Mönchen um und lächelte tapfer. Er ging auf sie zu und gab allen die Hand. „Du bist ein guter Junge, Dagobert," begrüßte ihn Bruder Dubhan, „du wirst sehen, der Unterricht wird dir viel Freude machen."

„Ich bin sicher, Dagobert," wandte sich nun Bruder Diarmait an den Knaben, „dass wir im Unterricht viel Spaß zusammen haben werden. Ich sehe, dass du ein aufgeweckter, tapferer Junge bist, das Lernen wird dir bestimmt leicht fallen."

Die beiden Mönche hatten diese Sätze auf Fränkisch gesprochen, wenn auch etwas holprig. Der Abt zog sich nun zurück, auch Bruder Diarmait verabschiedete sich fürs erste. Dagobert nahm auf einer Bank hinter einem Pult Platz, Haldetrud setzte sich auf einen Stuhl ihm zur Seite. „Kennst du denn schon einige gälische Worte, Dagobert?" fragte ihn Bruder Dubhan.

Der Junge nahm seinen ganzen Mut zusammen und sagte laut und deutlich: „Mutter heißt Mathair, Vater Athair, und Kuh heißt Bo."

„Sehr gut!" lobte ihn Bruder Dubhan. „Kennst du vielleicht noch ein Wort?"

„Ich kenne sogar noch drei Wörter," antwortete Dagobert stolz. „Haus heißt Teach, Pferd Capall, und Gras heißt Flar."

„Ganz ausgezeichnet, mein Junge, Ich sehe, du hast eine gute Auffassungsgabe."

Auch Haldetrud war hocherfreut: „Das machst du wirklich hervorragend, Dagobert. Ich hatte ja keine Ahnung von deinen Gälisch Kenntnissen. Wer hat dir denn die Wörter beigebracht?"

„Die habe ich von Aidan gelernt." Dagobert strahlte.

„Aidan ist mein Mann," erklärte Haldetrud dem Mönch.

„Ich weiß, Haldetrud. Ich kenne ihn. Er ist ja ein Verwandter des Hochkönigs. Ich werde jetzt einen kurzen Satz bilden," wandte sich Bruder Dubhan wieder Dagobert zu. „Der Vater hat eine Kuh, ta bo ag an athair. Versuche, den Satz zu wiederholen!" Ohne zu zögern, sprach Dagobert den gälischen Satz nach und freute sich selbst diebisch, dass es ihm gelungen war.

„Ich sehe schon, mit dir wird mir der Gälisch Unterricht viel Spaß machen. Auch Lesen und Schreiben werde ich dir beibringen. Im Handumdrehen wirst du das schaffen. Wir machen jetzt noch etwas weiter, dann gibt es eine Pause."

So verbrachte Dagobert zusammen mit Haldetrud an diesem Tag mehrere Stunden im Kloster. Nach dem Gälisch-Unterricht kam Finlay O`Hara, der Abt, noch einmal vorbei. Er konnte von allen Mönchen am besten Fränkisch. „Ich erzähle dir jetzt eine biblische Geschichte, Dagobert, die Geschichte von Josef und seinen Brüdern."

Mit großen Augen lauschte der Junge dieser uralten, ergreifenden Erzählung aus dem Alten Testament. Ab und zu unterbrach er den Abt mit einer Frage: „Warum hat Josef seinen Brüdern den zweiten Traum auch noch erzählt? Hat er nicht gemerkt, dass er schon durch die Erzählung des ersten Traums den Zorn der Brüder auf sich entfacht hatte?"

Der Abt lächelte. „So genau weiß ich das nicht. Leider können wir Josef nicht danach fragen. Ich denke, dass er sich gar nicht vorstellen konnte, dass seine eigenen Brüder ihn so heftig hassen könnten. Und da er der Liebling seines Vaters war, nehme ich an, war ihm seine Stellung etwas zu Kopf gestiegen, und er brüstete sich nun damit. Aber dieser hochmütige Geist sollte ihm durch sein weiteres Schicksal ja ausgetrieben werden, wie du sehen wirst." Als der Abt zu der Stelle kam, wie Josef durch die lügenhafte Anklage von Potifars Frau ins Gefängnis geworfen wird, reagierte Dagobert ganz empört:

„So eine Gemeinheit! Josef hatte doch gar nichts Schlimmes gemacht! Ich kann nicht verstehen, wie Potifar Josef nicht glauben wollte und nur darauf hörte, was seine Frau sagte."

„Du hast völlig Recht, Dagobert." Der Abt freute sich, wie aufmerksam der Junge die Geschichte verfolgte und welchen Anteil er daran nahm. „Es ist wohl natürlich, dass Potifar seiner eigenen Frau, die er bestimmt liebte, mehr Glauben schenkte als seinem Knecht Josef. Er konnte sich wohl gar nicht vorstellen, dass seine Frau ihn belügen würde."

Nach dem Ende des Unterrichts, bei dem Dagobert sich ja mehrere Stunden äußerst konzentrieren musste, war er etwas erschöpft. Bevor Haldetrud wieder mit dem Jungen zurück nach Ath Troim ritt, ließ sie ihn erst einmal einen Schlummer im Bauernhaus machen. Und nachdem sie sich mit Fladenbrot, Butter und Käse gestärkt hatten, ging es zurück nach Ath Troim, dem Gehöft ihrer Schwiegereltern.

Durch einen Mönch, den er dazu überredet hatte, Spitzeldienste für ihn zu erledigen, erfuhr Libanius noch am selben Abend, dass

Dagoberts Unterricht begonnen hatte. Das ging selbstverständlich auf gar keinen Fall, dass er, Libanius, nicht einbezogen wurde. Schließlich saß er in diesem schrecklichen Land aus dem einzigen Grund fest, um sich im Dienst der fränkischen Kirche um diesen merowingischen Prinzen zu kümmern und seine Erziehung zu beaufsichtigen. Er würde ab sofort, sooft es ging, an diesem Unterricht teilnehmen. Es war eine gute Möglichkeit für ihn, die Autorität der fränkischen Kirche zu demonstrieren. Das würde vielleicht auch auf Haldetrud Eindruck machen. Auch dass er Haldetrud nun so oft sehen würde, war herrlich. Schon der Gedanke daran erregte ihn. Zu seinem größten Leidwesen hatte er auch Kenntnis erhalten, dass Haldetrud diesen elenden Aidan geheiratet hatte. Wie hatte sie das nur tun können! Sah sie nicht, begriff sie nicht, was für ein jämmerlicher Wicht das war? Offenbar war sie inzwischen völlig verblendet. Oder Aidan hatte eine Hexe beauftragt, durch Zaubersprüche Haldetrud zu verhexen, so dass sie völlig willenlos geworden war und alles tat, was dieser Mann ihr befahl. Ja, so musste es gewesen sein. Vielleicht könnte es ihm, Libanius, eines Tages gelingen, durch einen Gegenzauber diesen Fluch von Haldetrud zu lösen. Aber dazu musste er selber auch eine Hexe oder einen Zauberer finden, der ihm behilflich sein könnte. In diesem unsäglichen Irland schien es ja nur so von Hexen, Kobolden, Elfen und Gespenstern zu wimmeln. Was für ein abscheuliches Land! Er würde viel Geduld brauchen, um Haldetrud doch noch dem Aidan abspenstig zu machen.

Gleich am nächsten Morgen fand sich Libanius in dem Raum ein, in dem der Unterricht Dagoberts abgehalten wurde. Der Mönch Diarmait

112

war schon zur Stelle und erwartete den Knaben zusammen mit Haldetrud. Er schien erstaunt zu sein, Libanius hier vorzufinden. Fragend blickte er ihn an. „Verzeihung, Libanius, hast du dich verlaufen? Hier beginnt gleich der Unterricht für den jungen merowingischen Prinzen."

`Welche Frechheit, welche Dreistigkeit!` dachte Libanius. Er musste diesem unwissenden Mönch wohl erst einmal beibringen, wo sein Platz war, und dass er ihm, Libanius, Respekt, ja Ehrerbietung schuldete. „Bruder Diarmait," begann er mit einem süffisanten Lächeln auf den Lippen, „keineswegs habe ich mich verlaufen. Ich lebe nun schon eine geraume Zeit im Kloster Slane, da wäre es doch höchst erstaunlich, wenn ich mich verlaufen sollte. Oder hältst du mich vielleicht für beschränkt?"

Der Mönch blickte betreten zu Boden. „Ich bitte vielmals um Verzeihung, Libanius. Ich hatte nicht die Absicht, dich zu kränken."

„Na gut," erwiderte Libanius huldvoll, „ich werde noch einmal über diese dumme Frage hinwegsehen. Vielleicht ist dir nicht bekannt, dass Dido, der Bischof der großen Stadt Poitiers in Aquitanien, vom Majordomus und den Würdenträgern Austrasiens, des östlichen Teilreichs des Frankenreiches, des mächtigsten Reiches im westlichen Europa, den Auftrag erhielt, den Prinzen in dieses Kloster zu geleiten, um ihm eine standesgemäße Erziehung angedeihen zu lassen. Inzwischen ist Bischof Dido wieder nach Poitiers zurückgekehrt, um seinen Pflichten im Frankenreich nachzukommen. Dir ist vielleicht bekannt, Bruder Diarmait, dass in dieser Zeit nicht mehr staatliche Stellen die Hauptlast der öffentlichen Verwaltung tragen, sondern die

Bischöfe. Nun vertrete ich, der Archidiakon, als rechte Hand des Bischofs, die fränkische Kirche im Kloster Slane. Und mir obliegt es, die Erziehung dieses Prinzen zu beaufsichtigen und mich gegebenenfalls auch am Unterricht zu beteiligen."

Bruder Diarmait wirkte sichtlich eingeschüchtert vom herrischen Auftreten des Archidiakons und dessen formeller Redeweise. Solche Töne war er überhaupt nicht gewöhnt. Die irischen Klöster genossen eine erheblich größere Unabhängigkeit als die fränkischen. Kein Bischof redete ihnen in irgendeiner Angelegenheit hinein, auch die Oberhäupter der Clans sowie selbst die Könige nicht.

Kurz nachdem Libanius seine Ermahnung an Bruder Diarmait ausgesprochen hatte, betraten Haldetrud und Dagobert den Raum. Sie mussten sich, nachdem er sie kurz begrüßt hatte, ebenfalls die Ansprache des Archidiakons über sich ergehen lassen. Ungerührt setzte sich Haldetrud auf ihren Platz neben Dagobert. Libanius nahm zwei Reihen hinter ihnen Platz. Je länger der Gälisch-Unterricht dauerte, desto weniger folgte Libanius den Worten des Mönchs. Er starrte nur noch gebannt auf Haldetrud. Ihre Nähe erregte ihn, je intensiver er sie betrachtete. Er verschlang sie geradezu mit seinen Augen. Er steigerte sich immer weiter in lustvolle Phantasien hinein, in denen er sie mal zärtlich liebte, mal brutal vergewaltigte. Endlich wurde ihm bewusst, dass die anderen ihn ja sehen und hören konnten. Er musste sich jetzt zügeln, um nicht immer heftiger zu atmen und in ein lautes Keuchen zu verfallen.

Nach einer Stunde unterbrach er den Unterricht des Mönchs: „Lieber Bruder Diarmait," begann er, wobei er die Worte genüsslich in die

Länge zog, „ich finde deinen Unterricht doch etwas trocken und langweilig. Du bringst immer nur ein neues gälisches Wort und manchmal einen kurzen Satz. Der Unterricht sollte phantasievoller und spannender sein." Er blickte den Mönch vorwurfsvoll an, dann grinste er hämisch.

Bruder Diarmait blickte verwirrt von einem zum anderen. Die Rüge des Archidiakons hatte ihn völlig aus dem Konzept gebracht. „Aber, aber...", erwiderte er stockend, „ich gebe mir wirklich die allergrößte Mühe. Das Erlernen einer ganz neuen Sprache ist nun einmal, besonders am Anfang, recht mühsam. Wenn der Schüler noch nicht einmal die wichtigsten Wörter kennt, wie soll man den Unterricht spannend gestalten?".

„Niemand hat gesagt, dass du dir nicht Mühe gibst, Bruder Diarmait," antwortete Libanius in scharfem Ton. „Aber so wie du unterrichtest, schläft man ja ein. Du könntest zum Beispiel mit vertauschten Rollen einen Dialog gestalten, sagen wir, zwischen zwei Zwergen, die gerade einen Schatz gefunden haben und sich nun um die Beute streiten."

Der Mönch schwieg. Ratlos starrte er auf die Gestalt dieses Unruhestifters, dieses widerlichen fränkischen Klerikers. Er kam ihm vor wie eine hässliche, dürre Spinne mit langen Fangarmen, die aus sicherer Entfernung einen Schwall ihres Giftes verspritzt, um ihr Opfer zu betäuben und dann aufzufressen. Er fühlte, dass es dem Archidiakon überhaupt nicht um die rechte Gestaltung des Unterrichts ging, sondern dass irgendetwas anderes hinter dessen aggressiver Kritik steckte.

Doch nun kam Haldetrud, die bisher geschwiegen hatte, dem Mönch zu Hilfe. Sie drehte sich zu Libanius um und redete ihn in strengem Ton an, wie ein Lehrer seinen ungezogenen Schüler zurechtweist: „Pater, das war ein ganz ungehöriger Angriff auf die Unterrichtsweise dieses rechtschaffenen Mönchs, der sich die größte Mühe gibt, meinem Ziehsohn die gälische Sprache beizubringen. Und das in einem gänzlich unangemessenen Ton! Ich möchte dich bitten, dich nicht weiter in den Unterricht einzumischen, es sei denn, durch einen positiven Beitrag!"

Libanius war sprachlos. Dass diese sanfte, mütterliche Frau ihm gegenüber einen derartig scharfen, herablassenden Ton anschlug, war unerhört. Niemals hätte er ihr das zugetraut. Statt mit ihm, dem hochgelehrten Geistlichen mit Respekt und Ehrerbietung zu sprechen, hatte sie sich erdreistet, ihn zurechtzuweisen wie einen dummen Buben! Er wollte gerade beginnen, ihr solche Frechheiten ein für allemal zu verbieten, da besann er sich und unterdrückte seinen Ärger. Ihm war klar, wenn er Haldetrud jetzt in scharfem Ton auf den ihr gebührenden Platz ihm gegenüber verweisen würde, dann wäre sie fortan seine Feindin. Niemals hätte er mehr die Chance, sie in Zukunft als Geliebte zu gewinnen. Er tat so, als ob er demütig zu Boden blickte, und murmelte etwas in der Art, er habe es nicht so gemeint.

Der arme Junge begriff gar nichts mehr, nur dass dieser seltsame Mann in dem langen schwarzen Gewand seinen Lehrer ausgeschimpft hatte, was diesen offensichtlich sehr betrübt hatte. Der Unterricht gefiel Dagobert sehr gut, der Mönch wurde immer mehr zu einem väterlichen Freund für ihn, den er inzwischen gern hatte und bewunderte. Dieser Streit, den die Erwachsenen gerade untereinander ausgetragen hatten, machte ihm Angst. Er war kurz davor, in Tränen auszubrechen. Haldetrud erkannte seine Stimmung, strich ihm über das Haar, küsste ihn auf die Stirn und ergriff seine Hände. „Wir streiten jetzt nicht mehr," flüsterte sie ihm zu, „alles ist wieder gut."

Libanius beschloss nach diesem verpatzten Auftritt, vorläufig nicht mehr an Dagoberts Unterricht teilzunehmen, jedenfalls nicht, solange dem Kind nur Gälisch beigebracht wurde, Sobald aber die sieben freien Künste auf dem Lehrplan stünden, würde er wieder dazustoßen. Da würde es für ihn mit Sicherheit Gelegenheiten geben, sein Können und Wissen unter Beweis zu stellen. Dann könnte er hoffentlich auch den schlechten Eindruck wieder ausbügeln, den er heute auf Haldetrud gemacht hatte.

An einem der nächsten Tage rief Cellach mac Maele Coba, der Hochkönig von Tara, seinen Verwandten Aidan sowie weitere Verwandte und Vertraute seines Clans zu einer Besprechung zusammen. Seine Tochter Cacht Ingen Cellaig war allerdings nicht geladen, Söhne hatte er keine. Als die Geladenen auf Tara eingetroffen waren, nahmen sie an einem langen aus Eichenbalken gefertigten Tisch mit kunstvollen Tierschnitzereien Platz. Als erstes wurden aus der Küche Schüsseln mit gekochtem Rindfleisch, gebratenem Schweinefleisch sowie knusprige Brote und verschiedene gedünstete Gemüsesorten hereingetragen, damit sich alle vor dieser wichtigen Sitzung stärken konnten. Dazu gingen drei Mundschenken immer wieder um den Tisch herum und schenkten aus großen Krügen Bier in die Trinkhörner der Gäste.

Nachdem alle gesättigt waren, begann der Hochkönig zu den geladenen Clansmännern zu sprechen: „Ihr wisst, dass zwischen unserem Clan und dem Clan der Mac Domnaill schon seit vielen Jahren eine Feindschaft schwelt. Die Mac Domnaills bestreiten unserem Clan das Recht, den Hochkönig zu stellen. Sie beanspruchen dieses Recht für sich selbst. Bestimmt wisst ihr auch, dass vor acht Jahren unsere beiden Clans eine blutige Schlacht bei Dun Cremthain ausgefochten haben. Einige von euch haben in dieser Schlacht tapfer gekämpft, auch mein Bruder Conaill Coel, der leider vor vier Jahren gestorben ist. Wir haben damals gesiegt, Aengus mac Domnaill, das Oberhaupt der Mac Domnaill, ist im Kampf gefallen. Sie haben diese Niederlage bis heute nicht verwunden. Inzwischen ist Aengus mac Domnaills Sohn Loingsech mac Aengusa ihr Oberhaupt. Man berichtet über ihn, er sei ein wilder Krieger, heißblütig und rachsüchtig. Seit der Niederlage seines Clans sinnt er darauf, sich an uns zu rächen. Jetzt verlangt er von mir, mich für die Niederlage seines Clans und den Tod seines Vaters zu entschuldigen, eine völlig abwegige Forderung. Ich denke aber, diese Forderung ist nur vorgeschoben, im Grunde will er meinen Platz als Hochkönig von Tara für sich selbst. Ich habe ihm selbstverständlich zu verstehen gegeben, dass eine Entschuldigung nicht in Frage kommt. Daraufhin hat er uns durch seine Boten mitteilen lassen, dass er uns zum Kampf herausfordert. Er hat auch schon einen Kampfplatz vorgeschlagen, und zwar Brug na Boinne, wo unsere Ahnen vor sehr langer Zeit die Grabmale ihrer Könige errichtet haben. In unmittelbarer Nähe dieses Ortes gibt es nördlich des Flusses Boinne eine große Wiese. Dort will sich Loingsech mac Aengusa mit seinen Männern uns zum Kampf stellen. Ich möchte jetzt von euch wissen, liebe Verwandte und Clansmänner, was ihr davon haltet."

Nach dieser Rede des Hochkönigs brach ein wüster Tumult unter den Gästen aus. Alle schrien durcheinander, einige zogen ihre Schwerter und reckten sie dem Hochkönig entgegen. Man hörte Rufe wie: „Nieder mit Loingsech!" „Zeigen wir`s diesem elenden Schurken!" „Er soll die Schärfe unserer Schwerter zu spüren bekommen!" „Wir schicken ihn in die Hölle, wo er hingehört!"

Cellach hob die Arme, um die Gemüter zu beruhigen. „Ich sehe," wandte er sich wieder an die Clansmänner, „ihr denkt so wie ich. Keinesfalls dürfen wir vor diesem großsprecherischen Schuft zu Kreuze kriechen. Wenn wir uns nicht zum Kampf stellen, bedeutet das, dass wir vor ihm kapitulieren. Ich müsste dann zurücktreten und meinen Platz als Hochkönig für ihn räumen. Außerdem würden wir zum Gespött ganz Irlands werden, wir stünden als erbärmliche Feiglinge da."

Jetzt erhob sich Aidan und ergriff das Wort: „Ich glaube, für uns alle zu sprechen, Cellach. Keinesfalls dürfen wir uns diesem Loingsech beugen und uns vor dem Kampf drücken. Wir stehen alle hinter dir, unserem Clan-Oberhaupt, wir werden tapfer kämpfen und diesem großspurigen Maulhelden eine solche Lektion erteilen, dass sich seine Leute in alle Winde zerstreuen werden!"

„Gut gesprochen Aidan!" riefen jetzt viele, andere stimmten in den Ruf „Wir sind bereit zum Kampf!" ein.

119

Cellach erhob wieder seine Arme. „Ich danke euch, Männer, dass ich mich auf euch verlassen kann. Nichts anderes habe ich erwartet. Die Schlacht ist für den ersten Tag nach dem zweiten Neumond nach Ostern angesetzt. Bereitet euch darauf vor! Prüft eure Waffen! Wir werden am Tag vorher aufbrechen und in der Nähe des Kampfplatzes ein Lager aufschlagen."

Als Aidan mit der Nachricht von dem bevorstehenden Krieg nach Hause kam, war es Haldetrud, als hätte sie einen Keulenschlag auf den Kopf erhalten. Sie brachte kein Wort hervor, starrte Aidan nur ungläubig an. Schließlich brach sie in Tränen aus und stammelte: „Aber, aber, das kann doch nicht sein. Dies ist doch ein friedliches Land, oder nicht? Ich dachte, in Irland gäbe es keinen Krieg. Wollen euch etwa die Franken angreifen? Oder die Angelsachsen?"

Aidan legte seine Arme um seine Frau und drückte sie behutsam an sich. „Weine nicht, meine Liebste! Mir wird schon nichts passieren. Du hattest offenbar einen falschen Eindruck von diesem Land gewonnen. Die Iren sind ein kriegerisches Volk. Es hat immer schon Kämpfe zwischen den Clans gegeben. Vor acht Jahren haben wir den Clan der Mac Domnaill in einer erbitterten Schlacht besiegt, dabei wurde ihr Anführer getötet. Die vielen Clans in Irland sind seit eh und je untereinander zerstritten und verfeindet. Sie machen sich gegenseitig dieses oder jenes Stück Land streitig. In diesem Konflikt geht es außerdem darum, dass die Mac Domnaills die Würde des Hochkönigs für sich beanspruchen. Wir können uns ihnen nicht einfach unterwerfen."

Haldetrud machte sich aus Aidans Armen los und kauerte sich auf ihre Schlafbank. Sie weinte immer noch. „Dass Männer immer Krieg führen müssen!" stieß sie schließlich hervor. „Es kann doch nicht sein, dass man sich wegen eines Stück Landes abschlachtet, und die toten Krieger ihre Frauen als Witwen und ihre Kinder als Waisen zurücklassen.Von ihnen werden vielleicht viele in bittere Armut gestürzt und müssen für den Rest ihres Lebens betteln gehen."

„Der Hunger nach mehr Land," erwiderte Aidan, „ist für die Krieger und ihre Anführer wohl nur e i n Grund, in den Kampf zu ziehen. Entscheidend ist die Gier nach Macht. Ich gebe zu, dass viele Menschen das nicht verstehen können,

aber ich glaube, das Streben nach Macht ist vielleicht der wichtigste Grund für die Menschen, ein anderes Land oder einen anderen Clan anzugreifen, um die eigene Macht auszudehnen. Es scheint für die Herrscher wie eine Sucht zu sein, Macht über andere auszuüben."

„Aber wieso folgen die einfachen Soldaten den Clan-Oberhäuptern oder den Herrschern?", warf Hildetrud ein.

„Das ist nicht leicht zu erklären", meinte Aidan düster. „Ich muss gestehen, ich weiß es nicht. Vielleicht gibt es aber einen ganz einfachen Grund. Immer schon hat es Männer dazu getrieben, in den Kampf zu ziehen. Es scheint mir, dass das Kämpfen für die Männer zu ihrem Leben dazugehört. Ohne Kampf würden sie sich nicht als Mann fühlen. Sie spüren, dass ihr Blut kocht, wenn sie kämpfen. Erst im Kampf fühlen sie sich als richtige Männer. Es ist wie ein Trieb in ihnen, der sie antreibt."

Während Aidan sprach, hatte Haldetrud ihn stumm und beklommen angesehen. Schließlich fragte sie ihn: „Meinst du, dass alle Männer das so empfinden?"

„Nein, Haldetrud, ich glaube, dass es auch Männer gibt, die diesen Drang, kämpfen zu wollen, nicht verspüren, die dafür eine Lust daran haben, mit Worten zu fechten. Und wenige Männer gibt es sicher auch, deren Natur ganz friedlich geartet ist. Ich stelle mir vor, dass manche Mönche dazu gehören, die Jesus Christus nacheifern wollen, der wohl ein sehr friedlicher Mensch gewesen ist."

„Wie steht es denn mit dir, Aidan?" wollte Haldetrud wissen. „Bist du auch so ein friedlicher Mensch, oder gehörst du zu den Männern, für die das Leben ohne Kampf schwer vorstellbar ist, die sich erst im Kampf als richtige Männer fühlen?"

Aidan war während des ganzen Gesprächs sehr ernst gewesen. Bei Haldetruds letzter Frage zögerte er. „Mir ist klar, dass wohl die meisten Frauen nicht verstehen, dass Männer freiwillig in einen Kampf ziehen." Seine Stimme war klar und deutlich, als er sagte: „Zu dieser Art von Männern gehöre ich ebenfalls, Haldetrud. Ich weiß, dass du das niemals verstehen wirst, und das tut mir Leid. Aber so ist es nun einmal."

Haldetrud ergriff Aidans rechte Hand und küsste ihn. „Männer und Frauen sind nun einmal verschieden," sagte sie leise. „Ich liebe dich so, wie du bist, mein Geliebter, auch wenn ich weiß, dass du eines Tages vielleicht im Kampf fallen wirst und mich als Witwe zurücklässt."

Die nächsten Wochen quälten sich in einer Spannung zwischen den Eheleuten dahin, wie es beide bisher noch nie erlebt hatten. Haldetrud brachte weiterhin den jungen Dagobert täglich zum Unterricht ins Kloster Slane. Aidan war, wie gewöhnlich, mit der Arbeit auf dem Gehöft Ath Troim, dem Gut seiner Familie beschäftigt. Jetzt im Frühjahr gab es ja genug zu tun: Äcker mussten gepflügt werden, die Saat musste ausgebracht werden, die Kühe bekamen ihre Kälber und die Mutterschafe ihre Lämmer. Aidan ritt täglich über alle Weiden, um zu sehen, ob es den Tieren gut ging, ob es irgendwelche Probleme gab, ob vielleicht eines krank oder verletzt war. Wenn bei einer Kuh die Geburt ins Stocken geriet, holte er einen Knecht zu Hilfe. Zu zweit schafften sie es meistens, der Kuh zu helfen. Sobald ein Huf des noch ungeborenen Kälbchens im Geburtskanal zu sehen war, banden sie ein Seil um den Huf, und jedes Mal, wenn die Kuh eine Wehe hatte, zogen sie an dem Seil, bis das Kalb ganz herausglitt. Auch wenn Aidan das schon oft mitgemacht hatte, war es jedes Mal für ihn wieder ein beglückendes Erlebnis. Er blieb so lange bei der Kuh und dem neu geborenen Kalb, bis die Kuh die Nachgeburt aufgegessen hatte, bis sie ihr Kalb trocken geleckt, und bis es die ersten wackligen Schritte machen konnte.

Haldetrud war es nicht möglich, auch nur eine Stunde lang zu vergessen, dass Aidan, ihr Geliebter, ihr Ehemann, bald in den Krieg ziehen würde, dass er in der Schlacht schwer verwundet oder sogar getötet werden konnte. Die Angst vor einem solchen, Aidan möglicherweise drohenden Schicksal, schnürte ihr manchmal die Kehle zu, sie hatte keinen Appetit mehr, und sie schlief sehr schlecht.

Alpträume quälten sie fast jede Nacht. Einmal träumte sie, dass Aidan schwer verwundet auf dem Schlachtfeld lag, während die Schlacht um ihn herum weiter tobte. Ein Schwerthieb in die Brust hatte eine stark blutende, heftig schmerzend Wunde geschlagen, er bekam immer schlechter Luft. Mehrmals rief er um Hilfe, aber seine Stimme war sehr schwach, niemand wurde auf ihn aufmerksam. Er wurde sehr müde, er schloss die Augen und wartete auf den Tod. Doch plötzlich hörte er mehrere schwache Stimmen, die im Flüsterton mit ihm sprachen. Eigentlich war es nur ein Wispern. Doch was geschah mit ihm? Er hatte das Gefühl, er würde hoch gehoben. Aidan öffnete die Augen und erblickte eine ganze Schar Leprechauns, die ihn gemeinsam wegtrugen. Sie sahen genau so aus, wie man es sich immer erzählte: sehr klein von Gestalt, mit grüner Kleidung angetan, einen spitzen Hut auf dem Kopf, mit langer Nase und pfiffigem Gesichtsausdruck. Ihre Sprache konnte er nicht verstehen, aber sie nickten ihm freundlich zu. Er war ohnehin zu schwach, um sich gegen irgendetwas zu wehren. Sie schienen mit ihm durch einen langen, dunklen Tunnel zu laufen und legten ihn schließlich in einem großen Raum – offenbar ihre Wohnung - auf ein Bett. Soweit es ihm möglich war, die Umgebung wahrzunehmen, war der Raum mit lauter kleinen Möbeln sehr gemütlich eingerichtet. Glücklicherweise verspürte Aidan keine Schmerzen mehr. Er wurde aber immer müder und schlief schließlich ein. Als er aufwachte, standen die Leprechauns um ihn herum und sahen ihn erwartungsvoll. Jetzt sprach ihn der Älteste aus der Schar auf Gälisch an: „Während du schliefst, ist es uns gelungen, deine Wunde zu heilen." Nach diesen Worten begannen alle, fröhlich zu lachen. Auch Aidan stimmte ein, fragte aber endlich den Ältesten: „Könnt ihr mich zu meiner Familie bringen?" Der Alte wiegte seinen Kopf und meinte: „Eigentlich wollten wir dich gern hier behalten, aber wenn du unbedingt nach Hause willst – also von mir aus." Und er begann wieder, laut zu lachen. Ehe Aidan es sich versah, war er wieder eingeschlafen. Doch als er wieder erwachte, stand er vor dem Tor zum Gehöft Ath Troim seiner Familie.

Haldetrud wachte auf aus ihrem Traum und empfand ein großes Glücksgefühl. Sie betete zu Gott, ihren Mann zu behüten und ihn sicher zu ihr zurück zu bringen.

Auch Aidan war es in diesen Wochen nicht möglich, so heiter und unbeschwert zu sein, wie er sonst meist zu sein pflegte. Er war erleichtert, dass Haldetrud seine Einstellung dem Krieg gegenüber respektierte, aber er sah, wie die Angst um ihn ihr Leben verdunkelte. Dieser Schatten hatte sich über sie beide gelegt. Aidan traf jetzt seine Kameraden mehrmals in der Woche, um gemeinsam den Kampf mit Speer, Schwert und Streitaxt zu üben. Einige von ihnen waren ebenso wie Aidan schon verheiratet, zwei hatten sogar kleine Kinder. Auch sie erzählten von den Ängsten und Sorgen, die sich ihre Angehörigen, vor allem ihre Frauen, um sie machten. Aber was konnte man schon tun? Die Sorgen waren ja nicht unberechtigt.

Auch am Osterfest herrschte nicht die gleiche festliche, freudige Stimmung wie in früheren Jahren. Zum Ostergottesdienst begleitete Aidan seine Frau in die Klosterkirche von Slane, auch Ansegisil und Gerhild waren gekommen. Der Abt hielt selber die Predigt; er bemühte sich, bei den Gläubigen, wie in früheren Jahren, die Freude über die Verheißung von Ostern – die Auferstehung von Jesus Christus – zu entfachen. Doch er konnte nicht umhin, seine große Sorge, ja seinen Unmut über den bevorstehenden Krieg zum Ausdruck zu bringen. „Unser Herr Jesus Christus hat zu uns von der Liebe zu den Mitmenschen gepredigt!" rief er leidenschaftlich aus, „niemals hat er die Menschen zum Krieg aufgerufen. Obwohl damals viele Juden wohl von ihm erwartet haben, dass er zu einem Aufstand gegen die römische Besatzungsmacht aufrufen würde, hat er das keineswegs getan. Er war ein Mann des Friedens, und die Kirche folgt ihm darin auch heute noch. Darum rufe ich euch alle auf: Greift nicht zu den Waffen! Löst eure Probleme friedlich!" Nach diesen Worten blickte der Abt fast nur in mürrische, abweisende Gesichter der Männer, während die Mienen der meisten Frauen ausdrückten, dass sie ihm zustimmten. Doch hatte er nichts anderes erwartet.

Schnell gingen die Tage bis zum verabredeten Kampf vorüber. Zwei Tage vor der Entscheidungsschlacht versammelten sich alle Kämpfer des Cenel Conaill–Clans am Fuß des Hügels von Tara. Fast alle waren beritten, aber es gab auch eine Schar von Fußkämpfern. Nach einer kurzen Ansprache des Hochkönigs, in der er noch einmal an den Mut und die Kampfstärke der Clansmänner appellierte und sie ermahnte, immer an die Ehre des Clans zu denken, zogen sich die Männer in ihre Zelte zurück. Am nächsten Morgen noch vor Sonnenaufgang würden sie nach Brug na Boinne abmarschieren. Als der Morgen dämmerte, wurde das Hornsignal zum Aufbruch geblasen. Die Reiter durften auf dem Marsch ihre Pferde nicht zu schnell gehen lassen, sonst hätten die Fußkämpfer nicht mithalten können. So zogen alle in einer langen

Kolonne, einer hinter dem anderen, in ruhigem Schritt voran. Die Luft war klar und noch recht kühl; Aidan war froh, seinen warmen Wollmantel umgelegt zu haben. Nachdem die Morgenröte Felder, Wiesen und Wälder in ihren wie Gold schimmernden Glanz getaucht hatte, begannen die Strahlen der aufgehenden Sonne allmählich, die Luft zu erwärmen. Keine Wolke stand am Himmel, aus der sich Regenschauer über die Krieger ergießen konnten. Auf den Weiden schauten ihnen junge Rinder neugierig nach, einige kamen auch angetrabt, um die Männer aus der Nähe zu bestaunen. Die erwachsenen Kühe waren um diese Zeit noch in den Ställen, wo sie jetzt gerade gemolken wurden. Hin und wieder winkte ihnen ein Bauer zu und wünschte ihnen Glück. Aus den Bäumen und Büschen erscholl der Jubelgesang der Vögel, die den neuen Tag begrüßten und den Schöpfer des Himmels und der Erde lobten und priesen. Die Natur strömte über vom vollen Leben ihrer Geschöpfe, in ihnen allen war der Atem Gottes gegenwärtig, der Tiere und Menschen, die Pflanzen und auch das Wasser und den Wind gesegnet hatte. Der Friede, der über dem Land ausgebreitet war, berührte Aidan gerade an diesem Tag, an dem sie zu Kampf und Tod aufgebrochen waren.

Nach der Hälfte des Weges wurde eine kurze Rast eingelegt, während der die meisten etwas von ihrer mitgeführten Wegzehrung zu sich nahmen, einigen war aber nicht nach Essen zumute. Sie tranken nur frisches Wasser aus einer Quelle. Inzwischen hatte sich die Luft erwärmt, es war ein milder Frühlingstag geworden, nur eine leichte Brise strich über die Blätter der Bäume und die Gräser am Erdboden.

Mittlerweile zogen am Himmel einige weiße Wolken wie verstreute Schafe vorüber, aus denen aber kein Tropfen Regen fiel.

Am Nachmittag erreichten sie Brug na Boinne mit seinen ehrwürdigen Grabmalen, die in grauer Vorzeit ihre Ahnen errichtet hatten. Auf einer Wiese am Fluss Boinne, ein Stück östlich des verabredeten Kampfplatzes, schlugen sie ihr Lager auf. Packpferde hatten ihre Zelte mitgebracht, die jetzt aufgeschlagen wurden. Vom feindlichen Heer war nichts zu sehen, es lagerte sicher etwas weiter nördlich. Für Aidan war der Rest des Tages ausgefüllt von einer beinahe unerträglichen Spannung. Ihm wäre es lieber gewesen, wenn der Kampf sofort begonnen hätte, und sie alles bald hinter sich gebracht hätten. Den meisten anderen Clansmännern ging es wohl eben so. Viele hockten im Kreis um ein Lagerfeuer herum und starrten versonnen in die Flammen. Gesprochen wurde wenig, alle waren mit ihren eigenen Gedanken beschäftigt. Cellach, der Hochkönig, und seine Offiziere gingen durch die Reihen und bemühten sich, die Stimmung der Leute aufzuhellen, um ihren Kampfesmut anzufeuern. Sie stimmten nun die alten Kriegsgesänge der Iren an. Es gab auch manchen alten Haudegen unter den Männern, der durch seine Erzählungen von früheren Gefechten bei etlichen jungen Kriegern die Begierde anfachte, es den Alten gleich zu tun und sich im Kampf zu erproben. Für Aidan hingegen quälten sich die Stunden nur zäh dahin. Als es endlich Abend geworden war, nahm er wie auch seine Kameraden ein kräftiges Nachtmahl zu sich. Einschlafen konnte er lange nicht, er wälzte sich auf seinem Lager hin und her.

Er hatte einen schrecklichen Traum. Er sah, wie gegen Ende der Schlacht seine Kameraden einer nach dem anderen tödlich getroffen zu Boden sanken, bis das ganze Feld von ihren Leichen bedeckt war. Nur noch Cellach, der Hochkönig, und er selbst saßen noch auf ihren Pferden. Seite an Seite kämpften sie verbissen gegen die anstürmenden Feinde, obwohl ihnen die Kräfte bereits schwanden. Doch plötzlich zischten mehrere Pfeile heran, ein gurgelnder Laut von Cellach ließ Aidans Blut in den Adern gefrieren. Ein Pfeil hatte Cellach in den Hals getroffen; kurz danach traf ein Pfeil auch sein Pferd in die Brust. Ross und Reiter stürzten gleichzeitig auf die Erde und rührten sich nicht mehr. Im ersten Moment war Aidan wie gelähmt, dann sprang er vom Pferd und beugte sich über Cellach. Er bewegte die Lippen, doch er brachte keinen Ton mehr heraus. Aidan hielt sein Ohr an den Mund des Sterbenden. Mit letzter Kraft konnte er noch Aidan zuflüstern: „Schütze meine Tochter, und schütze unseren Clan! Begrab` mich neben meinen Ahnen, Gott segne dich!" Sein Unterkiefer fiel leicht herab, seine Augen blickten ins Leere. Erschüttert küsste ihn Aidan auf die Stirn und drückte ihm die Augen zu.

Inzwischen standen mehrere feindliche Krieger um die beiden herum. „Ihr habt tapfer gekämpft," wandte sich ihr Anführer an Aidan. „Ich werde dir einen unserer Karren geben, dann kannst du deinen gefallenen König in Ehren zurück bringen."

Zitternd wachte Aidan mitten in der Nacht auf. Doch erholte er sich rasch vom Schrecken des Traums und flüsterte: „So wahr unser Herr Jesus Christus lebt, schwöre ich beim Heiligen Patrick, dass ich meinem König Cellach immer treu dienen, tapfer für ihn kämpfen und seine Tochter beschützen werde, falls er im Kampf fällt."

Als sich die Sonne über den Horizont erhob, standen die Krieger in ihren Zelten auf und nahmen ein kurzes Frühstück zu sich. Rechten Appetit hatte keiner so kurz vor der Schlacht, aber mit leerem Magen war sicher auch nicht gut kämpfen. Viele sprachen ein stilles Gebet, um die Verschonung ihres Lebens zu erbitten. Die verabredete Stunde für den Beginn der Schlacht war gekommen. In einer langen Reihe stellten sich die Clansmänner auf ihren Pferden, einer neben dem anderen, auf dem Schlachtfeld auf. Die Fußsoldaten blieben, ebenfalls in Formation, als Reserve etwas weiter dahinter.

Inzwischen hatten sich auf der gegenüber liegenden Seite der großen Wiese die Krieger des Mac Domnaill-Clans so wie ihre Gegner in Schlachtordnung aufgestellt. Auch hier bildeten die berittenen Kämpfer die erste Reihe. Eine unheimliche Ruhe lag über dem Schlachtfeld, nur unterbrochen vom Schnauben der Pferde und den Kommandos der Offiziere, die sie ihren Männern zuschrien. Endlich wurden auf beiden Seiten auf den Hörnern die Angriffssignale geblasen. Fast gleichzeitig erscholl auf beiden Seiten ein ohrenbetäubendes Kriegsgeschrei. Aidans Herz schlug wie wild bis zum Hals, es war, als ob ein Schmiedehammer auf einen Amboss geschlagen würde. Er dachte an nichts weiter, als mit den Kameraden vorzustürmen und die Feinde zu schlagen. Wie in einem Sog wurde er mitgerissen in diesen Kampf, der jetzt begann.

Die Männer seines Clans rückten auf ihren Pferden erst in ruhigem Schritt voran, ließen dann ihre Pferde antraben, um schließlich unter wildem Kriegsgeschrei in gestrecktem Galopp vorzupreschen. Ebenso verhielten sich die Kämpfer auf der anderen Seite. Doch als sich die beiden Heere etwa auf Bogenschussweite einander genähert hatten, ging plötzlich ein Pfeilhagel der Mac Domnaills auf die Krieger der Cenel Conaills nieder. Aidan stockte der Atem, links und rechts sah er in seinen Augenwinkeln Kameraden getroffen von ihren Pferden stürzen. Damit hatte niemand gerechnet. Bei den Iren galt nur der Kampf Mann gegen Mann mit Schwert, Speer oder Streitaxt als ehrenvoll, die Kriegsführung mit dem Bogen galt dagegen als sehr viel weniger ehrenhaft. So kam es, dass unter den Fußkämpfern des Hochkönigs nur wenige mit einem Bogen ausgerüstet waren. Diese schossen jetzt aber ihre Pfeile in die Reihen der angreifenden MacDomnaills. Das Donnern der Hufe hunderter Pferde, der dumpfe Aufprall der stürzenden Pferde auf den Erdboden und die Schmerzensschreie der getroffenen Krieger erfüllten die Luft mit einem furcherregenden, grässlichen Missklang. Schon prallten die beiden Heerhaufen gegeneinander, der erbitterte Nahkampf Mann gegen Mann hatte begonnen. Aidan kämpfte mit dem Speer. Als ein hoch gewachsener Krieger mit langen roten Haaren und blutunterlaufenen Augen seinen Speer auf ihn schleuderte, gelang es Aidan, dem Geschoss auszuweichen und blitzschnell dem Gegner seinen Speer in die Brust zu stoßen. Plötzlich drang ein anderer von der Seite mit erhobenem Schwert auf ihn ein, doch bevor er zuschlagen konnte, hatte Aidan sein Schwert gezogen und die herab sausende Klinge des Feindes pariert. Beide waren erfahrene Schwertkämpfer; doch nach einem hitzigen Gefecht konnte Aidan einen Moment der Unachtsamkeit seines Gegners ausnutzen und ihm eine tiefe Wunde an der linken Schulter beibringen, wodurch dieser das Gleichgewicht verlor und vom Pferd fiel. Wie ein wütender Löwe kämpfte Aidan weiter, behielt aber einen klaren Kopf und konnte alle weiteren Angriffe abwehren. Nur einmal ritzte ein Schwert die Haut seines linken Oberarms. Im Getümmel der Schlacht achtete er aber nicht weiter darauf, er spürte auch keinen Schmerz.

Jedes Zeitgefühl war ihm abhanden gekommen, er hätte nicht sagen können, ob sie eine oder schon sieben Stunden kämpften. Es war wohl nach zwei Stunden, da rückten die Fußkämpfer der Cenel Conaill auf beiden Flanken vor und nahmen die Feinde in die Zange. Immer wütender drangen jetzt die Krieger beider Parteien auf einander ein und versuchten, eine Entscheidung herbeizuführen. Aidan kämpfte jetzt direkt neben seinem König; einmal gelang es ihm, einen auf Cellach geschleuderten Speer mit seinem Schild abzufangen. Doch als er gerade von einem Gegner hart bedrängt wurde und nur mit Mühe dessen Schwertstreiche parieren konnte, hörte er einen lauten Schrei seines Königs. Seinen Gegner hatte inzwischen ein Kamerad Aidans abgelenkt, so konnte er sich Cellach zuwenden, der in diesem Augenblick aus seinem Sattel herabglitt. Ein kalter Schauer lief über seinen Körper, als die Erinnerung an den Traum der letzten Nacht ihn durchfuhr. Sofort sprang Aidan vom Pferd. Es gelang ihm, den schwer verwundeten König hochzuheben und aus der Kampfzone herauszutragen. Seine Kameraden deckten ihn. Vom Fall ihres Königs erbittert, drangen jetzt die Männer des Clans Cenel Conaill wie in Raserei noch wütender auf die MacDomnaill ein und drängten sie zurück. Ihr Anführer ließ daraufhin zum Rückzug blasen. Die Clansmänner des Hochkönigs verfolgten sie nicht. Die Schlacht war schließlich gewonnen, alle waren zu Tode erschöpft.

Ihren schwer verwundeten König trugen sie vorsichtig zum Lager. Er war nicht mehr in der Lage zu sprechen, er war schon im Todeskampf. Nur Aidans Hand hatte er noch drücken können, als der ihn vom Schlachtfeld heraus geschleppt hatte. Alle standen erschüttert um ihren König. Es dauerte nicht mehr lange, bis er seinen letzten Atemzug getan hatte. Die Männer stimmten einen Trauergesang an, während sich einer nach dem anderen still von Cellach verabschiedete. Um den Heimweg anzutreten, fehlte den Männern die Kraft. So verbrachten sie diese Nacht noch einmal in ihren Zelten. Die Offiziere stellten Wachen auf, damit ein möglicher nächtlicher Angriff der MacDomnaills rechtzeitig bemerkt würde. Doch alles blieb ruhig, ihre Feinde waren für eine solche Aktion mit Sicherheit auch zu erschöpft. Aber vor Einbruch der Dunkelheit mussten noch ihre gefallenen Kameraden sowie die schwer Verwundeten vom Schlachtfeld geholt werden. Schweren Herzens legten sie ihre Toten auf einen Wagen, ebenso ihren König; die Verwundeten mussten noch verbunden werden, bevor alle sich zu einer Abendmahlzeit niederließen. Aidan glaubte nicht, dass er auch nur einen Bissen hinunterwürgen könnte, aber sein Durst war sehr groß, er trank erst einmal ausgiebig aus dem Fluss Boinne, wie seine Kameraden auch. Als sich dann alle niedergelassen hatten, merkte Aidan aber doch, dass sein Magen leer war. So stärkte auch er sich mit Fladenbrot und Trockenfleisch. Keiner von den Kriegern empfand Freude über ihren Sieg, zu groß war der Schmerz über den Tod ihres Königs und ihrer zwölf gefallenen Kameraden.

Am nächsten Morgen machten sich die Männer in gedrückter Stimmung auf den Rückweg. Gegen Abend erreichten sie den Hügel von Tara, wo ihnen die daheim Gebliebenen schon entgegen eilten. Erschüttert erfuhren sie vom Ausgang der Schlacht, wehklagend hoben sie Cellach vom Wagen und bahrten ihn in einem Versammlungsraum auf. Viele weinten, auch um die gefallenen Krieger, die ebenfalls aufgebahrt wurden. Alle standen im Kreis um ihren toten König und sangen Trauerlieder. Der einzige, den das alles nicht im mindesten berührte, war der Archidiakon Libanius. Was gingen ihn schließlich diese Iren an? Allerdings bedauerte er, dass Haldetruds Ehemann Aidan nicht gefallen war. Irland hatte er von Anfang an gehasst, deshalb waren ihm auch seine Bewohner und ihr König zuwider. Aber es blieb ihm nichts anderes übrig, als sich ebenfalls unter die Trauernden zu begeben, Cellachs Tochter sein Mitgefühl auszusprechen und Trauer zu heucheln. Seine Gedanken kreisten nur um die kommenden Tage und Wochen. Die Frage war, wer zum Nachfolger des gefallenen Hochkönigs bestimmt würde. Seine Tochter Cacht ingen Cellaig kam dafür nicht infrage. Es war nicht üblich, dass die Iren dafür eine Frau ernennen würden, auch nicht ihren Ehemann. Libanius kam der Gedanke, ob nicht er selbst bei dieser Entscheidung eine Rolle spielen könnte. Wenn es ihm gelänge, einen Kandidaten aus einem anderen Clan zu bewegen, sich um die Nachfolge zu bewerben, und er tatsächlich gewählt würde, dann wäre dieser Libanius natürlich zu Dank verpflichtet. Diese

Aussicht belebte Libanius geradezu. Seine Stellung unter den Iren konnte sich dadurch nur verbessern, denn jetzt war er ein Niemand. Er beschloss, möglichst bald seine Fühler zu anderen Clans auszustrecken.

Vom Clan Cellachs waren fast alle Daheimgebliebenen, also vor allem die Frauen, die Kinder und die Alten zum Empfang der Krieger nach Tara geeilt. Auch Haldetrud war unter ihnen. Die vergangenen Tage hatte sie unaufhörlich Gott angefleht, ihren Mann zu verschonen. Sie hatte kaum etwas essen können, an Schlaf war auch nicht zu denken gewesen. Jetzt, da die Krieger am Fuß des Hügels ankamen und absaßen, stürzte sie mit einem gellenden Schrei auf Aidan zu, den sie schon von weitem unter seinen Kameraden erspäht hatte. Aidan nahm sie in die Arme, drückte sie fest an sich und sagte leise: „Alles ist gut, meine Liebste, alles ist gut, Gott hat mich verschont, mir geht es gut. Wir beide sind wieder zusammen."

Er küsste Haldetrud. Sie machte sich aus seiner Umarmung los und betrachtete ihren Mann. Sie lächelte glücklich. „Du bist wieder da, mein Geliebter, Gott war uns gnädig, er sei gepriesen und gelobt! Aber was ist das denn?" Jetzt erst hatte sie bemerkt, dass mit Aidans linkem Arm etwas nicht stimmte, da er ihn etwas anders bewegte als sonst. „Bist du verletzt, Aidan?"

„Es ist nichts weiter, Liebste," antwortete er lachend, nur ein Kratzer, eine ganz oberflächliche Schwertwunde."

Haldetrud sah ihren Mann besorgt an. „Das muss ich mir gleich ansehen, Aidan, wir reiten jetzt nach Hause, ich schaue mir die Wunde an und verbinde sie." Aidan meinte zwar, das wäre nicht so eilig, aber er verabschiedete sich doch von den Kameraden und ritt zusammen mit Haldetrud nach Ath Troim.

Nachdem er sein Pferd in den Stall gebracht und ihm Hafer in die Krippe geschüttet hatte, ließ er sich von Haldetrud verarzten. Sie wiegte besorgt ihren Kopf hin und her und sagte mit besorgter Miene: „Ich habe es mir gedacht, die Wunde hat sich etwas entzündet. Ich werde sie erst einmal gründlich reinigen." Nachdem das geschehen war, legte Haldetrud Heilkräuter auf die Wunde und verband sie sorgfältig mit Leinenstreifen. Zuletzt ergriff sie Aidans Arm, in einem von ihrer Großmutter überkommenen Sprechgesang sang sie mehrere Zaubersprüche über dem verletzten Arm. „Wir glauben zwar jetzt an Jesus Christus und die Jungfrau Maria, aber Gott wird mir vergeben, wenn ich auch die alten Zaubersprüche noch singe. Das kann jedenfalls nicht schaden." Sie lächelte und küsste ihren Mann. „Du bist mein Held, Aidan, ich bin sehr stolz auf dich. Aber du musst den Arm noch mindestens eine Woche schonen, damit die Entzündung zurückgeht."

„Ich werde alles tun, was du sagst, meine Geliebte, meine Ärztin, meine wunderschöne Druidin!" Er lachte, umfasste Haldetrud mit dem rechten Arm und küsste sie.

Nachdem die Gefallenen drei Tage aufgebahrt gewesen waren, so dass sich alle Mitglieder des Clans Cenel Conaill und alle Freunde von ihnen verabschieden konnten, erreichte am vierten Tag der Abt des Klosters Slane mit einigen seiner Mönche in einem geräumigen Reisewagen den Hügel von Tara. Nach einem stillen Gebet wandte sich der Abt an die Trauergemeinde: „Es hat Gott in seinem unergründlichen Ratschluss gefallen, Cellach mac Maele Coba, unseren Hochkönig, zu seinen Ahnen zu versammeln. Als tapferer Krieger ist er inmitten seiner Kampfgefährten gefallen. Im Frieden und im Krieg war er ein Vorbild für alle Clansmänner. Wir alle werden ihn schmerzlich vermissen. Möge er in Frieden ruhen, bis ihn der gnädige Gott, unser Vater im Himmel, am Jüngsten Tag erwecken wird zum ewigen Leben. Im Reich Gottes, am Tisch unseres Herrn Jesus Christus, werden wir ihn wiedersehen."

Nun wandte sich der Abt an Cellachs einziges Kind, seine erwachsene Tochter Cacht ingen Cellaig. Seine Frau war vor mehreren Jahren an einer Krankheit verstorben; es standen aber noch andere Verwandte am Sarg des Toten, Geschwister, Vettern und Cousinen, Neffen und Nichten. Sein Neffe Aidan war mit Haldetrud wegen seiner Verwundung schon nach Ath Troim aufgebrochen. Cacht ingen Cellaig stand mit versteinerter Miene am Sarg ihres Vaters, aber sie wankte nicht, niemand musste sie stützen. Doch ihr Gesicht war bleich wie ein Leichentuch, sie blickte starr is Leere.

„Liebe Cacht, liebes Kind", begann der Abt. Er sprach mit großer Wärme in seiner Stimme, leiser als vorher, so dass nur die Verwandten des Königs im näheren Umkreis ihn hören konnten. „Ich weiß," fuhr er fort, „dass du nicht begreifen kannst, dass dein geliebter Vater tot ist. Vielleicht fragst du in deinem Herzen: `Vater, wo bist du, Vater? Du kannst doch nicht tot sein. Du kannst mich doch nicht verlassen!´"

„Als man dir sagte, Cacht, dass dein Vater gefallen ist, war es für dich bestimmt so, als hielte die Welt den Atem an, als sei die Zeit stehen geblieben. Es war für dich unbegreiflich. Vielleicht hast du in diesem Moment mit Gott gehadert und ihn immer wieder gefragt: `Warum musste mein Vater sterben? Warum hast du das zugelassen, Gott, dass er getötet wurde?` Eine grauenhafte Leere mag sich vor dir aufgetan haben, du hast in einen Abgrund geblickt, es mag für dich ein Gefühl gewesen sein, als ob du in diesen bodenlosen Abgrund hinunter fällst. Es war für dich in diesem Augenblick, als ob es keinen Trost für dich gibt, von keinem Menschen, und auch von Gott nicht. Du fühltest dich verlassen und einsam und hast immer wieder gefragt: Warum?

Doch ich versichere dir, mein liebes Kind, es gibt auch für dich Trost! Gott ist bei dir, er wird dich trösten, er wird dir beistehen. Er wird immer bei dir sein, dein ganzes Leben lang. Gott liebt dich, Cacht. Wie der Prophet Jesaja gesagt hat, Gott spricht zu dir: Ich habe dich bei deinem Namen gerufen, du bist mein! Niemals wird er dich loslassen, immer wird er an deiner Seite stehen, ganz gleich, was in deinem Leben geschehen mag. Dein Vater ist jetzt bei Gott, Cacht, und du wirst ihn wiedersehen, wenn Gott auch dich zu sich rufen wird. Ihr werdet euch wiedersehen, ihr werdet euch umarmen und küssen, ihr werdet fröhlich sein, lachen und glücklich sein.

Jetzt bist du traurig, Cacht, weil dein Vater aus dem Leben von dir weggerissen worden ist. Aber vertraue auf Gott! Es wird ein Wiedersehen mit deinem Vater und auch mit deiner Mutter geben in Gottes Reich. Gott segne dich, liebes Kind, er behüte dich und beschütze dich, er lasse sein Antlitz leuchten über dir und sei dir gnädig, er erhebe sein Antlitz auf dich und gebe dir Frieden!" Bei diesen letzten Worten des Abtes füllten sich Cachts Augen mit

Tränen, schluchzend bedeckte sie ihr Gesicht mit den Händen. Die Tränen flossen über ihre Wangen, es wurde schwarz vor ihren Augen. Eine ihrer Cousinen, die ganz in ihrer Nähe stand, legte einen Arm um sie und stützte sie. Der Abt sprach die feierlichen Worte des Paulus: „Leben wir, so leben wir dem Herrn, sterben wir, so sterben wir dem Herrn, wir leben oder sterben, so sind wir des Herrn." Nach der Segnung des Toten wurde der Leichnam in das vorbereitete Grab gelegt, inmitten der verstorbenen Hochkönige aus den vergangenen Zeiten.

In einem anderen Teil des Friedhofs segnete Abt Finlay O'Hara daraufhin die gefallenen Clansmänner und ließ sie in ihre Gräber legen. Die Familienmitglieder sowie die engsten Freunde des Hochkönigs begaben sich nun in die große Halle in der Residenz der Könige und setzten sich zum Leichenschmaus.

SECHSTES KAPITEL

DER NEUE KÖNIG

Zu seinem Leidwesen hatte Libanius den Begräbnisfeierlichkeiten beiwohnen müssen, seine Abwesenheit wäre als ein schwerer Affront aufgefasst worden. Widerwillig hatte er all diese Angehörigen des sogenannten irischen Hochadels betrachtet, die er abgrundtief verachtete. Auch dieses ganze Brimborium um den Hochkönig war ihm zuwider. Was war denn schon ein irischer Hochkönig? Allein schon dieser hochtrabende Titel! Welche Macht besaß denn dieser Mann, in Libanius` Augen geradezu die Karikatur eines Königs! Über welches Gebiet herrschte er? Es war kaum zu glauben, aber offenbar beschränkte sich seine Macht auf das Gebiet von County Meath, während sich in dem ganzen großen Rest Irlands wer weiß wie viele weitere Könige tummelten, die auch noch ständig Krieg gegeneinander führten! Zu allem Überfluss existierte anscheinend in der Institution des Hochkönigtums eine Art mystischer Verbindung zwischen weltlicher Macht und einer Spiritualität, die irgendwo im Übernatürlichen angesiedelt war. Ganz klar war Libanius diese Verbindung nicht, eigentlich war sie ihm nicht geheuer. Auf jeden Fall war das Ganze seiner Meinung nach nichts als ein großer Mummenschanz, sehr passend zu diesem absonderlichen, hinterwäldlerischen Volk.

Anscheinend hatte Libanius, der so stolz auf seine Abstammung von hochangesehenen römischen Vorfahren war, völlig vergessen, dass die meisten römischen Kaiser sogar als Götter verehrt worden waren, dass ihnen Opfer dargebracht wurden. Diese eklatante Verbindung zwischen weltlicher und religiöser Sphäre war möglicherweise ebenso eng oder sogar noch enger als die Verhältnisse im irischen Hochkönigtum. Aber in seiner Verblendung begriff es Libanius nicht, oder er hatte es verdrängt.

Wenn er sich nur im mindesten für das Volk interessiert hätte, das seit hundertfünfzig Jahren den größten Teil Westeuropas beherrschte – die Franken, unter deren Herrschaft er ja selber aufgewachsen war – dann wäre ihm vielleicht einmal zu Ohren gekommen, dass auch dem fränkischen Königtum etwas Spirituelles anhaftete. Zumindest in älterer Zeit gab es den Brauch, dass ein fränkischer König in einem Ochsenkarren an der gesamten Front des fränkischen Heeres entlang fuhr, wodurch eine magische Kraft auf das Heer übergehen sollte, in der Art eines Segens. Auch bei anderen Völkern gab es Ähnliches, wie den Ägyptern, aber davon wusste Libanius nichts, oder er hatte es nicht zur Kenntnis genommen. All diese Beispiele zeigten, dass es in vielen Völkern eine tief verwurzelte Sehnsucht gibt, an eine Verbindung zum Übernatürlichen, ja zum Göttlichen in ihren Herrschern zu glauben.

In seinem Hochmut und seiner Ignoranz bemerkte Libanius nicht einmal, dass in den irischen Klöstern – so auch im Kloster Slane – neben den geistlichen Übungen auch das Studium der antiken, vorchristlichen Literatur der Griechen und Römer betrieben wurde, und zwar schon seit dem fünften Jahrhundert. Dagegen gab es zu Libanius` Zeit solche Studien in den fränkischen Klöstern nicht, abgesehen von wenigen Ausnahmen, wie den drei Klöstern des Honoratus von Arles, des Johannes Cassianus und des Aurelius Cassiodorus. Nur langsam begann sich von dort eine mönchische Gelehrsamkeit in das übrige Gallien auszubreiten. Selbstverständlich wirkten in diesem Sinn auch die irischen Missionare und Wandermönche, besonders Columban von Luxeuil, die schon seit dem sechsten Jahrhundert Klöster im Frankenreich gründeten und dort das Studium der klassischen Literatur einführten, sowie auch die hohe Kunst der irischen Buchmalerei. Diese basierte auf sehr alten traditionellen Formen, die vor allem durch kunstvolle Ornamentik und verschlungene, abstrahierte Tierdarstellungen geprägt war. Das alles war Libanius offenbar entgangen, er wollte zweifellos nicht wahrhaben, dass Wissenschaft und Kunst in Irland ein höheres Niveau erreicht hatten als im größten Teil des Frankenreiches zu dieser Zeit. Das einzige, worauf Libanius jetzt nach dem Tod des Hochkönigs Cellach sann, war eine Möglichkeit, Einfluss auf die Wahl des nächsten Hochkönigs zu nehmen. Falls ihm das gelänge, wenn ihm der nächste König eventuell sogar zu Dank für seine Wahl verpflichtet wäre, dann könnte er auf die Politik dieses Königs sogar einen gewissen Einfluss nehmen. Das würde natürlich seine Bedeutung und sein Ansehen enorm steigern. Nach nichts sehnte sich Libanius mehr als das – ein bedeutender, angesehener Mann zu sein. Jetzt war er nur ein Niemand, von keinem Menschen anerkannt und geachtet. Das Schlimmste war, dass die Frau, die er glühend begehrte, überhaupt keine Notiz von ihm nahm, er war ihr offensichtlich völlig gleichgültig. Dieser Zustand war unerträglich! Aber sollte es ihm gelingen, am Hof des nächsten Hochkönigs einen gewissen Einfluss zu erlangen – so hoffte er – dann würde sicher auch Haldetrud ihn in neuem Licht sehen, ihn vielleicht sogar bewundern.

Sein Plan hatte nur leider einen Haken. Er hatte keinerlei Beziehungen zu irischen Clans, mit einer Ausnahme: den Clan der O`Coindeal-bhain kannte er nur zu gut. Es waren die Männer dieses Clans, die ihm bei der Entführung des kleinen Dagobert behilflich gewesen waren und dafür von ihm entlohnt worden waren. Libanius war sich zwar nicht sicher, ob gerade diese Leute die richtigen Ansprechpartner waren, wenn es um die Neubesetzung des Hochkönigamtes ging, aber er musste es versuchen. Bei irgendjemandem musste er ja anfangen. Da er den Weg noch in guter Erinnerung hatte, ritt er eines Morgens zum Gehöft des Oberhaupts der O`Coindeal-bhain. „Ich möchte Brothaigh, euer Oberhaupt, sprechen," wandte er sich an einen jungen Mann, der ihm vor dem Wohnhaus Brothaighs entgegen kam. Misstrauisch betrachtete ihn der junge Mann, aber er nickte, ging ins Haus und kam tatsächlich mit dem alten Brothaigh wieder heraus. Dessen Miene hatte sich schlagartig verfinstert, als er Libanius erkannte. „Was willst du, Mönch? " fuhr er ihn unwirsch an. Obwohl diese, gelinde gesagt, unerfreuliche Begrüßung Libanius hätte stutzig machen müssen, begann er gleich, dem Clanoberhaupt seinen Plan auseinander zu setzen: „Du weißt doch, dass Cellach mac Maele Coba, der Hochkönig, kürzlich in der Schlacht gefallen ist. Söhne hatte er nicht, und auch sonst scheint keiner seiner Verwandten in Frage zu kommen, um ihm als Hochkönig nachzufolgen. Der neue König müsste also aus einem anderen Clan gekürt werden. Deshalb habe ich mir Gedanken darüber gemacht, Brothaigh, ob du nicht der geeignete Mann für dieses Amt wärst. Du bist doch ein erfahrenes, tatkräftiges Clanoberhaupt; ich bin sicher, du hättest gute Aussichten, gewählt zu werden."

Gespannt blickte Libanius auf die Miene des Alten, ob er darin irgendeine Reaktion auf seinen Vorschlag ablesen könnte. Doch Brothaigh blickte ihn nur starr an, um ihn plötzlich mit wutverzerrter Miene anzuschreien: „Willst du dich über mich lustig machen, Mönch? Bist du noch bei Sinnen? Bist du wirklich so naiv, mir mit einem derartig irrwitzigen Vorschlag zu kommen?"

Wie vor den Kopf geschlagen, prallte Libanius zurück. Eine solche Reaktion war das Letzte, womit er gerechnet hatte. Er war fassungslos. Was hatte er denn falsch gemacht? Der Alte hätte sich doch geehrt fühlen müssen, wenn sogar ein hochgelehrter Kleriker aus dem mächtigen Frankenreich ihn dieses Amtes für würdig erachtete. Doch Libanius fand kaum Zeit, sich darüber groß Gedanken zu machen.

In barschem Ton befahl Brothaigh zwei weiteren jungen Männern, die inzwischen dazugekommen waren, den Archidiakon zu packen! Alles ging jetzt ganz schnell. Bevor Libanius noch protestieren konnte, hatten ihn die Männer ergriffen. Sie hielten ihn so fest, dass Libanius vor Schmerz stöhnend das Gesicht verzog. Keuchend stieß er hervor: „Ist das die irische Gastfreundschaft? Was habe ich denn getan?"

Jetzt grinste der Alte hämisch, ging ganz nah an den Archidiakon heran und spuckte ihm ins Gesicht. „Betrogen hast du mich damals, elender Mönch! Mit lumpigen fünf Golddenaren hast du mich abgespeist! Was glaubst du, was für einen Ärger du mir und meinem Clan mit dieser Entführung des Knaben eingebrockt hast! Es kamen Abgesandte vom Kloster, um mich auszufragen. Die Aktion hatte sich irgendwie in der ganzen Gegend herumgesprochen, meine Leute wurden überall beschimpft oder sogar ausgelacht! Ich kann dir versichern, dass das dem Ansehen meines Clans weiß Gott nicht gerade förderlich gewesen ist! Und das alles habe ich nur dir zu verdanken, du hässlicher, ausländischer Wicht! Und zu alledem noch deine miese Bezahlung! Wenn es sich wenigstens finanziell für uns gelohnt hätte! Aber du stinkst ja vor Geiz, dabei sind die Truhen deines Klosters in Gallien bestimmt prall mit Golddenaren gefüllt!" Brothaigh hatte sich immer heftiger in Wut und Hass auf den Archidiakon hineingesteigert.

Jetzt ergriff eine lähmende Angst Libanius. Mühsam stieß er hervor: „Was hast du jetzt mit mir vor? Ich bitte dich, verschone mich und lass mich gehen!"

Doch Brothaigh grinste nur hämisch und weidete sich offensichtlich an der Angst des Archidiakons. „Das wirst du gleich sehen, Mönch. Ich werde dich erst einmal etwas schmoren lassen."

Er gab seinen Leuten einige Befehle, worauf sie Libanius unsanft zu einer hölzernen Hütte führten, ihn dort auf ein Lager warfen und fesselten. Bevor er richtig begriffen hatte, was geschehen war, verließen die Männer die Hütte und verschlossen die Tür. Libanius blieb gefesselt auf dem Lager in völliger Dunkelheit zurück. Jetzt ergriff ihn Panik. Wollte man ihn doch töten? Oder foltern? Er wagte es sich nicht vorzustellen. Aber dann hätten sie es doch schon tun

145

können! Bestimmt würden sie gleich wiederkommen, um ihn zu erwürgen oder ihm den Kopf abzuschlagen. Die Todesangst schnürte ihm die Kehle zu. Er wollte schreien, aber kein Ton kam über seine Lippen, nicht einmal ein leises Krächzen. Er musste das Bewusstsein verloren haben, denn als er wieder erwachte, lag er noch immer gefesselt auf dem Lager. Wie war er überhaupt in diese Lage gekommen? Er versuchte, sich zu erinnern. Erst allmählich fiel ihm die grässliche Szene mit dem Clanoberhaupt wieder ein. Vielleicht war es ja nur ein Alptraum, aus dem er gleich aufwachen würde. Als er versuchte, Hände und Füße zu bewegen, schnitten die Stricke schmerzhaft in sein Fleisch. Es war kein Alptraum. Er lag hier bewegungsunfähig auf diesem Lager, mutterseelenallein. Außer ihm selbst wusste niemand, wo er hingegangen war. Irgendwann würde man hier nur noch seine vermoderten Knochen finden. Er begann, hemmungslos zu weinen und zu schluchzen. Dabei merkte er, dass seine Stimme wiedergekommen war. So laut er konnte, fing er an zu schreien: „Hilfe, Hilfe, Hilfe! Hört mich denn niemand? Holt mich bitte hier heraus! Ich flehe euch an; bei der Heiligen Dreifaltigkeit, bei der Jungfrau Maria flehe ich euch an, beim Heiligen Patrick, so erbarmt euch doch meiner! Ich werde auch alles tun, was ihr von mir verlangt. Hilfe, Hilfe!"

Doch nichts rührte sich, niemand hörte ihn. Niemand kam, um nach ihm zu sehen. Aber das konnte doch nicht möglich sein! So grausam konnten sie doch nicht sein, er hatte ihnen doch – Gott war sein Zeuge – nichts getan. Verzweifelt schrie Libanius weiter, bis er so heiser war, dass kein Ton mehr aus seiner Kehle herauskam. Flüsternd betete er jetzt siebenmal das Vaterunser und siebenmal das Ave Maria. Dann musste er wieder das Bewusstsein verloren haben. Als er aufwachte, war die Dunkelheit um ihn noch finsterer, noch schwärzer und noch bedrohlicher geworden. Nicht einmal der kleinste Schimmer eines Lichtstrahls drang durch die Ritzen zwischen den Holzbohlen. Jegliche Hoffnung hatte Libanius verlassen. Auch Gott hatte ihn offenbar verlassen. Er starrte nur noch stumpf ins Leere.

Da! Ein Geräusch! Anscheinend wurde die Tür geöffnet, jemand betrat mit einer Laterne in der Hand den stockdunklen Raum und näherte sich ihm. Die Angst würgte Libanius sofort von neuem. War jetzt seine letzte Stunde gekommen? Hatte der Mensch, der jetzt auf ihn zukam, schon ein Messer gezückt? Es war wohl ein Knecht, der sich über den zitternden, schweißnassen Libanius beugte und ihm eine Wasserflasche an die Lippen führte. Gierig trank der Archidiakon, bis ein Hustenanfall ihn zwang, aufzuhören. Doch der Knecht, oder wer auch immer das sein mochte, hatte anscheinend viel Geduld, er reichte ihm die Flasche noch einmal. Dann aber verschwand er, ohne ein einziges Wort gesprochen zu haben.

Wieder musste Libanius schließlich eingeschlafen sein. Als er von neuem erwachte, stellte er entsetzt fest, dass er sich noch immer, an Händen und Füßen gefesselt, als Gefangener in dieser erbärmlichen Hütte befand. Inzwischen hatte er sich auch noch eingenässt. In seinen Händen und Füßen hatte er keinerlei Gefühl mehr, seine Kehle war völlig ausgedörrt, seine Zunge klebte am Gaumen, er hatte rasenden Durst. An einem schwachen Lichtstrahl, der durch eine Ritze zwischen zwei Balken in die Hütte drang, konnte er erkennen, dass es

147

Tag sein musste. Doch wie lange lag er schon hier? Einen Tag, zwei Tage oder eine Woche? Die Zeit war stehen geblieben. Er hätte es nicht sagen können. Aber was für einen Unterschied machte das schon? Offensichtlich hatte man vor, ihn hier verhungern und verdursten zu lassen. Er flehte Gott an, den Tod schnell kommen zu lassen.

Die Stunden gingen dahin. Libanius` Geist begann, sich zu verwirren. Er wähnte sich in seiner Klosterzelle liegen. Gleich würde ein Mönch kommen und ihn zum Frühgebet rufen. Dann sah er sich als Gefangenen von Beduinen, in der syrischen Wüste, gefesselt auf einem Kamel sitzen. Vor ihm in der Karawane saß ein weiterer Gefangener auf einem Kamel. Jetzt ging ein Knabe an der Reihe der gemächlich dahinschreitenden Kamele entlang und reichte den Gefangenen einen Wasserschlauch, auch ihm. In großen Zügen trank er gierig das Wasser aus dem Schlauch. Sie mussten gerade in einer Oase Halt gemacht haben. Das Wasser war herrlich kühl.

Plötzlich kam Libanius zur Besinnung. Tatsächlich kniete ein Knabe neben seinem Lager und gab ihm Wasser zu trinken. Die Tür der Hütte öffnete sich, zwei Männer traten ein und lösten Libanius` Fesseln. In barschem Ton schrie einer: „Nun steh endlich auf, Mönch!" Doch das war unmöglich. Seine Beine gehorchten Libanius nicht. Die Männer mussten das begriffen haben. Sie hoben den Archidiakon hoch und schleppten ihn aus der Hütte ins Freie. Libanius kniff die Augen zusammen. Obwohl der Himmel von Wolken verhangen war, bereitete das Tageslicht ihm heftige Schmerzen in den Augen.

Man schleppte ihn vor Brothaigh, das Oberhaupt des Clans, der im Hof auf einem Lehnstuhl saß. Wieder wurde Libanius von einem der Männer angeschrien: „Knie nieder, verdammter Mönch!" Doch auch das konnte Libanius nicht. Seine Knie waren so steif geworden, dass er sie nicht beugen konnte. Mit Gewalt wurde er niedergedrückt und schrie auf vor Schmerz. Verächtlich musterte ihn Brothaigh, um endlich das Wort an ihn zu richten. „Ich nehme an, die letzte Nacht hat dir als Lektion fürs erste gereicht, Mönch. Belästige uns nie wieder mit deinen Wünschen oder Plänen! Bist du jetzt bereit, ein Lösegeld zu zahlen?" Libanius nickte gottergeben. „Nun gut," fuhr Brothaigh fort, „das Lösegeld beträgt dreißig fränkische Golddenare, die du mir spätestens in drei Wochen überbringen musst. Solltest du das nicht tun, habe ich Mittel und Wege, dich auch im Kloster ergreifen und töten zu lassen. Also, wenn du vorhast, auch weiterhin auf dieser schönen Erde zu lustwandeln, dann beschaffe das Gold und bring es mir pünktlich! Wir werden dich noch zwei oder drei Tage hier durchfüttern, ohne Fesseln, versteht sich. In deinem jetzigen Zustand wirst du kaum in der Lage sein, schon zum Kloster zurückzureiten. So, nun schafft ihn mir aus den Augen!" Nach diesen Worten erhob sich der Alte und schritt mit würdevoller Miene zurück ins Haus.

Lösegeld hin oder her, es war Libanius einerlei. Hauptsache, man würde ihn aus diesem Vorhof der Hölle endlich entlassen. Brothaigh hatte natürlich Recht gehabt, er musste erst wieder zu Kräften kommen, bevor er an den Rückweg denken konnte. Zu seinem allergrößten Schrecken zerrte man ihn jetzt wieder in die verfluchte Hütte! Doch diesmal bekam er keine Fesseln angelegt, und zum Glück herrschte nun nicht mehr diese grauenhafte Dunkelheit in dem Raum, man hatte ein kleines Fenster geöffnet. Sogar einen einfachen Tisch und einen Stuhl bemerkte er sogleich, und was das Wichtigste war: auf dem Tisch stand eine Schüssel mit dampfendem Gerstenbrei, daneben lagen mehrere Fladenbrote. Und Wasser, endlich genug Wasser! Ein großer Krug, gefüllt mit Wasser bis zum Rand! Man setzte ihn auf den Stuhl vor diesen Köstlichkeiten, mit zitternden Händen griff er nach dem Krug. Welche Seligkeit, als das Leben spendende Nass seine Lippen benetzte und seine Kehle hinabrann! Er sah sich wieder in der syrischen Wüste, doch diesmal als Verschmachtenden, der es mit letzter Kraft zu einem Wasserloch geschafft hatte.

Zwei Tage später war der Archidiakon so weit hergestellt, dass er auf seinem Pferd den Rückweg antreten konnte. Irgendjemand, vielleicht der Heilige Martin von Tours, hatte seine Gebete erhört. Das Lösegeld fiel ihm ein. Was für ein Segen, dass Bischof Dido mit allen möglichen Notfällen gerechnet hatte und ihm einen sehr ansehnlichen Vorrat an fränkischen Golddenaren dagelassen hatte. Bisher war er noch kaum in die Verlegenheit geraten, diesen Schatz angreifen zu müssen. Selbstverständlich würde er Brothaigh die geforderte Summe überbringen, vielleicht schon in einer Woche. Als er im Kloster eintraf, war es ihm, als sei er im Gelobten Land angekommen, das Gott den Israeliten versprochen hatte, ein Land, in dem Milch und Honig fließt.

Obwohl Ansegisil notgedrungen schon im zweiten Jahr in Irland, sehr weit weg von seiner Heimat, lebte, war er Gott doch dankbar für alles, was er ihm gegeben hatte. Vor allem Gerhild, seine Frau, bedeutete ihm das allerhöchste Glück. Er liebte sie über alle Maßen, und seitdem sie das Bauernhaus für sich allein hatten, war sein Glück nahezu vollkommen. Das einzige, was er sich noch wünschte, war ein eigenes Kind mit Gerhild, aber das hatte ja noch Zeit.

Doch seine Heimat in Aquitanien, wo er mit seinen Eltern und seiner Schwester aufgewachsen war, konnte er trotzdem nicht vergessen. Es war ein schweres Leben gewesen, voll Plackerei und Mühsal, nichtsdestotrotz war es ein schönes Leben. Er hoffte inständig, dass sein Vater dort allein zurechtkam. Wer weiß, vielleicht würde er selbst, zusammen mit Gerhild, eines Tages seinen heimatlichen Hof wiedersehen.

Freunde hatte er in Irland bisher kaum gefunden. Allerdings verstand er sich mit den beiden Mönchen Davin und Nuallan ausgesprochen gut. Sie waren für ihn gute Kameraden, mit denen er zusammen auf den Feldern des Klosters arbeitete. Eine große Ausnahme jedoch war sein Schwager Aidan, mit dem ihn inzwischen eine tiefe Freundschaft verband. Sie waren beide fast im gleichen Alter, sie waren sich auf Anhieb sympathisch gewesen. Sie trafen sich häufig, wenn Aidan Haldetrud zum Bauernhof begleitete; seine Schwester nahm ja meistens an den Unterrichtsstunden Dagoberts im Kloster teil. Manchmal überließ sie diese Aufgabe ihrem Bruder. Eines Tages machte ihm Aidan einen Vorschlag: „Soviel ich weiß, Ansegisil, hattest du keinerlei Ausbildung an Waffen. Deine schwere Arbeit auf dem elterlichen Hof hat dir natürlich keine Zeit dazu gelassen, obwohl – wie ich gehört habe – freie fränkische Bauern durchaus zum

Kriegsdienst im Heer des Königs herangezogen werden können. Auch in Irland ist es üblich, dass freie Männer sich im Kampf mit Schwert und Speer üben. Wie du weißt, gibt es hier immer wieder Kämpfe zwischen den Clans, an denen ich ja auch schon teilgenommen habe. Was hältst du davon, wenn wir beide uns hin und wieder im Schwertkampf üben? Es kann in diesen unsicheren Zeiten nicht schaden, wenn ein Mann mit Waffen umgehen kann.

Ansegisil war von Aidans Vorschlag überrascht, er überlegte kurz, lachte und meinte: „Ich werde bestimmt den ungeschicktesten Schwertkämpfer in ganz Irland abgeben, aber warum nicht? Lass es uns versuchen!" Sie machten sich beide Holzschwerter, und Aidan begann, seinem Freund die Grundlagen des Schwertkampfes beizubringen. Wann immer sich die beiden trafen, legten sie eine Übungsstunde ein. Mit der Zeit begann Ansegisil sogar, daran Gefallen zu finden. Er stellte sich keineswegs ungeschickt an. Aidan war beeindruckt und lobte seinen Freund. „Ich darf gar nicht darüber nachdenken, wenn ich gegen dich in der Schlacht kämpfen müsste. Das wäre mit Sicherheit mein Ende." Beide lachten. Doch abgesehen von diesen Kampfübungen saßen die beiden auch oft zusammen und unterhielten sich über dies und das. „Was hältst du von meinem Volk, den Iren?", fragte Aidan einmal.

„Ich lebe sehr gern in diesem Land, Aidan," erwiderte Ansegisil. „Mit deinen Landsleuten bin ich bisher gut ausgekommen, die meisten sind freundlich und ausgesprochen höflich. Was ich besonders schätze, ist ihre frohe Lebensart. Sie singen gern, zur Harfe, oder auch ohne, meistens sind es fröhliche Lieder, aber auch besinnliche, die ich sehr liebe. Im Grunde finde ich die Iren nicht allzu unterschiedlich von den Franken. Allerdings habe ich bisher nicht sehr viele kennen gelernt, doch in Gallien kannte ich auch nicht viele Leute. Wir lebten dort recht zurückgezogen auf unserem kleinen Hof, für Geselligkeit blieb wenig Zeit. Es kam nicht oft vor, dass wir uns die Zeit nahmen, auf ein fröhliches Dorffest zu gehen. Auch zur Kirche gingen wir eher selten. Hier gehe ich viel öfter zum Gottesdienst, aber die Kirche ist ja auch gleich um die Ecke." Er lächelte.

„Es freut mich, Ansegisil," erwiderte Aidan, „dass du so freundlich von meinen Landsleuten sprichst. Mir scheint aber, dass du einige ihrer weniger schönen Seiten noch nicht kennen gelernt hast." Er grinste. „Viele Iren sind recht streitlustig und gelten sogar als Raufbolde. Aber wenn du das noch nicht wahrgenommen hast, umso besser!" Beide mussten wieder lachen.

Ein andermal fragte Ansegisil seinen Schwager: „Sag, Aidan, glaubst du an ein Leben nach dem Tod?"

Aidan dachte lange nach und antwortete schließlich: „Das ist eine schwierige Frage, Ansegisil. Es fällt mir nicht leicht, darauf zu antworten. Mir ist klar, was die Priester und Mönche dazu sagen: wir würden in Gottes Reich kommen, wenn wir ein gottgefälliges Leben führen. Trotzdem habe ich manchmal Zweifel. Mal glaube ich, dass es so sein wird. Dann wieder kann ich es mir überhaupt nicht vorstellen und denke, dass mit dem Tod alles vorbei ist. Andrerseits möchte ich glauben, dass ich die Menschen, die mir am liebsten sind, in einer anderen Welt wiedersehen werde, vor allem meine geliebte Haldetrud.

Jedenfalls hoffe ich es, und manchmal, wenn die Hoffnung sehr stark ist, glaube ich daran." Beide schwiegen.

Schließlich erwiderte Ansegisil: „Ich kann es mir gar nicht anders vorstellen, als dass ich meine geliebte Gerhild in Gottes Reich wiedersehen werde, und auch meine Eltern und meine Schwester, und dich ebenfalls, Aidan. Du bist für mich wie ein Bruder geworden." Die beiden umarmten sich.

„Ich danke dir, Bruder," sagte Aidan leise.

Inzwischen war der Tag gekommen, an dem der neue Ard Ri, der Hochkönig von Irland, gewählt werden sollte. Mehrere Clans hatten dazu ihre Oberhäupter mit deren Gefolge nach Tara entsandt. Wie es schon in vorchristlicher Zeit der Brauch gewesen war, sollte die Wahlversammlung im Freien stattfinden, in der Nähe des Schicksalssteins Lia Fail, den man auch den Krönungsstein nannte. Wie es die Überlieferung berichtete, war dieser Stein von den keltischen Göttern, den Tuatha De Dannan, in der Vorzeit als heiliger Gegenstand auf den Hügel von Tara gebracht worden. Es hieß, er würde einen Schrei ausstoßen, wenn ihn der rechtmäßige König berührte.

Die Oberhäupter der Clans hatten sich um den großen Stein Lia Fail herum gruppiert. Als naher Verwandter des gefallenen Königs eröffnete Aidan die Versammlung: „Ich heiße die ehrenwerten Oberhäupter der Clans, die sich heute zu diesem heiligen Ort begeben haben, willkommen. Möge Gott die Mitglieder dieser Versammlung die richtige Wahl treffen lassen und den gewählten rechtmäßigen neuen König segnen."

154

Es bewarben sich drei Clans um das Recht, den neuen Hochkönig zu stellen: Da war einmal der Clan Cenel n Eoghain mit seinem Anführer Crimthan sowie der Clan Sil n Aedo Slaine mit seinem Oberhaupt Diarmait Ruanaid und schließlich der Clan Mac Domnaill, angeführt von seinem Oberhaupt Loingsech mac Oengusa. Es war derselbe, der erst kürzlich gegen den Clan Cenel Conaill in einer erbitterten Schlacht gekämpft hatte, in welcher der bisherige König Cellach den Tod gefunden hatte. Aidan empfand es als äußerst unverfroren, dass Loingsech so kurz nach dieser Schlacht auftrat, um sich als Hochkönig wählen zu lassen. Aber das war sein gutes Recht, Aidan konnte nichts dagegen tun. Loingsech mac Oengusa ergriff gleich als Erster das Wort: „Ihr alle wisst, dass mein Clan schon seit langer Zeit das Recht beansprucht, den Hochkönig zu stellen. Doch wir sind bisher immer zu kurz gekommen. Es wird höchste Zeit, dass unser Recht anerkannt wird. Als nächster König auf Tara muss ich gewählt werden."

In den Reihen der Wahlversammlung breitete sich hierauf abfälliges Gemurmel aus, auch einige Rufe waren zu hören wie: „Niemals wirst du unser König, Loingsech!" und „Da hätte ich sogar einen Angelsachsen aus Britannien lieber als dich, Loingsech!" Aber es gab auch zustimmende Rufe wie: „König Loingsech lebe hoch!"

Loingsech, das Oberhaupt der Mac Domnaill, ließ sich zwar nichts anmerken, aber er schäumte vor Wut über die abfälligen Rufe aus der Versammlung. Als nächster Kandidat wandte sich Crimthan vom Clan der Eoghain an die versammelten Männer: „Als erstes möchte ich zu bedenken geben, dass Loingsech zu jung und unerfahren für dieses hoch angesehene Amt ist. Ich wüsste auch nicht, durch welche Taten

155

er sich bisher dafür ausgezeichnet hätte. Erst kürzlich hat sein Clan unter seiner Führung die Schlacht am Brug na Boinne gegen den Clan der Cenel Conaill verloren; dessen Oberhaupt Cellach, unser bisheriger Hochkönig, ist in dieser Schlacht ja in tapferem Kampf gefallen. Mein Clan ist hingegen, wie ihr alle wisst, einer der angesehensten in ganz Irland. Ich selber habe schon in mehreren Schlachten gekämpft und jedes Mal den Sieg davon getragen. Ich bitte euch deshalb, mich zu wählen."

Viele zustimmende Rufe wurden laut. Als sie schließlich verebbt waren, trat der dritte Kandidat vor, Diarmait Ruanaid. Sein Beiname bedeutete „der Held." „Ihr seid alle tapfere Männer," begann er, „viele von euch kenne ich gut. Der Clan, dem ich entstamme, die Sil n Aedo Slaine, ist ebenso berühmt und angesehen wie der Clan meines Mitbewerbers Crimthan. Jeder Mann in Irland weiß, in wie vielen Schlachten ich schon mutig und tapfer gekämpft habe, weswegen ich auch unter meinem Beinamen „der Held" bekannt bin. Wenn ihr mich wählt, könnt ihr sicher sein, in Zukunft einen klugen, umsichtigen und erfahrenen Hochkönig zu bekommen. Außerdem habe ich vor, mir die Amtsführung mit meinem hochgeschätzten Bruder Blathmac zu teilen. Lasst uns also jetzt abstimmen!"

Aidan hatte Ansegisil in die Versammlung eingeschmuggelt, der ja gar kein Clansmann war. Aber selbstverständlich würde der Franke sich an der Abstimmung keinesfalls beteiligen. „Was für ein Alptraum,", flüsterte Aidan seinem Freund zu, „dass Loingsech die Wahl gewinnen und in Zukunft auf Tara residieren könnte! Ausgerechnet das Oberhaupt des Clans, der uns zum Kampf am Brug na Boinne herausgefordert hat und für den Tod unseres geliebten Cellach verantwortlich ist! Aber verhindern kann man es wohl nicht, leider."

In der Wahlversammlung waren inzwischen hitzige Diskussionen darüber entbrannt, wer von den drei Kandidaten am geeignetsten für die Nachfolge Cellachs wäre. Aidan befürchtete, dass es zwischen zwei Gruppen sogar zu Handgreiflichkeiten kommen könnte. Das Beste wäre sicher, sofort zur Wahl zu schreiten. Er erhob seine Arme und rief mit lauter Stimme: „Clansmänner! Es ist Zeit, mit der Wahl zu beginnen. Jeder von euch hat drei kleine Steine bekommen. Der schwarze Stein ist für Loingsech, der blaue für Crimthan und der weiße für Diarmait und seinen Bruder Blathmac. Ich bitte euch, der Reihe nach einen der Steine in diesen Tonkrug zu werfen, je nachdem, welchen Kandidaten ihr als unseren nächsten Hochkönig wählen wollt."

Die Diskussionen in der Wahlversammlung, die sich schon bedrohlich aufzuschaukeln begonnen hatten, ebbten nun tatsächlich ab. Mehrere Männer aus Aidans Clan Cenel Conaill sorgten dafür, dass die Clansmänner in einer langen Reihe an dem großen Tonkrug, der als Wahlurne diente, vorüberzogen und jeweils einen Stein hineinwarfen. Nach einer guten Stunde war die Prozedur beendet, ohne dass es zu nennenswerten Störungen gekommen wäre. Schließlich war Tara für alle ein hochheiliger Ort, dessen mystische Aura von allen respektiert wurde. Von jedem der drei konkurrierenden Clans wurden nun drei Männer ausgewählt, die die Auszählung der Stimmen überwachen sollten. Aidan hob den Tonkrug hoch, so dass alle ihn sehen konnten.

„Ich beginne jetzt mit der Auszählung", rief er. „Sie wird von den neun ausgewählten Männern überwacht werden."

Die Clansmänner bildeten jetzt einen großen Kreis um Aidan mit dem Tonkrug. Es war ganz still geworden. In gespannter Erwartung sahen die Männer zu, wie Aidan den Krug umstülpte, und die farbigen Wahlsteine auf den Boden fielen. Bedächtig begann Aidan, drei Steinhaufen zu bilden, einen mit den schwarzen Steinen, einen zweiten mit den blauen und einen dritten mit den weißen Steinen. Die Spannung erreichte jetzt ihren Höhepunkt, als Aidan anfing, die Steine eines jeden Haufens zu zählen, scharf beobachtet von den neun dafür ausgewählten Männern.

Schließlich war es so weit. „Jeder Clan hatte zwölf Stimmen," rief Aidan. „Ein jeder von euch Wahlmännern konnte also je einen der drei farbigen Steine in den Krug werfen. Im Krug müssten sich also sechsunddreißig Steine befinden, und genau diese Anzahl hat sich bei der Zählung ergeben. Auf dem Haufen mit den schwarzen Steinen liegen neun Steine, auf dem Haufen mit den blauen Steinen liegen zehn, und auf dem Haufen mit den weißen Steinen liegen siebzehn Steine. Diese Zahlen haben die neun von euch ausgesuchten Wahlbeobachter bestätigt. Somit ist das Ergebnis eindeutig. Der Clan der Sil n Aedo Slaine hat die Wahl gewonnen, Diarmait Ruanaid ist der neue Hochkönig von Irland, der gemeinsam mit seinem Bruder Blathmac dieses Amt antreten wird."

Wütendes Geschrei erscholl jetzt aus den Reihen der Mac Domnaill. Loingsech war totenblass geworden, sein Gesicht war verzerrt, seine Mundwinkel zuckten. „Das werdet ihr noch bereuen!", schrie er den

Männern der anderen Clans zu, und zu seinen eigenen Leuten gewandt: „Wir verschwinden jetzt sofort, bloß weg von diesen Verrätern!"

Im Lager der Eoghain war es ruhig geblieben. Natürlich waren die Clansmänner um Crimthan enttäuscht, aber es gab keine lauten Proteste. Ein älterer Krieger zuckte die Achseln, spuckte aus und meinte: „Es kann nun mal nur einer gewinnen, vielleicht klappt es ja beim nächsten Mal."

Ihrem Oberhaupt Crimthan war die Enttäuschung ebenfalls anzusehen, aber er hatte sich schnell wieder gefasst. Er ging zu Diarmait hinüber und beglückwünschte ihn zu seinem Sieg. „Und wenn Loingsech es wagen sollte," setzte er noch hinzu, „dich und deinen Clan anzugreifen, so gib mir Bescheid. Ich werde dich mit meinen Männern unterstützen."

Auch Aidan kam, um Diarmait und Blathmac zu gratulieren. Die Clansmänner der beiden jauchzten vor Freude über den Sieg ihrer Anführer, viele schlugen ihre Speere und Schwerter gegen ihre Schilde. Währenddessen hüpften und sprangen die Jüngeren unter ihnen umher wie ausgelassene Zicklein, während die Älteren schmunzelnd zusahen und ihrer Freude mit einem Siegeslied Ausdruck verliehen. Diarmait und Blathmac waren sich gleich in die Arme gefallen, jetzt nahmen sie die Glückwünsche entgegen und stimmten in die Freudengesänge ihrer Männer ein. Da trat Aidan noch einmal auf die beiden zu. „Wir wollen nicht vergessen," sagte er lächelnd, „dass ihr noch die Probe durch den Schicksalsstein Lia Fail bestehen müsst."

Diarmait blickte Aidan etwas verdutzt an, dann lächelte auch er und erwiderte: „Na, dann los, lasst uns sehen, was geschehen wird." Er und sein Bruder stellten sich auf je einer Seite des großen Steins hin und berührten ihn mit ihrer rechten Hand. Doch nichts geschah. Die Umstehenden begannen zu murmeln. Plötzlich ertönte von irgendwo her ein Schrei, der sich mehr wie ein Kreischen anhörte. Alle Anwesenden jubelten, die beiden Brüder lächelten sehr zufrieden.

„Ihr habt die Probe bestanden," erklärte Aidan feierlich, „ich gratuliere euch nochmals und wünsche euch Glück. Möge der Herr, unser Gott, euch segnen und uns für Irland eine glückliche Zeit bringen für die Dauer eurer Regentschaft."

Jetzt ergriff noch einmal Diarmait Ruanaid das Wort: „Clansmänner, ich hoffe, ihr werdet mir so treu ergeben sein wie eurem gefallenen Hochkönig Cellach. Leistet mir nun den Treueeid!"

Daraufhin riefen alle versammelten Clansmänner: „Wir werden dir stets treu ergeben sein und dir und deinem Bruder Blathmac folgen. Das geloben wir bei Gott und dem heiligen Patrick."

Etwas später, als Aidan mit Haldetrud, Ansegisil, Gerhild und Dagobert ein Frühstück im Bauernhaus einnahmen, meinte er schmunzelnd: „Ganz sicher war ich mir nicht, ob wirklich der Stein den Schrei ausgestoßen hat. Es könnte auch der Schrei einer Elster gewesen sein. Aber das ist jetzt unwichtig, auf jeden Fall hätte diese Elster im richtigen Moment geschrien."

SIEBTES   KAPITEL

FRIEDEN

Der irische Sommer war dahingeflogen und vergangen als ein wunderschöner Traum. Gerhild und Ansegisil waren wie entrückt im Glück ihrer Liebe zueinander. Sogar die Natur mit all ihrem Zauber hatte sich offenbar vorgenommen, die beiden zu verwöhnen. Nicht einmal Libanius, der Archidiakon, in seiner Missgunst gegenüber Ansegisil, hatte die beiden belästigt. Vorläufig war er in sein Schneckenhaus zurück gekrochen, um erst einmal seine Wunden zu lecken, die ihm sein vergeblicher Versuch, Einfluss auf die Wahl des Hochkönigs zu nehmen, zugefügt hatte.

Ansegisil und Gerhild hatten in den Sommermonaten viele Spaziergänge und Ausflüge unternommen. Besonders liebten sie die kleinen Bäche, die murmelnd und plätschernd durch die Wiesen sprudelten, vorbei an den immergrünen Weiden, von denen die Kühe zu ihren Ufern hinab schritten, um ihren Durst zu löschen. Das Wasser in den Bächen war so klar, dass man bis zum Grund selbst die kleinsten Fische sehen konnte. Auch Ansegisil und Gerhild tranken oft von dem kühlen, erfrischenden Wasser.

Die zahlreichen Bäume und Sträucher, welche die Bäche an ihren Ufern begleiteten, ließen meist ihre Zweige tief über das Wasser herabhängen, die beiden Liebenden bewunderten besonders die feierlichen Trauerweiden, deren Zweigspitzen oft die Wasseroberfläche berührten. Es schien, als ob sie das Wasser nicht nur durch ihre Wurzeln aufnehmen, sondern es auch mit ihren Blättern aus dem Bach trinken wollten. Durch die vielen Zweige und Blätter gebrochen, gelangten immer nur einige Sonnenstrahlen bis zur Wasseroberfläche, wo dann einzelne Stellen hell aufleuchteten und blinkten, um im nächsten Moment wieder in den Schatten zu fallen, wenn ein Windstoß die Blätter bewegt hatte. Die beiden konnten sich gar nicht satt sehen an diesem munteren Spiel des Lichts, das es auf dem Wasser für sie hin zauberte. Auch die vielen summenden und brummenden Insekten, die hier trinken oder Futter suchen wollten, belebten die Szenerie, besonders beeindruckte die beiden immer wieder der irrlichternde Flug der Libellen, der großen wie der kleinen, die manchmal in prächtigem Blau oder Grün schimmerten. Aber auch die kleinen Wasservögel liebten sie sehr, die Wasseramseln, die zur Nahrungssuche in das Wasser eintauchten, und die Bachstelzen, die hin und wieder auf einem Stein verharrten und dabei so lustig mit ihrem langen Schwanz wippten. Auch wenn der im Frühling überwältigende, vielstimmige Vogelgesang des Morgens und Abends jetzt im Sommer verklungen war, so wurden Gerhild und Ansegisil auf ihren Wanderungen doch immer wieder vom Gesang und Gezwitscher des einen oder anderen Singvogels begleitet. Es waren herrliche, milde Tage, die die beiden erlebten. Sie ließen sich von der lauen Luft umschmeicheln, küssten sich und legten sich bisweilen ins Gras und liebten sich. „Dieser Sommer dürfte nie aufhören," seufzte Gerhild einmal. Ansegisil pflichtete ihr bei. Die beiden waren so glücklich, wie Menschen nur sein können.

Einmal, als sie gerade auf einer Wiese neben einem Bach lagen und verträumt den Wolken nachblickten, hörten sie plötzlich vom Bach her ein helles Pfeifen, das sich mehrmals wiederholte. Dann brach es ab, stattdessen hörten sie aus der gleichen Richtung ein lautes Kreischen. Vorsichtig schlichen sie sich an das Bachufer und erblickten auf einem Stein einen Fischotter, der immer noch heftig kreischte. Sie mussten beide lachen, der Otter hatte sie nun offensichtlich bemerkt, er glitt ins Wasser, tauchte und war entschwunden. „Erst einmal habe ich vorher einen Fischotter gesehen," freute sich Ansegisil, „das war vor einigen Jahren an einem Bach in Aquitanien." Nachmittags kam oft Haldetrud mit Dagobert vorbei, wenn sein Unterricht beendet war. Dann nahmen sie zusammen eine Brotzeit ein mit Haferbrei, Fladenbrot und Ziegenmilch. „Wie gefällt dir eigentlich dein Unterricht, Dagobert?" wollte Ansegisil einmal wissen.

Dagobert strahlte. „Ich gehe sehr gern hier zur Schule", antwortete er, „die Mönche sind immer freundlich, und das Lernen bei ihnen macht mir großen Spaß. Auch mit den anderen Kindern bin ich gern zusammen. Wenn die Mönche eine Pause machen, spielen wir manchmal Verstecken, oder wir bekommen einen Ball zum Spielen. Ich bin froh, dass der Mönch aus dem Frankenland nicht mehr zum Unterricht kommt. Ich mag ihn nicht."

Die Erwachsenen sahen sich an, sagten aber nichts dazu. Später, als Haldetrud und Dagobert wieder gegangen waren, meinte Ansegisil: „Ich kann den Jungen verstehen. Mir ist der Archidiakon auch immer etwas unheimlich vorgekommen. Er wirkt sehr düster, man bekommt auch keinen Kontakt zu ihm."

Gerhild stimmte Ansegisil zu. „Ich finde ihn auch recht seltsam. Er ist völlig undurchschaubar. Allerdings schien es mir vor einer Weile, als habe er sich in Haldetrud verliebt. Da wirkte er etwas menschlicher. Aber das war ja eine völlig aussichtslose Sache."

Im Herbst deuteten sich bei Gerhild die ersten Anzeichen einer Schwangerschaft an. Sie wartete, bis sie sich dessen ganz sicher war, erst dann sagte sie es ihrem Mann. Er war völlig aus dem Häuschen, er umarmte sie , küsste sie auf den Mund, die Augen, die Wangen und die Stirn und rief immer wieder: „Gerhild, meine Liebste! Meine liebste Gerhild! Wie wunderbar! Was für eine Freude! Ich kann dir gar nicht sagen, wie sehr ich mich freue! Jetzt musst du aber vorsichtig sein und darfst bis zur Geburt keinerlei anstrengende Arbeit verrichten!"

Gerhild lachte. „Ich bin nicht aus Zucker, mein Schatz! Jetzt am Anfang kann ich noch alles machen, erst später werde ich mich etwas vorsehen. Ich bin auch sehr glücklich, Liebster. Ich habe es mir sehr gewünscht, und nun werden wir beide ein Kind haben! Gott, unserem Vater im Himmel, sei Dank! Ob es wohl ein Junge oder ein Mädchen wird? Ich kann es kaum erwarten."

Als ob sich die beiden Frauen insgeheim verabredet hatten, eröffnete auch Haldetrud ihrem Mann einige Wochen später, dass sie ein Kind erwartete. Aidan blieb für einen Moment mit offenem Mund stehen, dann stieß er einen Freudenschrei aus, umarmte und küsste seine Frau und sprang wie ein wild gewordener Ziegenbock im Raum herum.

164

„Haldetrud, meine Liebste! Etwas Schöneres habe ich in meinem Leben noch nicht gehört! Es ist einfach großartig, wundervoll, herrlich! Du bist meine Königin! Komm, lass dich umarmen!" Die beiden fielen sich in die Arme und küssten sich zärtlich. „Aber ich sehe noch gar nichts, Haldetrud, sollte dein Bauch nicht etwas dicker sein?"

„Ach, du dummer Junge!" rief Haldetrud lachend. Ihr Gesicht strahlte vor Glück. „In den ersten Monaten einer Schwangerschaft ist der Bauch bei den Frauen im allgemeinen noch nicht dicker. Aber warte nur einige Monate. Dann wirst du sogar fühlen können, wie das Kind strampelt."

Aidan war überwältigt. Er konnte sein Glück kaum fassen. „Ich werde Vater! Ich werde Vater!" rief er immer wieder. „Und wird es denn ein Junge oder ein Mädchen, Liebste?"

Ein feines, stilles Lächeln lag wie ein Zauber auf Haldetruds Lippen. „Das weiß nur Gott allein, Liebster. Wir werden es früh genug wissen, wenn das Kindchen das Licht der Welt erblickt hat. Und ist es denn wichtig, ob es ein Junge oder ein Mädchen wird'?"

„Nein, meine Liebste, natürlich nicht!" Insgeheim hoffte Aidan aber doch, dass es ein Junge sein würde. „Ich werde sofort beginnen, mir Mädchen- und Jungsnamen zu überlegen."

Haldetrud lächelte versonnen. „Unser Kind wird in Irland aufwachsen. Sein Vater ist Ire, und ich bin auch schon fast eine Irin. Es bekommt also auf jeden Fall einen irischen Namen."

Währenddessen wurde im Kloster Slane ein Mensch Tag und Nacht zerfressen von den bösesten Gedanken, von Eifersucht, Hass und Wut:

165

der Archidiakon Libanius. Seine Gemütsverfassung glich einem noch tieferen, dunkleren Abgrund als bisher schon, wenn das überhaupt möglich war. Schon der Gedanke an seine vermeintlichen Feinde und Rivalen bereitete ihm unerträgliche Kopfschmerzen sowie ein Brennen in seinen Eingeweiden. Sein Puls raste; er fühlte sich, als würde ihm die Kehle zugedrückt, er bekam kaum noch Luft, er hatte panische Angst zu ersticken. So konnte es nicht weitergehen! Er musste endlich etwas unternehmen, um die Menschen, die er hasste, zu vernichten, zumindest aber ihnen großes Leid zuzufügen - vor allem seinem Nebenbuhler Aidan, seinem verhassten Landsmann Ansegisil und dem vermaledeiten Merowingerprinzen Dagobert.

Doch was konnte er schon tun? Er lebte praktisch wie ein Gefangener in diesem elenden irischen Kloster, mit lauter dümmlichen, frömmelnden Mönchen - so erschienen sie ihm jedenfalls in seiner wahnhaften Phantasie, denen er wahrscheinlich allen zuwider war. Es gab niemanden, mit dem er mal ein vernünftiges Wort wechseln konnte, niemanden, der ihn gern hatte. Weit und breit kannte er keinen Menschen, der ihm mit irgendetwas behilflich sein konnte. Seine letzte Hoffnung waren Brothaigh und sein Clan gewesen. Doch er schauderte jetzt noch, wenn er an das katastrophale Treffen mit diesem barbarischen Iren zurückdachte, bei dem er nur mit knapper Not dem Tod entronnen war.

Woche um Woche, Monat um Monat grübelte er darüber, wie er vorgehen könnte, um sich an den Menschen, die er für seine Feinde hielt, zu rächen. Ihm wurde immer klarer, dass er allein überhaupt nichts ausrichten konnte. Selbst wenn er in seiner Verzweiflung diese

Menschen töten, verletzen oder sonst wie schädigen sollte, würde man ihn als den Urheber einer solchen Tat sofort verdächtigen und überführen. Was ihm dann bevorstünde, wollte er sich lieber nicht ausmalen. Diese verdammten Iren würden ihn wahrscheinlich zu Tode foltern, vielleicht aufs Rad flechten, pfählen oder vierteilen. Bei dem bloßen Gedanken daran begann er zu zittern und zu keuchen, bis er beinahe ohnmächtig war.

Er benötigte also unbedingt skrupellose Helfershelfer, die für ihn die Drecksarbeit erledigten, die er dafür bezahlen müsste, und die sich anschließend einer Verfolgung entziehen konnten, so dass auf ihn kein Verdacht fallen würde. Doch wo um alles in der Welt konnte er solche Leute auftreiben? Jedenfalls nicht in der Umgebung von Slane. Es müsste eine größere Stadt sein, in der sich auch ein gewisses lichtscheues Gesindel herumtrieb, Leute, die für Geld alles tun würden, was man ihnen auftrug.

Leider besaß Libanius nicht die geringste Kenntnis von Irland. Wo sich hier im Osten der Insel solche Orte befinden könnten, wusste er nicht. Vorsichtig begann er, einige Mönche auszufragen. Er gab vor, sich für irische Pilgerstätten zu interessieren. Wie nebenbei fragte er die Mönche, welche Heiligen dort begraben wären oder gewirkt hätten, welche größeren Orte oder Städte sich in der Nähe befänden, und wie lange es wohl dauern würde, zu diesen Pilgerstätten zu gelangen.

Endlich fand der Archidiakon einen Mönch namens Cathal, der ihm bereitwillig Auskunft gab. Cathal war ein Mann in mittleren Jahren, schien sehr gebildet zu sein und sich in Irland gut auszukennen. Der

Mönch schüttelte den Kopf, als Libanius begann, ihn auszufragen.

„Du weißt offenbar sehr wenig über Irland," meinte Bruder Cathal in freundlichem Ton. „Irland ist durch und durch ländlich geprägt. Städte wie in Gallien gibt es hier nicht, nur kleinere oder größere Dörfer. Mir ist nur ein Ort bekannt, den man mit einigem Recht als Stadt bezeichnen könnte, nämlich Caiseal (anglisiert: Cashel) in County Tipperary. Das ist seit Jahrhunderten der Sitz der Könige von Munster, der großen Provinz in Irlands Südwesten. Der Name Caiseal bedeutet kreisförmige Steinfestung, und eben das ist die Burg der Könige vom Clan der Eoghanachta. In uralten Zeiten, noch bevor dieser Clan dort residierte, galt der steil aufragende Felsen, der die Stadt überragt, als Feenberg. Der berühmte König Aengus mac Nad Froich von Munster, dessen Großvater die Burg ausgebaut hat, wurde dort im Jahr 450 vom heiligen Patrick, dem großen Missionar der Iren, getauft. Man erzählt sich, dass Sankt Patrick versehentlich seinen bischöflichen Krummstab, der eine scharfe Spitze hatte, im Wasser des Taufbeckens auf den Fuß des Königs stemmte, wodurch dieser zu bluten begann. Doch der König dachte, das wäre auch ein Taufritual und ließ es klaglos über sich ergehen. Zur Zeit regiert dort Maenach mac Fingin, ebenfalls vom Clan der Eoghanachta."

Libanius dachte im Stillen: `Was soll mir dieser König, ich will dort ganz andere Leute treffen.` Aber das durfte er Cathal natürlich nicht sagen.

„Da du vorhast," fuhr Cathal fort, „Pilgerorte zu besuchen, ist Caiseal auf jeden Fall ein lohnendes Ziel, da unser Nationalheiliger Patrick dort den König von Munster als ersten irischen König getauft hat."

Schließlich fragte der Archidiakon den Mönch noch: „Wie weit ist es denn bis Caiseal?"

„Nun ja," musste Cathal zugeben, das liegt nicht gerade um die Ecke. Von hier aus musst du dich immer in südwestlicher Richtung halten, es sind ungefähr 150 Meilen, eher etwas mehr."

Cathal merkte, dass Libanius geschockt war von dieser Entfernungsangabe, „Mit einem guten Pferd wirst du wohl 10 Tage brauchen. Du weißt ja, dass die Römer niemals in Irland geherrscht haben. Deswegen gibt es hier keine gepflasterten Römerstraßen wie in Gallien, Italien und sogar in Britannien. Hier gibt es nur ungepflasterte, holprige Landstraßen. Man muss froh sein, wenn das Pferd nicht über einen Stein stolpert und sich ein Bein bricht. Zudem sind diese Landstraßen oft völlig verschlammt. Dein Pferd watet in diesem Schlamm mehr, als dass es normal auf der Straße gehen kann. Immerhin wird es nicht allzu schwer sein, eine Herberge für die Nacht zu finden. Vor Straßenräubern brauchst du keine Angst zu haben, aber es kann nicht schaden, immer die Augen offen zu halten.".

Nach diesem Schreckensbericht dachte Libanius, `das schaffe ich nie.` Aber ihm war klar, dass ihm gar keine Alternative blieb, wenn er irgendetwas von seinen Plänen verwirklichen wollte.

Das allergrößte Hindernis bestand jedoch darin, dass er ein miserabler Reiter war und mit einer solchen Entfernung völlig überfordert wäre. Seine Miene verdüsterte sich zusehends, er war inzwischen übelster Laune. „Was meinst du, Cathal, könnte ich nicht einen Reisewagen mieten?"

Der Mönch lächelte. „An sich wäre das möglich, wenn man auch erst einen auftreiben müsste, und den Kutscher ebenso. Jetzt im Herbst und Winter wird dich allerdings niemand nach Caiseal bringen, jetzt regnet es ja noch mehr als im Sommerhalbjahr, viele Landstraßen werden im Schlamm versinken. Kein Fuhrmann will es riskieren, dass die Achsen seines Wagens brechen, oder das Pferd sich die Beine bricht. Im Frühling wird es schon wieder gehen, am besten, du kümmerst dich jetzt bald um einen Mietwagen."

Im höchsten Maße verärgert schlenderte der Archidiakon zu seiner Zelle. Etwa ein halbes Jahr würde er warten müssen. Das war wieder typisch für dieses elende Land. In Gallien mit seinen römischen Straßen hätte er das ganze Jahr reisen können. Er verkroch sich in seiner Zelle und verfluchte wieder einmal dieses schreckliche Land, seine Bewohner und vor allem seine sinnlose Aufgabe, hier ausharren zu müssen.

Derweil machte Dagobert gute Fortschritte in der Schule. Er liebte den Unterricht; die beiden Mönche, von denen die Kinder unterrichtet wurden, machten ihre Sache wirklich gut, bei den Kindern waren sie sehr beliebt. Mit fast allen Klassenkameraden kam Dagobert ausgezeichnet zurecht, mit einem Jungen namens Padraig hatte er sich inzwischen angefreundet. In den Pausen spielte er zusammen mit den anderen oft mit Murmeln oder mit einem Ball. Es gab auch ein Mädchen in der Klasse, das Erin hieß. Dagobert fand, dass sie wunderschön aussah. Sie hatte lange blonde Locken und grüne Augen, sie war ein Jahr älter als er. Anfangs traute er sich überhaupt nicht, sie anzusprechen, aber sie lachte ihm oft so fröhlich zu, dass er sich schließlich ein Herz fasste und sie ansprach. Sein Gälisch war inzwischen ganz gut, aber natürlich konnte er nicht verhehlen, dass er kein Ire war. Er war der einzige Ausländer, den die Kinder je getroffen hatten. Erin war davon fasziniert. Sie fragte ihn ständig über seine frühere Heimat aus. „Wo hast du in Gallien gelebt?" wollte sie wissen, „wo sind deine Eltern? Lebst du jetzt hier bei Verwandten?"

Leider konnte sich Dagobert nur noch an weniges aus seiner Zeit in Gallien erinnern. Aber er hatte immer eifrig zugehört, wenn sich Ansegisil und Gerhild über ihr bisheriges Leben im Frankenreich unterhielten. So konnte er Erin doch vieles von dem erzählen, was er von den beiden aufgeschnappt hatte. Auch dass sein Vater schon gestorben war, seine Mutter aber noch lebte, wusste er, wenn er auch nur eine schwache Erinnerung an sie hatte. Immerhin, dass sie ihn sehr geliebt hatte, dass er bei ihr sehr glücklich gewesen war, das wusste er noch genau. Am meisten beeindruckte Erin, wenn Dagobert von den Prinzessinnen, den Prinzen, den Königen und den vielen Adligen, sowie den Bischöfen und Priestern erzählte, denen er im Königspalast von Metz begegnet war, außerdem von den schwer bewaffneten Soldaten, die überall anzutreffen waren. Auch von der Größe Galliens war Erin beeindruckt. Sie konnte es sich ungefähr vorstellen, weil Dagobert erzählte, dass seine Reise von einem Ende des Frankenreiches bis zum anderen mehr als drei Wochen gedauert hatte. Und dann erst die Seereise über das wilde, gefährliche Meer. Erin konnte gar nicht genug davon kriegen, wenn Dagobert ihr davon berichtete.

Als eines Tages Dagobert in einer Unterrichtspause mit anderen Kindern Murmeln spielte, erhielt er plötzlich von hinten einen Schubs, so dass er nach vorn taumelte und fast hingefallen wäre. Erstaunt drehte er sich um und blickte in das hämisch grinsende Gesicht von Riam, einem seiner Klassenkameraden. So etwas war Dagobert bisher noch nie geschehen, etwas verwirrt fragte er Riam: „Warum schubst du mich?"

„Weil ich dich nicht mag," erwiderte Riam. „Du bist ein ganz blöder Junge, ein Ausländer, allein schon dein dämlicher Name!" Und was quatschst du ständig mit Erin? Sie ist meine Cousine, ich verbiete dir, sie noch einmal anzusprechen."

Dagobert war irritiert. Er konnte nicht begreifen, warum dieser Junge so böse mit ihm sprach, warum er so feindselig war. „Ich hab dir doch gar nichts getan, Riam, warum tust du das?"

„Ich hab doch schon gesagt, ich mag dich nicht, du passt nicht zu uns, geh bloß wieder zurück in dein olles Gallien! Wehe, ich sehe dich noch einmal mit Erin reden!"

Andere Kinder standen um die beiden herum, auch Erin. Sie hatte alles mit angehört. Sie wandte sich empört an Riam und schimpfte mit ihm: „Du hast Dagobert überhaupt nichts zu verbieten! Er kann sooft mit mir reden, wie er will. Er ist mein Freund. Wenn du so etwas noch einmal machst, Riam, sag ich es meinen großen Brüdern. Sie werden kommen und dich verhauen, dass du es nur weißt!" Sie blickte Dagobert freundlich an, lächelte und ging auf ihn zu. Sie gab ihm einen Kuss auf den Mund und sagte laut, so dass die anderen es auch hören konnten: „Wenn du groß bist, werde ich dich heiraten, Dagobert."

Dagobert war verblüfft, aber er lächelte glücklich, ergriff Erins linke Hand und lief mit ihr ein Stück weit weg von den anderen. Er strahlte.

„Du bist jetzt meine Liebste, Erin, wenn wir groß sind, heiraten wir."

Zu Hause erzählte er Ansegisil und Gerhild von dem Geschehenen.

„Ein ganz unverschämter Bengel, dieser Riam," meinte Ansegisil ärgerlich. „Aber deine Freundin Erin hat sich ganz großartig verhalten. Ihre Drohung mit den großen Brüdern wird dieser Bengel nicht so schnell vergessen."

Gerhild war betroffen. „So wie dieser Riam mit dir geredet hat, mag er dich wohl wirklich nicht. Das ist traurig. Ich denke, es liegt daran, weil er selbst gern Erins Freund wäre.".

Am nächsten Tag berichtete Dagobert auch Haldetrud und Aidan von der Sache. Haldetrud nahm ihren Ziehsohn in die Arme und drückte ihn fest an sich. „Nimm es nicht so schwer, Dagobert. Riam wird dich jetzt bestimmt in Ruhe lassen."

„Und wenn nicht, bekommt er es mit mir zu tun," fügte Aidan grimmig hinzu. „Ich beschwere mich dann beim Vater Abt. Ihr werdet sehen, dann fliegt der Bengel von der Schule. Und sollte er dich noch einmal schubsen, mein Junge, dann hau ihm aufs Maul!"

„Ich hatte noch nie einen solchen Streit mit einem anderen Kind," sagte Dagobert leise. „Ich kann überhaupt nicht kämpfen."

„Dann bringe ich es dir bei. Du bist schließlich der Sohn eines Königs. Das wäre ja noch schöner, wenn so ein dahergelaufener Lümmel dich derartig belästigt." Dagobert hatte von da an Ruhe vor Liam. Der aber blickte ihn weiterhin aus einem gewissen Abstand feindselig von der Seite an.

Im November brausten einige Herbststürme vom Atlantik her über das Land und überschütteten es mit reichlich Regen. Ende des Monats tobte schließlich ein Orkan über Irland. Mit unbändiger Kraft riss er selbst große Bäume samt ihren Wurzeln aus der Erde, peitschte entlang den Küsten gegen den Strand, türmte hohe Wellen auf, die wütend gegen die Klippen donnerten. Rinder und Schafe auf den Wiesen boten dem Wind ihre Stirn und duckten sich, die Menschen verkrochen sich in ihren festen Steinhäusern, doch die Gewalt des Sturms deckte vielerorts die Dächer ab. Auch das Bauernhaus, in dem Ansegisil und Gerhild lebten, wurde nicht verschont, wie Fetzen wirbelten die abgerissenen Teile des Reetdachs durch die Luft, so dass sich der Regen über die beiden Bewohner ergießen konnte. Fluchtartig rannten sie zum Kloster hinüber, wo sie in der Kirche Schutz fanden. Die Dächer der Wohnhäuser des Klosters hielten den Orkanböen stand, sie waren einst sorgfältig aus Schieferplatten gefertigt worden, die man mit Nägeln an die Dachlatten genagelt hatte. Ein Mönch, der trotz des stürmischen Windes zur Feldarbeit gegangen war, hatte das Pech, von einem umher fliegenden großen Ast am Kopf getroffen zu werden. Er stürzte zu Boden und starb.

Nachdem der Sturm sich verzogen hatte, besahen sich Gerhild und Ansegisil den Schaden an ihrem Haus. Das Dach musste so schnell wie möglich gedeckt werden, bevor der nächste Sturm darüber wüten konnte. Aidan hatte sich schon gedacht, was für einen Schaden der Orkan verursacht hatte. Auch einige Mönche kamen, um zu helfen.

174

Alle packten mit an, neues Reet zu schneiden, es mit einem Maulesel und einem Wagen zum Haus zu schaffen und möglichst sicher zu befestigen. Bis das Haus wieder bezugsfertig war, erlaubte der Abt Ansegisil und Gerhild, solange in einem Stall des Klosters zu nächtigen. In einem der Wohnhäuser durfte ja nach den eisernen Regeln des Ordens keine Frau wohnen, nicht einmal übernachten, so dass nur der Stall infrage kam. Dort konnten die beiden auf Strohsäcken schlafen und sich aneinander kuscheln.

Dagobert fand das alles natürlich sehr aufregend, er bat Haldetrud, auch mit im Stall schlafen zu dürfen. Da die Nächte gerade recht mild waren, wurde es ihm erlaubt, nachdem genügend Wolldecken herbeigeschafft waren. Der Unterricht in der Schule war nur drei Tage ausgefallen, danach ging es mit frischer Kraft weiter. Dagobert konnte inzwischen so viel Gälisch, dass auch nach und nach die einzelnen Fächer der sieben freien Künste von den beiden Mönchen gelehrt werden konnten. Diarmait und Dubhan merkten schon bald, dass Dagobert sehr sprachbegabt war, daher lagen ihm besonders die Fächer Grammatik und Rhetorik. Aber auch für Musik besaß er offenbar eine große Begabung. Er konnte sehr schön singen, und nachdem er etliche gälische Lieder gelernt hatte, sang er sie auch zu Hause mit Inbrunst. Natürlich wurden auch weiterhin die biblischen Geschichten drangenommen. Besonders von den Wundergeschichten, die von Jesus erzählt wurden – wie die Speisung der 5000 mit 5 Broten und 2 Fischen – konnte er nicht genug bekommen.

Weder Gerhild noch Haldetrud hatten bisher irgendwelche Komplikationen ihrer Schwangerschaften gehabt. Bei den

Verrichtungen ihres Alltags waren sie in keiner Weise eingeschränkt. Haldetrud hatte allerdings, wie es bei vielen Frauen vorkommt, in den ersten Wochen sehr mit Übelkeit zu kämpfen; bei Gerhild waren es Rückenschmerzen, die sie aushalten musste. Aber die beiden ertrugen tapfer diese typischen Schwangerschaftsbeschwerden. Sie waren voller Vorfreude auf die Geburt ihrer Kinder.

Am 25. November hatte die vorweihnachtliche Fastenzeit begonnen, in der gläubigen Christen nur der Genuss ganz bestimmter Speisen erlaubt war. Statt Fleisch durfte nur Fisch gegessen werden, außerdem gab es ein besonderes Fastengebäck. Der Verzehr von Haferbrei und Gerstengrütze war vom Fasten nicht betroffen. Die strengsten Regeln waren dem 23. und 24. Dezember vorbehalten. An diesen Tagen wurde lediglich Brotsuppe und trockenes Brot gegessen. Viele Bräuche der Weihnachtszeit gingen auf vorchristliche Zeiten zurück, z. B. die 12 „Rauhnächte" vom 25. Dezember bis 6. Januar, die als Heilige Nächte galten. Man fürchtete, dass in diesen Nächten die Tore zum Reich der Geister offen stünden, und dass die Seelen der Verstorbenen auf die Erde gelangen könnten. So war es üblich, das Haus auszuräuchern, was der Reinigung diente, vor allem aber dem Austreiben böser Geister; zudem hatten in dieser Zeit die Waffen und alle Streitigkeiten zu ruhen. Am Heiligen Abend vor dem eigentlichen Weihnachtsfest am 25. Dezember wurde Milch und Brot vor die Haustür gestellt. In dieser Nacht wurde die Tür nicht verschlossen, als Zeichen der Gastfreundschaft gegenüber Maria und Josef oder sonstigen Reisenden, die sich unterwegs ausruhen wollten.

Es war verabredet worden, dass Ansegisil und Gerhild vom 24.12.bis 26.12. im Haus von Aidan und Haldetrud mit ihnen zusammen das Fest feiern sollten. Zur Mitternachtsmesse gingen alle in die Kirche des nahe gelegenen Dorfes Ath Fhirdin. Die Kirche war mit Tannengrün geschmückt, zu diesem besonderen Fest sang der Priester einige lateinische Weihnachtshymnen. Das Wohnhaus dagegen war mit Stechpalme und Mistel geschmückt, die ursprünglich als Fruchtbarkeitssymbol galt, aber auch der Abwehr böser Geister diente. Dagobert fand das alles natürlich sehr interessant. Da er Angst vor den bösen Geistern hatte, durfte er ausnahmsweise bei Haldetrud schlafen. Weil die Fastenzeit nun endete, wurde für den Weihnachtstag ein besonders köstliches Mahl zubereitet, bei dem es als Höhepunkt einen Wildschweinbraten gab. Dagobert erhielt eine neue Hose aus Wolle sowie einen Kittel; beides hatte Haldetrud liebevoll für ihn gefertigt. Im Kloster Slane war selbstverständlich die Weihnachtsmesse unter reger Beteiligung der umliegenden Anwohner auch feierlich begangen worden. Der Chor der Mönche hatte wunderschöne Weihnachtshymnen gesungen.

ACHTES KAPITEL

DER MORDANSCHLAG

Nur der Archidiakon Libanius hatte durch Abwesenheit geglänzt. Es war ihm unerträglich erschienen, in seiner derzeitigen Gemütsverfassung an den Feierlichkeiten teilzunehmen. Beim Vater Abt hatte er sich kurzerhand krank gemeldet. Quälend zäh schleppten sich für ihn die folgenden Wochen des Winters dahin. Allmählich ließen nun die starken Regenfälle nach, um wieder dem üblichen irischen Wetter, einem Wechsel von Sonne und Regen, Platz zu machen. Ende Februar begann Libanius, Erkundigungen einzuziehen, wo er einen Reisewagen mieten könnte. Endlich wurde ihm ein wohlhabender Bauer namens Cailleach genannt, dessen Hof nicht allzu weit vom Kloster entfernt lag. Kurz entschlossen machte er sich an einem kühlen, klaren Morgen Anfang März auf den Weg, den man ihm beschrieben hatte. Er hatte sich inzwischen ein eigenes Pferd angeschafft, das in einem Stall des Klosters untergebracht war. Nach einer guten Stunde erreichte er einen stattlichen Hof, der, wie er hoffte, der richtige war. Er klopfte an die Tür des Wohnhauses und wartete gespannt. Nach einiger Zeit wurde sie einen Spalt geöffnet, der Kopf eines älteren Mannes mit weißen Haaren, buschigen Augenbrauen und einem stechenden Blick lugte hervor. Der Mann musterte Libanius misstrauisch und fragte schließlich mit mürrischer Miene: „Wer bist du, Fremder, was willst du?"

Libanius war klar, dass man ihm seine Verachtung für alles Irische nicht anmerken durfte. So liebenswürdig, wie es ihm möglich war, erwiderte er: „Gott zum Gruß, mir wurde gesagt, hier würde der Bauer Cailleach leben."

„Der bin ich", brummte der alte Mann, „nun antworte mir endlich!"

„Ich heiße Libanius, ich bin ein Geistlicher aus dem Frankenreich, Abgesandter des Bischofs Dido von Poitiers in Aquitanien. Ich wohne derzeit im Kloster Slane. Ich möchte dich bitten, Cailleach, mir einen Reisewagen samt einem Kutscher für eine Reise nach Caiseal und zurück zu vermieten. Ich zahle mit fränkischen Golddenaren."

Bei diesem Wort leuchtete Cailleachs Gesicht kurz auf. Seine Lippen verzogen sich zu einem flüchtigen Grinsen. Er brauchte nicht lange zu überlegen. „Abgemacht, Mönch! Für 20 Golddenare für Hin- und Rückweg kannst du Reisewagen und Kutscher mieten. Bei Verlust des Wagens, Verletzung oder Tod des Kutschers verlange ich allerdings entsprechend Schadenersatz. Wann willst du abreisen?"

Libanius war froh, dass der Bauer keine weiteren Fragen stellte. Er schluckte allerdings zweimal, als er den Preis hörte, aber er hatte keine andere Wahl. „Abgemacht!" sagte er trocken, streckte seine rechte Hand aus und schlug ein. „In einer Woche bin ich reisefertig."

„Also gut! In einer Woche kommt mein Kutscher mit dem Reisewagen und holt dich im Kloster ab." Der Bauer schloss die Tür, schmunzelnd begab er sich in die Küche und schenkte sich erst einmal einen Krug Bier ein. 20 Golddenare! Der Mönch hatte nicht einmal den Versuch gemacht, den Preis herunterzuhandeln! Wenn dieser hochnäsige Franke pünktlich bezahlte, wäre das kein schlechtes

Geschäft. Warum er allerdings unbedingt nach Caiseal reisen wollte, mochte Sankt Patrick wissen. Von ihm aus könnte der Mönch auch zehn Mal die Grafschaft Meath umrunden, solange er anschließend bezahlte!

Unruhig fieberte Libanius dem Abreisetag entgegen, so begierig war er, seine paranoide Rache endlich ins Werk setzen zu können. In seiner Verblendung begriff er schon längst nicht mehr, dass für Rache überhaupt kein Grund vorlag, niemand hatte ihm etwas getan! Der einzige Mensch, dem er mit einem gewissen Recht grollen könnte, war Bischof Dido, aber der war weit weg. Und selbst wenn er wieder einmal nach Poitiers kommen sollte, würde er nichts unternehmen können. Er würde sich zähneknirschend mit dem Bischof gut stellen müssen, da er schließlich die Absicht hatte, dessen Nachfolger zu werden.

Der Abreisetag war schließlich gekommen. Libanius verstaute die Sachen, die er für die Reise zusammengepackt hatte, vor allem Proviant, in dem Wagen, der auf ihn einen ziemlich klapprigen Eindruck machte. Der Kutscher machte auch nicht gerade einen vertrauenerweckenden Eindruck. Er war ein alter, fast zahnloser Mann, der ihn immerhin freundlich grüßte. Aber wirklich übel kam ihm das Pferd vor. Libanius verstand zwar nicht viel von Pferden, aber er bezweifelte, dass dieser magere Klepper mehr als die Hälfte des Reiseweges schaffen würde. Doch er konnte ja nichts daran ändern. Er bekreuzigte sich, setzte sich in den Reisewagen und war dann angenehm überrascht, wie flott sie gleich vorankamen.

Seufzend stellte Libanius fest, dass der Wagen kein Verdeck besaß, was er schon bald zu spüren bekam, als ein Regenschauer auf die kleine Reisegesellschaft niederging. Der Archidiakon hatte zum Glück an einen Regenmantel gedacht. Fürs erste schützte der ihn gegen kurze Schauer, einem stundenlangen Landregen würde er natürlich nicht standhalten. Der Himmel war bewölkt, die Luft war frisch und klar, und gegen kühlen Fahrtwind konnte man sich schließlich mit warmen Wollsachen schützen. Um die Mittagszeit machte der Kutscher eine einstündige Rast, während der das Pferd genüsslich Gräser und Kräuter am Wegesrand verspeiste. Libanius ärgerte sich zwar über diese lange Pause, aber er sah ein, dass das Pferd diese Zeit benötigte, vor allem um zu fressen und aus dem Straßengraben zu trinken. Besser so, als wenn es irgendwann vor Erschöpfung zusammenbräche. Auch der Kutscher und der Archidiakon stärkten sich mit Fladenbrot und Zwiebeln.

Als sie bei einsetzender Abenddämmerung an einer Herberge hielten, schätzte Naomhan, der Kutscher, dass sie am heutigen Tag etwa 15 Meilen zurückgelegt hatten. Als Libanius darauf irgendetwas auf Fränkisch vor sich hin grummelte, meinte Naomhan fröhlich: „Sei froh, Mönch.dass die Landstraßen nicht verschlammt waren, sonst hätten wir höchstens 5 Meilen zurückgelegt, und das Pferd wäre von dem dauernden, mühsamen Stampfen durch den Schlamm völlig erschöpft. Aber sieh dir unsere Stute an! Sie wirkt doch noch ganz frisch und vergnügt! Ich werde sie erst einmal in den Stall bringen und mit einer schönen Portion Hafer verwöhnen,"

Libanius betrat die Herberge, in seinen Augen eine armselige, stinkende Dreckshöhle und fragte den Wirt nach einem Zimmer für die Nacht. Der starrte ihn ungläubig an und grinste unverschämt, wie es dem Archidiakon vorkam. „Wir haben hier nur einen Schlafsaal für die Männer und einen für die Frauen", sagte er achselzuckend.

„Ich gebe dir einen fränkischen Silberdenar, wenn du mir wenigstens eine kleine Kammer gibst."

Der Wirt hatte an Libanius` Soutane längst bemerkt, dass es sich bei diesem Gast um einen Geistlichen handelte. „Ich sehe schon, der feine Herr mag wohl kaum zusammen mit dem gemeinen Volk nächtigen. Das geht schon in Ordnung, ich denke, ich hab etwas für dich, Mönch."

Libanius folgte dem Wirt, bis sie in einer winzigen Kammer unter dem Dach standen. Ihm schwante schon, dass es die nächsten Nächte auch nicht anders sein würde. Diese Reise würde ihn finanziell förmlich ausbluten. Aber wenn das Ganze zu dem von ihm sehnlichst erhofften Erfolg führte, hätte sich der Aufwand auf jeden Fall gelohnt.

In dieser Nacht schlief der Archidiakon sehr schlecht. Erst hatte er zusammen mit diesem zerlumpten Pöbel in der Gaststube ein mehr als kärgliches Abendessen einnehmen müssen, unter dem Geplapper, Gejohle, sowie dem Absingen misstönender Lieder dieser Leute; doch damit nicht genug, bis weit nach Mitternacht drang das Geschrei und Gesinge bis nach oben in seine Kammer. Als Libanius am nächsten Morgen feststellte, dass es regnete, war seine leidlich gute Stimmung vom gestrigen Morgen dahin. Er zog seinen Regenmantel an und kauerte sich missmutig in den Wagen. Doch zu seiner Erleichterung ließ der Regen nach einer halben Stunde nach und hörte schließlich ganz auf. Typisch für das irische Wetter, schien gleich darauf die Sonne, ihre sanften Strahlen vermochten sogar, das Gemüt des Archidiakons zu erhellen.

Ansonsten verlief der Tag fast genauso wie der gestrige. Auf beiden Seiten der Landstraße zogen die lieblichsten Landschaften an ihnen vorbei, die sonst jedem Reisenden das Herz höher schlagen ließen und ihn in den Lobgesang der kleinen Singvögel, die ihren Schöpfer lobten, einstimmen lassen würden. Doch Libanius schaute weder nach links noch nach rechts, ihm war die Schönheit, der göttliche Glanz der Natur völlig gleich, sein Herz war vergiftet vom Hass auf seine vermeintlichen Widersacher.

Die weitere Reise verlief ohne besondere Ereignisse. Nur als sie einmal eine Hügelkette überqueren mussten, kam das Pferd nur sehr langsam voran, ab und zu wurde eine kleine Pause eingelegt, damit es sich verschnaufen konnte. Bei einem besonders steilen Stück musste Libanius sogar aussteigen und nebenher gehen. Wie der Mönch richtig geschätzt hatte, erreichten sie Caiseal nach 10 Tagen. Libanius war schon völlig steif vom stundenlangen Sitzen in dem unbequemen Reisewagen, obwohl er sich während der Mittagspausen jedes Mal die Beine vertreten hatte.

Als der Wagen endlich durch die ungepflasterten Gassen von Caiseal rumpelte, hatte der Archidiakon, wie üblich, keine Augen für die malerischen alten Steinhäuser – viele davon aus kaum behauenen Feldsteinen errichtet, die sich an den Burgberg duckten. Auch die prächtige Festung auf der Spitze des Hügels würdigte er keines

Blickes. Hingegen achtete er genau auf die Menschen, die durch die Gassen schlenderten. Ein munteres, geschäftiges Treiben wogte durch das Städtchen, Händler boten ihre Waren mit lautem Geschrei feil, Kunden feilschten unerbittlich um die Preise. Doch Libanius bemerkte niemanden, der auch nur im Entferntesten einen finsteren oder verwegenen Eindruck machte. Er blickte nur in neugierige, freundliche Gesichter, die den Reisewagen mit dem fremden Geistlichen darin bestaunten. Libanius hatte den Kutscher angewiesen, bei der preiswertesten Herberge haltzumachen, möglichst einer, die etwas heruntergekommen wirkte. Nach einigem Suchen hielten sie tatsächlich vor einem Haus, das uralt zu sein schien und dessen Fassade dringend wieder einmal weiß gekalkt werden musste.

Der Wirt war in etwa ein Mann, wie Libanius ihn sich vorgestellt hatte: ein vierschrötiger, pockennarbiger Kerl in mittleren Jahren mit wirrem Haar und ungepflegtem Bart, der den Fremden schief angrinste und ihn mit lauerndem Blick musterte.

„Ich will hier ein Zimmer mieten. Ich weiß noch nicht, wie lange ich bleiben werde, vielleicht zwei Tage, möglicherweise eine ganze Woche."

„Das geht in Ordnung, Herr," erwiderte der Wirt beflissen.

„Ich zahle im voraus drei fränkische Silberdenare, egal, wie lange ich bleibe."

„Ist schon recht, mein Herr, stets zu Diensten."

„Ich bringe mein Gepäck aufs Zimmer, dann will ich mich in der Stadt umsehen. Kennst du vielleicht ein Stadtviertel, wo eher arme Leute wohnen, die für gutes Geld einen besonderen Auftrag erledigen würden, sagen wir, einen etwas heiklen Auftrag."

„Ich denke, ich weiß, was du meinst, Herr." Der Mund des Wirts verzog sich zu einem breiten, üblen Grinsen. „Wenn du zum südlichen Stadtrand gehst und in die letzte Gasse kommst, bevor die Wiesen anfangen, frag nach einem gewissen Ronan. Er wohnt im letzten Haus dieser Gasse. Soviel ich weiß, ist er ein entlaufener Schuldsklave. Ich will ja niemanden in dieser Stadt schlecht machen, aber ich schätze, er wird jeden Auftrag annehmen."

„Es ist schon spät geworden. Ich werde noch ein Nachtmahl zu mir nehmen und mich morgen auf den Weg zu dem Mann machen, den du mir genannt hast."

Am nächsten Morgen brach der Archidiakon auf, um zu der bezeichneten Gasse zu gelangen. Sie war leicht zu finden, die Stadt war ja nicht groß. Bald lungerten einige zerlumpte Kinder um ihn herum, die ihn neugierig anstarrten. Nur Mönche und Priester trugen so eine Soutane. Was mochte diesen seltsamen Mann in diese Gegend getrieben haben? Schließlich nahm ein Junge seinen ganzen Mut zusammen und fragte: „Was machst du hier, Herr, suchst du jemanden?"

„Ja, ich suche Ronan, kennst du ihn?"

Grinsend erwiderte der Junge: „Natürlich kenne ich ihn, jeder hier kennt ihn. Er wohnt dahinten im letzten Haus auf der linken Seite."

Libanius gab dem Jungen ein Trinkgeld, ging auf das Haus zu und klopfte an die Tür. Niemand öffnete. Erst nach dem dritten Klopfen wurde die Tür einen Spalt geöffnet, eine verhärmt aussehende Frau streckte ihren Kopf vor und betrachtete mit offenem Mund den Geistlichen. Sie sagte leise: „Was willst du, Fremder?"

„Ich möchte Ronan sprechen."

„Der ist nicht zu Haus. Komm in einer Stunde wieder!" Damit machte sie die Tür zu.

Dem Archidiakon blieb nichts anderes übrig, als eine Stunde zu warten. Er vertrieb sich die Zeit damit, in den umliegenden Gassen umherzugehen und dabei lateinische Gebete und Hymnen, die er auswendig kannte, zu rezitieren. Während der ganzen Zeit blieb ihm die Schar der Kinder auf den Fersen. Doch Libanius` grimmiger Gesichtsausdruck hielt die Kinder davon ab, ihn anzusprechen. In der ganzen Zeit war kein Mann aufgetaucht, um in das besagte Haus einzutreten. Schließlich klopfte Libanius wieder energisch an dessen Tür. Diesmal öffnete tatsächlich Ronan, der wohl vor einer Stunde noch geschlafen hatte, wie Libanius vermutete.

Der Mann hatte langes, zerzaustes Haar, seine Kleidung war verschlissen und schmutzig. Seine ganze Erscheinung war düster, ja sogar Furcht einflößend. Kurz und knapp fragte er: „Was willst du?"

„Das will ich im Haus mit dir besprechen."

„Kommt nicht in Frage. Wenn es etwas Wichtiges ist, gehen wir dort hinüber auf das Feld." Er schloss die Tür hinter sich und stapfte in die Richtung eines angrenzenden Feldes, das gerade brach lag. Mit einer drohenden Geste vertrieb er die Kinder. Libanius folgte ihm widerwillig.

Als Ronan halt machte, sagte Libanius ohne Umschweife: „Du kannst 20 fränkische Golddenare verdienen, wenn du einen Auftrag zu meiner Zufriedenheit ausführst."

`Ein verlockendes Angebot`, dachte Ronan. Noch nie in seinem Leben hatte er eine so hohe Summe gesehen, geschweige denn verdient. Trotzdem beäugte er den fremden Geistlichen mit finsterem, misstrauischem Blick. „Was soll ich dafür tun?"

„Es geht um eine Person, eine Frau, die mir äußerst lästig ist, die aus dem Weg geräumt werden muss."

Ronan verzog keine Miene. „Und wann und wo soll ich das erledigen?"

„Am dritten Tag nach dem ersten Vollmond nach Ostern. Die Frau wohnt mit ihrem Mann auf dem Gehöft Ath Troim, nicht weit vom Dorf Ath Fhirdin in der Grafschaft Meath. Jeden Morgen um neun Uhr reitet sie allein von dem Gehöft zum Kloster Slane, das etwa drei Meilen südlich von Ath Troim liegt. Sie ist nur in Begleitung ihres Ziehsohnes, eines siebenjährigen Knaben. Sie bringt ihn jeden Tag ins Kloster zum Schulunterricht. An einer Stelle des schmalen Weges gibt es zu beiden Seiten ein Eichenwäldchen. Darin kannst du dich mit deinem Pferd verstecken und der Frau auflauern. Es sollte für dich kein Problem sein, sie zu ergreifen. Wenn du sie gefasst hast, bring sie in das Wäldchen und erledige sie dort. Was mit dem Jungen geschieht, ist mir egal. Von mir aus kannst du ihn laufen lassen, vielleicht aber lieber nicht."

„Was ist, wenn die Frau anfängt zu schreien?"

„Niemand wird sie dort hören. Es gibt keine Wohnhäuser in der Nähe, und Leute, die dort ihres Weges gehen, habe ich noch nie gesehen."

„Was mache ich mit der Leiche?"

„Du kannst sie an Ort und Stelle verscharren. Wenn du die Arbeit getan hast, können wir uns drei Meilen entfernt vom Kloster entfernt an der Straße nach Caiseal treffen. Dort befindet sich ein Buchenwald. Da, wo der Wald anfängt, gibt es auf der westlichen Seite ein dichtes Dorngestrüpp. Dort werde ich auf dich warten. Du bekommst zehn Golddenare, die Hälfte die Hälfte des vereinbarten Lohns sofort, die andere Hälfte, wenn du die Sache zu Ende gebracht hast. Bring mir dann ein Stück blutigen Stoff vom Gewand der Frau mit, als Zeichen, dass alles vorbei ist. Nun, Ronan, was sagst du dazu?"

Ronan blickte den Archidiakon mit einem schiefen, unverschämten Grinsen an. „Es geht mich ja nichts an, aber trotzdem frage ich mich, wieso ein frommer Mönch wie du eine Frau derartig hassen kann, dass er ihren Tod wünscht. Was unser Geschäft betrifft, bin ich mit deinem Vorschlag einverstanden. Der Lohn ist angemessen, wenn ich auch durch halb Irland reiten und die Gegend im Umkreis des Klosters Slane auskundschaften muss. Das wird nicht gerade eine Kleinigkeit sein. Mit der Frau und dem Balg werde ich schon fertig, denke ich. Die Hauptsache ist, dass niemand darauf kommt, dass ich mit der Sache etwas zu tun hatte, und ich nicht verfolgt werde."

„Da kannst du beruhigt sein, Ronan, niemand wird davon wissen außer mir. Im übrigen geht es dich tatsächlich nichts an, wieso und warum mir diese Frau lästig geworden ist," fügte Libanius in scharfem Ton hinzu. Er zog nun einen kleinen Lederbeutel hervor und übergab

188

ihn Ronan. „Du kannst ja gleich nachzählen. Wenn du deine Sache zufriedenstellend zu Ende gebracht hast, könnte ich zusätzlich bei der Abrechnung noch fünf fränkische Golddenare drauflegen."

Ronan öffnete den Beutel, schüttete die Goldmünzen auf seinen linken Handteller und begann bedächtig, sie zu zählen. Dabei ging ein Leuchten über sein Gesicht, er schnalzte mit der Zunge und nickte zufrieden. „Am dritten Tag nach dem ersten Vollmond nach Ostern werde ich zur Stelle sein."

Ohne ein weiteres Wort drehte Libanius sich um und ging durch die Gassen der Stadt zur Herberge zurück. „Meine Angelegenheit habe ich erledigt", erklärte er dem verblüfften Wirt. „Ich bleibe noch eine Nacht, morgen werde ich die Rückreise antreten. Sag meinem Kutscher Bescheid, er möge morgen früh den Reisewagen bereithalten."

Der Wirt war natürlich verärgert, dass dieser gut zahlende Gast doch nur für zwei Nächte blieb, aber er konnte daran nichts ändern. Immerhin bekam er am nächsten Morgen noch ein ganz anständiges Trinkgeld vom Archidiakon. Die Rückreise verlief genauso problemlos wie die Hinreise, aber Libanius war doch in höchstem Maße erleichtert, dass er dieses wochenlange Sitzen in dem unbequemen Reisewagen endlich hinter sich hatte. Nachdem er den Eigentümer des Wagens bezahlt und auch dem Kutscher ein Trinkgeld gegeben hatte, musste er verärgert feststellen, dass ihn diese Reise wirklich sehr teuer zu stehen gekommen war. Na ja, die Hauptsache war, dass sie zu dem erhofften Erfolg führen würde. Während der nächsten Wochen und Monate konnte er an nichts anderes mehr denken, als an die Erfüllung seines abscheulichen, grausamen Wunsches, die Ermordung Haldetruds; ausgerechnet Haldetruds, die Frau, die er nach wie vor begehrte, wie er noch nie zuvor eine Frau begehrt hatte. Doch die Hoffnung, sie je zu besitzen, hatte sich leider endgültig zerschlagen. Jetzt war sie auch noch schwanger und sollte ein Kind von dem widerwärtigen Bauerntölpel Aidan bekommen! Libanius` Eifersucht auf diesen elenden Iren hatte sich inzwischen in seine Seele so tief eingebrannt, dass er das Gefühl hatte, daran zu verbrennen. Haldetruds Tod wäre die gerechte Strafe für diesen sogenannten Adligen, der sich erdreistet hatte, die von ihm – Libanius – heiß begehrte Frau zu heiraten.

Mittlerweile hatte der Frühling seine milde, laue Luft wie eine wärmende Wolldecke über die irischen Landschaften ausgebreitet. Die Bauern hatten begonnen, die Felder zu bestellen, und auf den Wiesen ließen Sonnenlicht, Wärme und Regen das Gras munter sprießen. Überall auf den Weiden rannten und hüpften Kälber und Lämmer in jugendlicher Lebensfreude um die Wette. Zu gern sah Dagobert ihnen zu und musste immer wieder lachen über ihre tollpatschigen Luftsprünge und harmlosen Raufereien. Es dauerte nun gar nicht mehr so lange, und die vierzigtägige Fastenzeit begann. Das war durchaus ein Grund zum Feiern. Es wurde zum letzten Mal vor Ostern ausgiebig gegessen und getrunken. Doch ebenso wichtig war eine gründliche Reinigung des Hauses und ein frischer Anstrich der Außenwände mit Kalk. Es war auch alter Brauch, heilige Quellen und Brunnen zu besuchen. Ihrem Wasser wurden gerade zu dieser Zeit heilende Kräfte zugeschrieben. Besonders am Karfreitag, hieß es, hatte das Wasser aus diesen Quellen die stärksten Heilkräfte. Gerhild, Ansegisil und Haldetrud kannten diesen Brauch nicht, aber Aidan war er natürlich wohlbekannt. Er wusste, wo in ihrer Gegend diese Quellen zu finden waren, und so wurden sie alle von ihm dorthin geführt.

Ein wohl nur in Irland bekannter Brauch war die Beerdigung eines Herings. Da in der Fastenzeit kein Fleisch gegessen werden durfte – in manchen Familien wurde auch auf Milch und Käse verzichtet – aß man, sooft es ging, Fisch, besonders Hering. War die Fastenzeit endlich zu Ende, wurde ein Hering an einer Stange befestigt und unter Begleitung der Leute durch den Ort getragen. Zum Schluss wurde er in die Erde versenkt. In manchen Gegenden warf man ihn dagegen wieder ins Wasser.

Schließlich begingen die Menschen am Abend des Karsamstag eine feierliche Andacht in der Kirche. Nach einer Stunde wurden alle Lichter in der Kirche gelöscht, das Kirchenschiff war in völlige Dunkelheit getaucht, bis die Osterkerze zum Gedenken an die Auferstehung Jesu Christi entzündet wurde. An all diesen Bräuchen nahmen auch Gerhild, Ansegisil Haldetrud und Aidan teil. Vor der Abendandacht war am Karsamstag noch ein anderer Brauch begangen worden. Ein Priester hatte Osterwasser gesegnet, es wurde daraufhin von den Gläubigen in ihre Häuser mitgenommen. Man glaubte, dieses Wasser habe Heilkräfte. Jeder trank drei kleine Schlucke davon im Namen des Vaters, des Sohnes und des Heiligen Geistes. Mit diesem Wasser wurde nun das Haus, die Bewohner und auch das Vieh besprengt und somit gesegnet. Viele Leute standen am Ostersonntag bei Sonnenaufgang auf und tanzten vor Freude über Jesu Auferstehung. Schließlich begaben sich die Familien am Ostersonntag wieder in die Kirche, um an der Ostermesse teilzunehmen. Anschließend, wenn alle wieder zu Hause waren, wurde das festliche Fastenbrechen begangen. Es wurden allerlei köstliche Speisen aufgetragen, vor allem Fleisch, aber auch Gemüse und Brot. Wer es sich leisten konnte, hatte einen Lammbraten auf dem Tisch, Natürlich durften auch süße Kekse und Kuchen nicht fehlen.

Hingegen hatte der Archidiakon kaum bemerkt, dass es vierzig Tage lang nur Fastenspeisen gab. Er hatte sowieso keinen Appetit. Was im Refektorium auf den Tisch kam, war ihm völlig gleichgültig. Auch das Osterfest hatte er kaum wahrgenommen. Seit der Reise nach Caiseal und dem dortigen Treffen mit dem zwielichtigen Ronan befand er sich in einem hochgradig erregten Gemütszustand. Er glich einem Fieberkranken, der einmal mit den Zähnen klappert, zittert und friert, dann wieder schwitzt, bis seine Unterkleidung nass ist und gewechselt werden muss. Sein Geist war einzig und allein auf das festgesetzte Datum, den dritten Tag nach dem ersten Vollmond nach Ostern gerichtet. Seine Gedanken kreisten nur um die eine entscheidende Frage, ob Ronan zu dem verabredeten Termin erscheinen und seine Aufgabe erledigen würde.

Es konnte nicht ausbleiben, dass den Mönchen seine höchst seltsame Stimmung und sein fahriges, unkonzentriertes Verhalten nicht aufgefallen wäre. Auch Haldetrud, Gerhild, Aidan und Ansegisil hatten beim Gottesdienst diese Veränderung bemerkt. Schließlich wandte sich Aidan besorgt an seine Frau: „Kommt dir Libanius`

Veränderung nicht auch eigenartig vor, Liebste? Man hat den Eindruck, dass er durch einen hindurchsieht, sein Gesicht wirkt wie erstarrt, sein Blick ist leer. Die Entführung des kleinen Dagobert ist uns noch gut in Erinnerung. Es gab zwar keine Beweise, aber wir hatten damals den Verdacht, dass dieser unheimliche Archidiakon dahintergesteckt hätte. Sein jetziges Verhalten kommt mir verdächtig vor. Wer weiß, ob er nicht wieder etwas im Schilde führt?"

„Du hast Recht, Aidan. Man muss tatsächlich befürchten, dass er wieder eine scheußliche Tat plant. Aber was sollen wir tun?"

„Im Moment können wir leider nichts tun. Wenn man ihn darauf ansprächte, würde er einen solchen Verdacht mit Sicherheit empört von sich weisen. Das einzige, was wir tun können, ist, ihn scharf zu beobachten und auf der Hut zu sein. Ab sofort werde ich dich begleiten, Liebste, wenn du Dagobert morgens zum Unterricht ins Kloster bringst und ihn am Nachmittag wieder abholst."

„Ja, das wäre wohl das Beste. Wer weiß, was im Kopf dieses widerlichen Menschen vorgeht, was für ein abscheuliches Verbrechen er möglicherweise plant?"

Am verabredeten Tag ließ Libanius frühmorgens sein Pferd satteln und ritt die Landstraße entlang, die in Richtung Caiseal führte, bis er zu dem Buchenwald kam, den er Ronan als Treffpunkt genannt hatte. Bevor er sich in dem Dornengestrüpp versteckte, brachte er das Pferd etwas weiter weg, zum Ufer eines Baches, band es an ein Bäumchen und ließ es dort zurück. Das Pferd begann gleich, von den Gräsern und saftigen Kräutern zu fressen, die am Bachufer wuchsen.

Ronan, der von Libanius gedungene Mörder, hatte für den Ritt zu der bezeichneten Stelle nördlich vom Kloster Slane acht Tage veranschlagt. Sein Pferd war ein kräftiger, achtjähriger brauner Hengst, der ihn sicher dorthin bringen würde. Unterwegs machte er an keiner einzigen Herberge halt, damit ihn möglichst niemand nach der vollbrachten Tat identifizieren konnte. Aus dem gleichen Grund hatte er eine beträchtliche Menge Proviant mitgenommen. Er wollte nicht darauf angewiesen sein, sich auf der Reise in die Grafschaft Meath irgendwo mit Proviant eindecken zu müssen.

Pünktlich am dritten Tag nach dem ersten Vollmond nach Ostern hatte er sein Ziel erreicht. Er versteckte sich und das Pferd in dem Eichenwäldchen nah am Weg zwischen dem Unterholz, das hier zum Glück reichlich wuchs, aber so, dass er nicht gesehen werden konnte. Jetzt hieß es nur noch warten. Die Zeit kroch so langsam voran wie ein sehr müde Schnecke. Bisher hatte sich niemand auf dem Weg blicken lassen. Ob die Frau zusammen mit dem Kind überhaupt noch auftauchen würde? Allmählich begann er daran zu zweifeln. Vielleicht hatte sie ja Verdacht geschöpft und würde gar nicht kommen. Oder sie war erkrankt; dann könnte er hier bis zum Sankt Nimmerleinstag vergeblich warten. Er könnte zwar eine Nacht im Eichenwäldchen verbringen und darauf hoffen, dass sie am nächsten Tag käme. Aber das schien ihm doch zu riskant zu sein. Falls die Frau und ihr Mann möglicherweise einen Verdacht hegten, könnten sie ihn hier aufstöbern und töten. Während ihm diese Gedanken durch den Kopf gingen, wurde er immer unruhiger. Dies würde keineswegs sein erster Mord sein, aber bisher hatte er stets Männer getötet, eine Frau noch

194

nie. Auch dass sie in Begleitung eines Knaben sein würde, machte die Sache nicht einfacher. Seine Anspannung wuchs von Minute zu Minute. Aber da er unbedingt noch die zweite Hälfte des abgemachten Lohnes kassieren wollte, biss er die Zähne zusammen und konzentrierte sich auf den Weg.

Da! Das Wiehern eines Pferdes! Aus welcher Richtung war es gekommen? Er lauschte gespannt. Das Pferd wieherte noch einmal; offenbar aus nördlicher Richtung, das war deutlich zu vernehmen. Das musste die Frau sein! Jetzt tauchte zwischen den Bäumen das Pferd auf, die Frau und auch das Kind ritten darauf zu zweit Aber was war das? Ein zweites Pferd folgte gleich hinter dem ersten, mit einem bewaffneten Mann als Reiter! Offensichtlich ihr Mann, der zum Schutz mitgekommen war. Im Flüsterton fluchte Ronan vor sich hin. So ein verdammter, verfluchter Mist! So war das nicht mit dem Mönch abgemacht. Eine Sauerei, er war betrogen worden. Blitzschnell überlegte Ronan, was er jetzt tun sollte. Er könnte sich zurückziehen und unverrichteter Dinge nach Caiseal zurückzureiten. Doch die Gier nach dem glänzenden Gold ließ ihn alle Bedenken vergessen

Als die beiden Reiter schon fast auf seiner Höhe angekommen waren, schoss er einen Pfeil auf den bewaffneten Reiter ab. Der Pfeil verfehlte jedoch sein Ziel, stattdessen traf er das Pferd in die Brust. Es stürzte sogleich zu Boden auf seine linke Seite. Es zappelte hilflos mit seinen Beinen, aufstehen konnte es offensichtlich nicht mehr. So schnell er konnte, brach Ronan mit seinem Pferd durch das Unterholz und stürmte auf die Frau zu. Er konnte hören, wie der Reiter ihr zuschrie: „Lauf, lauf so schnell du kannst!" Die Frau spornte ihr Pferd

195

an, es rannte los. Ohne lange nachzudenken, nahm Ronan sofort die Verfolgung auf. Schließlich war sie seine Beute! Wenn es ihm nicht gelang, sie zu fassen und zu töten, wäre seine ganze Plackerei umsonst gewesen.

Als Aidan hilflos zusehen musste, wie der Kerl, der ihnen aufgelauert hatte, seiner Haldetrud immer näher kam und sich bereits zu ihrem Pferd hinüber beugte, um es am Zaumzeug zu greifen und zum Stehen zu bringen, griff er nach seinem Jagdbogen, legte einen Pfeil auf die Sehne, zielte und schoss. Der Pfeil traf den Unbekannten in die linke Seite und drang in dessen Brust ein. Er fiel sogleich vom Pferd.

Aidan rannte los. Als er seine Frau erreicht hatte, die jetzt mit ihrem Pferd zum Stehen gekommen war, stellte er fest, dass der Wegelagerer noch lebte. Er röchelte leise. „Geht es dir gut, Liebste?" wandte er sich atemlos an Haldetrud. „Bist du verletzt?"

„Mir und Dagobert geht es gut. Wir sind nicht verletzt. Der gnädige Gott hat uns beschützt, und auch du, mein Liebster."

Aidan kniete sich neben den schwer verwundeten Ronan. „Bei unserem Herrn Jesus Christus und der heiligen Jungfrau, du wirst bald vor Gottes Thron stehen und dich zu verantworten haben. Ich beschwöre dich, sag mir jetzt, wer dich beauftragt hat, diesen Anschlag zu verüben!"

Mit äußerster Mühe gelang es Ronan noch, einige Worte über die Lippen zu pressen: „Ich komme aus Caiseal. Ein ausländischer Mönch kam vor einiger Zeit vom Kloster Slane. Er hat mich gedungen, diese Frau zu töten. Ich sollte dafür eine hohe Belohnung erhalten." Die letzten Worte Ronans waren kaum noch zu verstehen, er konnte nur

196

noch ganz leise und stockend sprechen. Als ein Schwall Blut aus seinem Mund quoll, versagte seine Stimme vollends. Sein Blick wurde starr, sein Unterkiefer fiel etwas herab. Bevor Aidan ihn noch irgendetwas fragen konnte, war er tot.

Aidan half seiner Frau und Dagobert aus dem Sattel. Haldetrud war in Tränen ausgebrochen, sie fiel in Aidans Arme, er küsste sie und bemühte sich, sie zu beruhigen. Er selbst war gleichfalls erschüttert von diesem Mordanschlag. „Ich fasse es nicht, dass es in Irland Menschen gibt, die sich für solche abscheulichen Taten dingen lassen." Aber dass ein fränkischer Kleriker, ein Mann der Kirche, imstande war, einen derartig fürchterlichen Plan zu schmieden, um eine Frau umbringen zu lassen, das konnte er erst recht nicht begreifen.

„Wie gut, dass wir dem Archidiakon gegenüber so misstrauisch gewesen sind, und ich dich begleitet habe, meine Liebste. Sonst hätte Libanius sein Ziel wohl erreicht."

Haldetrud hielt immer noch schluchzend ihren Mann umklammert.

„Du hast mich gerettet, mein Liebster, du hast mir das Leben gerettet. Gott hatte uns die rechte Eingebung gegeben. Sein Name sei gelobt in Ewigkeit!"

„Kannst du dir irgendeinen Grund vorstellen, Haldetrud, der Libanius dazu bewogen hat, diesen Schurken zu dingen, um dich töten zu lassen?"

„Eigentlich nicht," sagte Haldetrud leise. „Ich kann mich aber gut erinnern, wie er vor einiger Zeit versuchte, mich zu beeindrucken. Auch die Entführung Dagoberts und die darauf folgende angebliche

Rettung des Kindes durch ihn selbst sollte wohl dazu dienen, meine große Dankbarkeit ihm gegenüber hervorzurufen. Er hoffte vielleicht insgeheim, mich ihm gewogen zu machen. Es sieht im Nachhinein so aus, dass er sogar in mich verliebt war. Erst als er begriff, dass es keine Hoffnung geben würde, mich für sich zu gewinnen, hat er wohl begonnen, mich zu hassen. Er muss sich dann in diesen wahnhaften Hass derartig hineingesteigert haben, dass er schließlich beschloss, mich ermorden zu lassen."

„So mag es gewesen sein, meine Liebste," meinte Aidan nachdenklich. „Aber der Mann ist nach wie vor auf freiem Fuß. Wir werden uns umgehend an den Vater Abt wenden. Dieser entsetzliche Mensch muss selbstverständlich strengstens bestraft werden."

Der siebenjährige Dagobert, der ja das ganze grauenhafte Geschehen hautnah miterlebt hatte, war völlig verstört. Er hatte zuerst gar nicht recht begriffen, was geschehen war. Aber aus den Worten seiner Zieheltern hatte er dann doch entnehmen können, in welch großer Gefahr sie geschwebt hatten. Auch er hatte angefangen zu weinen und wollte sich gar nicht wieder beruhigen.

Als Aidan nach seinem schwer verwundeten Pferd sah, fand er es regungslos auf der Erde liegen. Es röchelte, mit glasigen Augen blickte es seinen Herrn an. Aidan kniete neben der Stute nieder und sprach leise: „Ganz ruhig, liebe Aileen, ganz ruhig. Du hast es gleich geschafft." Er streichelte den Hals der Stute und kraulte ihre Nüstern. Nach kurzer Zeit hörte sie auf zu atmen.

Als die Drei am Kloster Slane angekommen waren, suchten sie sofort den Abt auf, um ihm von dem ungeheuerlichen Anschlag zu berichten.

Auch der Abt war natürlich entsetzt. „Im Moment ist der Archidiakon nicht im Kloster. Er verschwand vor einigen Tagen mit seinem Pferd in Richtung Südwesten. Vor Ostern war er sogar über drei Wochen lang weg. Vom Bruder Cathal erfuhr ich, dass Libanius sich bei ihm schon vor Weihnachten nach Pilgerorten erkundigt hatte. Offenbar ist er mit einem Reisewagen nach Caiseal gefahren, angeblich auf einer Pilgerfahrt. Bruder Cathal hatte ihm erzählt, der Heilige Patrick hätte dort zum ersten Mal einen irischen König getauft. In Wirklichkeit hat er wohl dort den Mann gefunden, der den Auftragsmord an Haldetrud ausführen sollte. Gott steh uns bei, was für ein schrecklicher Mensch! Etwas seltsam fanden wir ihn ja von Anfang an, er hielt sich stets von uns allen fern, er dachte wohl, er wäre etwas Besseres. Dennoch, dass er fähig wäre, ein solches Verbrechen zu planen und einen Einheimischen dazu dingen würde, es in die Tat umzusetzen, hätte ich keinesfalls von ihm erwartet. Wahrscheinlich wird er demnächst wieder hier auftauchen und sich nichts anmerken lassen. Er kann sich vielleicht denken, dass sein Plan vereitelt worden ist, vielleicht auch, dass dieser Mann tot ist. Aber er weiß nicht, dass Ronan ihn als Auftraggeber noch beschreiben konnte, bevor er starb. Gleich wenn Libanius hier eintrifft, werde ich ihn verhaften lassen. Da er ein Mann der Kirche ist, hat er das Recht, vor ein kirchliches Gericht gestellt zu werden. Allerdings müsste der neue Hochkönig ein Urteil dieses Gerichts bestätigen."

Aidan durfte ein Pferd aus dem Stall des Klosters für die Rückkehr nach Ath Troim ausleihen. Zusammen mit Dagobert besuchte das

Paar erst noch Ansegisil und Gerhild, bevor es zurück zum Hof der Familie ging.

Gemäß der Verabredung mit Ronan, dem gedungenen Mörder aus Caiseal, erwartete ihn Libanius ungeduldig in dem Buchenwald an der Straße von Slane Richtung Caiseal. Er wartete einen ganzen Tag lang, er wartete noch einen zweiten, schließlich sogar noch einen dritten Tag. Als bis dahin Ronan noch immer nicht eingetroffen war, musste sich Libanius ratlos eingestehen, dass sein Plan gescheitert war. Entweder hatte Ronan kalte Füße bekommen und war auf Nimmerwiedersehen geflohen, oder es war ihm etwas zugestoßen, was Libanius nicht vorausgesehen hatte. Er hatte die Sache wohl doch nicht gründlich genug durchdacht. Insbesondere hatte er überhaupt nicht damit gerechnet, dass Haldetrud mit Dagobert nicht allein los geritten war, wie sie es sonst zu tun pflegte. Sie konnte gerade an dem betreffenden Tag in Begleitung ihres Mannes oder eines Verwandten von Aidan aufgebrochen sein. Libanius haderte mit sich selbst, dass er an eine solche Möglichkeit nicht gedacht hatte. Aber es half nichts, er musste zähneknirschend zum Kloster zurückkehren. Immerhin würde es niemandem möglich sein, nachzuweisen, dass er der Urheber eines Mordanschlags auf Haldetrud gewesen war. Es gab keine Spuren, die zu ihm führten.

Doch wie groß war seine Überraschung, als bei seiner Ankunft im Hof des Klosters von mehreren Seiten Mönche auf ihn zuliefen, ihn vom Pferd zerrten, in seine Zelle führten und die Tür abschlossen. Das war doch nicht möglich! Hier musste ein Missverständnis vorliegen! Entsetzt stellte er fest, dass er ein Gefangener war, er, der Abgesandte der fränkischen Kirche, die zweite Hand des Bischofs von Poitiers! Hatten diese Iren den Verstand verloren? Er hämmerte gegen die Tür und schrie immer wieder: „Öffnet die Tür! Holt mich hier heraus!" Aber keinerlei Reaktion. Jetzt beschlich ihn allmählich Panik. Was hatte das zu bedeuten? Hegte man doch einen begründeten Verdacht gegen ihn? Allmählich wurde es Abend. Durch ein winziges Außenfenster seiner Zelle konnte Libanius wahrnehmen, wie es langsam dunkel wurde. Inzwischen verspürte er Hunger und Durst. Irgendwann in der Nacht wurde die Tür geöffnet und zwei Mönche traten in die Zelle. Wortlos stellten sie einen Teller mit Brot und einen Krug Wasser auf den kleinen Tisch. Obwohl Libanius sie mit Fragen bestürmte, verließen sie die Zelle, ohne auch nur ein einziges Wort gesprochen zu haben. Sie hatten ihn nicht einmal angeblickt.

Libanius begann vor Angst zu zittern und zu schwitzen. Er befürchtete jetzt das Schlimmste. Würde man ihn foltern? Aber wenn er gleich geständig wäre, könnte ihm die Folter doch erspart werden, oder? Aber diesen rachsüchtigen Iren war nicht zu trauen. Sie konnten mit ihm machen, was sie wollten, ihn sogar mit Grauen erregenden Folterinstrumenten quälen. Sollte er Gott um Hilfe anflehen? Das war wohl völlig sinnlos, er hatte ja gerade Gottes heiligste Gebote mit Füßen getreten. Für ihn würde es keine göttliche Gnade geben.

Trotz seiner Ängste musste er gegen Morgen eingeschlafen sein. Kurz nach der Frühmesse erschienen wieder die beiden Mönche wie am Abend zuvor, banden ihm die Hände und führten ihn zum Vater Abt. Auf dem Weg dorthin musste er durch ein Spalier von Mönchen schreiten, die ihn wüst beschimpften.

Im Arbeitszimmer des Abtes durfte er sich nicht setzen, sondern musste vor Finlay O`Hara stehen bleiben. „Du wirst dich einem Gerichtsverfahren unserer Kirche unterziehen müssen, Libanius, Archidiakon von Poitiers. Den Vorsitz bei dieser Verhandlung werde ich führen. Hast du mir irgendetwas zu sagen?"

„Wessen werde ich beschuldigt, hochverehrter Vater Abt?"

„Du wirst beschuldigt, einen Mordanschlag gegen Haldetrud, die Gattin des adligen Clansmanns Aidan, ausgeheckt zu haben. Mit der Ausführung hast du einen von dir selbst gedungenen Mörder beauftragt, Ronan aus der Stadt Caiseal. Hast du zu dieser Anschuldigung schon jetzt etwas zu sagen?".

Libanius überlegte fieberhaft. Offensichtlich hatte der Abt genaue Kenntnis davon, wie er, Libanius, den Auftragsmörder zu dem Mord angestiftet und ihn dafür bezahlt hatte. Vom Hergang des Anschlags musste er zweifellos auch bis ins Kleinste Bescheid wissen. Das konnte nur bedeuten, dass Ronan gefasst worden war und alles ausgeplaudert hatte. Da der Abt nichts vom Tod Haldetruds gesagt hatte, war der Mordanschlag offenbar misslungen. Bestimmt hatte man Ronan auf frischer Tat ertappt, deswegen würde man ihm, Libanius, kein Wort glauben, wenn er alles abstritt. Insofern war es wohl das Beste, jetzt gleich ein Geständnis abzulegen. Er fiel vor dem Abt auf die Knie, schlug sich mit beiden Fäusten gegen die Brust und rief: „Mea culpa, mea maxima culpa! Wessen du mich beschuldigst, das ist alles wahr, ich muss es zu meiner Schande gestehen. Ich gestehe hiermit, nach Caiseal gefahren zu sein, wo ich Ronan für den Mordanschlag auf Haldetrud gedungen habe. Im voraus habe ich ihm zehn Golddenare gegeben, weitere zehn sollte er als Lohn für den vollbrachten Mord an der Frau erhalten. Ich habe ihm beschrieben, auf welchem Weg sie morgens zusammen mit Dagobert zum Kloster reitet. Wenn er den Auftrag ausgeführt hätte, wollten wir uns in einem Buchenwald einige Meilen vom Kloster entfernt an der Landstraße Richtung Caiseal treffen. Zum Zeichen, dass er die Frau getötet hätte, sollte er mir ein Stück Stoff von ihrem Gewand mitbringen. Dann sollte er die zweite Hälfte des Lohns bekommen."

Mit unbewegter Miene sah der Abt den knienden Archidiakon an. Er war tief erschüttert von diesem ungeheuerlichen Geständnis. „Du hast bisher für einen Mann Gottes gegolten, Libanius, diese Stellung hast du verwirkt. Du bist eine Schande für die ganze Christenheit! Für deine Verbrechen, das Anheuern eines Meuchelmörders und seine Beauftragung, Haldetrud zu ermorden, wirst du dich demnächst, wie ich schon sagte, vor einem Kirchengericht verantworten müssen. Du hast das Recht, einen Verteidiger zu benennen.

Falls du schuldig gesprochen wirst, überstelle ich dich dem Hochkönig, damit er das Strafmaß festlege. Vorläufig bleibst du hier in Gewahrsam. Gott sei deiner Seele gnädig!"

In seiner Zelle verbrachte Libanius die nächsten Tage in einer Art Dämmerzustand auf seiner Schlafbank. Seine Reue vor dem Abt hatte er geheuchelt. In Wirklichkeit bereute er gar nichts, außer, dass er nicht alle Eventualitäten genau bedacht hatte. Wie nicht anders zu erwarten, wurde er im Prozess, der bald darauf erfolgte, schuldig gesprochen. Auch hier bemühte er sich, tiefe Reue zu heucheln.

Gleich nach der Urteilsverkündung brachte man ihn nach Tara zum Hochkönig. Dort wurde er in eine fensterlose Holzhütte gesperrt.

Doch es dauerte nicht lange, bis zwei Knechte ihn vor den Hochkönig Diarmait Ruanaid und seinen Bruder Blathmac schleppten. In der großen Halle saßen die beiden auf erhöhten Thronsesseln, die aus Eichenholz gefertigt und mit kunstvollen Schnitzereien, vor allem ineinander verschlungenen Tierleibern, verziert waren. Ihr Gefolge stand im Halbkreis hinter ihnen. Nachdem sich die beiden Hochkönige die Anklage angehört und auch den Angeklagten befragt hatten, traten als Zeugen Haldetrud und Aidan auf. Zuletzt wurde als Verteidiger ein Mönch des Klosters Slane gehört.

Vor Angst schlotternd stand der Archidiakon vor seinen Richtern, den beiden Königen. Er musste schließlich gestützt werden, da er das Gleichgewicht zu verlieren drohte. Er erwartete das Schlimmste.

Endlich verkündete Diarmait Ruanaid das Urteil: „Angeklagter, du wurdest schon vom Abt des Klosters Slane schuldig gesprochen. Wir verurteilen dich auf Grund der Schwere deiner Schuld zum Tode." Hier gab es eine kurze Unterbrechung, da Libanius das Bewusstsein verlor. Nachdem ein Knecht ihn mit kaltem Wasser übergossen hatte, kam er wieder zu sich. Diarmait konnte fortfahren. „Da du aber ein Ausländer bist, ein Bürger des Frankenreiches, werden wir das Urteil nicht hier vollstrecken, sondern wir überstellen dich unter Bewachung an den Bischof Dido von Poitiers in Aquitanien, deinen Dienstherrn. Mag er entscheiden, ob er unser Urteil vollstrecken lässt, oder ob er dich der weltlichen Gewalt, dem Herzog Felix von Aquitanien, überstellt. Mit dem nächsten Schiff, das vom Hafen Ath Cliath ausläuft, wirst du ins Frankenreich gebracht. Profoss, führe den Gefangenen ab!"

Das erste Mal seit Tagen konnte Libanius wieder aufatmen. Ein gewaltiger Stein war ihm vom Herzen gefallen. Er hatte sich schon gefühlt wie ein Ertrinkender, der sich verzweifelt bemüht, mit letzter Kraft nach Luft zu schnappen. Das Todesurteil schwebte zwar noch über ihm, aber er hielt es für äußerst unwahrscheinlich, dass Bischof Dido dieses Urteil an ihm vollstrecken lassen würde. Möglicherweise würde er stattdessen eine Haftstrafe absitzen müssen. Wahrscheinlich würde er ihn auch degradieren, statt Archidiakon wäre er dann nur noch Diakon, oder er müsste als einfacher Mönch in ein Kloster gehen. Für noch unwahrscheinlicher hielt es Libanius, dass Bischof Dido ihn der weltlichen Macht auslieferte. Die meisten Bischöfe achteten eifersüchtig darauf, dass ihnen durch weltliche Würdenträger nicht auch nur das kleinste Fitzelchen Macht abgeschnitten würde. Bestimmt waren sich der Bischof und Herzog Felix sowieso nicht grün. Daher hielt Libanius seine Überstellung ins Frankenreich für kein allzu großes Übel.

NEUNTES KAPITEL

DIE HÜTERIN DES MOORES

Haldetrud und Aidan brauchten beide eine lange Zeit, um über den Schock des Mordanschlags hinwegzukommen. Nur um Haaresbreite waren sie dem gewaltsamen Tod entronnen, den der Archidiakon ihnen zugedacht hatte. Vor allem Aidans schneller Reaktion und seiner Treffsicherheit war es zu verdanken, dass die Sache glimpflich für sie ausgegangen war. Doch die Todesgefahr, in der sie geschwebt hatten, glich einem unheimlichen Schatten, der immer noch über ihnen lauerte, einem Dämon aus der Unterwelt, der immer noch auf dem Sprung war, sie mit seinen reißenden Zähnen zu zermalmen. Haldetrud hatte immer wieder das Gefühl, ihr würde die Kehle zugeschnürt, so dass sie keine Luft mehr bekam. Es war ein Alptraum, der anscheinend nicht enden wollte. Doch mindestens ebenso schwer gezeichnet und in seiner Seele verwundet war der junge Dagobert, der zuerst gar nicht richtig begriffen hatte, was geschehen war, den das Grauen vor der Todesgefahr dann aber umso härter traf, wie ein namenloses, gesichtsloses Ungeheuer, das einen gewaltigen Hammer über ihm schwang, um ihn im nächsten Moment auf seinen Kopf nieder krachen zu lassen. Dagoberts unbeschwerte, fröhliche Art schien dahingeschwunden, immer wieder flüchtete er zu Haldetrud, um sich an sie zu klammern, wenn die Angst ihn wieder packte. Er schlief sehr schlecht; auf den Schulunterricht konnte er sich überhaupt nicht mehr konzentrieren, so dass sein Schulbesuch vorläufig eingestellt werden musste. Doch half Dagobert sehr, dass er bei so liebevollen Pflegeeeltern aufwuchs, wie Haldetrud und Aidan es für ihn waren, die er liebte, als wären sie seine leiblichen Eltern, denen er vertrauen konnte, als wäre er ihr eigenes Kind. Außerdem waren ja auch noch Ansegisil und Gerhild da, mit denen er auch oft zusammen war, die wie Onkel und Tante für ihn waren, liebe Menschen, die wie seine Zieheltern dazu beitrugen, dass er eine glückliche Kindheit verlebte. So verblassten die Geschehnisse jenes schrecklichen Tages ganz allmählich in seiner Seele.

Für Haldetrud war es ihre fortschreitende Schwangerschaft, die Freude über das heranwachsende Kind in ihrem Leib, das jetzt anfing, sich zu bewegen, die auch bei ihr dazu führte, dass ihre Ängste mit der Zeit zu schwinden begannen. Am schnellsten kam Aidan über den Schrecken dieses Tages hinweg. Er hatte ja schon an mehreren Schlachten teilgenommen. Er kannte die Angst vor dem heran fliegenden Pfeil und dem Wurfspieß eines Gegners, den Schrecken vor dem herab sausenden Schwert, das er wohl nicht mehr würde parieren können, das aber ein neben ihm kämpfender Kamerad in letztem Augenblick abzuwehren vermochte. Dennoch, das waren Kriegssituationen, da musste er immer damit rechnen, verwundet oder getötet zu werden. Der Mordanschlag hingegen hatte ihn, Haldetrud und Dagobert in einer Situation getroffen, als sie am wenigsten damit gerechnet hatten. Ihr Leben war gerade so friedlich, wie es schöner kaum hätte sein können. Allerdings hatte ihn doch vorher ein gewisser Argwohn gegen den Archidiakon beschlichen, deswegen hatte er Haldetrud und Dagobert begleitet, aber ernstlich besorgt war er nicht gewesen.

In seinem zehnten Lebensjahr war Dagobert der beste Schüler in seiner Klasse. Er glänzte nicht nur in den Fächern der sieben freien Künste, sondern auch in der Theologie. Für ihn war das Lernen eine einzige große Freude, unermesslich war sein Wissensdurst. Doch hatte er auch die besten Lehrer, die man sich nur wünschen konnte, die ihn gern hatten und stolz auf ihn waren, und die er glühend verehrte. Es konnte wohl nicht ausbleiben, dass einige Schüler ihm seinen Erfolg nicht gönnten, ihn geradezu missgünstig beäugten, besonders Riam. Doch der Junge hatte seine Lektion gelernt, er rührte Dagobert nicht mehr an. Bei den Mädchen in seiner Klasse war Dagobert dagegen beliebt. Sie fanden ihn sehr anziehend mit seinen langen blonden Locken und blauen Augen, besonders seine fröhliche Art, sein Charme, hatten es ihnen angetan. Er redete ganz unbefangen mit ihnen, sein Lachen war ansteckend, geradezu unwiderstehlich. Zwischen Erin, die ihm einmal bei dem Vorfall mit Riam so vehement zur Seite gestanden hatte, und Dagobert hatte sich inzwischen eine tiefe Freundschaft entwickelt, ja man konnte sagen, sie liebten sich aus ganzem Herzen, wie es auch bei Kindern dieses Alters manchmal vorkommt.

Doch war Dagobert bei allem Lerneifer nicht nur ein Bücherwurm, er liebte es auch sehr, zu rennen, auf Bäume zu klettern, vor allem aber mit seinen Zieheltern auszureiten. Inzwischen war er schon ein recht geschickter Reiter geworden. Aidan hatte für ihn ein Pony besorgt, das in der Größe genau zu Dagobert passte. Er liebte es sehr, brachte ihm immer als Leckerbissen eine Möhre oder einen Apfel mit und achtete genau darauf, dass die Stallknechte es gut versorgten. Oft striegelte er es auch selber oder rieb es trocken, wenn es nach einem langen Ritt noch verschwitzt war.

Eines Tages beschloss Aidan, der Dagoberts Entwicklung genau beobachtete, seinen Ziehsohn zu fragen, ob er nicht Lust hätte, das Bogenschießen zu lernen und mit ihm zusammen den Kampf mit Schwertern zu üben. Dagobert war nicht sonderlich überrascht, andere Jungen in seiner Schulklasse hatten damit auch schon begonnen. So stimmte er Aidan zu und war gespannt, ob solche Übungen ihm gefallen würden. Zu seiner eigenen Überraschung lagen ihm diese neuen Aktivitäten durchaus, besonders das Bogenschießen liebte er schon bald; und mit einigen Nachbarsjungen traf er sich manchmal zum Fechten mit einem Holzschwert, das Aidan für ihn angefertigt hatte.

Inzwischen hatten Haldetrud und Gerhild ihre ersten Kinder geboren. Haldetrud war von einem strammen Jungen entbunden worden. Die überglücklichen Eltern gaben ihm den Namen Fergus. Zum Glück verlief auch die Geburt von Gerhilds erstem Kind komplikationslos. Sie gebar ein Mädchen, das bei der Geburt schwarze Haare hatte, doch begannen diese nach einigen Wochen auszufallen. Bald darauf wuchsen dem Kind hellblonde Haare nach. Das Mädchen erhielt den Namen Duana, was die kleine Quelle bedeutet. Beide Kinder gediehen prächtig, und es dauerte nicht lange, bis Gerhild und Haldetrud wieder schwanger waren.

Auch Finlay O`Hara, der Abt des Klosters Slane, beobachtete sorgfältig die Entwicklung des jungen merowingischen Prinzen, der in seiner Obhut aufwuchs und eigentlich für den Mönchsstand erzogen wurde. So war es ihm von Bischof Dido mitgeteilt worden, der diesen Wunsch des austrasischen Adels, insbesondere des Majordomus Grimoald, dem Abt seinerzeit übermittelt hatte, als er persönlich den Knaben im Kloster abgegeben hatte. Doch dem Abt kamen mit der Zeit immer mehr Zweifel, ob ein späteres Leben als Mönch den Anlagen und Neigungen Dagoberts gerecht würde. Auch wenn der Junge die biblischen Geschichten liebte, so sprühte er doch vor Lebensfreude und Lebenskraft, der Abt konnte sich kaum vorstellen, dass Dagobert einmal ein komplentatives Leben hinter Klostermauern führen würde und dabei seinen Frieden und sein Glück finden könnte. Nein, dieser Junge musste hinaus in die Welt, er würde sich ins Leben stürzen, es musste um ihn herum brodeln und krachen und zischen! Er besaß schon jetzt ein deutlich erkennbares Charisma, die Leute würden ihm zufliegen. Er würde entweder große Taten vollbringen, oder im Strudel der Ereignisse, der Intrigen, Gefahren und Mordanschläge, vor denen im Frankenreich weder der Adel noch die Könige zurückschreckten, untergehen.

Finlay O'Hara seufzte. Am liebsten würde er diesen liebenswerten Jungen vor allen Gefahren beschützen und ihn hier behalten, aber es war ihm klar, dass er ihn kaum würde halten können.

Der Abt beschloss, einen Abgesandten ins Frankenreich zu schicken. Er wählte dafür den Mönch Naomhan aus, einen klugen, umsichtigen Mann, der recht gut Fränkisch sprach. Er sollte sich ein Bild von der politischen Lage, vor allem in Austrasien, dem östlichen Teil des Reiches, machen. Da die irischen Mönche einen hervorragenden Ruf im Frankenreich genossen, gelang es Naomhan tatsächlich, in den

Hauptstädten Paris und Metz mit namhaften Regierungsvertretern zu sprechen. In Metz traf er sogar Chimnechild, die Witwe König Sigiberts III, die Mutter des jungen Dagobert. Sie erzählte dem irischen Abgesandten, dass nach dem Tod ihres Mannes, Sigibert III, dessen Bruder Chlodwig II für kurze Zeit den Thron Austrasiens bestieg. Doch da er auch schon König der beiden anderen Reichsteile, - Neustrien und Burgund – war, lehnte der austrasische Adel ihn ab. So kam es, dass der von Sigibert III adoptierte Childebert, der Sohn des Majordomus Grimoald, für einige Jahre König wurde. Er war aber gerade in dem Jahr gestorben, als der irische Abgesandte, der Mönch Naomhan, zu Erkundungen ins Frankenreich aufgebrochen war. Jetzt hätte eigentlich die Gelegenheit bestanden, den nach Irland verbannten Prinzen Dagobert zurückzuholen, damit er der Nachfolger seines Vaters würde. Doch wie Naomhan von Chimnechild erfuhr, hatte weder der neustrische noch der austrasische Adel ein Interesse daran. Stattdessen, berichtete Chimnechild dem Mönch, hatte der neustrische Majordomus Ebroin offenbar vor, den minderjährigen neustrischen König Chlothar III auf den austrasischen Thron zu setzen.

Während Chimnechild dem Mönch dies alles erzählte, hatte sie angefangen, bitterlich zu weinen. „Mein armer Junge! Mein armer Junge!" schluchzte sie immer wieder. Tröstend legte Naomhan seine Arme um sie.

„Es geht deinem Sohn gut, er besucht die Klosterschule und hat viel Freude an den Wissenschaften."

„Bitte grüß meinen lieben Dagobert sehr herzlich von mir!" sagte sie beim Abschied. „Gott gebe, dass ich ihn in meinem Leben noch einmal wiedersehen kann. Und ich habe noch eine besondere Bitte an dich. Gib meinem Sohn diese Goldbiene! Als man ihn damals aus meinen Armen riss, bin ich nicht dazu gekommen, ihm dieses Erbstück mit auf den Weg zu geben. Es ist ein ganz besonderes Erbstück der merowingischen Könige und wird seit langer Zeit von einer Generation zur nächsten weitergereicht. Die Biene ist ein besonderes Tier für die Sippe der Merowinger, sie soll ihnen Glück bringen. Wie du siehst, ist es eine aus Gold gefertigte Biene, eine kunstvolle Goldschmiedearbeit. Soviel mir bekannt ist, wurden vor etwa 200 Jahren etliche solcher Goldbienen angefertigt. Mein geliebter Sohn Dagobert soll diese Biene jetzt erhalten, als Zeichen seiner königlichen Abstammung aus dem Geschlecht der Merowinger. Ich hoffe, ich werde noch erleben, dass er König von Austrasien wird, dem östlichen Teil des Frankenreiches. Und nun geh in Frieden, lieber Naomhan! Ich danke Gott, dass du mir von meinem Sohn berichtet hast. Jetzt weiß ich, dass es ihm gut geht. Der Herr, unser Gott, möge dich auf deiner langen Rückreise nach Irland behüten."

Nachdem Bruder Naomhan wieder im Kloster Slane angekommen war, übergab er Dagobert gleich am nächsten Tag, als der Junge zum Unterricht erschien, die Goldbiene mit den besten Grüßen und Segenswünschen seiner Mutter. Lange betrachtete Dagobert das Kleinod, als es in seiner Hand lag. Zweifellos war es so etwas wie ein Wappentier der Merowinger. Ob diese Goldbiene ihm wohl Glück bringen würde? War sie ein Zeichen, dass es ihm bestimmt war, einst König im Frankenreich zu werden? Schließlich füllten sich seine

Augen mit Tränen. „Ich wünschte, ich hätte dich begleiten dürfen, Bruder Naomhan, und meine liebe Mutter treffen und sie umarmen können," sagte er leise. „Ich war zwar erst vier Jahre alt, als man mich ihr wegnahm, aber ich kann mich gut an sie erinnern. Sie war mir eine herzensgute liebevolle Mutter. Ich habe seither jeden Abend für sie gebetet. Ich werde Gott bitten, sie wiedersehen zu dürfen. Ich danke dir, Bruder Naomhan, für diesen Gruß von ihr." An diesem Tag konnte sich Dagobert nicht gut auf den Unterricht konzentrieren.

An einem schönen Tag im Frühsommer 662 fragte Ansegisil Dagobert – er war jetzt zehn Jahre alt – ob er Lust hätte, mit ihm einen zweitägigen Ausflug in eine einsame, wilde Moorlandschaft zu machen. „Ich bin schon einmal mit einem ortskundigen Iren dort gewesen, es ist das Bronavan Bog, etwa zwölf Meilen südlich vom Kloster Slane. So ein weitläufiges Moorgebiet ist wie eine Welt für sich, wo die Zeit still zu stehen scheint. Nur selten suchen Menschen ein Moor auf; die meisten haben eine Scheu davor, ja sogar Angst. Das mag daran liegen, dass die Leute sich erzählen, vor vielen hundert Jahren seien Menschen den Göttern geopfert und dann im Moor versenkt worden."

Dagobert blickte Ansegisil ganz erschrocken an. „Das wusste ich bisher nicht. Allerdings, dass es auch heute noch Menschen in Irland gibt, die an die alten Götter glauben, davon habe ich gehört. Ihre Priester, die Druiden, bringen ihren Göttern Opfer da, wohl meistens ein Schaf oder eine Ziege. Vor sehr langer Zeit sollen auch Menschen den Göttern geopfert worden sein. So, wie es in der biblischen Erzählung von Abraham und Isaak geschildert wird, die du mir einmal erzählt hast. Ich glaube, wenn ich bei einer Wanderung durch ein Moor auf die Leiche eines geopferten Menschen stieße, fände ich das ganz schön gruselig."

„Wir würden ganz sicher nicht auf eine Leiche stoßen, Dagobert. Die liegen da nicht einfach so herum, sondern sind tief im Moor vergraben. Nur Leute, die Torf stechen, bekommen sie zu Gesicht, da sie ja tiefe Löcher graben. Auch heutzutage wird Torf aus dem Moor gewonnen; die Leute verbrennen ihn, um ihre Häuser zu heizen und ihr Essen zu kochen. In unserem Ofen haben wir bisher allerdings meistens Holz verbrannt."

„Einen Ausflug zum Bronavan Bog finde ich eine ganz prima Idee, Ansegisil. Lass uns unbedingt hin reiten und einige Stunden durch das Moor wandern. Von mir aus gleich morgen!"

Ansegisil freute sich, wie begeistert Dagobert seinen Plan aufgenommen hatte. „Wir lassen am besten Gerhild genug Zeit, Proviant in unsere Satteltaschen zu stopfen und vorsichtshalber einen warmen Mantel, falls es wider Erwarten kalt werden sollte. Übermorgen in der Früh könnten wir dann aufbrechen."

Das Wetter spielte auch mit; die Vorräte hatte Gerhild ihnen schon eingepackt; so ritten sie zwei Tage später los, auf einer Landstraße in südwestlicher Richtung. Die meiste Zeit ließen sie die Pferde im Schritt gehen, ab und zu ließen sie die Tiere auch ein Stück weit traben. Zweimal machten sie unterwegs eine Rast, um sich zu stärken und den Pferden die Gelegenheit zu geben, etwas Gras und Kräuter zu knabbern. Sie folgten der Landstraße, bis diese sich etwa eine halbe Meile vor dem Anfang des Bronavan Bog gabelte, in einen Zweig, der nach Nordwesten und einen, der nach Südwesten führte. An dieser Stelle stand ein Gasthof, den Ansegisil bereits kannte. Sie ließen die Pferde im Stall unterbringen und sagten dem Wirt Bescheid, dass sie die Nacht hier zubringen wollten. Zu Fuß gingen sie auf einem Feldweg weiter. Allmählich hatte sich die Landschaft verändert. Man sah keinen Wald und keine Äcker mehr, nur noch Wiesen, auf denen zunehmend Wollgras wuchs sowie Binsen am Rand von kleinen Tümpeln. Hier und da ragten einsame Erlen, Kiefern und Zwergbirken aus dem Heidekraut empor. Bald waren auch die letzten Wiesen verschwunden. So weit das Auge reichte, dehnte sich nun die ebene Fläche des Moores aus, ein endloser Teppich aus mattgrünem Torfmoos und Heidekraut, das zaghaft seine ersten violetten Blüten hervorsprießen ließ.

Ob es nun an diesem eintönigen Pflanzenwuchs lag, oder ob ein Zauber der Elfen, Zwerge und Feen das Moor zu einem verwunschenen Ort gemacht hatte, jedenfalls übertrug sich diese melancholische Stimmung auf die beiden einsamen Wanderer. Besonders die Stille, die sie umfing, lastete wie eine unsichtbare Decke auf dieser geheimnisvollen Landschaft und ließ die beiden Menschen ebenfalls verstummen. Nur hin und wieder war der Ruf eines Vogels zu hören, danach breitete sich wieder die Stille aus, unterbrochen nur von Blasen, die in den Tümpeln an die Wasseroberfläche stiegen und mit einem eigentümlichen Glucksen zerplatzten.

Doch gab es durchaus Leben im Moor. Dagobert hatte grüne und braune Heuschrecken entdeckt, in vielerlei Farben schimmernde Käfer und Wanzen, durch die Luft schwirrende Libellen sowie leuchtend bunte Schmetterlinge, die in ihrem eigenartig taumelnden Flug über Moose und Heide flatterten. Ein paar Mal wäre er fast auf einen Frosch getreten, doch im letzten Moment hatten sich die Tiere durch einen Sprung in den nächsten Tümpel retten können. Die Eidechsen waren vorsichtiger, sie huschten bereits weg, bevor Dagobert ihnen zu nahe kommen konnte. „Gibt es hier keine größeren Tiere?" wollte der Junge von Ansegisil wissen.

„Nicht dass ich wüsste." Doch kaum hatte Ansegisil diese Worte ausgesprochen, sprang ein stattlicher Hase aus seinem Versteck hervor und rannte, Haken schlagend, über das Moor davon, wobei er geschickt den vielen kleinen Tümpeln auswich. Und im nächsten größeren Tümpel, den die beiden erreichten, schwammen einige munter schnatternde Enten. „Weißt du, was die Leute in Irland über die Hasen sagen, Dagobert?"

„Nein, Ansegisil, nun erzähl schon!"

„Von einem Bauern hörte ich, dass Hasen die Stellen kennen, wo vergrabene Schätze liegen. Und ein Mönch erzählte mir, Hasen würden den Ort zum Eingang der Anderswelt kennen, wo die Götter und Helden wohnen. Diese Erzählung stammt offensichtlich aus vorchristlicher Zeit, mit dem Christentum hat das nun wirklich nichts zu tun."

Dagobert musste lachen. „Einem Hasen hinterher zu laufen, bis er einem diese verborgenen Plätze zeigt, ist leider nicht möglich. Durch das Haken Schlagen der Hasen schafft es nicht einmal ein Hund, sie einzuholen. Aber einen vergrabenen Schatz zu finden, wäre wirklich

216

eine eine sehr aufregende Sache." Nach einer Weile wandte sich Dagobert mit besorgter Miene noch einmal an Ansegisil: „Meinst du, dass wir den Rückweg finden werden?"

„Keine Sorge, Dagobert. Ich habe ab und zu ein kleines Stück Stoff fallen lassen, um den Weg zu markieren. Wir brauchen also nur diesen Stofffetzen zu folgen und kommen so auf dem gleichen Weg wieder zurück, auf dem wir hergekommen sind."

Dagobert musste wieder lachen. „Du bist ja ein richtig schlauer Fuchs, Ansegisil. Auf die Idee hätte ich eigentlich auch selber kommen können. Ich muss sagen, ich hätte nichts dagegen umzukehren. Ich habe schon wieder Hunger. Ich hoffe, der Wirt setzt uns ein deftiges Abendessen vor."

„Einverstanden, dann lass uns jetzt den Rückweg antreten."

Doch gerade in dem Augenblick, als sie sich anschickten, zurück zu wandern, stand urplötzlich ein Mensch vor ihnen! Es war eine alte Frau. Weder hatten sie sie kommen sehen, noch hatten sie irgendein Geräusch gehört, das auf das Nahen eines Menschen hingedeutet hätte. Dass auf einmal diese alte Frau wie aus dem Nichts vor ihnen stand, hatte die beiden völlig überrascht, ja sogar erschreckt, besonders da sie äußerst seltsam anzusehen war.

Sie musste wirklich uralt sein, ihr von Wind und Wetter gegerbtes Gesicht war von tiefen Falten und Runzeln durchzogen. Sie war klein gewachsen, kaum größer als ein zehnjähriges Mädchen. Sie trug ein weites, langes Gewand, das ihr bis zu den Füßen reichte. Es war mit zahlreichen Flicken übersät und so farbenfroh wie ein bunter Schmetterling. Ihr weißes Haar hing ihr in Strähnen und Zotteln bis über die Schultern herab. Ihr Gesicht war aber keineswegs hässlich, man konnte noch immer erkennen, dass sie in ihrer Jugend einmal sehr schön gewesen sein musste. Sie hatte tiefblaue, große Augen, die unverwandt auf Ansegisil und Dagobert gerichtet waren. Sie blickte die beiden mit strenger Miene an, wirkte aber keineswegs unfreundlich oder gar böse. Am erstaunlichsten war ihre Stimme. Sie klang so hell und klar wie die eines Kindes! Ansegisil und Dagobert waren noch immer so verblüfft über das plötzliche, geheimnisvolle Auftauchen der alten Frau, dass es ihnen die Sprache verschlagen hatte. Doch nun wandte sich die Alte an die beiden: „Wer seid ihr und was wollt ihr hier in meinem Moor? Niemand betritt dieses Moor, außer ich erlaube es. Nun sprecht!"

Inzwischen hatte sich Ansegisil wieder gefasst und erwiderte in freundlichem, aber durchaus respektvollem Ton: „Wir sind harmlose Wanderer, die sich nur dieses wunderschöne Moor einmal ansehen wollten. Wir kommen aus der Gegend des Klosters Slane, aber Iren sind wir nicht. Wir stammen von einem Bauernhof in Aquitanien, einem Teil des Frankenreiches; vor einigen Jahren sind wir gegen unseren Willen hierher gebracht worden. Falls wir uns gegen deinen Willen hier aufhalten, möchten wir uns vielmals bei dir entschuldigen, ehrwürdige Mutter."

Die Alte lächelte. „Ich verzeihe euch. Ihr scheint mir gutherzige, ehrliche Menschen zu sein, die nichts Böses im Schilde führen. Ihr wisst wohl nicht, wer ich bin? Ich bin die Fee Cliodhna. Ich bewache und hüte dieses Moor, seine Pflanzen und Tiere, damit niemand hier ein Unheil anrichtet. Ich besitze große Zauberkräfte. Ich könnte euch beide in Kröten verwandeln, oder in Eidechsen. Aber ich verschone euch. Geht nun in Frieden eures Weges! Aber passt auf, dass ihr rechtzeitig den Rückweg antretet. Sobald die Dunkelheit das Moor überschattet, kann man leicht die Orientierung verlieren und in einem der zahlreichen Tümpel versinken."

Ansegisil und Dagobert verbeugten sich vor der Fee, dankten ihr und verabschiedeten sich. Sie wandten sich um, doch nach wenigen Schritten konnten die beiden sie nicht mehr sehen. Ein Nebel hatte sie eingehüllt. Dagobert saß der Schreck über diese unheimliche Begegnung noch in den Knochen. „Da haben wir noch einmal Glück gehabt, Ansegisil. Sie ist bestimmt eine sehr mächtige Fee. Sie hätte uns beide in Frösche verwandeln können. Dann würden wir jetzt quakend durch das Moor hüpfen. Es schaudert mich noch immer."

Auch Ansegisil war tief beeindruckt von der Begegnung mit der Fee. „Ich danke Gott für unsere Rettung. Ich glaube, er hat dieser Fee das Herz angerührt, so dass sie Mitleid mit uns hatte und uns verschont hat. Wer weiß, wie viele Frösche hier herum springen, die früher einmal Menschen waren? Aber wir dürfen jetzt nicht trödeln, sonst überrascht uns noch die Dunkelheit, und wir verirren uns."

Doch dank Ansegisils gutem Orientierungssinn und den Stofffetzen, die er als Markierung des Weges fallen gelassen hatte, kamen sie unbeschadet und pünktlich im Gasthaus an. Zum Abendessen gab es Wildschweinbraten, dazu Haferbrei, geschmorte Äpfel, Zwiebeln und frisches Fladenbrot. Auch der nächste Tag brachte viel Sonnenschein und nur einige wenige Regenschauer. Nach dem Frühstück machten sich Ansegisil und Dagobert auf den Heimweg. „Was war das für ein herrlicher Tag, Ansegisil!" Dagobert war noch ganz erfüllt von den vielen Eindrücken ihrer Wanderung durch das Bronavan Bog. „Aber das Größte war natürlich unsere Begegnung mit der Fee Cliodhna."

Zwei Jahre später war Dagobert zu einem kräftigen, zwölfjährigen Jungen herangewachsen. Mit seinem langen, leicht gelockten, dunkelblonden Haar und seinen blauen Augen war er der Schwarm etlicher Mädchen in der Schule. Doch trotz seines muskulösen Körpers wirkte er nicht so stämmig und derb wie manche Bauernburschen, es haftete etwas Zerbrechliches an ihm. Die meisten Menschen merkten schnell, dass er ein feinfühliges, sensibles Wesen hatte. Dagobert war nach wie vor befreundet mit Erin, dem irischen Mädchen in seiner Klasse. Der Hof von Erins Eltern lag nicht weit entfernt vom Hof Ath Troim, wo Dagobert mit Haldetrud, Aidan sowie Haldetruds Nachwuchs, zwei Mädchen und einem Jungen, lebte. Der Junge hieß Fergus, die Mädchen waren auf die Namen Brighid und Aodnait getauft. Die Kinder hatten ein herrliches Leben auf dem Hof ihrer Eltern, wo sie nach Herzenslust herumtoben konnten. Besonders Verstecken Spielen liebten die Kinder, es gab fast unendlich viele Möglichkeiten, vor allem in den Scheunen und Ställen, um sich zu verstecken. Selbst Dagobert beteiligte sich manchmal daran; natürlich tat er dann so, als könne er die Kinder nicht finden. Wenn er sich aber einmal selber versteckte und endlich gefunden wurde, lachten und jubelten die Kinder vor Vergnügen. Obwohl er nicht mit ihnen verwandt war, betrachteten sie ihn als ihren großen Bruder, den sie alle drei innig liebten. Ganz selbstverständlich wuchsen sie zusammen mit den vielen Tieren eines Bauernhofs auf.

Manchmal durften sie die Hühner und Gänse füttern oder beim Melken der Kühe und Ziegen zusehen. Besonders beliebt war das Reiten mit Dagobert, wenn er sie der Reihe nach auf seinem Pferd mitnahm.

Zur Feier von Erins zwölftem Geburtstag veranstalteten ihre Eltern auf dem Hof der Familie ein Fest, zu dem alle in der Umgebung lebenden Kinder eingeladen wurden. Das Haus, die große Scheune und auch der Hofplatz wurden festlich geschmückt, überall wurden grüne Zweige aufgehängt, sogar kleine Bäumchen aufgestellt, die liebevoll mit Bändern und Girlanden geschmückt wurden, von den Zweigen hingen Äpfel und Nüsse herab. Auf den Tischen standen allerlei Köstlichkeiten, besonders natürlich Kuchen und verschiedene Arten von süßem Gebäck, aber auch Schüsseln mit Hirsebrei. Zu trinken gab es Kuhmilch, Ziegenmilch und Apfelsaft.

Am frühen Nachmittag trafen die Gäste ein, die Mädchen in Begleitung ihrer Eltern oder älteren Brüder. Dagobert kam zusammen mit Haldetrud und Aidan. Als Geschenk brachte Dagobert einen von ihm selbst gewebten Umhang aus weißer und schwarzer Wolle mit. Als die Kinder mit dem Festschmaus begannen, unterhielten einige der Eltern die Gäste mit festlichen Klängen auf ihren Flöten, Harfen und Trommeln. Nach dem Essen sollte auf dem Hofplatz das Tanzen beginnen. Auf den Instrumenten erklang nun fröhliche Tanzmusik, die alle, besonders durch die hämmernden Trommelklänge, in Hochstimmung geraten ließ. Vor allem waren die Reigentänze beliebt, bei denen die Tänzer mal zu zweit, aber meist im großen Kreis umeinander wirbelten. Die Stimmung wurde immer ausgelassener, verliebte Paare lachten einander zu, manche juchzten im Überschwang oder begleiteten die Musik mit Gesängen.

Wenn Dagobert bei den Tänzen Erin begegnete, lächelte sie ihm jedes Mal zu. Aber in Erins Gesichtsausdruck lag noch etwas anderes als ausgelassene Fröhlichkeit. Dagobert spürte das wohl, es verwirrte ihn; es war, als ob ihr Antlitz leuchtete und strahlte, in ihren Augen lag eine große Zärtlichkeit. Noch nie hatte Erin ihn so angesehen; je länger der Nachmittag andauerte, desto inniger wurden ihre Blicke.

Auch Dagobert sah seine Freundin auf einmal mit anderen Augen als bisher. Unter all den anderen Mädchen war sie die Schönste, Bezauberndste, Begehrenswerteste. Es war das allererste Mal in seinem Leben, dass er so etwas wie Begehren spürte. Er wollte ihr ganz nahe sein, sie berühren, umarmen und küssen. Dieses Gefühl überwältigte ihn, es erschreckte ihn. Er hatte bisher seine Zieheltern geliebt. Aber jetzt, dieses Gefühl war etwas ganz anderes. Er war sich selbst eigentlich immer genug gewesen, aber nun zog es ihn mit großer Macht zu diesem Mädchen hin. Sie hatte ihn ganz in ihren Bann geschlagen. Er sehnte sich nach ihr. Während sie tanzten, war er ihr ja ganz nah, aber trotzdem ganz fern. Er sehnte sich so sehr nach ihrer Nähe, dass es schmerzte. So wie sie ihn anblickte, schien sie das Gleiche auch für ihn zu empfinden. Es war,als ob ein unsichtbares Band sie beide umschlungen hielt, nur sie beide waren noch da. Die anderen verschwanden aus ihrer Wahrnehmung, es gab nur sie beide, sie gehörten zusammen.

Während Dagobert immer weiter tanzte, machten ihn allmählich die stampfenden Füße der Tänzer und das Dröhnen der Trommeln ganz schwindelig. Er musste sich hinsetzen, er hatte das Gefühl, das Gleichgewicht zu verlieren, es war, als ob er schwebte. Es dauerte nicht lange, da kam Erin auf ihn zu. Sie setzte sich neben ihn, sie blickte ihn mit ihrem träumerischen Blick an, sie fassten sich an den Händen, aber sie sprachen kein Wort, sie sahen sich nur an. Sie standen auf und gingen in einen Winkel, wo es schon fast dunkel war. Inzwischen hatte die Dämmerung eingesetzt, aber einige Tänzer mochten noch immer nicht aufhören zu tanzen. Allmählich aber verebbten die Tanzschritte, viele bildeten einen großen Kreis und sangen teils fröhliche, teils besinnliche traditionelle Lieder.

In ihrem Winkel in der Scheune, wo sie keiner sehen konnte, küssten sich die beiden, innig und sehr zärtlich. Dagobert nahm Erin in seine Arme, er drückte sie fest an sich. Jetzt waren sie sich ganz nah, sie blickten sich wieder verträumt an. Es war ein großes Wunder, alles um ihn her versank für Dagobert, nur noch Erin war da, er spürte sie mit seinen Händen, seinem Körper, mit seinen Lippen. Endlich sagte Erin: „Ich glaube, wir haben uns ineinander verliebt, Dagobert."

Er nickte, nahm ihren Kopf zwischen seine Hände, küsste sie wieder und strich mit beiden Händen über ihr Haar. „Ja, Erin, ich habe mich in dich verliebt. Ich hatte keine Ahnung, wie das sein würde. Es ist einfach wunderbar! Ich glaube, etwas Schöneres gibt es nicht. Ich liebe dich, meine liebste Erin, meine Schöne, meine wunderbare Erin."

Erin lächelte glücklich. „Ich liebe dich auch, Dagobert, mein Liebster," flüsterte sie. „Wir müssen von nun an immer zusammen sein, auch wenn wir zum Heiraten noch zu jung sind."

„Ja, meine Liebste, so soll es sein, wir werden uns immer lieben."

ZEHNTES KAPITEL

LIEBESKRANK

Für Dagobert war es, als hätte nach diesem Fest gleichsam ein neues Leben begonnen. Das Gefühl, verliebt zu sein, in dieses wunderbare Mädchen Erin verliebt zu sein, war wie eine Offenbarung. Auf seinem Leben lag ein ganz neuer, herrlicher Glanz. Er würde den Tag des Festes niemals vergessen. Dieses neue Leben hatte ihm aber nicht nur ein unermessliches Glück gebracht, sondern auch einen großen Schmerz. Bisher hatte er fröhlich in den Tag hinein leben können, ohne sich wirklich um etwas sorgen zu müssen. Nun aber war es schmerzhaft, von seiner Geliebten getrennt zu sein. Die Sehnsucht nach ihr bestimmte jetzt sein Leben. Es gab leider nur selten Gelegenheiten, bei denen sie sich so nah sein konnten wie am Abend des Festes. Immerhin konnte er Erin an den meisten Tagen der Woche in der Schule sehen, ihr zulächeln, mit ihr reden, wenn auch nicht so unbefangen, als wenn sie allein wären. Sie zu küssen, war in der Schule auch kaum möglich, eher schon, wenn sie sich einmal auf dem Hof von Erins Eltern oder dem Hof seiner Zieheltern trafen.

Haldetrud hatte sehr wohl die Veränderung, die mit Dagobert geschehen war, bemerkt. Sie freute sich für ihn. Wenn Erin zu Besuch kam, ließ sie es augenzwinkernd zu, dass die beiden sich in einen Winkel des Hauses oder der Scheune verzogen, um miteinander allein zu sein. In diesen kostbaren Momenten war Dagoberts Glück beinahe vollkommen. Oft lagen die beiden dann, abgeschieden von der Welt, zusammen im würzig duftenden Heu, plauderten miteinander, lachten, sahen sich verliebt an und küssten sich. Niemand störte ihr Glück, sie überließen sich ganz diesem Zauber des Verliebtseins. Nur das Gurren der Tauben und das Zwitschern der Spatzen begleitete sie in diesen köstlichen Augenblicken.

So vergingen mehrere wunderbare Monate für die Liebenden. Dagobert konnte es kaum fassen, was ihm widerfahren war. Es war, als würde er die Welt mit anderen Augen sehen, ja als ob auch die Natur sich mit ihm freute, mit ihm jubelte und sang. Die Vögel sangen ihre fröhlichen Lieder auch für ihn, selbst die Bäume, die Sträucher und Gräser stimmten in diesen Chor mit ein, in ihrem Lobgesang für den Schöpfer schlossen sie auch ihn mit ein. Das Leben war schön, es war ein Wunder, es war herrlich! Er dankte Gott, dem Schöpfer, für dieses Wunder. Es war eine Lust zu leben! Er malte sich die Zukunft in den schönsten Farben aus. Erin und er würden in einigen Jahren heiraten, sie würden sich ewig lieben und glücklich sein.

Doch sein Glücksrausch sollte schon bald ein jähes Ende finden. Auch Erins Eltern hatten natürlich den veränderten Gemütszustand ihrer Tochter längst bemerkt. Es war allzu offensichtlich, dass Erin über beide Ohren verliebt war. Dagobert war die erste große Liebe ihres Lebens. Erin machte daraus auch gar keinen Hehl, sie vertraute ihren Eltern vollkommen. Sie liebte ihre Eltern, so wie sie von ihnen geliebt wurde.

Nachdem Erins Eltern ihre Tochter einige Monate lang beobachtet hatten, fragte sich Orfhlaith, ihre Mutter, wie lange das wohl so weitergehen sollte. Als Erin eines Abends zu Bett gegangen war, sprach sie ihre Gedanken gegenüber ihrem Mann, Erins Vater Darragh, endlich aus: „Was denkst du darüber, Darragh, wie lange können wir diesem Treiben der beiden Verliebten noch zusehen? Was ist, wenn daraus eine tiefe, beständige Liebe werden sollte und die beiden eines Tages damit ankommen, dass sie nun heiraten wollen?"

Ihr Mann wiegte bedächtig seinen Kopf hin und her und meinte schließlich: „Ich glaube, du machst dir zu viele Sorgen, meine Liebe. Alle jungen Leute verlieben sich einmal oder mehrmals in diesem jugendlichen Alter. Unsere Kleine ist gerade erst zwölf geworden! In diesem Alter können die Gefühle leicht schwanken und noch sehr unstet sein. Das mag eine Weile anhalten, du wirst sehen, dann verliebt sie sich in einen anderen Burschen. Das Gleiche gilt für Dagobert. Er ist jetzt schwer verliebt in unsere Tochter, aber wie lange mag das wohl dauern? Er wird sich über kurz oder lang in eine anderes hübsches Mädchen verlieben, das ihm schöne Augen macht. Ich mache mir da keine Sorgen. Am besten, wir lassen die beiden diese Zeit genießen. Irgendwann ist dieser Liebesrausch bei Dagobert verflogen, wie es bei Burschen seines Alters meist der Fall ist. Dann mag Erin erst einmal enttäuscht sein und sich die Augen ausweinen. Aber sie wird sich wieder trösten. Sie ist ja in ihrer Familie, die sie liebt, geborgen. Nach nicht allzu langer Zeit, denke ich, wird sie anfangen, für einen anderen Jungen zu schwärmen."

„Da bin ich mir nicht so sicher, Darragh. Gerade den jungen Dagobert sehe ich mit etwas anderen Augen. Ich finde, er ist ein tiefsinniger, grüblerischer junger Mann, der überhaupt nicht oberflächlich zu sein scheint. Dazu mag sein schweres Schicksal beigetragen haben. Als kleines Kind verlor er seinen Vater, der Mutter wurde er entrissen und von lieblosen, gleichgültigen Leuten weit weg von seiner Heimat ins Ausland verschleppt. Es war eine große Gnade Gottes für ihn, dass er so liebevolle Zieheltern gefunden hat, in deren Obhut seine Seele wieder zur Ruhe kommen konnte, so dass er jetzt zu einem charakterfesten, intelligenten, aber auch sensiblen jungen Mann herangewachsen ist. Gerade ein Mensch wie Dagobert wird sich kaum nach einer kurzen Zeit des Verliebtseins dem nächsten Mädchen zuwenden. Darüber sollten wir uns nicht täuschen. Denk daran, Darragh, dass wir Erin schon vor Jahren ihrem Vetter zweiten Grades Davin versprochen haben."

„Du hast völlig Recht, Orfhlaith. Das haben wir getan, aus gutem Grund. Schließlich ist Davin der älteste Sohn deines Vetters Farlan. Und der ist nicht irgendwer, sondern einer der reichsten Bauern in Meath. Seinen schönen großen Hof Kilkea wird Davin voraussichtlich einmal erben. Es ist eben wichtig, Töchter so zu verheiraten, dass sie für ihr Leben gut versorgt sind. Mit Recht war es bei unseren Vorvätern seit jeher der Brauch, dass die Eltern bestimmten, wen ihre Kinder heiraten sollten; an diesem Brauch wird sich auch in Zukunft nichts ändern. Die Kinder wissen, dass sie sich der Entscheidung der Eltern fügen müssen, auch wenn sie diese manchmal nicht begreifen. Eine Heirat allein aus Liebe steht im allgemeinen auf wackeligem Boden, da es einfach zu unsicher ist, ob die Liebe dauerhaft sein wird oder eben nicht. Eine wohl überlegte Heirat dagegen, bei der die Eltern am sichersten beurteilen können, wer der am besten passende Ehepartner für ihr Kind ist, ist die beste Garantie für eine glückliche

Ehe. Du kannst dich sicher daran erinnern, dass auch unsere Ehe von unseren Eltern arrangiert worden ist, und dass wir damals keineswegs ineinander verliebt gewesen sind. Doch mit den Jahren ist gegenseitiger Respekt, Freundschaft, ja sogar Liebe zwischen uns gewachsen."

„Ich stimme dir in jeder Hinsicht zu, Darragh. Erin ist Davin versprochen, und dabei bleibt es. Er ist eine gute Wahl. Ich finde, er ist durchaus ein sympathischer, sensibler junger Mann. Ich bin der Meinung, wir schauen uns das Treiben von Erin und Dagobert noch ein paar Wochen an. Wenn sich dann nichts geändert hat, ist Schluss damit. Wir sagen ihr, dass sie schon versprochen ist und Dagobert überhaupt nicht mehr treffen sollte. Wenn es nicht anders geht, müssen wir sie aus der Schule herausnehmen. Bildung ist ja gut und schön, aber für ein Mädchen nicht so wichtig wie für einen Jungen. Ein Mädchen sollte sich beizeiten in ihren zukünftigen häuslichen Pflichten, wie Kochen, Spinnen, Weben und Nähen üben. Damit kann man gar nicht früh genug anfangen."

„Ich gebe dir Recht, Orfhlaith, so werden wir es machen."

Nach einigen Wochen setzten sich Erins Eltern nach dem Abendessen mit ihrer Tochter zusammen. „Wir haben dir etwas Wichtiges zu sagen, liebe Erin," begann Orfhlaith. „Du weißt, dass wir dich über alles lieben. Du bist unsere Erstgeborene; zum ersten Kind, das eine Frau geboren hat, behält sie ihr Leben lang immer eine ganz besondere Beziehung. Du hast uns immer viel Freude gemacht, du bist klug, du bist ein freundlicher, gütiger Mensch, und hübsch bist du auch. Wir sind mächtig stolz auf dich, Erin. Und du weißt, dass wir immer das Beste für dich wollen, so ist es immer gewesen, und so wird es immer bleiben.

Natürlich machen wir uns, wie alle verantwortungsbewussten Eltern, auch darüber Gedanken, wen du einmal heiraten wirst. Das bedeutet für jede Frau sicher eine besonders wichtige Sache, es ist eine Entscheidung, die für das ganze weitere Leben von entscheidender Bedeutung ist. Deshalb haben dein Vater und ich, wie es in Irland von jeher Recht und Brauch ist, schon vor einigen Jahren beschlossen, einen Bräutigam für dich auszuwählen. Wir haben uns für deinen Vetter zweiten Grades Davin entschieden, im Einvernehmen mit dessen Familie. Sie leben im Norden von Meath auf einem der größten Höfe weit und breit. Du bist nun Davin zur Ehe versprochen, Erin."

Als ihre Mutter ihr dies eröffnet hatte, wurde Erin ganz blass, sie begann zu zittern, alles drehte sich vor ihren Augen. „Ich glaube es nicht, Mutter, das kann doch nicht wahr sein!" rief sie schließlich verzweifelt. „Ohne mit mir zu sprechen, habt ihr mich schon vor längerer Zeit einem Mann versprochen? Niemals hätte ich das von euch gedacht! Wisst ihr nicht, dass ich Dagobert liebe? Ich liebe ihn aus ganzem Herzen, er ist mein Leben, mein Augenlicht! Ich werde nur Dagobert heiraten, wenn ich älter bin, und sonst niemanden. Ihr könnt mich nicht dazu zwingen, Davin zu heiraten. Ich kenne ihn ja kaum, es ist Jahre her, dass ich ihn gesehen habe. Bevor ich einen anderen Mann als Dagobert heirate, gehe ich lieber als Nonne in ein Kloster."

Erins Eltern waren entsetzt über ihre Worte. „Nun beruhige dich bitte, Kind!" versuchte ihre Mutter, Erin zu besänftigen. „Davin ist ein sehr sympathischer junger Mann, ein paar Jahre älter als du. Du solltest ihn erst einmal besser kennen lernen, bevor du ihn von vornherein ablehnst. Er wird den großen Hof seiner Eltern erben, du wärest dein Leben lang versorgt. Der Hof liegt auch nicht allzu weit von unserem, wir könnten uns also weiterhin sehen."

Erin wurde immer wütender. „Niemals, niemals werde ich ihn heiraten! Ich heirate nur den Mann, den ich liebe, und das ist Dagobert. Abgesehen davon, dass auch er mich liebt, ist er der Sohn eines Königs!"

Jetzt verlor Darragh die Geduld. „Dagobert mag ja der Sohn eines Königs, weiß Gott wo im fernen Frankenreich sein, aber für dein Leben ist das doch völlig bedeutungslos, Erin! Er wurde von seiner Sippe nach Irland abgeschoben, niemals wird er selber König sein.

Davon abgesehen, gehört es sich nicht, dass du deinen Eltern widersprichst. Du schuldest deinen Eltern Respekt und Gehorsam! Wir verlangen von dir, dass du deinen Vetter zweiten Grades Davin heiratest, dem du versprochen bist. So ist es, und so wird es geschehen, keine Widerrede! Falls du geglaubt haben solltest, du würdest einmal diesen Hof erben und hier mit Dagobert leben können, so bist du im Irrtum. Auch wenn du unsere Erstgeborene bist, bist du als Frau nicht erbberechtigt, erst nach deinen Brüdern. Als Frau steht dir hingegen eine Mitgift zu. Nun überlege dir die Sache noch einmal, Erin, begreife, dass die Entscheidung deiner Eltern die beste für dich ist."

Nach diesen harten Worten ihres Vaters brach Erin in Tränen aus. Weinend stand sie auf und verließ den Raum, um ihre Schlafbank aufzusuchen. Etwas ratlos blickten sich die Eltern an. „Ganz so drastisch hätte ich mir ihre Reaktion nicht vorgestellt," meinte Orfhlaith seufzend.

„Das Mädchen hat ja gar keinen Respekt vor uns," sagte Darragh kopfschüttelnd. „Sie scheint völlig vergessen zu haben, dass sie ihren Eltern Gehorsam schuldet. Ich glaube, wir werden nicht darum herumkommen, sie aus der Schule zu nehmen. Falls sie überhaupt keine Vernunft annehmen will, sollten wir sie zu deinen Verwandten in der Landschaft Wicklow schicken."

Bis zum nächsten Morgen hatten ihre Eltern Erin den Schulbesuch noch nicht untersagt. Als sie Dagobert sah, nahm sie ihn beiseite. „Wir müssen ganz dringend miteinander reden, Liebster."

Erschrocken blickte Dagobert sie an. Erin wirkte völlig verstört. Ihr Gesicht sah blass und schmal aus. Die beiden entschuldigten sich beim Lehrer und verließen das Klassenzimmer. Draußen im Hof fing Erin wieder an zu weinen. „Es ist etwas Furchtbares geschehen, Dagobert. Ich kann es noch immer kaum glauben. Meine Eltern haben mir gestern eröffnet, dass ich bereits meinem Vetter Davin versprochen bin. Wir beide werden niemals heiraten können." Schluchzend lehnte sie sich an Dagobert, der schützend seine Arme um sie legte.

Beruhigend strich er über Erins Haar. Obwohl ihn die Nachricht aufgewühlt hatte, versuchte er, sie zu beruhigen. „Es wird schon nicht so schlimm kommen, meine Liebste. Bestimmt überlegen es sich deine Eltern noch einmal. Sie werden doch nicht so grausam sein, das Glück ihrer erstgeborenen Tochter zu zerstören."

„Da kennst du meinen Vater nicht, Dagobert. Er ist unerbittlich. Er wird mich zwingen, dich nie wieder zu sehen. Wahrscheinlich wird er mich zu weit entfernten Verwandten schicken, bis ich bereit bin, dieser Entscheidung meiner Eltern zu gehorchen."

„Aber wir lieben uns doch, Erin. Wir sind füreinander bestimmt. Falls deine Eltern so hart bleiben, sollten wir miteinander fliehen."

„Ach, Dagobert, wie soll das denn gehen? Wir sind doch beinahe noch Kinder. Wohin sollten wir fliehen? Wovon wollen wir leben? Wahrscheinlich würden uns Räuber einfangen und uns als Sklaven verkaufen." Erin war völlig außer sich. Mit einem Schlag waren all ihre Träume von einem glücklichen Leben mit Dagobert wie eine Seifenblase zerplatzt. Es war ihr, als hätte sich ein bodenloser Abgrund aufgetan, in den sie jetzt hineinstürzte. „Halt mich fest, Dagobert," flüsterte sie. „Das ist das Ende unseres Traums. Wir werden niemals heiraten können."

Dagobert wusste nicht, was er dazu sagen sollte. Es war ihm klar, dass Erins Eltern das Recht hatten, über das Leben ihrer Tochter zu bestimmen. Dass Ehen von den Eltern arrangiert wurden, wusste er durchaus. Ihm fiel kein Ausweg ein. Er konnte doch nicht mit einem zwölfjährigen Mädchen über die Landstraßen ziehen. „Vielleicht kann sich der Vater Abt für uns einsetzen."

„Ach, Dagobert, der kann uns auch nicht helfen. Meine Eltern werden mich wahrscheinlich schon morgen nicht mehr in die Schule gehen lassen. Leb wohl, mein Liebster! Ich werde dich immer lieben. Möge sich der gnädige Gott unser erbarmen!"

Am nächsten Tag kam Erin tatsächlich nicht mehr zum Schulunterricht. Dagobert konnte es nicht glauben. Erins Eltern sahen doch, wie unglücklich, ja verzweifelt sie war. So grausam konnten sie nicht sein, sie liebten doch bestimmt ihre Tochter und wollten auch nicht, dass sie für den Rest ihres Lebens verbittert und unglücklich würde. Er beschloss, ihre Eltern aufzusuchen.

Der Empfang war eisig. Mit den Worten „Ich weiß nicht, was wir uns zu sagen hätten," empfing ihn der Vater an der Tür.

Doch Erins Mutter bat ihn, hereinzukommen und setzte ihm einen Becher Ziegenmilch vor. „Ich flehe euch an," begann Dagobert, „könnt ihr euren Entschluss nicht noch einmal überdenken? Ihr wollt doch sicher nicht das Leben eurer Tochter zerstören! Ich liebe eure Tochter mit ganzer Kraft, von ganzem Herzen. Und sie liebt mich. Wir haben uns ewige Treue geschworen und möchten mit eurem Segen in einigen Jahren heiraten. Steht bitte dem Glück eurer Tochter nicht im Weg! Sie ist ein sehr tief empfindender Mensch. Ich möchte mir nicht vorstellen, was wird, wenn sie gezwungen wird, einen ungeliebten Mann zu heiraten. Um Christi und der Heiligen Jungfrau willen, bitte erbarmt euch ihrer!"

Die Miene des Vaters wurde immer finsterer bei Dagoberts Worten. „Du weißt nicht, was du redest, junger Mann. Was könntest du unserer Tochter schon bieten? Du bist ein Habenichts. Den Hof deines Ziehvaters Aidan wirst du auf keinen Fall erben. Er hat inzwischen eigene Kinder, vom Erbe wirst du dann ausgeschlossen sein. Du kannst es also keinen Eltern verdenken, dass sie einen Ehepartner für ihre Tochter auswählen, der einmal einen Hof von seinen Eltern übernehmen wird, bei dem sie in geordneten, gesicherten Verhältnissen leben kann." Bevor Erins Mutter noch etwas dazu sagen konnte, stieß Darragh in bedrohlichem Ton hervor: „Und nun mach endlich, dass du wegkommst, junger Mann, verlasse augenblicklich unser Haus! Wir wollen dich hier nie wieder sehen!"

Wie vor den Kopf geschlagen, taumelte Dagobert aus dem Haus von Erins Familie. Ganz benommen wankte er nach Hause. Er war entsetzt über die harsche Reaktion des Vaters ihm gegenüber, vor allem aber über die Unnachgiebigkeit der Eltern, über ihr stures Beharren auf dem einmal gegebenen Eheversprechen Davins Familie gegenüber. Je länger er darüber nachdachte, desto unbegreiflicher erschien ihm dieses Verhalten. Den Eltern müsste doch klar sein, dass Erins Liebe zu ihm keine jugendliche Schwärmerei war, sondern eine ernste, wahrhaftige Liebe. Es war für Erin eine existenzielle Frage, ob sie das Glück an der Seite der Liebe ihres Lebens würde leben können oder nicht. Aber offenbar waren die Eltern nicht fähig, das zu begreifen. Ohne Rücksicht auf ihre Tochter trampelten sie auf dem Glück ihrer Tochter herum, ohne zu erkennen, welches unbeschreibliche Leid sie ihr damit zufügten. Dieses Leid würde sie vielleicht ihr ganzes weiteres Leben begleiten und es verdunkeln wie ein großer schwarzer Schatten.

Dagobert sprach auch mit Haldetrud und Aidan ausführlich über die tragische Entwicklung seiner und Erins Liebe zueinander. Haldetrud war bestürzt, nachdem sie alles angehört hatte. Sie nahm Dagobert in ihre Arme, als ob er noch ihr kleiner Junge wäre, und begann, leise zu weinen. „Mir tut es so Leid für dich, Dagobert, und für deine geliebte

Erin. Sie ist so ein gutes, liebes Mädchen, ich habe sie von Anfang an gern gehabt. Doch wie es mit dieser verfahrenen Situation weitergehen wird, weiß ich auch nicht. Ich weiß nur, dass es bei den Franken ebenfalls nach altem Brauch üblich ist, dass Ehen von den Eltern arrangiert werden, und dass erwartet wird, dass die Kinder sich fügen. Es kommt sogar vor, dass junge Männer und Mädchen verheiratet werden, die sich bis zur Hochzeit noch nie gesehen haben."

Aidan reagierte ganz ähnlich, als er von dem Unglück der Liebenden erfuhr. „Das ist eine sehr ernste, schlimme Sache, Dagobert, wie da mit Erin und dir umgesprungen wird. Aber ich fürchte, da kann man nichts machen, falls Erins Eltern es sich nicht doch noch anders überlegen. Leider liegt das Recht auf ihrer Seite, Das erscheint dir und Erin bestimmt hart und grausam, und das ist es auch, besonders in eurem Fall, in dem zwei Liebende auseinander gerissen werden sollen. Da kann auch ich nichts machen, fürchte ich. Ich werde versuchen, Erins Eltern umzustimmen, aber sie werden wohl nicht auf mich hören. Es tut mir unendlich Leid für euch beide, Dagobert. Du bist jetzt seit Jahren wie ein Sohn für mich; es schmerzt mich, dass dir dieses Leid widerfährt." Er nahm beide Hände Dagoberts in seine eigenen und drückte sie fest. „Ich hoffe, du wirst stark genug sein, das alles zu verkraften. Bei Erin bin ich mir da nicht so sicher," fügte er leise hinzu.

Dagobert war jetzt klar, dass es wahrscheinlich keinen Ausweg für ihn und Erin geben würde. Er sprach auch mit Ansegisil und Gerhild darüber. Besonders Gerhild war schockiert und entsetzt über die

Sturheit von Erins Eltern. Aber auch sie und Ansegisil wussten keinen Rat, wie man das Unglück noch abwenden könnte.

Am nächsten Morgen hielt Dagobert vergeblich Ausschau nach Erin, sie kam nicht mehr in die Schule. Es war ihm an diesem Tag nicht mehr möglich, dem Unterricht zu folgen. Er war völlig benommen, er sah und hörte kaum noch, was um ihn herum vorging. Er sah nur einen großen, schwarzen Vogel, der ununterbrochen um seinen Kopf herumflog, wobei er ab und zu ein ohrenbetäubendes Kreischen hören ließ. In einer Pause nahm ihn Bruder Diarmait zur Seite und fragte ihn, warum er völlig abwesend wirkte. Auch dem Mönch klagte Dagobert sein und Erins Leid. Natürlich konnte auch Bruder Diarmait in dieser verhängnisvollen Situation nicht wirklich helfen, aber es war doch tröstlich, wie mitfühlend der Mönch war. Auch er nahm seinen Schüler in die Arme und sprach schließlich ein Gebet mit ihm.

Von Erins nächst jüngerem Bruder Iluan erfuhr Dagobert, dass Erins Eltern ihre Tochter bereits in Begleitung eines Onkels auf die Reise weit weg zu Verwandten geschickt hatten, wahrscheinlich in die Landschaft Wicklow. Weinend machte sich Dagobert schließlich auf den Heimweg, er stolperte mehr, als dass er ging, mehrmals fiel er hin und schürfte sich an Steinen und Baumwurzeln die Hände auf. Er würde Erin wohl nie wiedersehen! Diese Vorstellung war unerträglich. Er konnte immer noch nicht glauben, dass es so weit kommen würde, dass sie einfach aus seinem Leben weggerissen sein sollte, als ob sie schon tot wäre. Er verfluchte ihre Eltern. Er haderte auch mit Gott. Er schrie und brüllte seinen Schmerz in die Welt hinaus „Vater im Himmel, wie kannst du das zulassen? Für dich ist doch alles möglich!

Warum hast du diese Katastrophe nicht verhindert? Unser Herr Jesus, bitte hilf du uns doch! Du hattest doch immer ein offenes Ohr und ein Herz für Unglückliche und Verstoßene, bitte unternimm etwas, dass Erin und ich doch zueinander finden können!" Aber Dagobert erhielt keine Antwort.

Müde und niedergeschlagen setzte er seinen Weg fort. Zu Hause angekommen, vergrub er sich sogleich in den Decken seiner Schlafbank, starrte die Wand an und haderte mit dieser schrecklichen Welt, die ihm sein Glück mit der geliebten Frau verwehren wollte. Endlich schlief er ein. Als er nach zwei Stunden aufwachte, war ihm so übel, dass er sich sofort übergeben musste. Sein Kopf dröhnte, er hatte rasende Kopfschmerzen. Seine Glieder fühlten sich so schwer an, als wären große Eisenklumpen daran befestigt, die er mit sich herum schleppen musste. Als Haldetrud ihn sah, fragte sie ihn besorgt: „Bist du krank, Dagobert? Du siehst gar nicht gut aus."

„Ich weiß nicht," erwiderte er mit heiserer Stimme. „Mein Hals tut weh und mein Kopf. Mir ist auch sehr kalt."

„Leg dich wieder hin! Du zitterst ja am ganzen Körper. Bestimmt hast du dich erkältet." Sie brachte ihm zwei weitere Schaffelldecken und deckte ihn zu. „Ich werde dir gleich einen Kräutertee kochen." Sie setzte einen Wasserkessel auf einen Dreifuß im Feuer. Als es kochte, bereitete sie für Dagobert einen Tee aus Salbei, Thymian, Kamille und Weidenrinde. Vorsichtshalber fügte sie etwas Honig dazu, denn der Tee schmeckte bitter. Sie befürchtete, Dagobert könnte sich sonst gleich wieder übergeben. Sie stellte ihm einen großen Becher davon hin. „Trink ihn langsam, einen Schluck nach dem anderen, er wird dir gut tun. Vor allem wird er das Fieber senken, du glühst ja förmlich. Gegen die Kopfschmerzen wird er auch helfen." Von ihrer Großmutter hatte Haldetrud schon als junges Mädchen gelernt, wie man mit den Kräutern der Natur manche Krankheit heilen oder zumindest lindern kann.

Die nächsten Tage verbrachte Dagobert meist auf seiner Schlafbank in einer Art Dämmerzustand. Er träumte viel von Erin, von gemeinsam verbrachten glücklichen Stunden, aber auch von ihrem Vater, der ihm im Traum wie ein geisterhaftes, bedrohliches Wesen mit einer hässlichen Fratze erschien. Wenn sein Geist sich zwischendurch einmal aufklarte, begann er, bitterlich zu weinen, bis die Tränen versiegten und er wieder in einen unruhigen Schlaf versank. Appetit hatte er überhaupt nicht, Haldetrud musste ihm gut zureden, wenigstens ab und zu einige Löffel Haferbrei zu essen.

Nach vier Tagen ging es Dagobert besser. Er stand wieder auf und machte kurze Spaziergänge in der Umgebung des Hofes. Erins Bild stand die ganze Zeit vor seinen Augen. Er konnte es noch immer nicht fassen. Sollte er sie wirklich niemals wiedersehen? Er liebte sie doch mit der ganzen Kraft seines Herzens, mit der Inbrunst seiner Seele. Er konnte sich ein Leben ohne sie einfach nicht vorstellen. Es würde öde und leer sein, niemals könnte er je wieder glücklich werden. Oft flüsterte er: „Erin, Erin, wo bist du, komm doch wieder zu mir, du fehlst mir so sehr." Manchmal streckte er eine Hand aus, um Erins Gesicht zu streicheln, das er vor sich sah. Besonders während der Nacht, wenn er kurz aufwachte, sein Geist sich aber noch halb zwischen Schlafen und Wachen befand, erschien ihm die Nähe Erins so deutlich, als wenn er sie sehen und berühren könnte. Wenn seine Hand dann ins Leere fasste und er begriff, dass dies nur ein Traumbild war, das sich im Halbschlaf in sein Bewusstsein drängte, wurde ihm das ganze Elend ihrer erzwungenen Trennung wieder schlagartig klar. Was sollte noch ein Leben ohne seine geliebte Erin? Ebenso gut könnte er jetzt sterben. Wenn Gott schon nicht Erin zurückbringen konnte oder wollte, würde er ihm vielleicht eine Krankheit schicken, die ihm den Tod brächte. Da ihm keine schweren Sünden erinnerlich waren, die er in seinem bisherigen Leben begangen haben könnte, würde er dann wohl in Gottes Reich kommen und dort einst Erin wiedersehen.

Nach einer Woche ging Dagobert morgens wieder zum Schulunterricht. Es tat gut, mit den Schulkameraden und den freundlichen Lehrern zusammen zu sein. Er war stiller und nachdenklicher geworden. Er hatte wohl den schwersten Einschnitt in sein Leben erlebt, seit er nach dem Tod des Vaters seiner Mutter aus den Armen gerissen wurde. Daran konnte er sich aber nur dunkel erinnern. Haldetrud und Aidan respektierten seine Trauer, sie waren besonders rücksichtsvoll und versuchten, ihm jeden Wunsch zu erfüllen. Doch hatte er eigentlich keine Wünsche. Seinen größten Wunsch, seinen einzigen Wunsch konnte ihm niemand erfüllen.

Dagobert machte jetzt spät abends meistens noch einen Spaziergang, am liebsten in einen nahe gelegenen Wald. Dort war es schon fast so dunkel wie in der Nacht, gerade diese Atmosphäre tat ihm gut. Er konnte hier in Ruhe seinen Gedanken nachhängen und auch seinen Tränen freien Lauf lassen. Zum Glück führte ein schmaler Weg durch den Wald, den wohl vor allem die wilden Tiere benutzten. Ohne den Weg hätte man im Dunkeln allzu leicht über Steine und Baumwurzeln stolpern können. Wenn vor ihm die Silhouetten der hohen Bäume auftauchten, durchfuhr Dagobert immer ein wohliger Schauer. Sie standen da wie Riesen der Vorzeit, die drohend auf ihn herabzublicken schienen. Doch sie waren ja keine Bedrohung, sie waren seine Freunde. Dagobert liebte die Tiere und Pflanzen der freien Natur, besonders die mächtigen, majestätischen Bäume bewunderte und liebte er. Manche Tiere schienen keine Angst vor ihm zu empfinden, sie flüchteten nicht vor ihm.

In der Schule fühlte sich Dagobert besonders wohl. Seine Lehrer staunten über seine Fortschritte; einmal sagte der Abt zu ihm: „Ich glaube, aus dir wird einmal ein berühmter Gelehrter." Dagobert war nach wie vor einer der besten Schüler in seiner Klasse, seine Lehrer waren immer wieder erstaunt über seinen Wissensdurst und über seinen scharfsinnigen Verstand, der dem seiner gleichaltrigen Mitschüler manchmal überlegen war. Sie freuten sich insbesondere über sein Interesse an biblischen Erzählungen und theologischen Fragen, über die er ab und zu mit ihnen diskutierte. Sie fragten sich bisweilen, ob es nicht doch seine Bestimmung sein könnte, eine geistliche Laufbahn einzuschlagen.

An einem schönen Tag im Sommer 664 bat Dagobert Abt Finlay O`Hara um ein Gespräch. Der Abt führte ihn in sein bescheidenes Studierzimmer und fragte ihn: „Wie geht es dir, Dagobert? Ich sehe, du hast dich im Verlauf dieser Jahre so gut hier eingelebt, dass man dich für einen Iren halten könnte. Mich beeindruckt sehr, wie gut du die gälische Sprache beherrschst, und ganz ohne fränkischen Akzent."

„Ich danke dir für dieses Lob, Vater Abt", erwiderte Dagobert bescheiden, „das kommt aber nur durch den hervorragenden Unterricht meiner Lehrer in der Klosterschule. Für das Wissen und auch für die Fähigkeit, selbständig zu urteilen, bin ich den Brüdern Diarmait und Dubhan sehr dankbar.

Ich komme heute mit der Bitte zu dir, Vater Abt, um deine Meinung zu einer wichtigen theologischen Frage zu hören. Bruder Dubhan erzählte uns kürzlich von dem Mönch Pelagius, der vor ungefähr 250 Jahren gelebt hat. Er stammte aus Britannien, deshalb war seine Muttersprache bestimmt dem Gälischen ähnlich. Er war wohl ein sittenstrenger, frommer Mann, der einige Jahre in Rom gelebt hat und dort offenbar sehr angesehen war. Was mich an ihm fasziniert, ist seine Lehre über die Erbsünde und Gottes Gnade. Wie du weißt, Vater Abt, wird in der Kirche seit langer Zeit gelehrt, dass sich die Sünde Adams auf alle Menschen vererbt. Besonders rigoros wurde das offenbar vom Kirchenlehrer Augustinus formuliert. Er war, wie es scheint, der Meinung, dass die ganze Menschheit von Geburt an verdorben sei, weil in Adam alle Menschen sozusagen mitgesündigt haben; und nicht nur das, sondern durch die Sünde sei auch der Tod in die Welt gekommen. Und weil durch diese Erbsünde, die allen Menschen innewohnt, die Menschen derartig verdorben sind, fehlt ihrem Willen die Kraft, Gottes Gebote zu befolgen. Ohne die Gnade Gottes wären sie unfähig zu irgendeiner sittlich guten Handlung aus ihrem eigenen Willen heraus.

Aber, soweit ich das verstanden habe, hat Pelagius gesagt, dass es keine Erbsünde gäbe. Er meinte, dass die Menschen eine sündige Tat begehen auf Grund ihres eigenen freien Willens. Und ebenso tun sie gute Taten auf Grund ihres freien Willens, für die sie auch die Verantwortung tragen. Dieser freie Wille, entweder das Gute oder das Böse zu tun, sei eine Gabe Gottes an den Menschen.

Und was den Tod betrifft, meinte Pelagius, dass er nicht die Folge von Adams Sünde sei, dass es falsch sei zu sagen, der Tod ist durch die Sünde in die Welt gekommen. Der Tod ist etwas ganz Natürliches. Jedes Tier stirbt, auch Pflanzen sterben, und Menschen sterben eben auch. Schließlich müssen die Menschen auch essen und trinken wie die Tiere; sie empfinden Schmerzen wie sie, sie leiden an Krankheiten wie sie, sie altern wie sie. Und so sterben auch die Menschen wie sie."

Der Abt hatte sehr aufmerksam und ernst Dagoberts Ausführungen zugehört. „Wie steht es denn aber bei Pelagius mit der Gnade Gottes? Ihm wurde ja von seinen Gegnern vorgeworfen, er leugne die Gnade Gottes. Besonders von Augustinus wurde er scharf kritisiert. Dieser lehrte in der Tat, die Menschheit sei eine Masse der Verderbnis, die ohne die erlösende Gnade Gottes unfähig zu irgendeiner Handlung aus reinem guten Willen ist. Doch der Vorwurf an Pelagius, er leugne die Gnade Gottes, trifft keineswegs zu. Vielmehr sagte er, dass in der Sündenvergebung ein unverdientes Geschenk der Gnade Gottes beinhaltet sei. Außerdem sprach er von der Gnade als einer göttlichen Hilfe, die durch moralische Ermahnung und das Beispiel Christi vermittelt werde. Für Pelagius war durchaus die Gnade für das gute Werk nötig, aber er meinte, es müsse auch einen freien, unabhängigen

Willen geben. Für seine Taten müsse der Mensch verantwortlich sein."

Dagobert war ganz aufgeregt. „Dann stimmst du also der Gnadenlehre des Pelagius zu, Vater Abt?"

Der Abt lächelte. „Das habe ich nicht gesagt. Vor allem bin ich in keiner Weise mit der Lehre des Augustinus einverstanden, dass aufgrund der Erbsünde eigentlich alle Menschen verdammt sein sollten. Dies würde seiner Meinung nach tatsächlich strenger Gerechtigkeit entsprechen. Aber dennoch sei Gottes Barmherzigkeit so groß, dass er eine Minderheit von Menschen zum Heil erwählt hat, denen er seine erlösende Gnade vorherbestimmt hat. Eine größere Zahl von Menschen hat er hingegen zur Verdammnis bestimmt. Für mich ist Gott aber ein gütiger Gott, der alle Menschen zum Heil führen will und keineswegs vorausbestimmt, wer in das Paradies aufgenommen wird, und wer in die Hölle geworfen wird.

Die Gnade Gottes ist für mich ein großes Geheimnis, ich maße mir nicht an, darüber eine Lehre aufzustellen. Ich weiß nur, dass Gottes Gnade ein großes Wunder ist, ein unermesslich großes Geschenk an die Menschen. So wie es Jesus in dem Gleichnis vom verlorenen Sohn zeigt. Dem Sohn, der sein Erbe verprasst hat, wird vom Vater verziehen, als er als Bettler reumütig zu ihm zurückkehrt. So vergibt Gott in seiner unermesslichen Güte den reumütigen Sündern, er gewährt ihnen seine väterliche Gnade."

„Ich bin sehr froh über deine Worte, Vater Abt. Gott ist gütig, in seiner väterlichen Gnade vergibt er den Menschen, wenn sie von ihrem falschen Weg zur Sünde ablassen und umkehren. Weißt du eigentlich, Vater Abt, was aus Pelagius schließlich geworden ist?"

„Soviel mir bekannt ist, wurde er als Häretiker verurteilt, seine Lehren blieben verboten. Die Kirche hat dann die Lehre von der Erbsünde zum Dogma erklärt. Immerhin blieb Pelagius das Schicksal des Priscillianus erspart, der – zusammen mit einigen Anhängern – als Häretiker hingerichtet wurde. Der Prozess fand in Trier statt, wo damals der Kaiser residierte. Martin von Tours erreichte persönlich beim Kaiser die Einstellung des Verfahrens, doch nachdem Martin wieder abgereist war, ließ der Kaiser den Prozess fortsetzen. Dies war das erste Mal in der Geschichte der christlichen Kirche, dass Christen einen anderen Christen – den sie als Häretiker betrachteten – töten ließen. Eine Schande, ja ein großes Verbrechen war dies in meinen Augen. Nach der Hinrichtung des Priscillianus haben Martin von Tours, der Bischof Ambrosius von Mailand und Siricius, der Papst in Rom, scharfen Protest dagegen beim Kaiser eingelegt. Aber es war nun ein schrecklicher Präzedenzfall geschaffen worden."

ELFTES KAPITEL

AIDANS LETZTER KAMPF

Die Jahre vergingen im schönen Irland. Im Rest der Welt hatte es große politische Veränderungen gegeben. Nach dem Zusammenbruch des Weströmischen Reiches und der Eroberung eines großen Teils seiner Provinzen in Mitteleuropa versuchten die Franken auch weiterhin, ihr Reich auszudehnen, vor allem auf Kosten der Sachsen und der Slawen, aber auch durch Vorstöße nach Italien. Nach der Invasion des Südens Britanniens waren die Angelsachsen immer noch bestrebt, die einheimischen keltischen Britannier – Verwandte der Iren – weiter zurückzudrängen. Die Angelsachsen hatten mehrere Königreiche gegründet, die sich auch untereinander bekriegten. Nur Schottland und Wales einzunehmen, war ihnen bisher nicht gelungen, auch Irland nicht.

Nach wie vor vermisste Dagobert seine geliebte Erin. Seitdem sie weit weg in die Landschaft Wicklow zu Verwandten gebracht worden war, hatte er sie nicht wiedergesehen, hatte auch nichts von ihr gehört. Nur von ihrem Bruder hatte er erfahren, dass sie noch immer auf dem selben Hof bei den Verwandten lebte und sich anscheinend weiterhin weigerte, ihren Vetter Davin zu heiraten.Seit den traurigen Ereignissen vor drei Jahren hatte Dagobert keine Freundin mehr gehabt. Er hatte sich seither nicht wieder in ein Mädchen verliebt.

Vor zwei Jahren hatte Dagobert den Schulbesuch beendet. Nicht, dass er an den Wissenschaften kein Interesse mehr gehabt hätte, aber es erschien ihm nun wichtiger, die praktischen Seiten des bäuerlichen Lebens besser kennen zu lernen und darin Erfahrung zu sammeln. Daher arbeitete er jetzt zusammen mit Aidan auf dem großen Hof der Familie. Er war inzwischen zu einem starken jungen Mann von 15 Jahren herangewachsen. Nach fränkischer Tradition galt er jetzt als Erwachsener. Durch die regelmäßigen Übungen mit Schwert, Speer und Bogen hatte er kräftige Muskeln entwickelt, so dass er für die Arbeit in der Landwirtschaft gut gerüstet war. Am liebsten hatte er mit den Tieren zu tun, den Rindern, Schafen, Ziegen, Schweinen, vor allem aber mit den Pferden. Seine Hände waren sehr geschickt im Umgang mit den Tieren; die meisten spürten das wohl, vor allem, dass er ein Herz für sie hatte. Auch bei der Feldarbeit stand er seinen Mann. Er liebte es, hinter einem Paar Ochsen den Pflug zu führen, was bei dem fetten, schweren Boden viel Übung erforderte. Bei der Ernte brauchte man natürlich noch weitere Männer. Beim Schneiden des Weizens, des Hafers und der Gerste standen sie in einer Reihe und schnitten mit ihren Sicheln die Halme über dem Erdboden ab, um sie anschließend zu Garben zu binden, die dann kegelförmig aufgestellt wurden, so dass sie in der Sonne trocknen konnten, das Regenwasser aber ablaufen konnte. Zum Glück gab es im Spätsommer nur selten Starkregen oder Hagel, der die Ernte vernichten konnte.

Eines Tages im April 667 kam ein Bote vom Hochkönig aus Tara im Hof der Familie an. Seine Botschaft lautete: „Loingsech mac Aengusa, das Oberhaupt des Mac Domnaill Clans, fordert Revanche für die beiden Niederlagen, die ihm der vorige Hochkönig beigebracht hat. Er will uns demnächst ein Datum nennen für den Kampf, bei dem es nicht nur um Rache gehen soll, sondern auch um das Amt des Hochkönigs. Er ist nach wie vor der Meinung, dass er selber der Hochkönig sein sollte. Aidan, da du mir, dem neuen König, den Treueeid geleistet hast, fordere ich dich auf, dich für den Kampf gegen Loingsechs Clan bereit zu machen. Ich erwarte, dass du dich mit deinen Leuten am Kampfplatz einfindest, sobald das Datum der bevorstehenden Schlacht fest steht. Bitte gib dem Boten gleich deine Antwort!"

Aidan war fassungslos. Wie konnte dieser verfluchte Loingsech von neuem einen Krieg heraufbeschwören? Hatte er nicht genug von den zwei Niederlagen, die sein Clan bereits einstecken musste? Wollte er denn nie Ruhe geben, wollte er schon wieder so viele Menschen in Elend und Tod stürzen? Die Bilder der

Schlacht am Brug na Boinne vor acht Jahren standen Aidan noch deutlich vor seinem inneren Auge. Wieder würde die geschundene Erde von Brug na Boinne das Blut vieler guter Männer trinken müssen, allein wegen der maßlosen Machtgier dieses bösen Clanoberhaupts. Es sei denn, sein eigener Clan Cenel Conaill und der Clan Sil n Aedo Slaine des jetzigen Hochkönigs würden sich Loingsech unterwerfen und diesem üblen Menschen das Amt des Hochkönigs überlassen. Das kam nicht in Frage, das durfte nicht sein! Jetzt würde er erst einmal wieder einen Kampf mit seiner Frau durchzustehen haben. Er konnte sie ja verstehen. Alle Frauen konnten einfach nicht begreifen, warum Männer immer wieder in den Krieg ziehen mussten. Haldetrud graute davor, dass ihr Mann in der Schlacht den Tod finden könnte, dass er sie als Witwe und die Kinder als Halbwaisen zurücklassen würde.

Schweren Herzens eröffnete Aidan beim Abendessen Haldetrud und Dagobert die Nachricht vom Hochkönig. Haldetrud schrie entsetzt auf. Sprachlos starrte sie ihren Mann an. Als der schwieg, brach sie in Tränen aus und bedeckte ihr Gesicht mit den Händen. Dagobert saß mit versteinertem Gesicht da, sagte aber kein Wort. Plötzlich sprang Haldetrud auf. Weinend schlang sie ihre Arme um Aidan. „Um unseres Herrn Jesus Christus willen, mein Liebster, zieh nicht in den Krieg! Beim vorigen Mal bist du durch die Gnade Gottes mit dem Leben davongekommen, aber ich habe eine Ahnung, dass du dieses Mal in den Tod reitest. Ich beschwöre dich, Liebster, tu uns das nicht an! Lass von mir aus die anderen ziehen, aber bleib du bei uns!"

Traurig blickte Aidan seine Frau an. Er küsste sie und strich ihr begütigend über die Wangen. Nachdem Haldetrud sich etwas beruhigt und sich wieder hingesetzt hatte, antwortete er ihr mit fester Stimme: „Ich kann unmöglich die Männer unseres Clans im Stich lassen. Viele sind für mich wie Brüder. Ein Clansmann hat die Pflicht, für seinen Clan mit seinem Leben einzustehen, andernfalls ist er entehrt. Er wird wie ein Geächteter aus der Gemeinschaft des Clans ausgestoßen. Ich weiß, du verstehst das nicht, aber ich muss mich diesem eisernen, uralten Gesetz beugen. Ich werde morgen zu den Clansmännern in unserer Umgebung reiten, um sie zu benachrichtigen und sie zu bitten, auch ihren Nachbarn und Freunden Bescheid zu sagen."

Haldetrud saß stumm am Tisch und weinte leise vor sich hin. Sie wusste, dass sie Aidan nicht dazu bewegen konnte, auf die Teilnahme am Feldzug zu verzichten, ganz gleich, wie sie ihn bitten und anflehen würde,

Dagobert, der bisher geschwiegen hatte, sagte jetzt: „Ich gebe Haldetrud Recht, Krieg ist etwas Schreckliches, Fürchterliches; er bringt unsagbares Leid über die Menschen. Unser Herr Jesus Christus hat nie vom Krieg gesprochen. Er hat die Menschen stets ermahnt, friedlich, ja liebevoll miteinander umzugehen. Mir ist auch klar, dass man nicht alle Menschen lieben kann, aber zumindest sollte es möglich sein, sich nicht gegenseitig abzuschlachten. Doch solange es Menschen wie diesen Loingsech gibt, wird das wohl ein frommer Wunsch bleiben. Wenn man von so einem üblen Schurken angegriffen wird, denke ich auch, dass es die Pflicht eines Mannes ist, seine Familie, seinen Clan, sein Hab und Gut tapfer zu verteidigen. Das gilt für die Iren ebenso wie für die Franken. Ich bin von den Menschen in diesem Land freundlich aufgenommen worden, so dass mir Irland zur zweiten Heimat geworden ist. Ihr seid jetzt meine Familie. Ich bin inzwischen ein erwachsener Mann; auch ich sehe es jetzt als meine Pflicht an, meine Familie und den Clan meines Ziehvaters in einer kriegerischen Auseinandersetzung zu unterstützen. Deshalb will ich mit dir, Aidan, in die Schlacht ziehen. Du weißt, ich habe den Kampf mit Speer, Schwert und Bogen seit Jahren geübt. Ich bin darauf vorbereitet."

„Das kommt überhaupt nicht in Frage!" rief Haldetrud zornig. „Deine Bereitschaft, für deine Familie zu kämpfen, in allen Ehren, aber du bist noch zu jung, auch wenn du mit deinen 15 Jahren als erwachsener Mann giltst. Seid ihr denn beide völlig verrückt geworden? Du bist schließlich kein kampferprobter Krieger, Dagobert. Ich verbiete dir, zusammen mit Aidan los zu reiten, wenn es so weit ist. Was ist, wenn ihr beide in der Schlacht getötet werdet? Dann sitze ich hier mutterseelenallein mit den kleinen Kindern, ohne meinen Mann, ohne meinen großen Sohn, ohne Verwandte. Bitte tut mir das nicht an!"

Aidan und Dagobert schwiegen eine ganze Weile. Schließlich erwiderte Aidan: „Dass ich gehen muss, steht nun einmal außer Frage. Aber ich gebe dir insofern Recht, als dass Dagobert nicht auch noch in den Kampf reiten sollte." Er blickte seinen Ziehsohn traurig an, sagte aber mit fester Stimme: „Es ehrt dich, Dagobert, dass du trotz deines jugendlichen Alters mit mir in die Schlacht ziehen willst. Ich weiß, dass du mit deinen 15 Jahren ein erwachsener Mann bist, du hast immer fleißig mit den Waffen geübt, aber die Umstände erfordern es, nun einmal, dass einer von uns Männern bei Haldetrud bleibt."

„Ob es euch passt oder nicht," antwortete Dagobert trotzig, „ich lasse mir von euch nicht verbieten, in diesem Krieg meine Pflicht zu tun. Ich käme mir sonst wie ein ehrloser Feigling vor, der sich hinter den Rockschößen seiner Mutter versteckt. Ich werde mitkommen, und wenn ich auf allen Vieren zum Schlachtfeld kriechen müsste!" Aidan schien verärgert über Dagoberts Worte, aber als er ihm einen kurzen Blick zuwarf, spürte Dagobert, dass sein Ziehvater stolz auf ihn war.

Auf jedem Gehöft, zu dem Aidan ritt, war die Reaktion der Bewohner ähnlich. Die Frauen begannen zu schreien oder zu weinen bei der schlechten Nachricht vom neuerlichen Krieg; die Männer stimmten mürrisch und eher widerwillig zu, sich am Feldzug zu beteiligen. Sie versprachen, auch allen Bekannten und Verwandten Bescheid zu sagen. Aidan verfluchte wieder und wieder diesen vermaledeiten Loingsech, weil er ihnen schon wieder einen Krieg aufzwang. Während der nächsten zwei Wochen verbrachten er und Dagobert viel Zeit damit, mit ihren Waffen den Nahkampf zu trainieren. Dagobert war ohnehin ein guter Bogenschütze, in der verbleibenden Zeit bemühte er sich, diese Fertigkeit noch weiter zu vervollkommnen.

Schließlich kam wieder ein Bote vom Hochkönig, um Ort und Zeit der Schlacht bekannt zu geben. Vorgesehen war also wieder die große Wiese am Brug na Boinne, das Datum der 15. Mai. Wie vor dem letzten Kampf war Haldetrud von lähmender Angst ergriffen, sie zog sich trauernd von ihrem Mann zurück, als wäre sie bereits zur Witwe geworden. Dagobert versuchte, sie zu trösten: „Ich verspreche dir, ich werde auf Aidans Leben achtgeben, so wahr mir der Herr, unser Gott, helfe."

Am Morgen des 14. Mai versammelten sich die Clansmänner des Clans Cenel Conaill am Fuß des Hügels von Slane, viele hatten auch ihre Knechte mitgebracht. Diese würden sich als Fußsoldaten dem Zug anschließen. Auch die Clansmänner vom Clan Sil n Aedo Slaine des Hochkönigs Diarmait Ruanaid sowie seines Bruders Blathmac waren die acht Meilen von Tara heraufgezogen und hatten sich rechtzeitig am Sammelplatz eingefunden. Zusammen bildeten die beiden Clans einen recht beachtlichen Heerhaufen. Wie versprochen, hatte Crimthan ebenfalls eine Schar Clansmänner seines Clans Cenel n Eoghain zur Verstärkung geschickt. Vor dem Abmarsch hielt der Hochkönig, wie üblich, eine kurze Ansprache an die Krieger, um sie auf den bevorstehenden Kampf einzuschwören und ihren

Kampfesmut anzufachen. Doch er blickte auf allen Seiten in müde, mürrische Gesichter, von Begeisterung wie vor acht Jahren war diesmal nichts zu spüren. Daher schloss er mit den Worten: „Ich weiß, dass dies für euch alle ein schwerer Gang wird, aber ich appelliere an euch, im Namen unserer ruhmreichen Clans, eure Pflicht zu tun. Das gebietet der Treueeid, den ihr mir geschworen habt. Macht euren tapferen Vorfahren keine Schande!"

Die Männer blieben stumm nach diesen Worten. Nur wenige schlugen ihre Schwerter oder Speere gegen ihre Schilde und riefen: „Unser Ard Ri, er lebe hoch!" Schließlich setzte sich der Zug in Bewegung, auf dem gleichen Weg wie damals vor acht Jahren.

Es war ein herrlicher Frühlingsmorgen, die Strahlen der Sonne erfreuten Menschen und Tiere, Bäume, Sträucher und Gräser. Von beiden Seiten des Weges erklang der freudige Gesang der kleinen Vögel, hoch oben kreisten Bussarde, die ihre gellenden Schreie erklingen ließen. Den Kämpfern erschienen sie wie Totenvögel, die ihnen ihren baldigen Tod voraussagten. Sie ritten geradewegs dem Tod entgegen. Jeder betete inbrünstig, dass Gott ihn verschonen möge. Den fröhlichen Gesang der Vögel nahmen sie überhaupt nicht wahr, genauso wenig wie den lautlosen Gesang der ganzen Natur, die den Schöpfer pries. Weder die milde Frühlingsluft noch den Sonnenschein nahmen sie wahr, in ihren Herzen war es dunkel. Auch Dagobert ging es nicht anders, auch er begann zu beten: „Unser Vater im Himmel, sieh bitte gnädig herab auf deine Kinder, die in großer Not sind. Nicht wir haben diesen Krieg begonnen, wir wollen nur unser Haus und Heim verteidigen. Halte deine schützende Hand über meinem

Ziehvater Aidan und auch über mir! Ich bitte dich, Herr, erbarme dich!"

Auf dem Rastplatz angekommen, verkrochen sich alle schnell in die Zelte, denn ein heftiger Regenguss ging über Brug na Boinne nieder. Keiner der Männer hatte Appetit, aber am Abend nahmen sie doch etwas Fladenbrot, Trockenfleisch, Salzhering sowie Äpfel und Zwiebeln vom Vorjahr zu sich. Schlaflos wälzten sich die meisten lange auf ihren Lagern, bis sie endlich in einen unruhigen Schlaf fielen. Dagobert träumte, er hätte Erin gesucht und sie schließlich in einem Kloster in Britannien, im angelsächsischen Königreich Northumbria, gefunden. Sie waren sich in die Arme gefallen und hatten sich wieder ewige Liebe geschworen. Zusammen hatten sie in einem Gästehaus des Klosters übernachten können. Als sie morgens aufwachten, hatten sie sogleich die Glocke der Klosterkirche gehört, die ununterbrochen läutete. Dann vernahmen sie von allen Seiten wildes Kriegsgeschrei. Ein Mönch schrie: „Es sind die wilden Pikten aus Schottland, sie überfallen uns. Gott steh uns bei!" Dagobert konnte Erin gerade noch rechtzeitig, zusammen mit einigen Mönchen, in einem Keller verstecken; da durchbrachen die Pikten auch schon das Tor des Klosters. Mit ihren langen wirren Haaren, ihrer grässlichen Kriegsbemalung und ihrem wüsten, wilden Geschrei verbreiteten sie Angst und Schrecken unter den Mönchen, die sich wie erstarrt in irgendwelche Ecken kauerten. Nur eine kleine Schar stellte sich den Angreifern entgegen. Ihnen schloss sich Dagobert an. Verbissen kämpfte er mit seinem Schwert gegen die anstürmenden Pikten. Da hörte er plötzlich von ferne Rufe, die er verstehen konnte

konnte. Es klang wie „Wir kommen, wir kommen!" Das mussten angelsächsische Krieger sein, die zur Hilfe eilten. Mittlerweile sank neben ihm ein Mönch nach dem anderen tödlich getroffen oder schwer verwundet zu Boden. Er stand jetzt ganz allein, mit dem Rücken an eine Wand gelehnt, den Angreifern gegenüber, aber er kämpfte todesmutig weiter. Da traf ihn ein Speer in die Brust, es wurde schwarz vor seinen Augen. In diesem Augenblick wachte Dagobert schweißgebadet und zitternd auf. Es war noch mitten in der Nacht. Er dachte an Erin, Tränen quollen aus seinen Augen. Er weinte sich in den Schlaf und wachte erst auf, als Aidan ihn weckte.

Nachdem sich alle bei einem hastig eingenommenen Frühstück noch einmal gestärkt hatten, stellten sich die Krieger auf der großen Wiese in Schlachtordnung auf, ihnen gegenüber ihre Gegner. Ein leichter Regen fiel auf die beiden Heere. `Der Himmel weint` dachte Dagobert, `er trauert über das Blut, das heute sinnlos vergossen wird, wenn Menschen, die sich gar nicht kennen, einander bekämpfen und töten werden.` Eine gespenstische Ruhe lag über dem Schlachtfeld, kein Laut war zu hören, außer dem gelegentlichen Wiehern und Schnauben eines Pferdes. Es wirkte, als ob keiner den Anfang des Tötens machen wollte, als ob die Krieger es sich noch einmal überlegen würden. Doch plötzlich wurden auf beiden Seiten die Kriegshörner zum Angriff geblasen – ein schrecklicher Missklang , der in Dagoberts Ohren gellte. Die beiden Reihen der berittenen Kämpfer ließen ihre Pferde erst in langsamem, dann in wildem Galopp aufeinander zustürmen. Gleichzeitig ging von beiden Seiten ein Pfeilhagel auf die Kämpfenden nieder. Nach der Erfahrung der letzten

Schlacht gegen Loingsechs Clan waren die Fußkämpfer auch auf der Seite des Hochkönigs mit ausreichend vielen Bogen ausgerüstet. Die ersten Pferde stürzten getroffen zu Boden, die ersten Schmerzensschreie der Männer, in deren Fleisch sich ein Pfeil gebohrt hatte, durchschnitten die Luft. Inzwischen war die Sicht deutlich schlechter geworden, da Nebelschwaden über das Feld waberten. Jetzt prallten die Reiter aufeinander, der grauenhafte, blutige Nahkampf begann. Dagobert kämpfte an Aidans rechter Seite, er wehrte sich tapfer gegen die anstürmenden Gegner. Einmal gelang es ihm, einen Wurfspieß, der wohl Aidan durchbohrt hätte, mit seinem Schild abzufangen. Die Schlacht wogte hin und her. Die Schmerzensschreie der fallenden Pferde und der getroffenen Krieger, die gebrüllten Befehle der Offiziere, das Keuchen der bereits erschöpften Männer bildeten einen grässlichen Missklang, der direkt aus der Hölle zu entsteigen schien.

Da, auf einmal hörte Dagobert von der gegnerischen Seite einen markerschütternden Schrei. „Flieht, Kameraden, flieht! Ich sehe Finn Mac Cod!" brüllte die vor Angst bebende Stimme des Rufers. Etwas undeutlicher konnte er noch verstehen, wie der Rufer seinen Leuten etwas von einem Riesen zubrüllte, der sie alle zerschmettern würde. Dagobert warf blitzschnell einen Blick zurück, konnte aber nichts erkennen außer einer besonders dichten, hohen Nebelschwade. Doch das Geschrei dieses einen verängstigten Mannes führte zu einer panischen Flucht von Loingsechs Clansmännern. Die Schlacht war entschieden. Wieder waren Loingsech und sein Heer unterlegen. Die Clansmänner waren zu erschöpft, um ihre Gegner zu verfolgen. Einige setzten oder legten sich erst einmal auf das von den vielen Pferden zertrampelte Gras. Jetzt erst bemerkte Dagobert, dass Aidan mit seinem Oberkörper auf dem Hals seines Pferdes lag. Er stöhnte leise. „Bist du verletzt, Aidan?" rief Dagobert erschrocken. „Mich hat`s erwischt," flüsterte der Verwundete. Dagobert sprang vom Pferd. Zusammen mit einem Clansmann hob er Aidan vorsichtig vom Pferd und legte ihn auf einen Wagen, der zum Transport der Verwundeten diente. Dagobert kniete neben Aidan nieder. Als er bemerkte, dass dessen Untergewand blutdurchtränkt war, zog er es ihm vorsichtig aus. Offenbar war es einem der Feinde gelungen, Aidan in den letzten Minuten des Kampfes einen Schwerthieb in seine rechte Brust zu versetzen. Aus der Wunde sickerte Blut. Dagobert riss ein Stück seines Untergewandes ab und presste es auf die Wunde. Inzwischen hatte der Clansmann, der ihm eben geholfen hatte, Verbandstoff und Wasser geholt. Zusammen wuschen sie die Wunde und verbanden sie. Aidan hatte während des Verbindens das Bewusstsein verloren, wachte aber bald wieder auf. „So ein Mist," murmelte er, „ich hab wohl nicht aufgepasst."

„Es ist nicht so schlimm," log Dagobert, „das wird schon wieder. Haldetrud wird dir die besten Heilkräuter auflegen und dich wieder gesund pflegen." Er musste doch versuchen, seinen geliebten Ziehvater zu trösten und ihm Mut zu machen. Nachdem die Männer alle Verwundeten und auch die Toten eingesammelt hatten, sanken sie nach einem kargen Imbiss auf ihren Lagern in den Zelten sofort in einen tiefen Schlaf. Dagobert leistete Aidan, der wegen seiner Schmerzen lange nicht einschlafen konnte, Gesellschaft, während ihm selbst Tränen über die Wangen liefen. Immer wieder bat er Gott, Aidan nicht sterben zu lassen. Ihm war klar, dass es sehr ernst um ihn stand. Am nächsten Morgen wurde der Rückweg angetreten, der für Aidan auf dem rumpelnden Wagen eine einzige Strapaze bedeutete.

Als Haldetrud ihren geliebten Mann wiedersah, musste sie all ihre Kraft zusammennehmen, um nicht gleich in Tränen auszubrechen. Sie küsste und umarmte ihn vorsichtig. „Wie geht es dir, mein Liebster?" fragte sie ihn, obwohl sie an seinem aschfahlen Gesicht erkannte, wie schlecht es ihm ging.

„Ach Haldetrud, meine liebe Haldetrud," flüsterte Aidan, wobei er versuchte zu lächeln, was ihm aber nicht gelang. „Mir geht es ganz gut, dank Dagoberts fürsorglicher Begleitung." Er warf seinem Ziehsohn einen dankbaren Blick zu. Nachdem der Verwundete ins Haus getragen war, sah sich Haldetrud zuallererst die Wunde an. Sie war stark gerötet, ein wenig Eiter floss daraus hervor. Vor allem konnte Haldetrud fühlen, dass Aidan hohes Fieber hatte. Die Wunde hatte sich also leider schon entzündet. Aidans schlechter Gesamtzustand deutete darauf hin, dass das Schwert tief in seine Brust eingedrungen war, höchstwahrscheinlich die Lunge verletzt hatte. Dafür sprach auch Aidans flache Atmung. Er schien nur sehr mühsam genug Luft zu bekommen. Sie musste auf jeden Fall versuchen, ihrem Mann Mut zu machen, auch wenn sie wenig Hoffnung auf Heilung hegte. „Du bist bei mir in den allerbesten Händen, mein Liebster, ich pflege dich wieder gesund. Jetzt kommt mir mein großes Wissen über Heilkräuter zugute, das ich von meiner Großmutter erworben habe."

258

Da sie keinen Vorrat mehr an frischen Kräutern besaß, schickte Haldetrud sofort eine alte Magd namens Brighid, die sich gut mit Kräutern auskannte, sowie Dagobert mit ihr los, um die entsprechenden Heilkräuter zu sammeln. „Ich brauche Ehrenpreis, Ringelblume, Johanniskraut und Zinnkraut, dazu noch Weidenrinde. Du weißt ja, wo man diese Kräuter finden kann: an Hecken und Gebüschen, an Wegrändern und an Waldrändern; die Ringelblume und das Zinnkraut oft auch auf Wiesen und Feldern. Wenn ihr heute noch nicht alles zusammen bekommt, ist das nicht schlimm, ihr könnt dann morgen weitersuchen. Das Wichtigste ist vorerst die Weidenrinde, damit bereite ich für Aidan einen Tee, der die Schmerzen lindert und das Fieber senkt." Sie gab den beiden Körbe aus geflochtenen Weidenruten mit und wünschte ihnen Glück bei der Suche. Solange sie die Kräuter nicht hatte, begann sie, Aidans Brust vorsichtig mit Johannisöl einzureiben. Davon hatte sie fast immer einen kleinen Vorrat im Haus; sie stellte es selber aus Johanniskraut her. Während sie Aidan die Brust einrieb, konnte er ein leises Stöhnen nicht unterdrücken, obwohl er die Zähne zusammenbiss. Er bekam gleich einen frischen Verband angelegt und fiel danach in einen leichten Schlummer.

Nach drei Stunden kamen die beiden Kräutersammler zurück. Dagobert hatte etwas Weidenrinde besorgt; Brighid zeigte ihm, wo man die Kräuter finden konnte, und wie sie aussahen. An diesem Nachmittag fanden sie Ehrenpreis und Ringelblume. Stolz überreichte Dagobert Haldetrud ihre Ausbeute und wurde für seine Hilfe von ihr gelobt. Sie kochte gleich den Weidenrindentee und ließ Aidan ihn schluckweise trinken. Nach einer guten Stunde hatten seine Schmerzen tatsächlich nachgelassen, auch sein Fieber ging zurück. Haldetrud blieb fast den ganzen Tag an seinem Lager sitzen, ängstlich achtete sie auf jede Veränderung. Zwischendurch sandte sie Stoßgebete zu Gott, zu Jesus Christus und auch zur Jungfrau Maria. „Herr mein Gott," flehte sie immer wieder, „nimm meinen geliebten Mann nicht von mir! Mach ihn wieder gesund, ich bitte dich." An den folgenden Tagen behandelte Haldetrud Aidans Wunde abwechselnd mit Umschlägen, die mit frisch gebrühtem Ehrenpreistee getränkt waren, sowie mit Waschungen eines Aufgusses von Ringelblumen. Einmal am Tag legte sie auch feuchtes, warmes Zinnkraut in nasse Tücher; diese kamen für einige Stunden auf die Wunde. Die Behandlung schien auch zu helfen, die Wunde sah nicht mehr entzündet aus. Doch leider erwies sich dieser Eindruck als Täuschung. Am dritten Tag nach seiner Ankunft in Ath Troim stieg Aidans Fieber wieder. Im Stillen hatte Haldetrud mit einer solchen Verschlechterung gerechnet. Die Luftnot des Verwundeten wurde von Tag zu Tag schlimmer, an seinem totenblassen Gesicht und der spitzen Nase war unschwer zu erkennen, wie er verfiel.

Die meiste Zeit war Aidan bewusstlos, zwischendurch wachte er auf, um bald wieder in einen unruhigen Schlaf zu fallen. Am vierten Tag schien er nach dem Erwachen am Morgen etwas kräftiger und munterer zu sein, er lachte sogar und machte Witze. „Ich bin ja schon völlig durchtränkt von Kräuterumschlägen, Liebste. Vielleicht wächst bald eine hübsche Ringelblume aus meiner Nase und meinem Mund."

Auch Haldetrud musste lachen. „Dann schneide ich die Blume ab und benutze sie für den nächsten Umschlag." Sie sah ihren Mann glücklich an, vielleicht würde er doch noch gesund werden.

„Ich weiß nicht, wie ich dir danken soll, Haldetrud. Du bist die allerbeste Pflegerin in ganz Irland. Vor allem bist du die liebste, die schönste Frau auf der Welt. Ich bin von Gott gesegnet, dass ich dich kennen lernen und zur Frau gewinnen konnte. Komm her, meine Liebste!" Er zog Haldetruds Kopf zu sich herunter, die beiden küssten sich. Haldetrud strich zärtlich über Aidans Haar und flüsterte: „Ich liebe dich so sehr, mein wunderbarer Geliebter. Du bist mein Augenlicht, du bist mein Leben. Ich weiß nicht, wie ich leben kann ohne dich. Ihre Augen füllten sich mit Tränen, obwohl sie versucht hatte, sie zu unterdrücken.

„Weine nicht, meine Geliebte! Ich werde ja wieder gesund. Ich freue mich schon darauf, mit unseren Kindern herumzutoben und mit Dagobert auf die Jagd zu gehen. Und ich freue mich auf glückliche Nächte mit dir, meine Schönste, meine Geliebte." Aidans Stimme versagte plötzlich, er schloss die Augen und schlief ein.

Haldetruds Herz krampfte sich zusammen, sie schrie auf. Sie wusste, dass Aidans Ende nahte. Sie legte sich neben ihren Mann, umklammerte ihn und begann, hemmungslos zu weinen. Sie rief nach Dagobert, der verstört in einem Winkel des Raums kauerte. „Hol die Kinder, mein Lieber, sie sollen sich von ihrem Vater verabschieden." Die Kinder hockten sich zu Füßen ihres Vaters nieder und blickten ihn mit weit aufgerissenen Augen an. Aidans Atmung ging allmählich in ein leises Röcheln über. Er schlug noch einmal die Augen auf, ein ganz feines Lächeln lag auf seinen Lippen, als er seine Frau zum letzten Mal anblickte. Dann erstarb das Lächeln, seine Gesichtszüge wurden starr. Wieder schrie Haldetrud laut auf, sie warf sich auf ihren Mann, und während sie ihn krampfhaft umarmt hielt, küsste sie seinen Mund, seine Augen, seine Stirn und seine verwundete Brust. Sie sackte schließlich zusammen, sie schien ihr Bewusstsein verloren zu haben. Stumm, völlig regungslos lag sie an der Seite ihres toten Mannes. Endlich hob Dagobert sie vorsichtig hoch, legte sie auf ihr Lager und deckte sie zu.

Er selbst setzte sich neben seinen verstorbenen Ziehvater und küsste ihn „Leb wohl, mein lieber Vater, mein Beschützer, mein bester Freund. Ich werde dich immer vermissen. Aber ich glaube fest, dass wir uns in der anderen Welt bei Gott wiedersehen werden." Auch er begann jetzt, leise zu weinen. Als die Kinder sahen, wie alle weinten, brachen sie auch in Tränen aus. Dagobert führte sie zum Kopfende von Aidans Lager. „Sagt eurem Vater jetzt Lebewohl, drückt ihm noch einmal die Hände! Er ist jetzt bei Gott, unserem Vater im Himmel. Von dort blickt er auf euch herab, er winkt euch zu."

Während der nächsten drei Tage rührte sich Haldetrud kaum weg von ihrem Lager. Jeglicher Mut, jegliche Kraft hatte sie verlassen. Sie lag nur zusammen gekrümmt auf der Schlafbank und weinte, bis ihre Augen keine Tränen mehr hatten. Sie lag stumm da, schluchzte immer wieder, um von neuem in einen kurzen Schlaf zu versinken. Das war immer noch besser, als die entsetzliche Wirklichkeit im Wachen ertragen zu müssen, dass ihr liebster Mann, ihr geliebter Aidan tot war. Sie nahm kein Essen zu sich, schon beim Gedanken an Essen wurde ihr übel. Dagobert konnte sie wenigstens dazu bewegen, ab und zu etwas zu trinken. Der Gedanke quälte sie, dass sie versagt hatte, dass ihre Behandlung Aidan nicht am Leben gehalten hatte. Sie wusste natürlich, dass er mit seiner schweren Verletzung der Lunge nicht zu retten gewesen war, dass sie wirklich alles Mögliche versucht hatte. Aber diese Schuldgefühle ließen sie trotzdem nicht los. Sie haderte mit Gott, verzweifelt klagte sie ihn an: „Du hast meinen lieben Mann sterben lassen, Herr mein Gott. Warum hast du das getan? Warum hast du ihn nicht gerettet? Du hast dich als hartherziger Gott erwiesen, du hast dich meines Geliebten nicht erbarmt!" Dann flehte sie wieder: „Herr unser Gott, lass mich jetzt auch sterben, ich will dort sein, wo mein Liebster jetzt ist. Er war so ein guter Mensch, er ist jetzt bestimmt im andern Land bei dir, lass mich jetzt auch dahin kommen. Ich will wieder bei ihm sein."

Inzwischen kümmerte sich Dagobert um die Kinder, mit denen er sich so verbunden fühlte, als wären es seine eigenen. Auch die alte Magd Brighid verbrachte viel Zeit mit ihnen und versorgte sie. Sie hatten noch nicht so recht verstanden, was mit ihrem Vater geschehen war, warum er so steif und starr da lag. Vor allem ängstigte sie, dass ihre Mutter sich auch kaum von ihrem Lager erhob, dass sie nur weinte und mit niemandem sprach, selbst mit ihnen nicht. Das alles verstörte sie dermaßen, dass auch sie immer wieder zu weinen begannen. Oft klammerten sie sich an Dagobert, ihren großen Bruder, und suchten bei ihm Trost. Dann nahm er sie in seine starken Arme, herzte und küsste sie.

Am dritten Tag waren auch Ansegisil und Gerhild gekommen, um zu sehen, ob sie irgendetwas tun könnten. Aber sie sahen gleich, dass Haldetrud überhaupt noch nicht in der Lage war, mit ihnen zu sprechen. Sie berieten sich mit Dagobert wegen der anstehenden Beerdigung. Am vierten Tag nach seinem Tod wurde Aidan feierlich auf einem Wagen zur Klosterkirche von Slane überführt, unter großer Teilnahme der Menschen, die ihn gekannt hatten. Er wurde in der Kirche aufgebahrt, so dass alle von ihm Abschied nehmen konnten. Der Abt zelebrierte eine ergreifende Totenmesse, anschließend wurde der Tote auf dem nahe gelegenen Friedhof begraben. Zu der Zeremonie war auch der Hochkönig Diarmait Ruanaid mit seinem Bruder Blathmac gekommen, um seinem tapferen Verbündeten die letzte Ehre zu erweisen.

Haldetrud hatte an der Beerdigung teilnehmen wollen, aber sie hatte es nicht geschafft. Erst eine Woche nach Aidans Tod stand sie von ihrem Lager auf, begann wieder zu essen und sich um ihre Kinder Aodnait, Brighid und Fergus zu kümmern. Dagobert war jetzt ihre größte Stütze, er gab ihr Halt in dieser schweren, schrecklichen Zeit. Dagobert kümmerte sich auch um die Belange der Landwirtschaft auf dem Anwesen. Er war ja von Aidan schon seit längerem eingearbeitet worden.

Haldetrud und Dagobert waren sich jetzt besonders nah in ihrer Trauer. Haldetrud trauerte um ihren so früh von ihr gegangenen Mann; Dagobert trug Trauer um seinen Ziehvater, der für ihn längst zu seinem wahren Vater geworden war. Auch um seine verlorene Liebe Erin trauerte er nach wie vor. Oft saßen die beiden zusammen, sie weinten zusammen, wischten einander ihre Tränen ab und umarmten sich. Doch allmählich begriff Haldetrud, dass sie ins Leben zurückkehren musste, dass sie eine große Verantwortung trug für ihre Kinder. Auch der Fortbestand des Hofes musste gesichert werden, damit alle ihr Auskommen behielten. Zum Glück war Dagobert inzwischen erwachsen, er war gut eingearbeitet und kam gewissenhaft seinen Pflichten auf dem Hof Ath Troim nach.

ZWÖLFTES KAPITEL

DIE DREI BRÜDER AUS NORTHUNBRIA

Als kleiner Junge verlor Dagobert seinen leiblichen Vater, nun hatte er auch seinen geliebten Ziehvater Aidan verloren. Aidan hatte seinen Ziehsohn von Anfang an lieb gewonnen, Dagobert verehrte und liebte ihn wie seinen wahren Vater. Sein Verlust traf ihn hart, er war in jeder Hinsicht sein Vorbild gewesen. Er hatte ihm das Kämpfen mit Schwert, Speer und Bogen beigebracht. Alles, was auf dem Hof in der Landwirtschaft zu tun war, hatte er ihn gelehrt. Vor allem aber verlor er mit ihm einen väterlichen Freund, der ihm Kraft und Halt gegeben hatte. Zum Glück hatte er noch immer Haldetrud und ihren Bruder Ansegisil, mit denen er schon seit seinem fünften Lebensjahr zusammengelebt hatte. Sie hatten ihm, dem herumgestoßenen und in die Fremde verbannten Kind, die Eltern ersetzt. Wenn er jetzt über die Felder ritt, um nach dem Vieh zu sehen, oder zur Erntezeit zusammen mit den Schnittern die Gerste schnitt, sah er immer Aidan neben sich. Dann kamen ihm jedes Mal die Tränen; er verfluchte diesen elenden Loingsech, der nun schon zum dritten Mal einen Krieg vom Zaun gebrochen hatte, in dem Aidan so schwer verwundet wurde, dass er wenige Tage später starb.

An einem verregneten Spätsommertag des Jahres 668 bekamen Haldetrud und Dagobert unerwarteten Besuch. Es waren drei Brüder aus dem angelsächsischen Königreich Northumbria in Britannien, Angehörige der Königsfamilie. Sie waren nur wenige Jahre älter als

Dagobert, der über das Eintreffen von drei Altersgenossen hocherfreut war. Der älteste der Brüder, Aldfrith, erzählte, dass sie nach Irland gekommen wären, um zu dem berühmten Wallfahrtsort auf der Insel Oilean na Staisium auf dem Lough Derg, einem See in der Landschaft Donegal, zu pilgern. Auf dieser Insel hatte wohl der Abt Dabheog zu Lebzeiten des Heiligen Patrick ein Kloster gegründet. Und da der Heilige Patrick sich auch selber dort aufgehalten hatte, war es zum Wallfahrtsort geworden. Bekannt war der Ort unter dem Namen „Purgatorium" des Heiligen Patrick, wobei hiermit eine Höhle gemeint war, in der die Pilger 24 Stunden zu ihrer spirituellen Reinigung allein verbrachten. Der zweite der drei Brüder, Osred, ergänzte, die ganze Königsfamilie würde den Heiligen Patrick ganz besonders verehren, der als Sohn eines römischen Soldaten in Britannien geboren war und ganz wesentlich zur Bekehrung der Iren zum Christentum beigetragen hatte. „Wir wohnen zur Zeit im Gästehaus des Klosters Slane," fügte der dritte Bruder, Eadwulf, hinzu. „Wir wurden dort überaus herzlich empfangen und werden bestens versorgt. „Willst du dich uns nicht anschließen, Dagobert, auf unserer Pilgerfahrt?"

„Euer Vorschlag gefällt mir sehr," erwiderte Dagobert, „Aber nach dem kürzlichen Tod meines Ziehvaters Aidan habe ich die Verwaltung unseres Hofes übernommen. Zur Zeit ist es mir leider nicht möglich, mich längere Zeit von Ath Troim zu entfernen. Aber bestimmt werde ich diese Pilgerfahrt zu einem späteren Zeitpunkt nachholen."

Haldetrud lud die Brüder an den nächsten Tagen zum Essen ein; für sie war der Besuch eine gute Ablenkung, um wieder einmal auf andere

Gedanken zu kommen und sich nicht endgültig in die Trauer um Aidan zu vergraben. So verbrachten Haldetrud und Dagobert einige angenehme Tage mit den Brüdern. Die Drei berichteten von den politischen Ereignissen in Britannien, erzählten aber auch interessante, spannende Sagen aus den Traditionen der Angelsachsen. Auch Dagobert gab einige irische Erzählungen zum Besten, so die Legende von den Schwanenkindern:

„Als der alte irische Stamm der Tuatha de Danann einen neuen König wählte, wurde Bodb Derg gewählt, während Lir unterlag und sich enttäuscht zurückzog. Bald darauf starb seine Frau, seine Trauer kannte keine Grenzen. Aus Mitleid gab ihm Bodb Derg, der neue König, seine Ziehtochter Aobh zur Frau. Die beiden bekamen vier Kinder, die Söhne Aodh, Conn Cetchathach, Fichra und die Tochter Fionnuala. Bei der Geburt des letzten Kindes starb Aodh, Lir heiratete nun ihre Schwester Aoife. Sie blieb kinderlos und versuchte von nun an, aus Eifersucht und Neid die Kinder ihrer Schwester zu töten. Sie verfluchte die Kinder. Sie sollten 900 Jahre rastlos in Irland umherirren, in Schwäne verwandelt. Erst wenn die Prinzessin des Südens den Prinzen des Nordens heiratete, sollten sie wieder menschliche Gestalt annehmen, doch auf Grund ihres Alters bald sterben. Als Schwäne irrten die Kinder nun von See zu See. Die Menschen sahen manchmal an der Felsenküste eine Schwanenmutter, die ihre Kinder unter ihren Flügeln vor dem kalten Wind schützte. Das waren die Schwanenkinder. Die böse Stiefmutter Aoife war inzwischen in einen Dämon der Lüfte verwandelt worden. Nach vielen Jahren des Herumirrens fanden die Schwanenkinder schließlich einen sicheren Ort bei einem Mönch in Inishglora. Und es kam tatsächlich dazu, dass die Prinzessin des Südens den Prinzen des Nordens heiratete. Die Schwanenkinder wurden wieder zu Menschen, doch wie vorausgesagt, starben sie bald. Sie wurden ganz eng beieinander so begraben, wie sie als Schwäne miteinander zusammengedrängt vor dem kalten Wind Schutz gesucht hatten."

Alle waren gerührt von der Geschichte und schwiegen eine ganze Weile. Schließlich erhob sich Haldetrud und trug eine leichte Mahlzeit aus Fladenbrot und Käse auf, dazu gab es Bier zu trinken. Als die Brüder in den Westen Irlands aufbrachen, wurden sie mit vielen Segenswünschen verabschiedet. „Ihr müsst uns unbedingt noch einmal besuchen, bevor ihr nach Britannien zurückkehrt!" lud Dagobert sie ein.

„Das werden wir ganz sicher," antwortete Aldfrith. Er lächelte verschmitzt. „Und dann hoffen wir, dass du uns auch einmal in Northumbria besuchen wirst, Dagobert."

Dagobert strahlte. „Das würde ich nur allzu gern, es wäre mir eine große Ehre. Es müsste nur geregelt werden, wer mich auf dem Hof vertreten kann."

Nachdem er den Brüdern die Legende von den Schwanenkindern erzählt hatte, musste Dagobert ständig an Erin denken. Er beschloss, ihre Familie aufzusuchen und sich nach ihr zu erkundigen. Von ihrer Mutter erfuhr er, dass sie inzwischen als Nonne in einem Kloster im Westen lebte. „Sie will uns nie wiedersehen," hatte die Mutter gesagt. „Ich flehe jeden Tag Gott an, dass sie uns einmal verzeihen möge, und dass wir sie wiedersehen können. Wir waren damals unerbittlich ihr gegenüber, wir haben versagt."

Nach einigen Wochen kehrten die angelsächsischen Brüder zurück von ihrer Wallfahrt. „Die Tage, die wir auf der Insel Oilean na Staisium im Lough Derg mit Beten, Fasten und spiritueller Einkehr verbracht haben, waren sehr bewegend," berichtete Eadwulf. Die Brüder bekräftigten noch einmal ihre Einladung an Dagobert. „Du hast uns erzählt, wie viel du auf der Klosterschule von Slane gelernt hast," meinte Osred, „du könntest deine Studien bei uns in York fortsetzen und vervollkommnen. Unser Vater, König Ecgfrith, hat zahlreiche Gelehrte aus ganz Europa in der Hauptstadt versammelt, ich bin sicher, du wärest begeistert, bei ihnen zu studieren."

„Das klingt sehr verlockend, Osred. Ich werde ernsthaft darüber nachdenken. Wie gesagt, einstweilen werde ich hier gebraucht. Aber sobald ein passender Vertreter gefunden ist, werde ich bestimmt kommen. Bis dahin wünsche ich euch alles Gute, vor allem Gesundheit und eine glückliche Heimkehr zu euren Eltern."

„Hast du wirklich vor, nach Northumbria in Britannien zu reisen?" fragte Haldetrud, nachdem die drei Brüder sich auf die Heimreise gemacht hatten.

„Mach dir bitte keine Sorgen, Haldetrud, ich würde nur reisen, wenn statt meiner ein würdiger, kompetenter Vertreter den Hof verwaltet. Ich habe an deinen Bruder Ansegisil gedacht. Wenn er das nächste Mal mit Gerhild bei uns zu Besuch ist, könnten wir ihn doch fragen. Was meist du? Ich hätte wirklich großes Interesse, am Hof von York zu studieren."

Trotz Dagoberts beruhigender Worte machte Haldetrud eine besorgte Miene. „Ansegisil wäre sicher eine gute Wahl, da gebe ich dir Recht. Es ist nur so, dass es für mich sehr schmerzhaft wäre, wenn du fortgingst. Du bist inzwischen für mich mein eigener großer Sohn, wir leben schon so lange zusammen. Ich kann mir gar nicht vorstellen, dass du mich verlässt."

Dagobert ergriff Haldetruds Hände. „Ich würde ja nicht für immer weggehen. Wenn ich meine Studien in York beendet habe, komme ich zu dir zurück. Es geht mir genau so wie dir. Du bist für mich auch meine leibliche Mutter geworden."

Haldetrud seufzte. „Gut, wir werden Ansegisil fragen."

Als Ansegisil wieder einmal mit Gerhild und ihren Kindern zu Besuch kam, und Dagobert ihm seinen Vorschlag unterbreitete, war er sofort Feuer und Flamme. „Ich habe mir schon lange gewünscht, einmal einen großen landwirtschaftlichen Betrieb zu leiten," rief er strahlend aus. „Was meinst du, Gerhild, was hältst du davon, hierher umzusiedeln? Wir hätten hier viel mehr Platz als in dem kleinen Bauernhaus, es gibt einen großen Gemüsegarten, und jederzeit gibt es frische Kuhmilch und Ziegenmilch. Dazu kommt noch, dass du die Gesellschaft von Haldetrud hättest, mit der du ja schon lange befreundet bist. Zum Kloster Slane ist es auch nicht weit."

Gerhild lachte. „Was fragst du noch, mein Lieber! Natürlich fände ich es herrlich, hier zu leben! Von mir aus kannst du morgen abreisen, Dagobert!" Alle mussten lachen.

„Wir haben schon bald Weihnachten," meinte Dagobert. „Der Winter ist sowieso keine günstige Zeit für die Überfahrt auf der Irischen See.

Ich denke, ich werde im Neuen Jahr nach der Frühjahrsaussaat fahren." So geschah es. Nachdem die Aussaat abgeschlossen war, und er Ansegisil mit allen Angelegenheiten auf dem Hof vertraut gemacht hatte, mit den Ställen, den Scheunen und Vorratskammern, machte sich Dagobert auf die Reise nach Britannien. Etwas beklommen war er doch, als er sich von allen verabschiedete. Immerhin lebte er jetzt schon zwölf Jahre in Irland, an die Zeit davor hatte er nur verschwommene Erinnerungen.

„Falls es dir in York doch nicht gefällt, Dagobert, kannst du selbstverständlich jederzeit hierher zurückkommen," sagte Haldetrud mit belegter Stimme und küsste ihren Ziehsohn noch einmal. Wir haben so viel Platz, dass Ansegisil, Gerhild, ihre Kinder, ich mit meinen Kindern und du alle zusammen hier wohnen können."

Dagobert war gerührt. „Ich danke dir, Haldetrud, aber ich hoffe, dass es mir in York gefallen wird. Du weißt, dass ich das Studium der Wissenschaften immer schon geliebt habe." Alle zerdrückten beim Abschied einige Tränen und wünschten dem Reisenden Glück und Gottes Segen. Zusammen mit einem der Knechte ritt er schließlich zum Hafen von Ath Cliath, wo ihr Schiff aus dem Frankenreich damals angelegt hatte. Dagobert musste nur zwei Tage warten, bis ein Schiff in den Norden Britanniens aufbrach. Als er an Bord gegangen war, das Schiff abgelegt hatte, und er an der Reling stand, mit dem Fahrtwind im Gesicht, während das Schiff seinen Tanz über Wellenberge und durch Wellentäler aufnahm, überkam ihn eine geradezu euphorische Aufbruchstimmung. In Britannien war er noch nie gewesen, damals waren sie an der Südküste der Insel entlanggefahren. Er brach also zu neuen Ufern auf, auch im metaphorischen Sinn. Er hatte das bestimmte Gefühl, ein ganz neuer Lebensabschnitt läge jetzt vor ihm, von dem er nicht recht wusste, was er ihm bringen würde. Auf jeden Fall war es eine aufregende Sache, diesen Schritt zu gehen. Wegen der Sprache in Northumbria machte sich Dagobert keine Sorgen. Er konnte zwar kein Angelsächsisch, aber während des Besuchs der drei jungen Adligen hatten sie sich alle sehr gut verständigen können. Angelsächsisch und Fränkisch waren sich doch sehr ähnlich.

Bei einer beständigen, frischen Brise aus Westen machte das Schiff gute Fahrt. Sie benötigten nur einen Tag und eine Nacht, um den kleinen Hafen Holyhead an der Nordwestspitze von Wales zu erreichen. Dort wurde Proviant und Frischwasser aufgenommen. Am nächsten Tag ging es weiter durch die Irische See mit Kurs Nordost. Diesmal brauchte der Segler zwei Tage und zwei Nächte, da sie teilweise kreuzen mussten. Endlich kam der Hafen von Lancaster in Sicht. Seekrank war Dagobert nicht geworden, er hatte die Fahrt richtig genossen. In dem Hafenstädtchen Lancaster kaufte er ein Pferd für die Weiterreise nach York, das etwa 100 Meilen in östlicher Richtung lag. Ein Pferd würde er in jedem Fall gut gebrauchen können, vor allem, wenn er Ausflüge von York aus in die Umgebung machen wollte. Er blieb eine Nacht in einer Herberge in Lancaster, füllte seine Satteltaschen mit Proviant und ritt los. Zum Glück gab es auch in Britannien, so wie in Gallien, zahlreiche gepflasterte Straßen aus der Römerzeit, so dass er gut vorankam. Er ließ sich aber Zeit, um die atemberaubend schöne Landschaft zu bestaunen. Die Straße führte über raue Berge und durch liebliche Täler, in denen sich Seen ausbreiteten. Dagobert hatte keine Ahnung gehabt, wie wunderschön Northumbria war. Am Fuß des Pennine Gebirges übernachtete er wieder in einer Herberge. Auf der Straße waren nicht viele Leute unterwegs, alle grüßten höflich, mit einigen hielt er auch ein kleines Schwätzchen. Am nächsten Morgen brach er in aller Frühe auf. Die Straße über das Gebirge verlief naturgemäß bergauf recht steil. Hier konnte er mit dem Pferd nur langsam vorankommen, um es nicht zu überfordern. Hin und wieder ließ er es am Wegesrand grasen, er selbst hatte dann Zeit, diese herrliche, wilde Landschaft zu genießen. Hochmoore und Heideflächen wechselten miteinander ab, während es in den Tälern fruchtbares Land gab. Manchmal erblickte Dagobert ein Rudel Hirsche, Tiere, die in Irland höchst selten vorkamen. Am Abend des dritten Tages erreichte er auf der Ostseite den Fuß des Gebirges; er sorgte in der Herberge dafür, dass sein Pferd nach dem anstrengenden Marsch eine tüchtige Portion Hafer erhielt.

Nun war es nicht mehr weit bis zu seinem Ziel. Am späten Nachmittag erblickte er die Stadtmauern und den Turm der Kathedrale von York, der Hauptstadt von Northumbria. Den Königspalast zu finden, der die niedrigen Bürgerhäuser überragte, war nicht schwer. Am Tor erkundigte sich Dagobert nach den drei Prinzen Aldfrith, Osred und Eadwulf. Ein Diener führte ihn zu ihren Gemächern. Als sie Dagobert erblickten, waren sie hocherfreut, umarmten ihn und hießen ihn herzlich in York willkommen. „Wie schön, dass du es tatsächlich geschafft hast!" rief Aldfrith lachend. „Ich hatte schon befürchtet, dass du dich nicht von deinen Pflichten auf eurem Hof würdest losmachen können. Erzähl` uns von deiner Reise!"

Nachdem Dagobert alles ausführlich berichtet hatte, begaben sie sich zum Abendessen in den Speisesaal. Dagobert war von der Pracht des Königspalastes beeindruckt. In den großen, hohen Räumen hingen kunstvoll gewebte, farbenprächtige Wandteppiche sowie Gemälde mit den Vorfahren der Königsfamilie. Bevor sie an der Tafel Platz nahmen, wurde Dagobert König Ecgfrith vorgestellt, sowie seiner Ehefrau Königin Aethelthryth. Neben seinen Freunden, den drei Prinzen, waren noch weitere Kinder des Königspaars zum Essen erschienen, zwei junge Prinzen und zwei Prinzessinnen. Die Ältere, die Dagobert auf 17 oder 18 Jahre schätzte, war wirklich schön und verwirrte ihn gleich durch ihren Charme. Sie hieß Mechthild. Die Jüngere hörte auf den Namen Aelfthryd.

Für Dagobert, der nur die bäuerliche irische Hausmannskost kannte, waren die aufgetragenen Speisen unglaublich erlesen. Es gab geschmortes Rindfleisch, gegrilltes Lammfleisch und gesottenes Schweinefleisch; dazu Gemüsesorten, die ihm gänzlich fremd waren, sowie verschiedene Arten von Brot als Beilagen. Ein köstlicher Wein aus Aquitanien wurde zum Essen kredenzt. Vor allem aber war die höfische Etikette für Dagobert etwas völlig Neuartiges; er hatte das Gefühl, daran würde er sich nie gewöhnen. Bei den irischen Königen, die ja eigentlich nur Clanhäuptlinge waren, ging es deutlich rustikaler zu. Im Nachhinein musste sich Dagobert eingestehen, dass ihm die bäuerliche irische Küche lieber war als diese erlesenen Speisen am Königshof von York.

„Nun sag schon, Dagobert, wie findest du unsere Familie?" fragte ihn Eadwulf, als die drei Brüder mit ihrem Besucher aus Irland wieder unter sich waren.

Dagobert lächelte. „Was soll ich sagen, Eadwulf, ich kenne sie ja noch gar nicht richtig. Auf jeden Fall haben eure Eltern großen Eindruck auf mich gemacht. Euer Vater ist ein Ehrfurcht gebietender Herrscher. Eure jüngeren Brüder scheinen mir sehr muntere Knaben zu sein, die sich bestimmt gern einmal einen Streich ausdenken. Und was eure Schwestern angeht, so ist eine anmutiger als die andere."

Die Brüder lachten. „Du hast dich mit deiner Beurteilung ausgezeichnet aus der Affäre gezogen," meinte Aldfrith grinsend. „Unsere jüngeren Brüder sind in der Tat richtige Lausbuben, geradezu Rabauken, aber herzensgut."

„Ich habe bemerkt," warf Osred mit spitzbübischem Lächeln ein, „dass du kaum deine Augen von Mechthild lassen konntest. Sie hat es dir wohl schon angetan, oder? Aber sie ist wirklich bildschön."

Dagobert wand sich wie ein Aal. „Ich habe keineswegs ständig Mechthild angeblickt," sagte er verlegen und wurde rot bei diesen Worten. „Was kann ich denn dafür, dass eure Schwester so ein wunderschönes Mädchen ist?" Jetzt musste er auch lachen.

„Wir freuen uns natürlich, dass Mechthild dir so gut gefällt. Ja, sie verdreht allen Männern den Kopf," fügte Aldfrith hinzu und lächelte nachsichtig. „Du kannst ihr aber ruhig den Hof machen, ich glaube, sie erwartet das sogar." Alle drei mussten lachen. Jetzt war Dagobert völlig verwirrt.

„Könnten wir bitte von etwas anderem reden?" bat er hilflos.

„Du hast Recht, Dagobert. Wir sollten dich nicht so in Verlegenheit bringen. Morgen werden wir dich den Gelehrten vorstellen, die unser Vater hier am Hof versammelt hat. Auch wir werden am Unterricht teilnehmen, nicht wahr, Brüder?" Die anderen beiden nickten.

In dieser ersten Nacht im Königspalast fand Dagobert nur wenig Schlaf. Zu viele Eindrücke waren seit seiner Ankunft auf ihn eingestürmt. Die Pracht des Palastes war geradezu erdrückend, selbst sein Gästezimmer war luxuriös eingerichtet. Teppiche aus Brokat schmückten die Wände, mit kunstvollen Schnitzereien reich verzierte Truhen bargen kostbare Stoffe. Auch auf seinem breiten Lager war er in feine Leinenwäsche gehüllt, farbenprächtig gewebte Decken wärmten ihn.

Doch am verwirrendsten war die Begegnung mit der Königsfamilie. Besonders Mechthild, die älteste Tochter des Königspaares, ging ihm nicht mehr aus dem Sinn. Ihr schönes Antlitz, ihre anmutige Figur, vor allem ihr natürliches, ungekünsteltes Auftreten hatten ihn außerordentlich beeindruckt, ihr Lächeln hatte ihn bezaubert. Er hatte auch die Gelegenheit gehabt, einige Worte mit ihr zu wechseln. Obwohl sie doch eine Angehörige des angelsächsischen Hochadels war, sprach sie ihn nicht von oben herab an, sondern als wäre er ihresgleichen. So war es im Grunde auch, er war ein Sohn des vormaligen austrasischen Königs, doch er war nicht in höfischen Kreisen aufgewachsen.

Als Dagobert endlich tief und fest eingeschlafen war, träumte er, dass er mit Mechthild nach Norden geflohen wäre. Sie waren auf ihren Pferden wie der Wind auf einer Römerstraße bis zum Hadrianswall und darüber hinaus ins Land der Pikten gestürmt. Diese galten als wildes Kriegervolk, aber Mechthild und er traten ihnen furchtlos entgegen. Die Pikten waren von Mechthilds Schönheit geblendet, sie luden die beiden ein, sich in einem ihrer Dörfer niederzulassen. Sie erhielten ein Feld, auf dem sie Gemüse anbauten, überdies ging Dagobert mit einigen Männern der Pikten auf die Jagd. Sie erlegten Wildschweine und Hirsche sowie Enten und Wildgänse. Mechthild und er lebten in dem Dorf glücklich und zufrieden, sie hatten Kinder und sahen sie aufwachsen. In hohem Alter gewährte Gott ihnen die Gnade, dass sie beide im gleichen Moment starben.

Etwas unsanft wurde Dagobert an dieser Stelle des Traums geweckt, Osred rüttelte ihn. Als er noch schlaftrunken dem glücklichen Traum nachhing, rief Osred lachend: „Es ist Zeit aufzustehen, du Langschläfer, wir wollen frühstücken und uns dann in den Unterrichtsraum begeben."

Als sie dort eintraten, erblickte Dagobert auf einem leicht erhöhten Podium fünf vornehm gekleidete Männer mit langem, aber gepflegtem Haar und Bart. „Dies sind die Gelehrten, von denen ich dir erzählt habe, Dagobert. Ich werde dich ihnen jetzt vorstellen." Nun stellte Osred Dagobert die Gelehrten vor. „Dies ist Martinus, der Sohn eines Römers und einer Gallierin aus Aquitanien. Sein Gebiet ist Geometrie und Arithmetik." Martinus verbeugte sich kurz und begrüßte Dagobert in fließendem Fränkisch. „Jetzt stelle ich dir Sophokles vor, einen Griechen aus Konstantinopel. Er wird Rhetorik und Grammatik unterrichten." Sophokles ging einen Schritt auf Dagobert zu, nach einer eleganten Verbeugung begrüßte er ihn mit dem Charme eines weitgereisten Mannes. Anschließend war es Enkidu aus Damaskus, der Dagobert begrüßte. „Ich heiße dich herzlich in meinem Unterricht willkommen, junger Mann. Ich bin eigentlich Babylonier, doch meine Heimatstadt ist schon seit langem zu einer bedeutungslosen Kleinstadt herabgesunken.Deshalb bin ich in Damaskus aufgewachsen. Inzwischen haben sich die muslimischen Araber angeschickt, ganz Mesopotamien und Syrien zu erobern, aber noch leben dort viele Christen, zu denen ich ebenfalls gehöre." Enkidu sprach Angelsächsisch mit einem fremdländischen Akzent. Sein Fachgebiet war die Astronomie. Es folgten noch der in Mailand geborene Römer Sulpicius, der Latein unterrichtete, sowie der neustrische Franke Agilbert, dessen Gebiet Logik und Dialektik war.

Inzwischen waren auch die übrigen Schüler eingetroffen, einige adlige Angelsachsen in Dagoberts Alter, seine drei Freunde, sowie zu seiner größten Überraschung Mechthild, die Tochter des Königs. Es war ungewöhnlich, dass ein Mädchen aus dem Hochadel eine fundierte schulische Ausbildung erhielt, das traf sogar für manche adligen Söhne zu. Verblüfft starrte er sie an, bevor er sich fing und sie begrüßte. Mit einem bezaubernden Lächeln erwiderte sie den Gruß. Mehrere bequeme hölzerne Stühle, deren Lehnen mit geschnitzten, ineinander verschlungenen Tierleibern – typischen angelsächsischen Motiven – verziert waren, wurden in einem Halbkreis aufgestellt, auf denen die Studenten Platz nahmen. Als erstes hielt Sulpicius eine Unterrichtsstunde in Latein ab. Anfangs fiel es Dagobert schwer, sich auf den Unterricht zu konzentrieren, da Mechthild neben ihm saß. Immer wieder blickte er verstohlen zu ihr hinüber, sie schien es aber nicht zu bemerken oder nahm keine Notiz davon. Doch in der Pause nach der zweiten Unterrichtsstunde durch Enkidu wandte sie sich mit einem verschmitzten Lächeln an Dagobert: „Ich habe bemerkt, dass du mehrmals zu mir hinüber gesehen hast. War da vielleicht etwas Besonderes an der Wand hinter mir?"

„Ja, so war es," erwiderte Dagobert verlegen, „ich habe eine große Spinne gesehen, die an der Wand entlang kroch."

Mechthild kicherte leise,aber sie ging nicht auf die angeblich umher kriechende Spinne ein. „Was für einen Eindruck hast du bis jetzt von den beiden Lehrern?"

Was sollte Dagobert dazu sagen? Er hatte ja kaum hingehört. Er wollte aber nicht,dass Mechthild ihn für einen Einfaltspinsel hielt.

„Es fiel mir nicht ganz leicht, das Angelsächsisch des Babyloniers Enkidu zu verstehen," versuchte er, sich herauszureden. „Aber ich werde mich bestimmt noch daran gewöhnen. Die Stunde des Sulpicius über die erste Rede Ciceros gegen Catilina fand ich sehr interessant, einen Ausschnitt daraus hatten wir schon in der Klosterschule in Irland durchgenommen."

„Alle Achtung, Dagobert!" Aber das wundert mich eigentlich nicht. Irland ist ja dafür berühmt, dass die Wissenschaften dort intensiv gepflegt werden. Übrigens, was meist du, sollen wir nach dem Unterricht vielleicht einen kleinen Spaziergang im Palastgarten machen? Natürlich wird mich meine Gouvernante begleiten."

Dagobert wusste kaum, wie ihm geschah. „Es wäre mir eine Ehre, Mechthild. Ich freue mich schon darauf."

Jetzt war es mit Dagoberts Konzentration auf die Wissenschaften an diesem Tag endgültig vorbei. Er konnte nur noch an den Spaziergang mit der Prinzessin denken. Am Ende des Unterrichts kamen Diener, die den Studenten einen Imbiss reichten. Schließlich erschien Mechthilds Gouvernante, eine etwa dreißigjährige angelsächsische Adlige namens Eadgyth, die den jungen Franken misstrauisch beäugte. Zusammen begaben sich die Drei in den Palastgarten, in dem zu dieser Jahreszeit viele Blumen und Sträucher in voller Schönheit blühten. Die Gouvernante war immerhin so taktvoll, dass sie in angemessener Entfernung hinter den beiden jungen Leuten blieb. Dagobert war ihre Anwesenheit dennoch unangenehm, während sich Mechthild daraus überhaupt nichts zu machen schien. „Einen jungen Franken hatten wir hier noch nie," begann sie die Unterhaltung, „ich hoffe, du kannst unser Angelsächsisch gut verstehen."

„Ach, das ist überhaupt kein Problem," übertrieb Dagobert, „vielleicht das eine oder andere Wort kenne ich nicht, aber dann kann ich dich ja danach fragen." Er lachte.

„Aber selbstverständlich kannst du mich alles fragen, Dagobert, falls es mir nicht selber fremd ist." Sie lachten beide.

„Ich habe von meinen Brüdern gehört, dass du auch in Irland schon in eurer Klosterschule Unterricht in den sieben freien Künsten hattest, und dass du der Beste in der Klasse warst."

„Ach, das hat doch gar nichts zu sagen," erwiderte Dagobert verlegen.

„Viele von den irischen Schülern zeigten kein großes Interesse am Unterrichtsstoff, außer einem Mädchen."

„Sieh mal einer an! Ein Mädchen! Na ja, wenn die Jungen zum Lernen zu faul sind, müssen wir Mädchen es ihnen wohl zeigen, nicht wahr? Kanntest du dieses Mädchen gut?"

Jetzt verlor Dagobert beinahe die Fassung. „Ja, ich, ich kannte sie gut. Sie heißt Erin. Ich, ich habe sie geliebt," antwortete er stockend.

„Es tut mir Leid, Dagobert, dass ich gefragt habe. Ich wollte dich nicht in Verlegenheit bringen oder eine alte Wunde aufreißen."

Beide schwiegen eine Weile. „Es ist schon in Ordnung, Mechthild," sagte Dagobert leise. „Du konntest das ja nicht wissen. Sie war schon einem anderen Mann versprochen, den sie aber um keinen Preis heiraten wollte. Inzwischen ist sie Novizin in einem Kloster."

Mechthild war sichtlich betroffen. „Das ist ja schrecklich! Das arme Mädchen! Ich hoffe, du wirst darüber hinwegkommen."

„Du hast Recht, das ist nicht einfach, eine sehr traurige Sache ist das. Aber ich habe mir dann gesagt, ich muss nach vorne blicken. Auch wenn es noch so traurig ist, das Leben geht weiter. Ich will mich mit 17 Jahren doch nicht von der Welt zurückziehen. Deshalb kam mir die Einladung deiner Brüder an euren Hof gerade recht."

Mechthild wirkte erleichtert. „Da bin ich meinen Brüdern noch im Nachhinein dankbar, dass sie dich zu uns eingeladen haben. Es kann auch nicht schaden, dass du dich hier etwas an die höfischen Sitten und den höfischen Lebensstil gewöhnst, auch wenn dir das jetzt noch fremd und vielleicht sogar unangenehm vorkommen mag. Schließlich bist du der Sohn eines fränkischen Königs. Wer weiß, wohin das Schicksal dich noch verschlagen mag."

„Solche Gedanken, Mechthild, sind mir noch nie gekommen. Offenbar war ich dem Adel in Austrasien im Weg, deshalb wurde ich nach Irland verbannt. Ich muss sogar froh sein, dass ich nicht gleich getötet wurde. So etwas hat es im Frankenreich durchaus schon gegeben."

Mechthild schlug die Hände über dem Kopf zusammen. „Das ist ja grauenhaft! Kleine Kinder zu töten, weil sie bei irgendwelchen Erbfolgestreitigkeiten im Weg sind! Aber möglicherweise ist so etwas bei den Angelsachsen auch schon vorgekommen. Ich muss einmal meinen Vater fragen. Dem Herrn sei Lob und Dank, Dagobert, dass dir ein solches Schicksal erspart worden ist!"

„Na ja, wir leben in unruhigen Zeiten. Wir können es nicht ändern. Wir selber können uns nur bemühen, nach Gottes Gesetzen zu leben. Gott hat den Menschen eine so wunderbare Welt gegeben. Ich glaube, wir sollen uns daran erfreuen und für unser Leben dankbar sein, das er uns geschenkt hat."

„Das hast du gut gesagt, Dagobert. Du bist ein wahrer Philosoph!"

„Das würde ich nicht unbedingt sagen, Mechthild. Am meisten Freude hatte ich bisher bei der Arbeit in der Landwirtschaft. Ein Kriegsmann bin ich eher nicht, obwohl ich bereits in einer blutigen Schlacht an der Seite meines Ziehvaters gekämpft habe. Solche Kämpfe unter den oft verfeindeten Clans sind in Irland nicht selten."

„Das hätte ich nicht für möglich gehalten, dass du in deinem Alter bereits in einer Schlacht gekämpft hast," rief Mechthild aus, ohne ihre Bewunderung zu verhehlen. Als sie merkte, wie verlegen Dagobert wurde, sagte sie: „Du kannst stolz auf dich sein, junger Mann. Für einen Angelsachsen bedeutet es die allerhöchste Ehre, tapfer im Krieg für seine Sippe und sein Volk zu kämpfen." Und lächelnd fügte sie hinzu: „Wärst du mein Mann, Dagobert, wäre ich sehr stolz auf dich. Und alle Mädchen in York würden mich beneiden. Die schöne Königstochter und ihr irischer Kriegsheld!"

Für einen Moment war Dagobert sprachlos. Dann lächelte auch er und verbeugte sich vor Mechthild. „Ich fühle mich geehrt und werde mich bemühen, mich immer deiner Anerkennung würdig zu erweisen."

Beide lachten. Es war, als wäre das Eis zwischen ihnen gebrochen, sie plauderten noch vergnügt eine Weile miteinander, bis die Gouvernante diskret bemerkte, dass Mechthild sich nun in ihre Privatgemächer zurückziehen sollte.

Dagobert hatte plötzlich große Lust auf einen Ausritt. Er und Osred holten ihre Pferde aus dem Stall und galoppierten außerhalb der Stadt über eine weite Heidelandschaft. Es war bereits später Nachmittag, aber die Strahlen der Frühlingssonne wärmten schon Menschen und Tiere, Pflanzen und Steine. Sie kamen gerade rechtzeitig zurück zum Palast, um mit der ganzen Familie am Abendessen teilzunehmen.

DREIZEHNTES KAPITEL

DER HERR HAT`S GEGEBEN, DER HERR HAT`S
GENOMMEN

Den Unterrichtsstoff fand Dagobert sehr anspruchsvoll, vor allem
Rhetorik, Logik und Dialektik. Am meisten konnte er sich für die
Astronomie begeistern. Der gewaltige, unendlich ferne
Sternenhimmel, der nachts die Erde wie ein Zelt überspannte, hatte
ihn schon immer fasziniert. Er bewunderte die Babylonier, die schon
vor 2000 Jahren imstande waren, die Bahnen der Planeten zu
berechnen. In den Pausen bemühte sich Dagobert, die anderen
Studenten kennenzulernen, aber sie blieben kühl ihm gegenüber;
vielleicht achteten sie ihn nicht, weil er Fränkisch sprach, aber kein
Angelsächsisch. Nur mit einem von ihnen, der Aethelred hieß,
freundete er sich an. Seine Ahnen stammten aus Sachsen, genauer
gesagt, aus dem Gebiet zwischen Weser und Elbe. Nachdem die
Römer ihre Legionen aus Britannien abgezogen hatten, gehörten
Aethelreds Vorfahren zu den Ersten, die auf die Insel übergesetzt
waren und den keltischen Britanniern im Kampf das Gebiet von
Northumbria abgetrotzt hatten. Aethelred war ein fröhlicher,
temperamentvoller Bursche, außerdem ein ausgezeichneter Kämpfer
mit Schwert und Speer, der gern mit Dagobert ein wenig trainierte. Es
dauerte nicht lange, bis Dagobert von Aethelreds Familie zum Essen
eingeladen wurde.

Während des Unterrichts fiel es Dagobert nach wie vor schwer, seine Augen von   Mechthild zu lassen. Er liebte ihr seidig glänzendes, langes, blondes Haar und ihre tiefblauen, lebhaften Augen, die ihn immer noch in Verwirrung brachten, wenn sie ihn anblickte. Doch unter ihrer feinen, schmalen Nase erst ihr Mund – ach, was für ein Mund! - ihre vollen, leicht geschwungenen Lippen waren wohl die verführerischsten Lippen, die es in Britannien gab! Er wagte es nicht, sich vorzustellen, wie es wäre, diese Lippen zu küssen – dennoch, in seinen Träumen hatte er sie schon tausend Mal geküsst.

Am Nachmittag spazierte er mit Mechthild wieder durch den Palastgarten. Er hatte während des Unterrichts sehnsüchtig darauf gewartet, dass sie ihn wieder dazu einladen würde. Auch Mechthild schien sich darauf gefreut zu haben. Selbstverständlich folgte ihnen die Gouvernante wieder in gebührendem Abstand. In Mechthilds Gegenwart fühlte sich Dagobert über die Maßen beschwingt, ja erregt, es war ein herrliches Gefühl; eine Art Verwandlung ging in ihm vor. Alles Böse, alle Dunkelheit, die über der Welt lag, existierte in diesen Augenblicken nicht mehr. Alle Sorgen, die ihn sonst belasteten, waren gleichsam von ihm abgefallen und hatten sich wie eine Nebelschwade aufgelöst. Das Leben war schön! Er hatte sich in Mechthild verliebt. Ob sie sich auch in ihn verlieben würde, glaubte er eher nicht. Merkwürdigerweise empfand er sich ihr gegenüber wie ein tollpatschiger Junge. Aber das spielte jetzt keine Rolle. Er genoss dieses selige Verliebtsein.

Jäh wurde er aus seiner Träumerei gerissen, als er Mechthild mit spöttischem Unterton sagen hörte: „Bist du noch hier, Dagobert? Du scheinst ja mit deinen Gedanken meilenweit weg zu sein."

Dagobert kam sich vor wie ein Schuljunge, der gerade bei einem dummen Streich ertappt wurde.

„Verzeih mir, Mechthild, ich dachte gerade darüber nach, welch ein Glück mir zuteil geworden ist, seit ich im Palast deines Vaters angekommen bin. Erst der wirklich exquisite Unterricht von diesen erlesenen Gelehrten, und dann," er stockte kurz, „dass ich das Glück hatte, dich kennenzulernen, das schönste, charmanteste und klügste Mädchen, das über Gottes wundervollen Erdboden wandelt."

Mechthild musste lachen nach diesen überschwänglichen Worten. „Du bist ein großer Schmeichler, Dagobert. In Wirklichkeit bin ich doch nur ein bescheidenes, unwissendes Fräulein, welches die Ehre hat, mit einem so berühmten Gelehrten und Kriegsheld einen Spaziergang machen zu dürfen."

Jetzt lachten beide. „Aber tatsächlich, Mechthild, habe ich vorhin deshalb wie abwesend gewirkt, weil ich durch den Zauber, der von dir ausgeht, wie betäubt bin. Ich muss dir gestehen, dass mich deine Schönheit, dein Charme, die Art und Weise, wie du sprichst, wie du lachst, wie du dich bewegst, mich derartig betört haben, dass mir ganz schwindelig wird. Ich hänge an deinen Lippen, meine Augen können sich an dir nicht satt sehen, ich erkenne mich überhaupt nicht wieder. Es ist, als ob mich eine Fee verwandelt hätte. Aber die Fee bist du, Mechthild."

Mechthild lachte nicht noch einmal. Ihre Miene war ernst geworden. Sie blickte Dagobert mit ihrem bezauberndsten Lächeln an. „Du bist ein echter Kavalier, Dagobert, ich fühle mich wirklich sehr geehrt durch deine Worte. Ich glaube, du bist ein liebenswerter, gutherziger, ehrlicher junger Mann. In dir ist kein Falsch, du meinst wirklich, was du sagst. Ich werde mir deine Worte zu Herzen nehmen. Ich würde mich jetzt gern zurückziehen, wir sehen uns dann morgen wieder beim Unterricht."

Als Mechthild allein war, dachte sie lange über Dagobert, und wie er zu ihr gesprochen hatte, nach. Sie versuchte, sich über ihre Gefühle für ihn klar zu werden. Zweifellos war er ein außergewöhnlicher junger Mann. Er war nicht nur ein intelligenter und gebildeter, sondern auch ein mutiger und gleichzeitig feinfühliger, herzlicher Mensch. Sie konnte sich nicht verhehlen, dass sie sich zu ihm hingezogen fühlte. Sie musste schmunzeln, als sie an seine Schmeicheleien dachte. Natürlich waren seine Worte töricht, aber doch irgendwie auch liebenswert. Sie fühlte, dass sie nicht einfach so dahingesagt waren, sondern dass sich dahinter ernsthafte Gefühle verbargen. Offenbar hatte sich dieser junge Mann mit seiner so erstaunlichen Lebensgeschichte in sie verliebt! Sie hatte schon manchen Bewunderer und Verehrer kennengelernt, aber noch niemanden wie Dagobert, bei dem sie zu spüren meinte, dass in seinem Herzen ein tiefes Gefühl, ja sogar Liebe für sie keimte. Das erschreckte sie einerseits, es machte sie aber stolz und auch glücklich.

Während der nächsten Wochen glichen ihre fröhlichen, geistreichen Gespräche bei den täglichen Spaziergängen im Schlosspark immer mehr dem Wortgeplänkel zweier Verliebter. Ihre Worte flogen hin und her wie kleine Vögel, die von einem Zweig zum anderen hüpfen. Dabei wurden Dagobert und Mechthild einander immer vertrauter. So blieb es nicht aus, dass sich Mechthild eines Abends, als sie schon zu Bett gegangen war, zu ihrem eigenen Erstaunen eingestand, dass sie sich in Dagobert verliebt hatte. Wie war das in so kurzer Zeit möglich gewesen?

Sie fragte sich, ob er ihr wohl in nächster Zeit seine Liebe gestehen würde. Eigentlich erwartete sie es. Aber es war doch ein großer Schritt von den eher harmlosen Andeutungen und Anspielungen zur Offenbarung seiner Liebe überzugehen. Das war eine ernste Sache.

Dagobert seinerseits war glücklich über den vertrauten Umgang mit Mechthild, ihre spielerisch anmutenden Wortwechsel auf den Spaziergängen, wie nur zwei Liebende dies vermögen. Inzwischen kam er immer mehr zur Überzeugung, dass Mechthild wohl von ihm erwartete, ihr seine Liebe zu gestehen. Es könnte allerdings sein, dass sie sein Geständnis mit einer scherzhaften Bemerkung abtun würde, aber er musste es jetzt wagen.

So flüsterte Dagobert ihr eines Nachmittags zu: „Ich wollte es dir schon lange sagen, Mechthild, aber ich habe mich nicht getraut. Ich habe mich schon vor einiger Zeit blindlings in dich verliebt. Ich bin ganz vernarrt in dich, meine Schönste, meine Klügste, meine Liebste. Ich kann mir nicht mehr vorstellen, ohne dich zu leben. Ich liebe dich von ganzem Herzen, mit meiner ganzen Kraft. Ich sehne mich nach dir Tag und Nacht, wenn du nicht da bist. Du bist mein Leben. Ich möchte dich bitten, meine Frau zu werden.“

Mechthild hatte ja von Dagobert ein Geständnis seiner Liebe erwartet, aber dieser Gefühlsausbruch hatte sie im ersten Moment doch erschreckt. Sie senkte ihren Kopf und begann zu zittern. Sie sprach kein Wort, aber verstohlen berührte sie seine Hand.

Dagobert war völlig verunsichert. Hatte er nun doch alles falsch gemacht? Aber nach einer Weile, als sie schweigend nebeneinander hergegangen waren, blieb Mechthild stehen und, ohne auf die Gegenwart der Gouvernante zu achten, ergriff sie Dagoberts Hände und drückte sie fest. Sie blickte Dagobert direkt in die Augen und lächelte – mit einem unbeschreiblich innigen Lächeln, wie er es noch nie an ihr wahrgenommen hatte. „Ich habe schon lange auf solche Worte von dir gewartet, mein Liebster," flüsterte sie. „Ich wollte es erst nicht so recht wahrhaben, aber inzwischen weiß ich es mit Gewissheit. Ich habe mich auch in dich verliebt, Dagobert. Ich kannte dieses Gefühl bisher nicht, aber jetzt ist alles anders. Es ist ein Gefühl – nein, eigentlich kein Gefühl, sondern ein Zustand – das meine Seele und meinen ganzen Körper durchströmt, das meine Seele hell und froh macht, das meinen Körper wie von innen erleuchtet. Wenn ich mit dir zusammen hier im Park bin, vergesse ich die ganze Umgebung um mich her, ich nehme nur noch uns beide wahr, so als ob wir allein auf der Welt wären. Ich liebe dich, Dagobert, wie mein Leben, auch ich möchte, dass wir beide immer zusammen leben können, dass wir uns nie mehr trennen müssen. Ich möchte sehr gern deine Frau werden, mein Liebster. Zum Glück sind wir beide alt genug zum Heiraten. Am besten, du hältst bei meinem Vater um meine Hand an, so ist es alter Brauch. Küssen dürfen wir uns in der Öffentlichkeit noch nicht, während diese Gouvernante zugegen ist. Wir müssen einen Moment abwarten, in dem wir beide ganz allein sind. Es wird uns schon etwas einfallen." Mechthild waren einige Tränen gekommen, aber gleichzeitig lachte sie. „Achte nicht auf diese Tränen, das kommt nur daher, weil ich so glücklich bin." Sie gab Dagobert einen Wink, die beiden rannten ein großes Stück voraus bis zu einem dichten Fliederbusch, trotz des Gezeters der Gouvernante. Kein Mensch war weit und breit zu sehen. Sie umarmten sich und gaben sich einen langen, innigen Kuss.

Am nächsten Tag nach dem Abendessen bat Dagobert Mechthilds Vater, ihn unter vier Augen sprechen zu dürfen. Zu dessen maßlosem Erstaunen bat ihn Dagobert, seine Tochter Mechthild heiraten zu dürfen. König Ecgfrith sagte lange Zeit gar nichts, er blickte Dagobert nur an. Endlich lächelte er. „Ich hätte nicht gedacht, dass sich Mechthild so früh verheiraten würde, und schon gar nicht habe ich an einen Bräutigam wie dich gedacht, einen Franken, der von seiner Familie nach Irland verbannt wurde und arm wie eine Kirchenmaus ist. Aber du bist noch sehr jung, Dagobert, niemand weiß, was die Zukunft bringen wird. Immerhin bist du der rechtmäßige Erbe des austrasischen Throns, und es kann durchaus sein, dass dir in deiner Heimat doch noch die Krone zufällt. Aber wie dem auch sei, da ihr beide euch liebt, will ich eurem Glück nicht im Weg stehen. Meinen Segen sollt ihr haben."

Dagobert war überwältigt. Er fiel auf die Knie vor König Ecgfrith. Der hob ihn auf und umarmte ihn. „Willkommen in unsere Familie, lieber Dagobert!"

Auch Königin Aethelthryth war sehr zufrieden mit der Verlobung ihrer älteren Tochter mit dem austrasischen Königssohn. Sie hatte Dagobert schon seit längerem in ihr Herz geschlossen. Sie wandte sich am nächsten Tag an ihre Tochter und umarmte sie. „Dagobert regiert zwar zur Zeit kein eigenes Gebiet im Frankenreich, aber er ist ein aufgeweckter, intelligenter junger Mann. Vor allem ist er warmherzig und sogar feinfühlig, was man nicht von allen Männern sagen kann. Du hast eine sehr gute Wahl getroffen, mein Kind."

König Ecgfrith und Königin Aethelthryth richteten eine große Hochzeit für Mechthild und Dagobert aus. Sie baten Wilfrid, den Bischof von York, das Paar in der Kathedrale von York zu trauen. Die feierliche Zeremonie fand am späten Vormittag statt; nicht nur die geladenen Gäste waren erschienen, sondern auch ein großer Teil der Bevölkerung von York. Mechthild war im Volk sehr beliebt, Dagobert hingegen war noch weitgehend unbekannt. Schon deswegen waren aus Neugier viele Leute gekommen, um den jungen Bräutigam aus dem Frankenreich zu sehen. Die wildesten Gerüchte waren über ihn im Umlauf. Manche sagten, er sei der Erbe des ganzen Frankenreiches, andere wieder behaupteten, er sei König der Langobarden, einige hielten ihn für den Herzog von Aquitanien. Als sie ihn dann leibhaftig erblickten, wie er in einem kostbaren Gewand durch die Kathedrale schritt, staunten sie über seine stattliche Erscheinung. Besonders die Frauen waren von seinem Aussehen entzückt. „Was für ein gut aussehender Mann!" flüsterte manche ihrer Nachbarin zu, „Da hat die Prinzessin wirklich einen Fang gemacht."

Der berühmte Bischof Wilfrid, der zuvor Abt des Klosters Ripon und Bischof im angelsächsischen Königreich Mercia gewesen war, leitete die Hochzeitszeremonie äußerst würdig und feierlich, während auf der Empore zwei Chöre im Wechselgesang lateinische Hymnen sangen. Nach dem Ende der Zeremonien begaben sich die vom Königspaar geladenen Gäste, in der Mehrzahl begüterte Adlige aus Northumbria, sowie auch einige Äbte und Bischöfe, in den Königspalast. Im reich geschmückten Festsaal nahmen die Gäste an drei langen Tischen Platz. Bevor die Speisen aufgetragen wurden, hielt der König eine Begrüßungsansprache und dankte insbesondere Bischof Wilfrid für die Leitung der Hochzeitszeremonie. Das Festmahl dauerte daraufhin mehr als zwei Stunden, alle lobten die exquisiten Speisen und die erlesenen Weine, die von den Dienern und Mundschenken aufgetragen wurden. Später gab es auch die Gelegenheit für die Gäste, miteinander ins Gespräch zu kommen. Bischof Wilfrid wollte unbedingt Dagobert näher kennenlernen und sprach ihn an: „Ich habe mit großer Anteilnahme von deinem Schicksal erfahren, als ich mich in der merowingischen Königspfalz Compiegne zu meiner Bischofsweihe befand. Dir ist als Kind wirklich großes Unrecht geschehen, die Adligen haben dich damals um dein Erbe betrogen. Es hätte noch schlimmer kommen können. Sie hätten dich im Alter von vier Jahren ermorden können. So weit ist es durch Gottes Gnade nicht gekommen. Ich hoffe sehr, dass es dir doch noch vergönnt sein wird, dein rechtmäßiges Erbe anzutreten."

„Ich danke dir für deine Anteilnahme, ehrwürdiger Bischof," erwiderte Dagobert bescheiden. „Ich danke dir, dass du heute Prinzessin Mechthild und mich getraut hast."

„Mit großem Interesse habe ich vom König vernommen," fuhr Bischof Wilfrid fort, dass du dich für die Wissenschaften begeisterst. Er berichtete mir, dass du dich von den Gelehrten, die er im Palast versammelt hat, weiter fortbilden lässt, ja dass du selber schon ein Gelehrter bist."

„Für dein Lob, Bischof Wilfrid, danke ich dir sehr," antwortete Dagobert mit einer leichten Verbeugung. „Es ist wahr, die Wissenschaften interessieren mich sehr. Es sind wirklich hervorragende Gelehrte, die mich und einige junge angelsächsische Adlige unterrichten. Ich bin sehr dankbar, dass mir dazu die Gelegenheit gegeben worden ist."

„Ich würde mich freuen, Prinz Dagobert, wenn du mich einmal in der bischöflichen Residenz besuchen kämst. Ich fürchte, dass bei deiner Ausbildung unser christlicher Glaube etwas zu kurz kommt. Es wäre mir eine große Freude, dich darin zu unterweisen. Besonders liegt mir der römische Ritus am Herzen. Zu meinem Bedauern wird von etlichen Klerikern hier und in Irland der keltische Ritus bevorzugt."

„Ich werde mich mit den beiden Riten vertraut machen, Bischof Wilfrid. Falls du erwägst, einmal auch nach Irland zu reisen, würde ich mich außerordentlich freuen, wenn du meine Frau und mich auf dem Anwesen meines Ziehvaters Aidan besuchen würdest."

„Ich danke dir für deine Einladung, Prinz Dagobert, ich hoffe sehr, dich auch in Irland einmal wiederzusehen."

Als die Gäste schließlich gegangen waren, zogen sich Dagobert und Mechthild in ihre Privatgemächer zurück. Endlich waren sie allein. Sie fielen sich in die Arme und küssten sich. „Das war ein langer, anstrengender Tag, Liebster, aber wir sind jetzt mit Gottes Segen wirklich und wahrhaftig verheiratet, Mann und Frau!" Mechthild strahlte vor Glück.

„Ja, meine Geliebte, Gott ist uns gnädig gewesen, er hat uns zusammengeführt. Es ist noch nicht lange her, da konnte ich davon nur träumen, ich konnte mir kaum vorstellen, dass wir beide einmal verheiratet sein würden. Ich bin unendlich glücklich und dankbar."

Es war schon recht spät geworden, die beiden begaben sich zu dem großen Bett in Mechthilds Schlafzimmer und zogen sich aus. Mechthild war noch Jungfrau, auch für Dagobert war es das erste Mal, dass er mit einer Frau Sex haben würde. Als sie sich im Bett gegenüber lagen, umarmten sie sich wieder. Mechthild lächelte. „Ich bin jetzt deine Frau," flüsterte sie, „nimm mich!" Sie drängten sich ganz eng aneinander, sie streichelten und liebkosten sich. Dagobert saugte mit allen Fasern seines Körpers Mechthilds Gegenwart auf. Je fester sie sich umschlungen hielten, desto erregter wurden sie beide. So vereinigten sich ihre Körper im Liebesakt zum allerersten Mal. Keuchend ließen sie sich los. Mechthild war noch ganz durchdrungen von dem eben Erlebten. Sie küsste ihren Geliebten und sagte leise: „Es hat ein bisschen weh getan, aber es war nicht schlimm. Ich fand es sehr schön, mein Liebster. Ich bin sehr glücklich." Sie kuschelten sich noch einmal zusammen und küssten sich, bevor eine wohlige Müdigkeit sie erfasste und sie einschliefen.

Das Leben der beiden ging erst einmal so weiter wie bisher. Sie wohnten in Mechthilds Gemächern, sie besuchten weiterhin den Unterricht bei den Gelehrten. In den Nächten liebten sie sich. Dagobert empfand die körperliche Liebe wie eine neue Welt, in die sie beide eintauchten, unsagbar aufregend, unsagbar herrlich! Ein größeres Glück als das Leben an Mechthilds Seite konnte es nicht geben. Seine Liebe zu ihr wuchs von Tag zu Tag, wurde stärker und tiefer.

Nachdem ein Jahr vergangen war, bekam Dagobert Heimweh nach Irland. Das Landgut Ath Troim in der Nähe des Klosters Slane war zu seiner Heimat geworden. Er sehnte sich auch nach Haldetrud und Ansegisil, vor allem aber nach der Arbeit in der Landwirtschaft. Er brauchte eine Arbeit, bei der er mit den Händen zupacken konnte. Aber er wusste nicht, ob Mechthild damit einverstanden wäre, mit ihm nach Irland zu ziehen, und ob sie dort glücklich sein könnte. So versuchte er eines Abends, sie darauf anzusprechen; „Meine geliebte Mechthild, ich habe schon einige Tage darüber nachgedacht, ich würde allzu gern nach Irland zurückkehren und dort auf dem Landgut leben, das für mich meine Heimat ist. So schön es hier in York im Palast deines Vaters ist, und so interessant das Studium bei den berühmten Gelehrten, vermisse ich doch eine Arbeit, bei der ich tatkräftig anpacken kann. Ich sehne mich danach, wieder auf dem Landgut zu arbeiten. Glaubst du, dass du mich dorthin begleiten und mit mir dort leben könntest?"

Mecthild umfasste die Schultern ihres Mannes und küsste ihn. Mit Wärme in der Stimme antwortete sie: „Aber ja, mein Liebster, das kann ich mir gut vorstellen. Ich glaube, dass mir das Leben auf einem Landgut sehr gefallen würde. Vor allem aber, wie einst Rut zu ihrer Schwiegermutter sagte: `Wohin du gehst, dahin will auch ich gehen, und wo du bleibst, bleibe auch ich.` Deshalb, mein Liebster, werde ich sehr gern mit dir nach Irland ziehen. Ich bin sicher, dass ich dort auch glücklich sein werde."

„Ich danke dir vielmals, Mechthild!" Dagobert küsste seine Frau. „Denn wenn es dir schwer fällt, wäre es besser, wir blieben hier."

Nun ging es ans Abschied nehmen, von Freunden, Bekannten, vor allem von den Verwandten. Alles, was die beiden für ihr Leben in Irland mitnehmen wollten, wurde in großen Eichenholztruhen verstaut und anschließend auf einen Lastkarren verladen. Als erstes würden sie sich ja auf den Weg an die Westküste Britanniens begeben müssen.

Dagobert machte auch einen Abschiedsbesuch bei Wilfrid, dem Bischof von York. „Falls du doch einmal König im Frankenreich wirst, lieber Dagobert, wird es keinen weltlichen Herrn über dir geben. Nur Gott allein wirst du dann Rechenschaft ablegen müssen. Sei gerecht zu jedermann, ganz gleich, ob er arm oder reich ist, hochwohlgeboren oder aus dem einfachen Volk. Denk immer daran, was Jesus Christus gesagt hat: `Was ihr getan habt einem von diesen meinen geringsten Brüdern, das habt ihr mir getan.` Und vergiss nicht, auch wenn wir Menschen einmal sündigen, Gott ist barmherzig und vergibt den reumütigen Sündern. Geh in Frieden, mein Sohn! Möge Gott immer an deiner Seite sein! Ich hoffe, wir werden uns in diesem Leben noch einmal wiedersehen."

Nachdem alles fertig gepackt war und die königliche Kutsche bereit stand, hieß es, endgültig Abschied zu nehmen. Mechthild freute sich zwar auf ihr neues Leben in Irland mit Dagobert, aber als sie ihre Mutter umarmte, kamen ihr die Tränen. „Falls dein Mann dich nicht gut behandeln sollte," flüsterte Aetrhelthryth, „kannst du selbstverständlich jederzeit zu uns zurückkommen, wir könnten dich auch abholen. Und Dagobert müsste dann die Mitgift zurück erstatten."

„Mach die keine Sorgen, Mutter," sagte Mechthild und küsste sie, „Ich bin sicher, dass das nicht nötig sein wird."

„Pass gut auf meine Tochter auf, mein Sohn!" ermahnte König Ecgfrith seinen Schwiegersohn zum Abschied. „Ich hoffe, ihr habt eine ruhige Überfahrt durch die Irische See. Alles Gute und Gottes Segen! Schreibt uns, wie es euch geht!" Am schwersten fiel Dagobert der Abschied von Mechthilds Brüdern Aldfrith, Osred und Eadwulf, sie waren gute Freunde geworden in diesem Jahr.

Die Kutsche und der Packwagen mit den Truhen wurden von einer Eskorte bewaffneter Reiter begleitet. Das Schiff, das sie nach Irland bringen sollte, lag schon im Hafen von Lancaster bereit. Dagobert und Mechthild hatten die Fahrt durch die schöne Landschaft Northumbrias sehr genossen, die See auf der Überfahrt nach Irland war ruhig, und bei der Ankunft im Hafen von Ath Cliath standen schon ein Reisewagen mit Verdeck für die beiden und ein Packwagen für die Truhen bereit. Mit großem Interesse betrachtete Mechthild die liebliche Landschaft Meath. „Ein herrliches Land, Dagobert!" rief sie immer wieder. „Du hast nicht übertrieben."

Der Empfang auf dem Landgut Ath Troim war überaus herzlich. Haldetrud flog auf Mechthild zu, als diese aus dem Reisewagen gestiegen war, und drückte sie an sich. „Willkommen in Irland!" rief sie. „Unser Haus ist auch dein Haus, ich bin so froh, dass du und Dagobert euch gefunden und den Bund fürs Leben geschlossen habt!" Sie lachte, ergriff Dagoberts Hände und tanzte mit ihm um den Reisewagen herum.

Ansegisil und Gerhild strahlten ebenfalls vor Freude über die Ankunft des Paares. „Alle Achtung, Dagobert," rief Ansegisil, „Du fährst mal eben zum Studium nach Northumbria und kommst mit der schönsten Frau Britanniens zurück!" Er lachte glücklich und verbeugte sich vor Mechthild.

„Bevor wir die Truhen ins Haus bringen, will ich als erstes Mechthild alle Räume des Hauses zeigen." Haldetrud nahm Mechthild bei der Hand und führte sie durch das geräumige Haus. „Du siehst, wir haben hier viel Platz, für euch beide habe ich diese beiden Räume vorgesehen, jedenfalls fürs erste. Ich finde, wir sollten sofort damit beginnen, ein zusätzliches Haus zu bauen, nur für euch beide, mit genügend Platz für eine ganze Kinderschar.". Sie lachten beide. „Um Zeit zu sparen, sollten wir das Haus nicht nach irischem Brauch aus behauenen Feldsteinen, sondern aus Holz bauen."

Mechthild war überwältigt. „Ich danke euch sehr für den herzlichen Empfang. Wir werden uns bestimmt alle gut verstehen." Sie umarmte Gerhild und Haldetrud und küsste sie beide. Ansegisil schüttelte sie die Hand. „Mit den Kindern hat das noch Zeit, Dagobert und ich sind ja noch jung." Sie lächelte verschmitzt.

„Ich mache mir ein wenig Sorgen, Mechthild, dass es dir auf unserem etwas abgeschiedenen Hof langweilig werden könnte, weil du das Leben und Treiben am Königshof in York gewöhnt bist, mit vielen Besuchern und großen Festen. Deshalb haben Ansegisil, Gerhild und ich uns vorgenommen, demnächst ein Begrüßungsfest auf Ath Troim auszurichten, zu dem wir alle Nachbarn von nah und fern einladen werden."

„Eine hervorragende Idee," stimmte Dagobert zu. „Dann kann Mechthild gleich einen Eindruck von den Iren und ihren Sitten und Gebräuchen bekommen." Alle lachten.

„Ihr braucht euch nicht die geringsten Sorgen zu machen, dass es mir langweilig werden könnte," wandte sich Mechthild an das Geschwisterpaar und Gerhild. „Ich möchte gleich damit anfangen, hier mitzuarbeiten, beim Säubern des Hauses, bei der Versorgung der Tiere und beim Bestellen der Felder. Sagt mir nur, wo ich mich nützlich machen kann. Leider habe ich nie gelernt, Wolle oder Flachs zu spinnen oder Stoffe zu weben. Höchstens Stickereien habe ich gemacht. Haldetrud und Gerhild, ich bitte euch herzlich, es mir beizubringen. Ich würde es sehr gern lernen." Sie blickte die beiden erwartungsvoll an.

Gerhild und Haldetrud sahen sich etwas ratlos an. Mit einer solchen Überraschung hatten sie nicht gerechnet, die Männer ebenso wenig. Schließlich war Mechthild seit ihrer Kindheit im Königspalast kaum an Arbeit gewöhnt, schon gar nicht an Arbeit in der Landwirtschaft. Doch die beiden wollten nicht unhöflich sein. Sie freuten sich außerdem über Mechthilds Bereitschaft, mitzuarbeiten. „Alles, was du lernen willst, wie Spinnen und Weben, kann ich dir selbstverständlich beibringen, Mechthild," bot Gerhild ihr an.

„Hausarbeit ist ja im großen und ganzen nicht allzu schwierig, bis auf Kochen und Backen, " wandte sich sich jetzt Haldetrud an Mechthild, „es ist allerdings schwere Arbeit. Einen so großen Hof zu bewirtschaften, würden wir allein ohnehin nicht schaffen, wir haben zum Glück einige Mägde und Knechte, die für uns arbeiten. Wenn es etwas gibt, wobei du dich nützlich machen kannst, Mechthild, werde ich dir Bescheid sagen. Ich wäre hocherfreut, wenn du mitarbeiten willst."

Es wurde nun damit begonnen, die Truhen ins Haus zu tragen und in den zwei für das junge Paar vorgesehenen Räumen aufzustellen. Als die letzte Truhe an ihrem Platz stand, fielen sich Dagobert und Mechthild in die Arme und küssten sich. Zärtlich blickte Dagobert seine Frau an. „Ich liebe dich so sehr, meine geliebte Mechthild. Ich bin sehr stolz auf dich, dass du im Haus und auf dem Hof mitarbeiten willst. Gleich morgen werde ich mit Ansegisil anfangen, Bäume für den Bau des neuen Hauses zu fällen. Beim Bau werden uns die Knechte unterstützen."

„Ich freue mich schon sehr auf die erste Nacht in unseren beiden Räumen, Liebster," flüsterte Mechthild. „Auf der Reise hatten wir ja kaum Gelegenheit, uns zu lieben. Das holen wir heute Nacht nach." Zärtlich küsste sie Dagobert.

Am nächsten Tag begannen also Dagobert, Ansegisil und zwei Knechte, Bäume zu fällen, vor allem Eichen, auch einige Kiefern. Am Beginn des Baus wurde zuerst ein aus hölzernen Pfosten in den Boden eingetieftes tragendes Gerüst errichtet, für die Wände wurden nebeneinander liegende dicke Bretter eingefügt, die auch für den Dachstuhl benutzt wurden. Zum Abschluss würden sie das Dach mit Reet decken.

Mechthild lernte schnell. Für die Hausarbeit brauchte sie keine langen Anweisungen; für die Fütterung der Schweine, der Hühner und Gänse musste sie erklärt bekommen, welches Futter die Tiere jeweils bekamen und wie viel. Am längsten brauchte sie, um das Melken der Kühe und Ziegen zu erlernen, aber schließlich beherrschte sie es so vollkommen, dass Gerhild und Haldetrud staunten. „Ich glaube, das kommt daher, weil sie Tiere gern hat," meinte Gerhild, mir scheint aber, dass ihre Lieblinge die Pferde und die Hofhunde sind. Reiten hat sie als adliges Fräulein sicher frühzeitig gelernt."

Gerhild und Haldetrud waren bald Mechthilds beste Freundinnen. Und von ihren Kindern war sie geradezu entzückt. Sie hatte sie bald in ihr Herz geschlossen und verwöhnte sie, wo sie nur konnte.

Eines Tages klopfte jemand zaghaft an die Haustür. Mechthild öffnete, ein Mann in mittleren Jahren blickte sie fragend an, er wirkte unsicher. Neben ihm stand ein mageres, etwa zwölfjähriges Mädchen, das sich an die Hand des Mannes klammerte und ängstlich zu Mechthild aufsah. „Was wünschst du?" fragte ihn Mechthild freundlich.

„Ich heiße Seamus, ich bin ein Bauer aus der Nachbarschaft, aber mein Hof liegt etwas weiter weg von eurem. Ich wollte fragen, ob ihr vielleicht meine Tochter Nualla als Küchenhilfe aufnehmen könntet."

„Das muss ich erst mit meinem Mann besprechen, Seamus. Warte einen Moment." Mechthild rief nach Dagobert, der auch gleich an die Tür kam. Der Bauer wiederholte seine Bitte.

„Was meinst du, Mechthild, sollten wir das Mädchen nicht einstellen? Sie könnte sich in der Küche und vielleicht auch im Haushalt nützlich machen."

„Ich bin ganz deiner Meinung, Dagobert." Mechthild wandte sich wieder dem Bauern zu. „Also einverstanden. Deine Tochter kann bei uns als Küchenhilfe anfangen. Sie bekommt drei Mahlzeiten am Tag, schlafen kann sie in der Unterkunft der Mägde. Sie soll erst einmal sechs Wochen zur Probe arbeiten. Wenn sie sich gut macht, kann sie bleiben. Bist du einverstanden, Seamus, und du auch, Nualla?"

Der Bbauer schien sehr erleichtert zu sein. „Natürlich bin ich einverstanden. Ich danke euch für eure Großherzigkeit." Nualla verzog allerdings keine Miene. Sie sprach auch nicht, sah einfach ins Leere.

Mechthild strich dem Mädchen über das lange, zerzauste Haar. „Ich bin sicher, es wird dir bei uns gefallen, Nualla. Wir machen dir auch ein neues Kleid, und unser Essen wird dir bestimmt schmecken." Sie lächelte und nahm das Mädchen an die Hand.

Seamus bedankte sich noch einmal und verabschiedete sich von seiner Tochter. Sie blickte ihm wehmütig nach, als er sich auf den Rückweg machte. „Du kannst deine Eltern ja schon am Sonntag beim Gottesdienst wiedersehen, Nualla," versuchte Mechthild, das Kind zu trösten. „Außerdem können sie dich auch besuchen kommen." Mechthild war klar, dass die Trennung von der Familie nicht einfach für das Mädchen war, es war ein großer Schritt, das Ende ihrer Kindheit. Sie nahm die Kleine mit sich und stellte sie Orflaith, der Küchenmagd vor. „Nimm bitte Nualla unter deine Fittiche und lass sie dir in der Küche zur Hand gehen. Natürlich ist sie für schwere Arbeiten noch zu jung. Bring ihr möglichst viel bei!"

Die Ernte in der Landschaft Meath fiel dieses Jahr ausgesprochen mager aus. Es hatte im Sommer einige Wochen lang sehr heftig geregnet, sogar Hagel mit haselnussgroßen Körnern war drei Mal über die Felder niedergegangen. Ein Teil der Halme war zu Boden gedrückt worden, wo sich die Krähen und Tauben darüber hergemacht hatten. Auch das Aufstellen von Vogelscheuchen hatte nichts genützt. Sowohl Gerste und Weizen als auch Hafer waren betroffen. Zum Glück hatten Gemüsesorten wie Erbsen, Bohnen, gelbe Rüben und Zwiebeln den Unwettern recht gut getrotzt. Auch die Obsternte fiel zufriedenstellend aus. „Wir werden unsere Ernährung bis zur Ernte im nächsten Jahr umstellen müssen," meinte Dagobert. „Wir werden wohl öfter als sonst ein Huhn oder Schwein schlachten müssen. Etwas Getreide aus anderen Regionen Irlands könnten wir dazukaufen. Manche armen Leute wird diese schlechte Ernte wohl hart treffen."

Mechthild wirkte sehr bekümmert. „Aber, wird es denn vielleicht möglich sein, Dagobert, den Armen etwas von unseren Lebensmitteln abzugeben?"

„Ja, ich denke, das wird möglich sein, meine Liebste." Die beiden nahmen sich in die Arme und küssten sich. Nach Weihnachten stellte Mechthild fest, dass ihre Monatsblutung schon zum zweiten Mal ausgefallen war. Manchmal war ihr übel, einmal hatte sie sich auch übergeben müssen. Beim Schlafengehen sprach sie ihren Mann darauf an. „Es sieht ganz so aus, Liebster, dass ich schwanger bin." Sie lächelte versonnen.

Dagobert küsste seine Frau. „Ich liebe dich, Mechthild. Ich kann dir gar nicht sagen, wie sehr. Das ist eine wunderbare Nachricht!" Mechthild strich ihrem Mann über seine langen Haare. Sie schmiegte sich fest an ihn. Sie liebten sich zärtlich.

Die nächsten Monate waren für Mechthild die glücklichsten ihres Lebens. Immer wieder dankte sie Gott für das in ihr wachsende Kind und bat ihn inständig, dass die Geburt nicht allzu schwer sein möge. Als sich endlich das Kind in ihrem Bauch zu bewegen begann, lachte sie vergnügt und sang ein altes angelsächsisches Liebeslied. Mitte August war es schließlich so weit. Die Schwangerschaft war bisher ohne Komplikationen verlaufen; jetzt bekam Mechthild doch Angst, als die Wehen einsetzten. Schon vor einigen Tagen war eine Bauersfrau von einem benachbarten Hof geholt worden, damit sie gleich an Ort und Stelle wäre, wenn die Geburtswehen einsetzten. Die Frau mit dem Namen Aeryn war in mittleren Jahren, ziemlich korpulent und hatte ein sonniges Gemüt. Es gelang ihr, Mechthild zu beruhigen und ihr die Angst vor der Geburt zu nehmen. Mit sicherer Hand untersuchte sie die Gebärende und lehrte sie die richtige Atemtechnik. Die Presswehen waren aber doch sehr schmerzhaft, wie es bei vielen erstgebärenden Frauen zu sein pflegt; Mechthild schrie zweimal laut, aber das Kind kam dann recht schnell. Noch bevor Aeryn die Nabelschnur durchtrennt hatte, legte sie das Neugeborene der Mutter auf die Brust. Mechthild strahlte vor Glück, sie herzte und küsste ihr Baby, einen kräftigen Jungen, der bald seinen ersten Schrei ausstieß. Sie legte das Kind an ihre Brust, wo es sofort zu nuckeln begann.

Jetzt durfte auch der Vater den Raum betreten, der bis dahin vor der verschlossenen Tür unruhig hin und her gewandert war. Er stieß einen Freudenschrei aus, als er das Neugeborene mit seiner Mutter erblickte. Alles war gut gegangen, die beiden waren offensichtlich in bester Verfassung. Er stürzte zu ihnen hin, küsste seine Frau und seinen Sohn und stammelte vor Glück: „Meine Geliebte, meine liebste Mechthild, wie hast du das nur so gut hingekriegt, es ist ein Wunder." Er tätschelte und streichelte den Kleinen immer wieder und war geradezu außer sich vor Freude. „Wie wollen wir ihn nennen?" fragte er Mechthild.

Sie lächelte. „Ich weiß noch nicht. Ich habe gedacht, bei einem Jungen suchst du einen fränkischen Namen aus, einem Mädchen gebe ich einen angelsächsischen Namen."

„Einverstanden. Er soll nach meinem Vater Sigibert heißen."

Mechthild erholte sich rasch von der Geburt. Wann immer der kleine Sigibert Hunger hatte, gab sie ihm die Brust. Ihr Glück kannte keine Grenzen, es war die pure Seligkeit. Dagobert war mächtig stolz auf seinen Sohn, er war bald völlig vernarrt in ihn. Auch Gerhild und Haldetrud waren entzückt von dem kleinen Neuankömmling. Die drei Mütter saßen oft zusammen, sie konnten sich endlos lange über Kinderernährung, Kindererziehung und Kinderkrankheiten unterhalten.

Nualla, die Küchenhilfe, hatte sich bisher recht gut gemacht. Während der Probezeit war sie fleißig gewesen, sie hatte alle ihr aufgetragenen Arbeiten zufriedenstellend erledigt. Sie war bescheiden und ausgesprochen wissbegierig. Doch nach dem Ende der Probezeit begann sich ihr Verhalten zu ändern. Sie nörgelte an allem Möglichen herum, weigerte sich, dieses oder jenes zu tun, und gab freche Antworten. Mechthild war sehr enttäuscht von ihr. „Wir haben sie aus Gutherzigkeit aufgenommen, aber so vergilt sie es uns," meinte sie etwas ärgerlich zu Dagobert.

„Wir haben uns leider in Nualla getäuscht," erwiderte er, „wir müssen sie wohl oder übel wieder zu ihren Eltern schicken."

Mechthild wollte dem Mädchen noch eine Chance geben. Sie wies Nualla darauf hin, dass es so nicht weitergehen könne. Aber das Mädchen war in keiner Weise einsichtig. „Ich finde nicht, dass ich mich nicht richtig betrage. Ich sehe keinen Grund, mein Verhalten zu ändern."

„So Leid es mir tut, Nualla, du kannst dann nicht mehr bei uns bleiben. Mein Mann oder Ansegisil wird dich morgen zu deinen Eltern zurückbringen."

Das einzige, was das Mädchen darauf antwortete, war: „Es hat mir sowieso nicht bei euch gefallen." So kam es, dass Ansegisil am nächsten Morgen mit Nualla aufbrach und sie zum Hof der Eltern brachte. Die waren bestürzt über das Ende der Dienstzeit auf Ath Troim, fragten Ansegisil, ob er es sich nicht noch einmal überlegen könne, doch Ansegisil schüttelte den Kopf. „Das geht leider nicht."

Mit den Worten „Ich wünsche euch und Nualla alles Gute." verabschiedete er sich.

Es dauerte nicht mehr lange, und Mechthild bemerkte wieder die Anzeichen einer Schwangerschaft. Sie war hocherfreut und sagte lachend zu Dagobert: „Ich hatte vor einer Weile geträumt, dass ich sieben Kinder geboren hätte, alles Mädchen. Nun ist aber unser erstes Kind ein Junge geworden. Ich hätte wirklich gern eine ganze Kinderschar um mich, Liebster."

Dagobert musste auch lachen. „Das kriegen wir schon hin, Mechthild." Er küsste seine Frau. „Ich hätte auch nichts gegen mehrere Kinder, die durchs Haus toben und die Wände bemalen. Ich hatte eine jüngere Schwester, aber sie war erst zwei Jahre alt, als ich mit vier Jahren nach Irland verbannt wurde, ich hätte gern Geschwister gehabt, mit denen ich spielen und lauter dummes Zeug hätte machen können."

Wieder verlief Mechthilds Schwangerschaft ganz ohne Probleme. Sie freute sich über das zweite Kind, das in ihrem Bauch heranwuchs und hielt oft Zwiesprache mit ihm. Sigibert entwickelte sich inzwischen zu einem äußerst munteren Knaben, zu einem regelrechten Wildfang. Bald war nichts vor ihm sicher, er fasste alles an, ließ es fallen, und so gingen etliche Dinge im Haus, besonders Gläser und Steingutgeschirr, zu Bruch. Er liebte die Geschichten, die Mechthild und manchmal auch Dagobert ihm erzählten. Schon bald summte er die Melodien mit, wenn seine Mutter ihm Lieder vorsang. Besonders gern ging er mit seinen Eltern in den Stall, wo er Kühe, Pferde und Schweine bewunderte. Im Winter zog er sich einmal eine Erkältung zu, die ihn für mehrere Tage auf sein Lager zwang. Als das Fieber immer höher stieg, bekam er Weidenrindentee zu trinken. Mechthild scheute sich nicht, alte Zaubersprüche der Angelsachsen über ihm zu singen. Was auch immer gegen das Fieber half, vielleicht einfach Sigiberts robuste Natur, nach einer Woche war er wieder quietschvergnügt und sprang durch das Haus wie eh und je.

Bei der Geburt ihres zweiten Kindes waren Mechthilds Geburtsschmerzen deutlich geringer als beim ersten Mal. Sie gebar ein zartes, aber gesundes Mädchen, das die Eltern Hrodwyn nannten.

Sigibert schien zuerst gar nicht erfreut zu sein über die Ankunft seiner kleinen Schwester, er wurde geradezu eifersüchtig auf das Baby, dem seine Mutter offensichtlich viel zu viel Aufmerksamkeit schenkte. Wenn Hrodwyn gestillt wurde, wollte er auch an die Mutterbrust, obwohl er eigentlich schon abgestillt war. Mechthild ließ ihn auch wieder ab und zu an ihrer Brust trinken, aber nach einigen Wochen war er es Leid. Er verstand schon eine ganze Menge, wenn die Eltern mit ihm redeten, das eine oder andere Wort konnte er schon selber aussprechen. Es gab ja das Problem, dass die Mutter Angelsächsisch mit ihm redete, Dagobert aber auf Fränkisch. Doch haben kleine Kinder meistens keine großen Schwierigkeiten mit einer zweisprachigen Erziehung. So erging es auch Sigibert.

Hrodwyn trank zwar ebenso eifrig wie Sigibert, als er in ihrem Alter gewesen war, aber sie blieb ein zartes Kind. Ihre Eltern liebten sie heiß und innig. „Von jetzt an werde ich nur noch Mädchen bekommen, wie in meinem Traum," meinte Mechthild, während sie Hrodwyn wickelte.

„Ob Junge oder Mädchen, mir sollen alle Kinder recht sein," erwiderte Dagobert. Ansegisil und er arbeiteten sehr gut miteinander bei den täglichen Arbeiten auf dem Gutshof, bei der Verwaltung sowie beim Hausbau. Kurz vor Weihnachten teilte Mechthild freudestrahlend der ganzen Familie mit, dass sie wieder ein Kind erwarte. Und wieder gebar sie ein Mädchen, ebenso zart wie Hrodwyn. Dieses Mädchen erhielt den Namen Eadwyth. Und noch einmal wurde Mechthild schwanger, aber diesmal verlief nicht alles so glatt wie die vorigen Male. Mechthild musste sich monatelang immer wieder übergeben, sie nahm kaum zu. Nur ihre Unterschenkel und Füße wurden dicker. Sie fühlte sich elend, aber niemand konnte ihr helfen. Eine Heilerin kam und brachte Heilkräuter, die zu einem Tee aufgebrüht wurden, leider ohne Erfolg. Außerdem sprach die Heilerin davon, dass das Kind in Querlage liege. Aber der Hebamme gelang es nicht, das Kind im Mutterleib zu drehen. Selbst ein berühmter Arzt konnte nichts tun. Man hatte auch noch vom Kloster einen in der Heilkunde erfahrenen Mönch kommen lassen, aber auch er konnte nicht helfen, das Kind konnte auch er nicht drehen. Schließlich setzten die Wehen ein, aber auf Grund der Querlage gelang es dem Kind nicht, das Licht der Welt zu erblicken. Mechthild hatte furchtbare Schmerzen, sie wurde immer schwächer. Mit letzter Kraft konnte sie noch ihrem Mann zuflüstern: „Ich liebe dich, mein liebster Dagobert. Ich sterbe. Meine Kinder, mein Ein und Alles, du musst sie immer lieb haben und dich um sie kümmern."

Dagobert kniete verzweifelt neben ihr und flehte immer wieder: „Meine Geliebte, du darfst nicht sterben, du darfst nicht sterben."

Doch Mechthild verlor das Bewusstsein, eine Stunde später war sie tot. Dagobert warf sich über sie, er umklammerte ihren Körper, er küsste sie, er weinte und heulte in seinem Gram.

Während der nächsten Tage war Dagobert nicht in der Lage, an irgendetwas zu denken oder irgendetwas zu tun. Er rief nur ständig: „Meine liebe Mechthild, wo bist du? Du kannst doch nicht tot sein! Wo bist du denn, meine Geliebte?" Er wälzte sich schlaflos auf seinem Lager, starrte die Wand an und flehte: „Nimm mich zu dir, Gott! Lass mich jetzt auch sterben! Nimm mich dorthin, wo Mechthild ist!"

Doch er starb nicht. Gerhild und Haldetrud kümmerten sich um Sigibert, Hrodwyn und Eadwyth. Eine Amme wurde gerufen, um das jüngste Mädchen noch eine Weile zu stillen. Nach einer Woche brütete Dagobert nach wie vor finster vor sich hin, er verließ kaum sein Lager.

Als er wieder einmal zwischen Träumen und Wachen dalag, beschloss Haldetrud, ihn wach zu rütteln. Als er die Augen öffnete, fragte sie ihn kurz und bündig: „Dagobert, willst du in der Welt der Toten leben, oder in der Welt der Lebenden?"

Er erhob sich, sein Gesicht war von Tränen nass, er lehnte sich an die Brust der Frau, die ihn als kleines Kind groß gezogen hatte. „Ach Haldetrud," stöhnte er, warum musste sie so jung sterben? Es ist nicht recht, dass Gott eine Frau in ihrem Alter zu sich ruft, deren Kinder noch so klein sind. Was soll nur aus den armen Würmchen werden?"

„Dagobert," fuhr Haldetrud fort, „natürlich musst du klagen, weinen und mit Gott hadern, und du wirst um Mechthild dein ganzes Leben

311

lang trauern, aber es ist nicht richtig, dass du in deinem Kummer deine lieben kleinen Kinder vergisst. Sie brauchen dich ganz dringend. Sie haben ihre Mutter verloren, sollen sie jetzt auch noch ihren Vater verlieren? Du hast eine große Verantwortung ihnen gegenüber, kümmere dich jetzt um sie! Du hast sie doch lieb, dessen bin ich mir ganz sicher, Mechthild würde es so wollen." Haldetrud nahm ihren Ziehsohn in die Arme.

„Du hast Recht, ich darf mich jetzt nicht völlig in die Trauer um meine geliebte Frau zurückziehen. Der Schmerz meiner lieben Kinder ist vielleicht noch größer als meiner. Sie brauchen die Liebe und Fürsorge des Vaters. Ich will jetzt für sie da sein."

Dagobert rief seine Kinder zusammmen, nahm sie alle nacheinander in die Arme und küsste sie. „Ich hab euch alle sehr, sehr lieb; eure Mutter ist jetzt bei Gott im Himmel, sie sieht euch, ihr könnt immer mit ihr reden. Ich bin euer Vater, mit mir könnt ihr auch immer reden; ihr könnt immer zu mir kommen, wenn ihr Kummer habt, oder wenn ihr mich irgendetwas fragen wollt."

Die beiden Mädchen verstanden noch nicht so richtig, was ihr Vater gesagt hatte, aber sie spürten, dass er sie liebte, dass er für sie da war. Sigibert sah scheu zu ihm auf. „Papa, können wir nicht auch da sein, wo Mama jetzt ist, im Himmel?"

Dagobert strich ihm über seine schönen, langen, dunkelblonden Haare.

„Aber natürlich werden wir eure Mutter im Himmel wiedersehen, mein Junge, aber jetzt noch nicht, erst wenn wir auch gestorben sind."

„Wann wird das denn sein, Papa?"

„Das weiß ich nicht, Sigibert, niemand weiß, wann er sterben wird. Man muss geduldig darauf warten."

Nachdem Mechthild gestorben war, hatte sich vieles für Dagobert verändert. Die Zeit wälzte sich träge dahin wie ein langsam fließender, breiter Strom. Wirklich begreifen konnte er es noch immer nicht, dass sie tot sein sollte. Oft ging er zu ihrem Grab, um von seinen Sorgen zu sprechen und ihr von den Kindern zu erzählen. Mechthild war auf dem Anwesen zwischen zwei großen Eichen begraben worden. Nach uraltem angelsächsischem Brauch hatte Dagobert ihr einige Gebrauchsgegenstände wie einen Spiegel und einen Kamm, sowie ihren Schmuck mit ins Grab gelegt.

Oft empfand Dagobert eine dumpfe Leere, die wie ein schwerer Stein auf seiner Brust lag. Am besten ging es ihm, wenn er in Gedanken bei Mechthild war. Er war ihr dann ganz nah, es war fast, als spürte er ihren Atem, als hörte er sie sprechen, als fühlte er ihre weiche Haut. Es war schön und zugleich todtraurig. Dann fiel der Schmerz wieder mit Macht über ihn, er begann zu weinen. Das Zusammenleben mit Haldetrud, Ansegisil und Gerhild war sehr tröstlich für ihn, seine Zieheltern hatte er schon lange so lieb, als wären es seine leiblichen Eltern. Am glücklichsten aber war er, wenn er mit seinen Kindern zusammen war. Durch sie fühlte er sich mit Mechthild verbunden, Hrodwyn sah ihr am ähnlichsten. Die Kinder spielten oft fröhlich miteinander, aber das Größte für sie war, wenn ihr Vater ein Pferd vor einen Wagen spannte und sie auf einen Ausflug mitnahm. Wenn sie zu Bett gingen, erzählte er ihnen meistens eine Geschichte, die er sich ausgedacht hatte, bevor er ihnen einen Gutenachtkuss gab und die Kerze ausblies.

In die Kirche ging Dagobert fast nie. Er haderte immer noch mit Gott. Warum nur hatte er seine geliebte Mechthild sterben lassen? Früher hatte er oft das Gefühl gehabt, in Gottes Hand zu sein, das war jetzt vergangen. Dennoch wusste er mit Sicherheit, dass Mechthild in Gottes Hand war, und dass es ihr gut ging. Manchmal träumte er von seiner Geliebten, es waren immer schöne Träume. Sie liefen gemeinsam über eine große Wiese, sie spielten mit den Kindern, sie küssten sich. Wehmütig wachte er dann auf und streckte im ersten Moment seine Hand aus, als ob er Mechthild berühren könnte.

Das Leben auf Ath Troim ging seinen gewohnten Gang, im Rhythmus der Jahreszeiten. Von der Natur mit ihren Wundern des Werdens und Vergehens empfing Dagobert auch großen Trost. Er spürte, dass er mit allen Lebewesen, besonders den Tieren, aber auch den Pflanzen, auf eine geheimnisvolle Weise verwandt war. Sie alle waren seine Brüder und Schwestern.

VIERZEHNTES KAPITEL

ZURÜCK IN DIE ALTE HEIMAT

Während der letzten 20 Jahre hatte es viele Veränderungen in den Machtstrukturen der fränkischen Teilreiche gegeben. Nach dem Tod König Chlodwigs II im Jahr 657 übernahm seine Witwe Balthild die Regentschaft für ihren minderjährigen Sohn Chlothar III, der nominell bis zu seinem Tod im Jahr 673 über Burgund und Neustrien herrschte. Faktisch führte der Majordomus Ebroin die Regierungsgeschäfte in diesen beiden Teilreichen, zusammen mit Balthild, bis sie sich im Jahr 664 in ihr Kloster Chelles zurückzog. In Austrasien dagegen war es dem Majordomus Grimoald gelungen, seinen Sohn Childebert auf den Thron zu setzen. Dieser starb aber schon 661. Nun erreichte es Chimnechild, die Mutter ihres nach Irland verbannten Sohns Dagobert, dass Chlothars III jüngerer Bruder Childerich II, ein Vetter des verbannten Dagoberts, König in Austrasien wurde. Auch für diesen, einen ebenfalls minderjährigen Knaben, übernahm seine Mutter Balthild die Regentschaft. Bis zum Jahr 675 war Childerich II König von Austrasien. Doch im Herbst 675 wurde er zusammen mit seiner schwangeren Frau und einem seiner Söhne ermordet. Er hatte offenbar versucht, als er 673 auch König von Neustrien und Burgund wurde, seinem Majordomus Wulfoald dieses Amt für das Gesamtreich zu übertragen. In diesen Jahren 673 bis 675 war Childerich II in der Tat König des gesamten Frankenreichs gewesen. Doch es gab eine Zusage des Königs Chlothar II in Form einer Verfassungsurkunde,

315

dass jedes Teilreich seinen eigenen Majordomus haben müsse. An diese Bestimmung hatte Childerich II sich nicht halten wollen. Aus diesem Grund ließ der neustrisch – burgundische Adel ihn ermorden.

In den Wirren nach dem Tod König Childerichs II beschlossen Wulfoald, der Majordomus von Austrasien, Dagoberts Mutter Chimnechild sowie mehrere mächtige austrasische Adlige im Jahr 676, Dagobert aus Irland zurückholen zu lassen und ihn als König von Austrasien zu inthronisieren. Hierzu ließen sie Dagoberts Freund, den Bischof Wilfrid von York, bitten, für die Rückkehr Dagoberts zu sorgen und ihn mit allem Nötigen auszustatten, vor allem mit einem Gefolge, das eines Königs würdig wäre.

Als ein Bote des Bischofs Anfang des Jahres 676 auf Ath Troim mit der Nachricht vom Ruf aus Austrasien eintraf, konnte Dagobert es zuerst kaum glauben. Sein Leben hatte bisher aus der Arbeit in der Landwirtschaft bestanden. Allerdings hatte er vorübergehend das höfische Leben im Palast des Königs von Northumbria kennengelernt, wo er ja auch seine Frau, eine angelsächsische Prinzessin, geheiratet hatte. Sollte er wirklich seine jetzige beschauliche Existenz für ein Leben als König von Austrasien eintauschen? Ihm war bekannt, wie unsicher und labil die politischen Verhältnisse im Frankenreich waren. Das Leben eines Königs dort würde ständig durch die Intrigen seiner politischen Gegner gefährdet sein. Die Ermordung seines Vetters Childerich II und dessen Frau im Herbst des vorigen Jahres war dafür ein schreckliches Beispiel.

Dagobert erbat sich Bedenkzeit für die Antwort an Bischof Wilfrid von York. Am Abend nach dem Essen besprach er sich mit Haldetrud,

Ansegisil und Gerhild. „Keine einfache Entscheidung," meinte Ansegisil. Haldetrud blickte stolz auf ihren Ziehsohn, der jetzt 24 Jahre alt war. „Das ist wohl wahr. Aber du bist der rechtmäßige Erbe des Throns von Austrasien, Dagobert. Nur durch den Machthunger Grimoalds, des Majordomus von Austrasien, wurden dir damals die Haare geschoren, und du wurdest nach Irland verbannt, um hier als Mönch dein Leben zu verbringen. Und nach dem Tod dieses Childebert, Grimoalds Sohn, wurdest du wieder übergangen, statt deiner wurden deine Vettern Chlothar III und Childebert II Könige auf dem Thron, der dir zugestanden hätte. Ich finde, du solltest dein Recht auf die Krone Austrasiens jetzt auch in Anspruch nehmen, da sie dir von den Großen des Reiches angeboten wird."

„Aber denk doch nur an die Gefahren, die mit diesem Amt verbunden wären, Haldetrud," wandte Gerhild ein. „Man hat es gesehen bei der grauenvollen Ermordung von Childebert II und seiner Ehefrau. Und solche Morde an Königen hat es im Frankenreich auch früher schon gegeben. Bleib lieber hier, Dagobert! Es geht dir doch gut hier mit deinen Kindern und uns, deinen Freunden."

Nach längerer Diskussion sagte Dagobert schließlich: „Ich will das Erbe meines Vaters antreten, das mir nach altem fränkischem Recht zusteht – ein Erbe, das nach vielen Generationen von meinen Vorfahren auf mich gekommen ist. Ich will mich ihm mutig und tapfer stellen, so wie ich mich in der Schlacht Loingsechs Clansmännern gestellt habe. Nicht zuletzt empfinde ich es als Ehre, als Franke für mein Volk, die Franken, da zu sein und sie zu regieren, wie es mir als dem Thronerben zukommt. Meine Antwort werde ich morgen früh dem Boten mitteilen."

Alle schwiegen eine Weile. Dann ergriff wieder Haldetrud das Wort: „Da du dich entschlossen hast, Dagobert, endgültig Irland zu verlassen, um im Frankenreich dein Erbe anzutreten, möchte ich dich nicht allein ziehen lassen, nur mit deinen kleinen Kindern im Schlepptau. Für die Drei wird es auch eine gewaltige Veränderung, eine große Herausforderung sein. Als du noch ein kleiner Junge warst, habe ich – zusammen mit meinem Bruder – lange für dich gesorgt. Deshalb empfinde ich nach wie vor eine Verantwortung dir gegenüber, dir auch weiterhin zur Seite zu stehen. Du wirst in Zukunft so viel zu bedenken, so viel zu tun haben, dass es für dich bestimmt eine große Hilfe ist, wenn ich mich auch weiter um deine Kinder kümmern kann. Sie sind an mich gewöhnt, auch mit meinen Kindern sind sie vertraut. Davon abgesehen, hätte ich auch die Gelegenheit, meinen alten Vater zu besuchen und auf seinem Hof nach dem Rechten zu sehen. Bist du damit einverstanden, Dagobert?"

„Ich danke dir für deinen Vorschlag, Haldetrud." Dagobert nahm seine Ziehmutter in die Arme und küsste sie. „Ich freue mich sehr, dass du mich, zusammen mit deinen Kindern, begleiten willst. Du und Ansegisil, ihr gehört zu meinem Leben, so wird es immer bleiben. Du nimmst mir eine große Last von den Schultern, Haldetrud. So kannst du auch für meine Kinder weiterhin ihre Ziehmutter sein, nachdem Mechthild so früh von uns gegangen ist."

Nun wandte sich auch Ansegisil an seinen ehemaligen Ziehsohn: „Ich würde sehr gern mit Gerhild und unseren Kindern dich und Haldetrud ins Frankenreich begleiten. Aber es muss doch jemand hier bleiben,der den Hof weiterhin verwaltet. Wer weiß, welches Schicksal uns alle erwartet. Niemand kann es wissen. Vielleicht möchte Haldetrud eines Tages doch wieder nach Irland zurückkommen. Dann kann ich sie auf dem Anwesen, das zu ihrer zweiten Heimat geworden ist, wieder in die Arme nehmen. Ich wünsche euch beiden viel Glück. Möge Gott euch auf eurem weiteren Lebensweg segnen und euch immer zur Seite stehen. Ich werde euch natürlich sehr vermissen. Seit dem Tag, als Bischof Dido Haldetrud und mir befal, dich nach Irland in die Verbannung zu begleiten, habe ich dich lieb gewonnen, Dagobert. Deinen Entschluss respektiere ich, du tust das Richtige." Auch Gerhild schloss sich den guten Wünschen ihres Mannes an.

„Du hast meine Gedanken erraten, Ansegisil." Dagobert lächelte glücklich. „Es freut mich, dass du mit Gerhild hier bleiben willst. So bleibt der Hof für unsere gemeinsame Familie erhalten. Wer weiß, ob wir uns eines Tages nicht wirklich alle hier wiedersehen werden?" Dagobert ergriff Ansegisils beide Hände und drückte sie fest. „Auch dich und Gerhild möge Gott segnen und immer an eurer Seite sein. Ich reise ja nicht gleich morgen ab. Ich denke, ich sollte bis März warten, bis die schlimmsten Winterstürme sich ausgetobt haben, und die Überfahrt nach Britannien nicht mehr gefährlich ist. Wärest du damit einverstanden, Haldetrud?"

„Das ist ein guter Zeitpunkt," erwiderte Haldetrud, „so haben wir genügend Zeit, uns auf die Reise vorzubereiten und hier mit Ansegisil und Gerhild alles zu regeln. Ich hab dann auch genug Zeit, mich von den Nachbarn und vor allem vom Vater Abt zu zu verabschieden."

Irland war in all den Jahren zu Dagoberts Heimat geworden; im Frankenreich hatte er nur die ersten vier Jahre seines Lebens verbracht. Der Abschied fiel ihm recht schwer, aber am schwersten war es, Mechthilds Grab zurückzulassen. Er ging jetzt oft mehrmals am Tag zu ihrem Grab, um sich von ihr zu verabschieden. Auch von den Mönchen, die ihn in der Klosterschule unterrichtet hatten, die seine Freunde geworden waren, nahm er Abschied, besonders natürlich vom Vater Abt, der ihm manches Mal mit seinen Ratschlägen und seelsorgerischen Gesprächen geholfen hatte.

Einige Wochen vor der geplanten Abreise schickte Dagobert eine Nachricht an Wilfrid, den Bischof von York, und ließ ihn sein ungefähres Ankunftsdatum in Lancaster wissen. Er informierte ihn auch darüber, dass ihn seine ehemalige Ziehmutter mit ihren drei kleinen Kindern begleitete und auch weiter mit ihm ins Frankenreich reisen würde. Schließlich war der Tag des Aufbruchs gekommen. Jetzt musste endgültig Abschied genommen werden. Viele Tränen flossen. Gerhild blieb mit ihren Kinden auf Ath Troim zurück, da Ansegisil mit zum Hafen nach Ath Cliath fuhr. Haldetrud und die Kinder saßen in einem bequemen, vierrädrigen Reisewagen, der von Ansegisil gelenkt wurde. Er hatte eine kräftige, ruhige Stute angespannt. Nach einer ruhigen Fahrt kamen sie im Hafen von Ath Cliath an, wo das Schiff, das sie nach Britannien bringen sollte, schon vor Anker lag. Jetzt wurde es Dagobert und Haldetrud doch weh ums Herz, weil dies ein endgültiger Abschied von Irland war. Viel Leid hatten sie hier erfahren, aber auch unermesslich großes Glück. Beider Ehepartner waren hier gestorben und begraben. Es war nicht leicht, ihre Lieben in der irischen Erde zurückzulassen.

Die Kinder waren sehr aufgeregt, als sie das Schiff sahen. Sie hatten auch das Meer noch nie gesehen, geschweige denn, dass sie es auf einem Schiff befahren hätten. Sie jubelten und kreischten vor Vergnügen, als das mächtige Lateinersegel gesetzt wurde und sich im Wind blähte. Die Überfahrt gestaltete sich ohne Komplikationen, sie dauerte, wie gewöhnlich, einen Tag und eine Nacht. Etwa auf halber Strecke türmten sich allerdings beängstigend hohe Wellen auf, obwohl der Wind nicht heftig blies. Der Kapitän meinte, es hätte am Vortag einen schweren Sturm gegeben, es sei nicht ungewöhnlich, dass am folgenden Tag der Wellengang immer noch recht hoch sei. Doch der Rudergänger, ein erfahrener älterer Fahrensmann, steuerte das Schiff so geschickt durch Wellentäler und über Wellenberge, dass keine kritische Situation entstand. Natürlich waren Haldetruds und Dagoberts Kinder nicht an eine solche Berg- und Talfahrt gewöhnt, so dass sie sie alle seekrank wurden. Als das überstanden war, legten sie im Hafen von Holyhead an, glücklich, wieder festen Boden unter den Füßen zu haben. Am nächsten Tag ging die Seefahrt aber schon weiter, diesmal nach Nordosten an der britannischen Küste entlang bis zum Hafen von Lancaster.

Als das Schiff angelegt hatte, dauerte es nicht lange, bis ein Mann auf sie zukam, der sich als Kutscher des Bischofs Wilfrid von York vorstellte. „Wir warten schon seit zwei Tagen auf euch, ich bin froh, dass ihr alle gesund und munter hier angekommen seid." Er führte sie an einen Platz etwas abseits vom Hafen. Dort stand ein geräumiger

Reisewagen für Haldetrud und die Kinder bereit, sowie ein Pferd für Dagobert. Außerdem erwartete sie eine Eskorte von drei bewaffneten Männern. Dagobert war beeindruckt und sehr erleichtert über die Eskorte. Die Kinderschar mit Haldetrud nahm Platz im Wagen, Dagobert saß auf, es ging weiter nach York. Sie hatten großes Glück mit dem Wetter, bis auf zwei kurze Schauer blieb es trocken. Von der Sonne beschienen zeigte sich die herrliche Landschaft Northumbrias von ihrer schönsten Seite.

Der Empfang durch den Bischof war überaus herzlich. Er umarmte Dagobert und rief leutselig: „Ich grüße den König von Austrasien. Herzlichen Glückwunsch zu deiner Ernennung! Der bischöfliche Palast ist groß genug, um euch alle zu beherbergen. Ich habe gedacht, nachdem ihr euch einen oder zwei Tage ausgeruht habt, könnt ihr die Reise fortsetzen. Die Eskorte wird euch dann nach Dover an der Südküste Britanniens geleiten. Das ist eine beträchtliche Strecke. Ihr werdet unterwegs wohl ein- oder zweimal in einer Herberge übernachten müssen. Selbstverständlich wird es mir eine Ehre sein, alle Kosten für die Reise zu übernehmen. So, meine Lieben, jetzt lasst euch erst einmal eure Zimmer zeigen, danach sehe ich euch beim Abendessen wieder." Der Bischof strahlte über das ganze Gesicht. Offensichtlich machte es ihm Freude, seinem alten Freund helfen zu können.

„Du bist zu gütig, Bischof Wilfrid," antwortete Dagobert. „Ich bin überwältigt. Wie soll ich dir jemals dafür danken können?"

„Aber das ist doch selbstverständlich, Dagobert. Unser Vater im Himmel weiß allein, ob ich deine Hilfe nicht eines Tages in Anspruch nehmen werde, wenn du erst auf dem Thron von Austrasien sitzt." Er lächelte verschmitzt.

Die Kinder waren tief beeindruckt von der Stadt York. Eine so große Stadt mit einer derartig mächtigen Kathedrale hatten sie bisher nie gesehen. Noch mehr aber beeindruckte sie der bischöfliche Palast mit seiner Pracht. Mit offenem Mund standen sie vor den herrlichen Wandteppichen und Gemälden und schritten über die kostbaren Teppiche. Ihre Lager waren mit feinsten Stoffen bezogen und mit weichen Kissen und Decken ausgestattet.

Dagobert war nicht umhin gekommen, dem Königspaar, seinen Schwiegereltern, wenigstens einen kurzen Höflichkeitsbesuch abzustatten. Die Ruhepause, die die kleine Reisegesellschaft eingelegt hatte, wurde doch auf zwei Tage ausgedehnt, insbesondere weil die Fahrt von York nach Dover wohl eine Woche dauern und somit recht anstrengend sein würde. Es stellte sich heraus, dass sie sogar zehn Tage bis Dover benötigten, da sie jeweils am Abend in einer Herberge Halt machten. Auf dem langen Ritt durchquerte Dagobert zusammen mit seiner und Haldetruds Familie die Landschaften Lincolnshire, Norfolk, Suffolk, Essex und Kent, in denen sich die Angeln, Sachsen und Jüten vor etwa 250 Jahren angesiedelt hatten, nachdem sie den Ärmelkanal überquert und die einheimischen Britannier besiegt hatten. Schottland und Wales hingegen hatten sie nicht erobern können. Sie hatten damals sieben angelsächsische Königreiche gegründet, die seitdem untereinander oft zerstritten waren und sich manchmal sogar bekriegten.

Es war gut, dass Bischof Wilfrid ihnen die drei Soldaten als Eskorte mitgegeben hatte, wodurch mögliche Angreifer gleich abgeschreckt wurden. Immerhin war Bischof Wilfrid nach einem Schiffbruch an der Küste von Sussex von dortigen Einwohnern beinahe getötet worden. Nachdem Dagobert mit seiner kleinen Gesellschaft auf der Reise von York Wälder, Heideflächen, Moorgebiete, Äcker und Weiden sowie auch Flüsse durchquert hatte, ging es in Dover wieder auf ein stattliches Segelschiff; auch die Soldaten der Eskorte kamen mit. Sie hatten den Auftrag, ihre Schützlinge bis nach Metz, einer der Hauptstädte Austrasiens, zu begleiten.

Auf dem zehntägigen Ritt hatte Dagobert genug Zeit und Muße, über sein künftiges Leben, besonders über die Ernennung zum König von Austrasien, nachzudenken. Er hatte sich vielleicht doch zu schnell entschieden. Jetzt kamen ihm Zweifel, ob seine schnelle Entscheidung für das Angebot der Großen von Austrasien nicht ein Fehler gewesen war. In Irland war es ihm doch gut gegangen. Er hatte sein Auskommen, mit seiner Arbeit war er sehr glücklich gewesen, das Leben als Bauer lag ihm offensichtlich im Blut. Es war ein Erbe seines Volkes, das schon immer einer bäuerlichen Existenz nachgegangen war. Und vor allem lebte er ganz eng mit seinen Kindern zusammen. Nur seine geliebte Mechthild war ihm von Gott genommen worden.

Wenn er erst im Königspalast zu Metz regieren würde, wäre er wahrscheinlich von morgens bis abends mit Regierungsgeschäften, mit Empfängen, Audienzen und Ministerratssitzungen beschäftigt. Um seine Kinder würden sich Diener und Kinderfrauen kümmern, doch zum Glück hatten sie auch Haldetrud, die immer für sie da sein würde.

Ab und zu nahm Dagobert eines seiner Kinder vor sich auf den Sattel. Besonders Sigibert strahlte, wenn er mit seinem Vater zusammen eine Weile reiten konnte. Seit er laufen gelernt hatte, hielt er sich besonders gern bei den Tieren im Stall auf, ganz besonders liebte er die Pferde. Sooft er dafür Zeit fand, hatte sein Vater ihn zu einem Ausritt auf seinem Pferd mitgenommen. Bei einem dieser Ausritte fiel Dagobert die Geschichte von Abraham und Isaak ein. Dass Abraham den Befehl Gottes befolgen konnte, wie es in der hebräischen Bibel steht, seinen heißgeliebten Sohn auf einem Altar zu opfern, das hatte er sich noch nie vorstellen können. Er selbst würde einem solchen Befehl jedenfalls niemals Folge leisten. Auch dass Isaak sich von seinem alten Vater hatte binden und auf den Altar legen lassen, konnte Dagobert nicht begreifen. Je öfter er über diese Geschichte nachgedacht hatte, desto unglaubwürdiger erschien sie ihm. Er konnte einfach nicht glauben, dass Gott den Abraham auf eine derartig grausame Weise hatte versuchen können, um seinen Gehorsam zu prüfen. Es war ja vielleicht möglich, dass es vor so langer Zeit in manchen Völkern den Glauben gab, dass solch ein Opfer gottgefällig wäre. Etwas Ähnliches wurde ja auch vom König von Moab berichtet. Es hieß, er hätte seinen ältesten Sohn auf der Stadtmauer geopfert, um von seinem Gott die Errettung vor den angreifenden Israeliten zu erwirken. Aber für Dagobert war es unvorstellbar, dass der Gott Israels, also der Gott Jesu Christi und demzufolge auch der Gott der Christen, zu einer solch schrecklichen Forderung fähig wäre.

Dagobert liebte seine Kinder über alles. Sie waren das Licht seines Lebens, nachdem seine geliebte Mechthild von ihm gegangen war.

Ebenso begeistert, eine Weile mit dem Vater reiten zu dürfen, war die älteste Tochter Hrodwyn. Sie jauchzte und lachte, manchmal begann sie auch ein Lied zu singen, wenn sie im Sattel vor ihrem Vater saß. Er war für sie der größte, der klügste, der stärkste und der liebste Mensch auf der ganzen Welt. Nur Eadwyth, die Jüngste, war ängstlich. Beim ersten Mal, als ihr Vater sie in den Sattel setzte, begann sie gleich zu weinen. Wenn sie nach unten schaute, schien ihr der Erdboden sehr weit weg zu sein. Ihr wurde ganz schwindelig. Beim nächsten Mal weinte sie nicht mehr, aber die Sache erschien ihr doch als äußerst mulmig. Es dauerte nicht lange, bis sie bat, wieder herabgesetzt zu werden. Dagobert lächelte, er nahm es hin, ohne enttäuscht zu sein. Schließlich konnten nicht alle Kinder gleich sein.

Während der vielen Stunden im Sattel machte sich Dagobert Gedanken über das Wesen des Königtums. War es wirklich die beste Art, einen Staat zu regieren, wenn ein König über die Menschen herrschte? Der Sinn und Zweck einer solchen Herrschaft bestand doch vor allem darin, das Wohl der Menschen sicher zu stellen, indem der König zum einen die Menschen beschützte, vor allem vor Angriffen fremder Heere, aber auch vor Dieben und Mördern im eigenen Land. Zum anderen hatte er die Voraussetzungen zu schaffen, dass die Menschen in Ruhe ihrer Arbeit und ihren Geschäften nachgehen konnten, um sich und ihren Familien ein zufriedenstellendes Leben zu ermöglichen.

Wie es Dagobert während seiner Zeit als Schüler und Student von seinen Lehrern gehört hatte, gab es in der Geschichte nur einmal den Versuch einer Volksherrschaft, und zwar im Athen des fünften und vierten Jahrhunderts vor Christi Geburt. Eine solche Demokratie zu organisieren, war sicher sehr kompliziert. Die Athener hatten es wohl so gelöst, dass ein vom Volk gewählter Regent (Archon) für eine begrenzte Zeit an der Spitze des Staates stand, darunter gab es ein Kollegium von Adligen und Vornehmen, die Basis bildete eine Volksversammlung. Das schien eine gute Lösung zu sein, doch in Wirklichkeit wurde Athen in seiner erfolgreichsten Zeit nur von einem einzigen Mann regiert, von Perikles, der immer von neuem in seinem Amt bestätigt wurde. Nach seinem Tod wurde Athen von Sparta besiegt, danach von den Makedonen unter König Philipp. Damit war die Demokratie endgültig gescheitert.

In der vordemokratischen Zeit in Athen regierte dort für längere Zeit die Aristokratie. Doch unter ihrer Herrschaft verarmten sehr viele Bauern und mussten sich in Schuldsklaverei begeben. Es kam zu einer schweren Staatskrise, so dass schließlich der angesehene Adlige Solon zur Lösung der Probleme berufen wurde. Das gelang ihm zwar, aber schon bald nach seinem Rückzug ins Privatleben ergriff ein Usurpator die Macht. Endlich gelang es den Athenern, demokratische Verhältnisse einzuführen, wie schon beschrieben.

Dagobert hatte mit großem Interesse den Ausführungen seiner Lehrer gelauscht, die über diese hochinteressante Periode der Geschichte Athens berichteten. Er zog daraus den Schluss, dass letzten Endes weder die Regierung durch die Aristokratie noch die Demokratie über längere Zeit funktioniert hatten. Auch überall, wohin man sonst blickte, wurden die Völker von Alleinherrschern, meist Königen, regiert. Im allgemeinen schien das recht gut zu gehen. Aber Dagobert machte sich keine Illusionen darüber, dass immer die Fähigsten als Könige über ihr Land herrschten. In erster Linie zählte die Macht. Wenn ein König unfähig oder schwach war, wurde er von einem anderen ersetzt, der an die Macht wollte. Es kam auch durchaus vor, dass selbst ein fähiger König durch einen machtbesessenen Menschen gestürzt wurde.

Dagobert kannte die Geschichte der Merowinger, seiner eigenen Dynastie, recht gut. Es war oft vorgekommen, dass ein merowingischer König durch Intrigen oder sogar durch Mord beseitigt worden war. Ihm war bewusst, dass auch er dieses Schicksal erleiden könnte. Als er beschlossen hatte, die Ernennung zum König von Austrasien anzunehmen, hatte er sich noch nicht so viele Gedanken darüber gemacht. Er wollte einfach sein Erbe, das ihm nach fränkischem Recht zustand, antreten. Diese Motivation hatte sich für ihn nicht geändert, doch jetzt kam noch etwas anderes dazu. Er fühlte sich durchaus dazu berufen und auch fähig, für sein Land ein guter König zu werden, es umsichtig und gerecht zu regieren. Er wollte sich bemühen, die Korruption zu bekämpfen, und vor allem eines der größten Probleme anzugehen, welches im gesamten Frankenreich vorherrschte. Das war die brutale Bedrückung der Bauern durch zu hohe Abgaben und Steuern. Als Folge mussten sich viele auf Grund ihrer Überschuldung in das Patronat des Grundherrn begeben, sie verloren also ihre Freiheit, sie durften sich von ihrem Land nicht entfernen. Manche gerieten sogar in Schuldsklaverei, das bedeutete, der Patron konnte sie jederzeit verkaufen. Es herrschten also ganz ähnliche Zustände wie in Athen vor über 1000 Jahren. Dagobert nahm sich vor, diese haarsträubenden, ungerechten Verhältnisse zu ändern, wie es einst Solon gelungen war.

Als er mit Haldetrud und den Kindern endlich in Dover angekommen war, brauchten alle dringend wieder eine Ruhepause. Erst nach zwei Tagen schifften sie sich ein. Da die Verbindung von Dover nach Calais die wichtigste zwischen Britannien und dem europäischen Festland war, fuhren hier größere Schiffe als zwischen Irland und Britannien. Sie fanden Platz auf einem geräumigen Segler, auf dem noch etliche andere Leute mit ihren Pferden und Wagen unterkommen konnten. Hauptsächlich waren es britannische Kaufleute, die sich im Frankenreich mit allerlei Waren eindecken wollten, vor allem flandrischen Stoffen und fränkischen Waffen. Es entstand bald ein heilloses Gedränge auf dem Schiff. Die Kinder waren natürlich neugierig und hätten sich am liebsten alle Menschen und Tiere genau angesehen. Dagobert und Haldetrud hatten die größte Mühe, sie zusammenzuhalten. In Calais waren sie endlich wieder im Frankenreich, ihrer eigentlichen Heimat. Die Stadt gehörte sogar zu Austrasien, also dem Reichsteil, in dem Dagobert herrschen sollte. Er beschloss aber, sich nicht zu erkennen zu geben, um jedwede Komplikation zu vermeiden.

Am liebsten wäre Haldetrud gleich nach Süden abgebogen, um ihren alten Vater wiederzusehen. Aber bis zu ihrem Dorf in Aquitanien südlich von Poitiers war es doch noch ein sehr weiter Weg. Außerdem gehörte Poitiers zu Neustrien. Und da Austrasien mit Neustrien verfeindet war, wäre den Neustriern nichts lieber gewesen, als des Königs von Austrasien habhaft zu werden, falls man Dagobert doch erkannt hätte. „Und dass du ohne mich allein nach Süden reist, als Frau ohne Schutz halb Gallien durchquerst, Haldetrud, halte ich für zu gefährlich," meinte Dagobert, „was meinst du?"

„Ich fürchte, du hast leider Recht, mein lieber Junge." Sie lächelte wehmütig. „Jetzt, da wir uns wieder im Frankenreich befinden, und mein Vater auf seinem Hof mir so nah zu sein scheint, macht es mich traurig, ihn nicht sofort besuchen zu können. Und die alten Zeiten, als du als kleiner Junge verbannt wurdest, und der Bischof von Poitiers uns befahl, dich nach Irland zu begleiten, sind mir wieder so gegenwärtig, dass ich dich wie damals `mein lieber Junge` genannt habe."

„Das finde ich schön, Haldetrud. Sprich mich ruhig immer so an, nur wenn im Königspalast andere Menschen zugegen sind, dann lieber nicht." Beide mussten lachen.

„Vielleicht kann ich als König eine Abteilung Soldaten zum Hof deines Vaters schicken, die ihn abholen und zu uns nach Metz bringen."

„Ich glaube, das ist eine ausgezeichnete Idee. Ich hoffe, er wird überhaupt mitkommen. Aber da er seine Tochter sonst wohl nie wiedersehen würde, wird er schon kommen, denke ich. Er möchte ja auch bestimmt seine Enkel sehen."

Nach einer erholsamen Nacht in einer Herberge von Calais brachen sie am nächsten Morgen in aller Frühe auf. Es wurde ein regnerischer Tag. Und da das Wetter in den nächsten Tagen wahrscheinlich nicht umschlagen würde, besorgten sie sich eine Plane, unter der Haldetrud sich mit den Kindern zusammen kuscheln konnte. Am nächsten

Morgen ging es mit frischer Kraft wieder auf die Reise. Die Entfernung zwischen Calais und Metz betrug ungefähr 300 Meilen. Dagobert veranschlagte eine Reisezeit von acht bis zehn Tagen. Auf ihrem Weg lag tatsächlich ein hartnäckiges Regengebiet, zum Glück war es ein leichter Regen, vor dem die Plane guten Schutz bot. Dagobert auf seinem Pferd wurde allerdings mit der Zeit durchnässt und musste auf den Abend warten, bis sie wieder eine Unterkunft in einer Herberge fanden, wo er sich aufwärmen und seine Sachen trocknen konnte. Je näher sie der Hauptstadt Metz kamen, desto aufgeregter wurde er. Seine Spannung stieg von Tag zu Tag. Was würde ihn erwarten? Wer würde ihn und seine Familie empfangen? Im Frankenreich war alles möglich. Es könnte z. B. sein, dass eine andere Adelspartei als die, welche ihn aus Irland gerufen hatte, inzwischen die Oberhand gewonnen hatte und ihn auf der Stelle verhaftete oder sogar umbrächte. Aber ganz gleich, was geschah, er war in Gottes Hand geborgen, daran würde auch sein Tod nichts ändern. Wie all die vielen Märtyrer, die sich geweigert hatten, Jesus Christus abzuschwören, glaubte auch er fest daran, in Gottes Reich aufgenommen zu werden. Bei solchen Gedanken, die ihm durch den Kopf gingen, was machte da schon ein bisschen Regen aus?

Am zweiten Tag der Reise kamen sie an einem Trupp von zwölf Männern vorbei, die langsam ihres Weges zogen. Sie wirkten erschöpft und bedrückt, ihre Kleidung war völlig abgetragen, bei einigen sogar zerlumpt. Dagobert hielt an und sprach den Mann an der Spitze der Schar an: „Wer seid ihr, wohin seid ihr unterwegs? Ich bin

König Dagobert, ich bin unterwegs nach Metz zu meiner Krönung, bald werde ich dieses Land regieren."

Völlig verblüfft sahen die Männer zum König auf, einige starrten ihn mit offenem Mund an. Sie hatten gedacht, ein König würde stets prächtige Kleider tragen. Die aber trug dieser Dagobert keineswegs, geschweige denn, dass er eine Krone oder einen goldenen Reif auf dem Kopf hatte. Schließlich senkten alle den Kopf und beugten die Knie. Dagobert hieß sie, sich zu erheben. Der Älteste aus der Gruppe begann zu sprechen: „Ich heiße Wulfhart, wir sind Bauern, die von ihrem Pachtland geflohen sind. Wir sind durch die Steuern, verschiedene Abgaben, vor allem die viel zu hohe Pacht bettelarm geworden. Wir waren in höchster Gefahr, in Schuldsklaverei zu geraten und womöglich als Sklaven verkauft zu werden. Da sind wir lieber geflohen. Wir wissen nicht, was aus unseren Familien geworden ist. Möge Gott uns vergeben. Verzeih, König Dagobert, dass ich so offen mit dir gesprochen habe."

Dagoberts Gesicht hatte sich zunehmend verdüstert. „Du hast recht gesprochen, Wulfhart. Ich danke dir, dass du so offen zu mir geredet hast. Was du mir über euer Schicksal gesagt hast, hat mich betroffen gemacht. Bestimmt gibt es im Frankenreich viele Bauern, denen es ähnlich ergangen ist wie euch. Ich verspreche euch, ihr guten Männer, wenn ich die Regierung von Austrasien angetreten habe, werde ich mich mit aller Kraft um eure Probleme kümmern. Schickt in zwei Wochen einen Abgesandten aus eurer Mitte zum Königspalast in Metz. Er soll um eine Audienz bei mir bitten. Zum Zeichen, dass ich euch dazu aufgefordert habe, schreibe ich euch einen dementsprechenden Befehl an die Wachen und Bediensteten des Palastes, dass sie euren Abgesandten vorlassen sollen." Er schrieb einige Zeilen auf ein Stück Papyrus und drückte mit seinem Siegelring sein Siegel darauf. „Wenn ihr andere Bauern trefft, die sich in ähnlicher Lage befinden wie ihr, macht ihnen Mut. Mit Gottes Hilfe wird sich euer Schicksal bald bessern. Ich wünsche euch für die Zukunft alles Gute. Möge Gott euch segnen!" Zum Abschied gab Dagobert jedem der Bauern einen Silberdenar.

Die Bauern senkten ihre Köpfe und murmelten einige Dankesworte. Wulfhart wandte sich noch einmal an Dagobert: „Wir danken dir vielmals, Herr König. Wir wünschen dir und deiner Familie weiterhin alles Gute. Möge Gott dein Königtum segnen!"

Bedrückt ritt Dagobert weiter auf der Römerstraße nach Metz. Obwohl er zufrieden damit war, dass Gallien jetzt den Franken gehörte und nicht mehr den Römern, dankte er ihnen im Nachhinein für den Bau dieser hervorragenden Straßen, die ihnen auch in Britannien schon nützlich gewesen waren. Nicht auszudenken, wenn man – gerade bei längeren Reisen – auf staubige, unebene und meistens verschlammte Landstraßen angewiesen wäre. Da die Römer Irland nie beherrscht hatten, gab es dort demzufolge auch keine römischen Straßen.

Haldetrud war schwer beeindruckt von dem Versprechen, das Dagobert den geflohenen Bauern gegeben hatte. „Das hast du sehr gut gemacht, mein lieber Junge." Sie umarmte ihn und küsste ihn auf die Stirn. „Ich werde zu Gott beten, dass du Erfolg haben mögest mit deinen Plänen."

„Ich werde auch täglich zu ihm beten, mir beizustehen bei meinen Vorhaben. Es wird allerdings schwer werden; aber das ist kein Grund zu verzagen. Ich will mutig meinen Weg gehen. Selbstverständlich werde ich mir damit bei vielen Adligen Feinde machen. Aber das muss ich in Kauf nehmen." Seine Stimme klang wehmütig. Er blickte in die Ferne, als wenn er dort die zukünftigen Schwierigkeiten schon sehen könnte.

In den Herbergen, in denen sie abends einkehrten, stellte sich Dagobert nicht als König von Austrasien vor. Vor allem scheute er unnötige Ausgaben, denn natürlich würden die Wirte den doppelten oder dreifachen Preis nehmen, wenn sie wüssten, wer er war. Und da Wilfrid, der Bischof von York, so großzügig gewesen war, alle Kosten der Reise für ihn zu übernehmen, wollte er nicht mehr Geld ausgeben als unbedingt nötig. Am nächsten Tag ließ der Regen nach, es nieselte nur noch, allerdings den ganzen Tag. So verpasste Haldetrud, die weiterhin mit den Kindern unter der Plane Zuflucht genommen hatte, den herrlichen Ausblick über den Pas de Calais und die Picardie mit ihren Wäldern, Wiesen und Feldern. Nach etwa zwei Stunden gemächlicher Fahrt kamen sie durch ein kleines, beschauliches Städtchen mit vielen Fachwerkhäusern. Nur wenige Menschen waren auf den Straßen zu sehen. Da trat plötzlich ein alter Mann auf Dagobert zu. Er breitete seine Arme aus und rief mit lauter Stimme: „Herr mein Gott, ich danke dir, dass du mir vergönnt hast, unseren geliebten, von dir gesegneten König zu sehen, bevor ich sterbe. Er fiel neben Dagoberts Pferd auf die Knie, küsste den Fuß des Königs und hob den Blick zu Dagobert. „Der Herr unser Gott segne dich allezeit"

- seine Stimme zitterte jetzt - „und lasse dich zu einem Herrscher werden, der sein Volk weise und gerecht regiert. Dein Volk wird dich dafür lieben und preisen."

Erstaunt betrachtete Dagobert den Mann, der immer noch auf der Straße neben seinem Pferd kniete. Sein Gesichtsausdruck war ganz verzückt, ein verklärtes Lächeln lag auf seinen Lippen. Dagobert ließ seine kleine Kolonne anhalten und saß ab. „Wie heißt du?" fragte er den Mann.

„Ich heiße Rodulf, Herr. Und dies ist meine Frau Rigunthe und mein jüngster Sohn Eurich. Er deutete auf die beiden, die gerade aus einem der Häuser gekommen waren.Sie verbeugten sich kurz vor Dagobert.

„Bitte steh jetzt auf, Rodulf!" Dagobert blickte den Mann freundlich an. „Wie kommt es, dass du mich, den neuen König, erkannt hast?"

„Ich habe einmal deinen Vater, König Sigibert, gesehen. Er war genauso freundlich wie du, Herr. Vor allem bist du ihm so ähnlich, geradezu wie aus dem Gesicht geschnitten, dass ich dich gleich als seinen Sohn erkannt habe. Du bist sein Sohn Dagobert, den man schändlicher Weise als Knaben in ein fernes Land verbannt hat. Aber jetzt bist du zurückgekommen, um in diesem Land, deinem Erbe, zu herrschen. Ich danke Gott, unserem Herrn, dafür."

„Das ist höchst erstaunlich, Rodulf. Bisher hat mich noch niemand erkannt. Ich bin allerdings erst zwei Tage in Austrasien." Er lächelte und fragte Rodulf: „Hättest du eine Bitte an mich?"

„Ja, Herr König, ich habe eine Bitte. Seit langer Zeit glauben viele Menschen, dass der König durch die Gnade Gottes besondere Kräfte besitzt, dass er durch Handauflegen Menschen heilen kann. Deshalb bitte ich dich inständig, König Dagobert, unserem Sohn Eurich deine Hände aufzulegen. Er ist seit seiner Kindheit blind. Ich glaube fest daran, dass du ihn von seinem Gebrechen befreien kannst."

Inzwischen hatten sich auch andere Bewohner des Städtchens um die Gruppe versammelt und warteten gespannt darauf, was geschehen würde. Dagobert überlegte kurz. Er hatte auch von diesem Volksglauben gehört, aber er war sich begreiflicherweise keineswegs sicher, ob er die Erwartungen der Familie würde erfüllen können. Schließlich wischte er alle Bedenken weg. Würde er einfach weiter reiten, ohne auf die Bitte des Mannes einzugehen, wäre das noch schlimmer, als wenn er nicht in der Lage wäre, den jungen Mann zu heilen. So nickte er zustimmend und hieß ihn näherkommen. Zitternd vor Aufregung führte die Mutter ihren Sohn heran. Was in Eurich vorging, wer könnte das jemals ermessen? Der junge Mann kniete vor dem König nieder. Dagobert legte beide Hände auf Eurichs Kopf, flehte Gott um seine Hilfe an und sprach: „Was deine Eltern und du begehren, eure Bitte an mich, kann kein Mensch erfüllen. Das kann nur Gott. Doch dank seiner Gnade und seiner Hilfe, um die ich ihn angefleht habe, kannst du geheilt werden, mein guter Junge, da du selber fest daran glaubst. Steh jetzt auf und sieh dich um! Sag mir, was du siehst!"

Eurich erhob sich, öffnete die Augen, die er vorher geschlossen hatte und blickte sich nach allen Seiten um. Ein unbeschreibliches Strahlen erhellte sein Antlitz. Er riss seine Arme hoch, jubelte und schrie sein Glück in die ganze Welt hinaus. Er ging ganz nah an den König heran und begann zu reden. Die Worte sprudelten geradezu aus seinem

Mund: „Herr König, ich kann sehen, ich sehe dich und dein Pferd, ich sehe den Reisewagen mit all den Kindern darin, ich sehe die drei Soldaten deiner Eskorte auf ihren Pferden, ich sehe meine lieben Eltern und all die guten Leute unserer Stadt, ich sehe die Häuser, den Himmel und die Wolken, die vorüberziehen. Ich bin der glücklichste Mensch der Welt!" Er wollte sich vor dem König zu Boden werfen, doch der ließ es nicht zu, ergriff Eurichs Hände und drückte sie fest. Der junge Mann küsste darauf beide Hände des Königs. „Mein Leben lang werde ich dir dankbar sein, König Dagobert. Es ist, als hättest du mir das Leben neu geschenkt. Und mein Leben lang werde ich Gott danken für dieses Wunder."

Er begann zu lachen, hüpfte und tanzte die Straße entlang, rannte dann zu seinen Eltern und umarmte sie. Auch seine Eltern traten jetzt an Dagobert heran, küssten seine Hände und bedankten sich mit Worten, die aus der Tiefe ihres Herzens kamen. Alle Bewohner der Stadt, die Zeugen dieser wundersamen Heilung gewesen waren, sanken jetzt auf ihre Knie und riefen: „Heil unserem König Dagobert! Gott schütze unseren König Dagobert!"

Dagobert war zutiefst bewegt von dem, was gerade geschehen war. Auch er sandte ein Dankgebet zu Gott. Er verabschiedete sich von den winkenden Menschen, saß auf, und weiter ging die Reise nach Metz.

Als Dagobert mit Haldetrud abends in der Herberge beim Essen saß, meinte Haldetrud mit einem verschmitzten Lächeln: „Ich habe Blut und Wasser geschwitzt, als Rodulf mit seiner Bitte um Heilung seines Sohnes an dich herantrat. Ich hätte nicht in deiner Haut stecken mögen. Aber wie du die Situation gemeistert hast – da habe ich nur noch gestaunt. Da hast du gezeigt, was in dir steckt, dass du ein wahrer König bist. Und Gott der Herr war mit dir. Ich war richtig ehrfürchtig, mein lieber Junge, mein König, ich bin jetzt noch voller Bewunderung."

„Ach Haldetrud, du tust mir zu viel Ehre an. Ich bin ganz fest überzeugt, dass Gott unser Vater in diesem Moment bei mir war. Er war es, der diesen Jungen geheilt hat, aber er hat mir zur Seite gestanden. Das werde ich nie vergessen. Ich werde ihm bis ans Ende meines Lebens dankbar sein. Ich habe mir vorgenommen, auch weiterhin Dinge zu tun, sofern sie in meiner Macht liegen, die Gott wohlgefällig sind. Ich will mich bemühen, Kirchen zu bauen und Klöster zu gründen. Wenn dort Priester und Diakone sowie Mönche für die Menschen als Seelsorger ansprechbar sind, so ist das für das Leben des Einzelnen von unschätzbarem Wert – so wie ich es selber im Kloster Slane von den Mönchen und dem Vater Abt erfahren habe. Ebenso wichtig wird es natürlich sein, dass den Menschen auf ganz praktische Weise geholfen wird, so wie es uns das Beispiel der Bauern gezeigt hat, die von ihrer Scholle geflohen sind."

„Ich bin ganz sicher, mein Lieber, dass du auf dem richtigen Weg bist. Nur neidische und missgünstige Adlige oder auch Bischöfe könnten dir Knüppel zwischen die Beine werfen. Ich hoffe sehr, das wird dir erspart bleiben."

Nach etwa der Hälfte des Weges führte die Straße sie durch die Ardennen, eine ausgedehnte, teils hügelige, teils bergige Landschaft. Nach einigen Meilen schon hatte Dagobert das Gefühl, sich weit außerhalb jeglicher Zivilisation zu befinden. Es war eine großartige,

Ehrfurcht einflößende Wildnis, ein einziger gewaltiger, scheinbar grenzenloser Urwald. Zwischen den Hügelkuppen blickte man in tiefe Täler, überall ragten steile Felswände empor, an einigen Stellen machte der Wald auch Platz für raue, melancholische Heideflächen. Der Regen hatte inzwischen aufgehört, zwischen den grauen, schweren Wolken blitzten immer wieder Sonnenstrahlen hindurch, doch über dem Wald lagen weithin weiße Nebelbänke, welche die mystische Atmosphäre dieser Urlandschaft noch verstärkten.

Es schien, als gäbe es hier keine Menschenseele weit und breit, jedenfalls führte die Straße sie durch keine Siedlung, abgesehen von einem einzigen winzigen Dorf. Immerhin begegneten der kleinen Kavalkade Kaufleute auf ihren Fuhrwerken, die jedes Mal freundlich grüßten. So wenig Menschen hier lebten, desto mehr wilde Tiere. Immer wieder passierte ein Rudel Hirsche oder ein Rehbock mit einer Ricke die Straße, oft auch eine Rotte Wildschweine, die laut quiekend und grunzend über die Straße trabte. Haldetruds und Dagoberts Kinder waren ganz begeistert von den vielen Tieren; als allerdings in der Nähe das Gebrüll eines Bären ertönte, der sich am Waldrand kurz auf seine Hinterbeine stellte, bekamen die Kinder doch Angst. Als auch noch ein Rudel Wölfe über die Straße hastete, erschraken sie noch mehr. Aber Haldetrud gelang es, allen zu versichern, dass keine Gefahr von den Wölfen ausginge.

Am nächsten Tag begegneten ihnen zunächst nur einige Hirsche und Rehe. Aber nach einigen Meilen fragte Sigibert zaghaft: „Was ist das da vorne?" Tatsächlich war etwas Dunkles zu sehen, wie eine seltsame dunkle Masse, die regungslos auf der Straße verharrte. Als sie sich näherten, waren einzelne große Tiere zu erkennen, die ihnen den Weg zu versperren schienen. Plötzlich entrang sich diesen Tieren ein tiefer Urlaut, ein gewaltiges Brüllen, das in ein dumpfes Brummen überging. Als das die Kinder hörten, drängten sie sich ganz eng an Haldetrud, Aodnait und Eadwyth begannen sogar, laut zu weinen. „Es sind mehrere Wisente, ich glaube, vier," rief Dagobert den Kindern zu. „Die sind ganz harmlos, die fressen Gras wie Schafe und Kühe. Nur wenn eine Wisentkuh ihr Kalb verteidigen will, greift sie an. Aber ich kann in der Gruppe kein einziges Kalb erkennen. Ihr braucht euch nicht zu ängstigen." Die Wisente dachten aber nicht daran, Platz zu machen. Im Gegenteil, jetzt trotteten sie gemächlich auf Dagobert und den Reisewagen zu. „Blast in euer Horn!" rief Dagobert den Männern der Eskorte zu. Tatsächlich, der tiefe, durchdringende Ton des Kriegshorns gefiel den Tieren überhaupt nicht. Schnaubend sprangen sie gemeinsam zur Seite und verschwanden im Dunkel des Waldes. Jetzt lachten die Kinder wieder, Haldetrud trocknete ihre Tränen, keines der Mädchen hatte mehr Angst. Die Soldaten atmeten auf. Sie waren auf Nummer sicher gegangen, hatten ihre Bogen bereit gehalten und vorsichtshalber einen Pfeil auf die Sehne gelegt.

Einmal musste Dagoberts Trupp mit einer Fähre über einen Fluss setzen, die Maas. Die Fähre war groß genug, um mehrere Gespanne zu transportieren. Es war eine gemächliche, kurze Fahrt über den Fluss, nichtsdestoweniger sehr aufregend für die Kinder. In Metz dagegen, einer der bedeutendsten Städte Austrasiens, ja ganz Galliens – schon seit langer Zeit eine wichtige Residenz der merowingischen Könige –

gab es mehrere Brücken. Das war notwendig, weil die Mosel sich hier teilte und die Stadt Metz auf beiden Seiten umfloss.

FÜNFZEHNTES KAPITEL

ENDLICH IN METZ

Als Dagobert mit Familie und Eskorte in Metz einritt, waren die Kinder ief beeindruckt. Eine derartig große, bevölkerungsreiche Stadt hatten sie erst einmal, aber nur flüchtig gesehen, nämlich York in Northumbria. Die Häuser der Bürger, meist in Fachwerkbauweise errichtet, waren deutlich höher als die Häuser, die ihnen vertraut waren. In der Mitte der Stadt thronte majestätisch die Kathedrale. Die Kinder kamen aus dem Staunen gar nicht mehr heraus. Auf den Gassen wimmelte es von Menschen, Pferden, Maultieren und Gespannen aller Art. Die Menschen redeten, lachten, schrien und stritten sich um die Wette, dazwischen wieherten die Pferde und bellten die Straßenhunde. Es war ein ohrenbetäubender Lärm.

Schließlich erreichte Dagobert mit seiner Familie und der Eskorte den Königspalast, eine weitläufige Anlage von Gebäuden, Höfen und Gärten. Nachdem sie das Tor passiert hatten, wo Dagobert den wachhabenden Soldaten erst einmal erklären musste, wer er war, kamen sie zu einem großen Hof, an dessen Stirnseite sich das Hauptgebäude erhob. Es war ein relativ schlichter, zweigeschossiger, teilweise auch dreigeschossiger Ziegelbau, dessen einziger Schmuck eine dem Erdgeschoss vorgelagerte Arkade aus mit kunstvollen Schnitzereien verzierten hölzernen Säulen bestand. Aus dem Mittelteil des Palastgebäudes ragte ein mächtiger Turm in die Höhe, ein Symbol der königlichen Macht.

Dagobert wurde es doch etwas beklommen ums Herz, wenn er daran dachte, dass er von nun an in diesem Palast leben und regieren würde. Sein Leben war demgegenüber bisher doch in recht bescheidenen Bahnen verlaufen. War es Angst vor der Zukunft, die ihn beschlich? Auf jeden Fall war dies ein gewaltiger Bruch in seinem Leben, er würde sich einer riesengroßen Aufgabe, einer unermesslich großen Verantwortung stellen müssen. Vielleicht beschlich ihn auch gerade eine böse Vorahnung. Doch Gott hatte ihm ein tapferes Herz mitgegeben. Bisher hatte er alle Herausforderungen seines Lebens gemeistert und hatte sich von schweren Prüfungen nicht unterkriegen lassen. Er würde auch jetzt auf seinem Weg mutig vorangehen, er war in Gottes Hand, ganz gleich, was die Zukunft ihm bringen würde.

Offenbar hatte man vom Palast aus seine Ankunft bemerkt, es tauchten einige Stallknechte auf, welche die Pferde zu den Stallungen brachten, ebenso den Reisewagen. Zwei Diener geleiteten die Soldaten der Eskorte zu ihrer Unterkunft. Dagobert dankte ihnen für ihre treuen Dienste. „Ihr werdet ja bestimmt morgen oder übermorgen die Rückreise antreten. Ich sorge dafür, dass ihr einen tüchtigen Vorrat an Proviant bekommt. Für die Übernachtungen in Herbergen sowie weitere Lebensmittel gebe ich euch auf der Stelle einen ausreichenden Geldbetrag mit." Er händigte das Geld dem ältesten der drei Soldaten aus.

„Vielen Dank, Herr!" Der Älteste verbeugte sich vor Dagobert. „Mit diesem Geld werden wir auf jeden Fall auskommen. Wir haben diesen Dienst für dich und deine Angehörigen sehr gern getan. Wir wünschen dir für die Zukunft alles Gute."

Nun standen Dagobert und sein Anhang für einige Minuten etwas ratlos auf dem großen Platz. Doch da öffnete sich das Portal des Hauptgebäudes. Chimnechild, Dagoberts leibliche Mutter, sowie Wulfoald, der Majordomus von Austrasien, gingen auf die Gruppe zu. Chimnechild stürzte auf ihren Sohn zu und fiel ihm in die Arme. Tränen rannen über ihr Gesicht und benetzten auch Dagobert. Er küsste sie zärtlich auf die Stirn. „Endlich sind wir wieder zusammen, Mutter. Ich habe manchmal von dir geträumt. Zwanzig Jahre ist das her, als man mich aus deinen Armen gerissen hat. Ich hatte nur noch eine schwache Erinnerung an dich, ich war damals ja erst vier Jahre alt."

„Ach, Dagobert," schluchzte Chimnechild, „es war einfach zu schrecklich, als man dich mir nach dem Tod deines Vaters weggenommen hat. Ich habe danach nie wieder etwas von dir gehört. Ich wusste nicht, ob du überhaupt noch lebtest. Erst vor einigen Monaten haben Wulfoald und ich erfahren, dass du noch lebst – in Irland, wohin man dich seinerzeit verbannt hatte – und dass es dir gut geht. Im Herbst des vorigen Jahres war dein Vetter Childerich II, bis dahin König von Austrasien, von mehreren Adligen ermordet worden. Ich hatte daraufhin Nachforschungen angestellt und tatsächlich durch irische Seefahrer die Nachricht erhalten, dass du lebst. Ich bin so froh, mein Junge, dass wir uns wiedergefunden haben. Gepriesen sei Gott der Herr!"

Nun stellte Chimnechild ihrem Sohn den Majordomus Wulfoald vor. „Er war schon unter deinem Vetter Childerich II Majordomus von Austrasien. Er ist ein kluger, umsichtiger Mann."

Wulfoald trat näher und verbeugte sich vor dem neuen König. „Ich hoffe, wir beide werden gut miteinander auskommen und das Reich gedeihlich zusammen regieren, mein König."

Dagobert war bewusst, dass seit dem Tod seines Großvaters Dagobert I ein Majordomus oft intensiver mit den Regierungsgeschäften befasst war als der König. Mit einem verbindlichen Lächeln erwiderte er: „Das hoffe ich auch, Wulfoald. So ein altgedienter Politiker wie du wird mir bestimmt mit Rat und Tat zur Seite stehen können." Wulfoald verzog keine Miene nach dieser verklausulierten Ankündigung seines Königs, er werde sich sehr wohl auch selber um die Regierung des Landes kümmern.

Jetzt nahm Dagobert Haldetrud bei der Hand und stellte sie ebenfalls seiner Mutter und dem Majordomus vor. „Nachdem der Majordomus Grimoald mich als Vierjährigen hatte scheren lassen und zum Bischof Dido von Poitiers geschickt hatte, der mich nach Irland in ein Kloster bringen sollte, befahl er Haldetrud und ihrem Bruder Ansegisil, meinen künftigen Zieheltern, mich von da an zu begleiten und mich an Stelle eines Elternpaares zu betreuen. Niemand hätte das besser machen können als die beiden, ich bin ihnen unendlich dankbar dafür. Zuletzt haben wir zusammen auf einem Landgut gelebt. Leider ist Aidan, Haldetruds Ehemann, in einer Schlacht gefallen, drei Kinder wurden ihnen geboren, die ihr hier seht. Mir wurden von meiner Frau Mechthild, einer Prinzessin von Northumbria, ebenfalls drei Kinder geschenkt, mein Sohn Sigibert und meine Töchter Hrodwyn und Eadwyth. Kommt her, Kinder, und begrüßt eure Großmutter!" Auch

Haldetrud führte ihre drei Kinder zu Chimnechild und stellte sie ihr vor.

Chimnechild begrüßte ganz entzückt die Kinderschar. „Ich freue mich sehr, Dagobert, dass du deinen Jungen nach deinem Vater genannt hast."

Auch der Majordomus begrüßte Haldetrud und die sechs Kinder, wobei er höflich lächelte und die Kinder ein wenig tätschelte.

„Nun kommt erst einmal alle mit mir in den Palast!" rief Chimnechild freudestrahlend aus, „deine jetzige Residenz, mein Sohn. Ein Diener wird euch zu euren Gemächern führen. Ich schlage vor, dass wir uns dann gemeinsam in den Speisesaal begeben, ihr habt sicher einen Bärenhunger."

Die Hallen, Flure, Treppen und Räume des Palastes waren noch mächtiger als die des Königspalastes in York. Die Kinder waren geradezu überwältigt von dem Glanz und der Pracht, durch die sie schritten. Auch Haldetrud und Dagobert staunten über die üppige Ausstattung; besonders bewunderten sie die herrlichen Tapisserien an den hohen Wänden und die kostbaren Teppiche, die von syrischen und jüdischen Kaufleuten mit Schiffen und Karawanen aus dem Orient herbeigeschafft worden waren. Überall standen mächtige Truhen, die von den besten fränkischen Kunsthandwerkern mit wunderschönen Schnitzereien verziert waren, die hauptsächlich Tiermotive darstellten.

Für Dagobert war eine Zimmerflucht aus Schlafzimmer, privatem Wohnzimmer und Arbeitszimmer vorgesehen. In seinem Schlafzimmer hatte seine Mutter schon mehrere schöne Gewänder bereit gelegt, einige für den privaten Gebrauch, andere für

Festlichkeiten und königliche Audienzen. Nahe bei Dagoberts Räumen gab es weitere Zimmer, in denen Haldetrud und die Kinder untergebracht werden konnten.

Beim Abendessen fragte Chimnechild gleich: „Ist denn alles zu eurer Zufriedenheit?"

Dagobert und Haldetrud versicherten, dass ihre Erwartungen noch übertroffen waren. Nachdem alle den köstlichen Speisen lebhaft zugesprochen hatten, wandte sich Chimnechild wieder an ihren Sohn: „Dagobert, ich habe es arrangiert, dass in einer Woche hier im Palast deine offizielle Erhebung zum König stattfinden wird. Vorher wirst du deine *leudes,* die wichtigsten Adligen, deine Gefolgsmänner, bei einer feierlichen Audienz treffen. Ist dir das recht?"

„Das ist mir sehr recht, Mutter. Ich möchte dir auch für den herzlichen Empfang danken. Mit meinen Räumen bin ich hochzufrieden. Auch Haldetrud und den Kindern haben ihre Räume sehr gefallen."

Wie es Chimnechild zusammen mit dem Majordomus organisiert hatte, so geschah es. Nach einer Woche versammelten sich die *leudes*, die adligen Gefolgsmänner des Königs, in der großen Halle des Palastes. Nachdem die Adligen durch Akklamation Dagobert zum König von Austrasien erhoben hatten, setzte er sich auf den schlichten hölzernen Thronsessel. Er wurde mit den königlichen Gewändern bekleidet, anschließend überreichte ihm seine Mutter Chimnechild, die ehemalige Königin und Regentin zur Zeit der Unmündigkeit Childerichs II, die Krone, die sich Dagobert auf sein Haupt setzte. Gleichzeitig erhielt er aus der Hand des ältesten Gefolgsmannes das wichtigste Herrschaftszeichen überreicht, die Lanze, von der es hieß, dass sie in grauer Vorzeit dem Göttervater Wodan gehört hatte. Die Franken waren zwar zur Zeit Dagoberts II schon längst Christen und glaubten, zumindest offiziell, nicht mehr an Wodan und die anderen Götter, doch solche Überlieferungen hielten sich lange im Volk. Anwesend bei der Zeremonie war auch Chlodulf, der Bischof von Metz. Nach der Königserhebung leisteten die Gefolgsmänner, wie es nach altem Brauch erforderlich war, dem neuen König den Treueid.

Eine Woche später begann Dagobert mit einem stattlichen Gefolge den traditionellen Umritt eines neuen Königs, bei dem er durch sein ganzes Reich reiten musste, um sich seinem Volk zu zeigen und dessen Huldigung und Treueid entgegenzunehmen. Wegen der Größe Austrasiens – es gehörten auch alte römische Städte wie Reims, Chalons und Laon dazu, im Norden Köln und Trier – beschränkte sich Dagobert auf die Gebiete zwischen Trier und Reims. Die Reise wurde ein überwältigender Erfolg. In Teilen der Bevölkerung hatte sich herumgesprochen, wie niederträchtig man mit ihm als Kind umgegangen war, und welch abenteuerliches Leben er hinter sich hatte. Er wurde überall begeistert empfangen, viele Leute fielen auf die Knie, manche weinten, alle leisteten den feierlichen Treueid. Sehr bewegt kehrte Dagobert nach Metz zurück und erzählte Haldetrud ausführlich von dieser denkwürdigen Reise.

Als er sich wieder mit Wulfoald, dem Majordomus traf, fragte ihn dieser, ob er sich nun den Regierungsgeschäften widmen wolle, oder ob er diese Aufgabe ihm, Wulfoald, übertragen wolle. „Wulfoald,“ erwiderte Dagobert, „es ist sehr anständig von dir, dass du mir die Arbeit des Regierens abnehmen willst, du bist bestimmt ein tüchtiger, gewissenhafter Mann. Aber ich sehe es als meine Pflicht an, als König dieses Landes meine Kraft, mein Wissen und mein Können einzusetzen, um Austrasien zu regieren, so wie Gott der Herr es von mir erwartet. Das heißt nicht, dass du mich nicht bei den Regierungsgeschäften unterstützen kannst. Es gibt sicher auch das eine oder andere, was ich dich gern fragen würde, da du zweifellos über große Erfahrung in Sachen der Verwaltung verfügst.

Im Moment beschäftigt mich ein ernstes Problem,das mir geradezu auf den Nägeln brennt. Auf dem Weg von Calais nach Metz habe ich in den Ardennen eine Gruppe Bauern getroffen, die von ihrem Land geflohen waren, weil zu hohe Abgaben und Steuern auf ihnen lasteten. Sie mussten befürchten, von ihrem Grundherrn als Sklaven verkauft zu werden. Wulfoald, falls einer, zwei oder mehrere dieser Bauern hierher kommen, möchte ich, dass sie auf jeden Fall zu mir vorgelassen werden. Ich will sie soweit mit Geld unterstützen, dass sie sich eine neue Existenz aufbauen können. Weiterhin will ich ein königliches Dekret erlassen, dass Abgaben, Pachtgebühren und Steuern für die Bauern so weit gesenkt werden müssen, dass sie davon nicht erdrückt werden. Die genaue Höhe der Beträge müssten wir noch festsetzen."

„Verzeih, König Dagobert, ich fürchte, durch ein solches Dekret wirst du wohl die Mehrheit der Grundherren, also deine adligen Gefolgsleute, gegen dich aufbringen. Sie werden sich kaum mit einer Minderung der Pachtzahlungen abfinden. Willst du dich wirklich so schnell mit ihnen anlegen?"

„Ich will mich mit niemandem anlegen, Wulfoald. Doch ich bin fest davon überzeugt, dass es die vornehmste und wichtigste Aufgabe eines Königs ist, für Gerechtigkeit in seinem Herrschaftsgebiet zu sorgen. Die jetzigen Zustände aber sind ein schreiendes Unrecht. Vor über 1000 Jahren hat es der Regent Solon in Griechenland geschafft, durch Herabsetzung der Steuern und Pachtgebühren für die verelendeten Bauern wieder für gerechte Zustände zu sorgen. Damals herrschte in Griechenland eine ganz ähnliche Situation vor wie jetzt bei uns im Frankenreich. Aber damals war selbst den Adligen klar, dass es so nicht weitergehen konnte; dass der Rechtsfrieden im Land wieder hergestellt werden musste. Sie hatten sogar mit dafür gesorgt, dass Solon als Regent eingesetzt wurde. Man sieht also, dass auch mit Adligen zu reden ist, und dass sie vernünftigen Argumenten durchaus zugänglich sein können."

Wulfoald runzelte die Stirn und wiegte leicht seinen Kopf. „Ich habe da gewisse Bedenken, König Dagobert. Die Adligen können ausgesprochen hartleibig sein. Du kennst sie ja noch nicht so lange wie ich. Aber du weißt doch sicher, dass sich fränkische Adlige durchaus schon gegen einen König verschworen haben, der ihnen nicht genehm war, der ihren Plänen im Weg stand, und den sie dann ermordet haben."

Dagobert schwieg. Sein Gesichtsausdruck verdüsterte sich. „Das ist mir bekannt, Wulfoald. Mir ist wohl bewusst, dass ein fränkischer König, der mehr Macht beansprucht, als es den Adligen genehm ist, auf dünnem Eis wandelt. Aber deswegen habe ich nicht vor, zitternd vor Angst vor den Adligen meine Pläne von vornherein aufzugeben.

Ich werde meinen Weg weitergehen. Ich vertraue darauf, dass ich immer in Gottes Hand bin, ob ich lebe oder ob ich sterbe."

„Aber du musst doch auch an deine Kinder denken, König Dagobert. Ihre Mutter ist schon so früh gegangen; falls auch du vor der Zeit stirbst, wären sie Vollwaisen."

„Du hast Recht, Wulfoald. Darüber habe ich mir auch schon oft den Kopf zerbrochen, vor allem, als ich noch in Irland war, und mir eines Tages ein Bote die Nachricht brachte, ich wäre von den Großen Austrasiens zum nächsten König bestimmt worden. Mir war klar, wenn mir dasselbe Los bestimmt wäre wie meinem Vetter Childerich II, der im vorigen Jahr ermordet wurde, dass meine Kinder dann Vollwaisen würden. Übrigens wird dir ja bekannt sein, Wulfoald, dass auch manchmal ein Majordomus ermordet worden ist. So erging es Grimoald, der mich als Vierjährigen scheren und nach Irland schaffen ließ, um statt meiner seinen eigenen Sohn auf den Thron zu setzen. Er wurde schließlich an die Neustrier ausgeliefert und in Paris im Kerker umgebracht.

Schließlich muss jeder für sich selbst entscheiden, ob er aus Angst vor einem vorzeitigen Tod davor zurückschreckt, Verantwortung in einem öffentlichen Amt zu übernehmen, oder ob er sich mit letzter Konsequenz zu seinen Überzeugungen bekennen will und diese Prüfung annimmt. Auch die ersten Christen standen vor dieser Wahl. Viele haben lieber den Tod als Märtyrer auf sich genommen, als ihrem Glauben abzuschwören. Ich habe es mir reiflich überlegt, Wulfoald. Ich will dieses Dekret auf jeden Fall erlassen."

Am Abend setzte sich Dagobert nach dem Essen mit Haldetrud zusammen in sein Arbeitszimmer. Er berichtete ihr von der Unterredung mit dem Majordomus und dessen Bedenken wegen des Dekrets zur Minderung der Steuern und der Pachtgebühren, welche die Bauern an die Grundeigentümer abführen mussten.

Haldetrud hörte interessiert zu. „Ich muss sagen, ich bin ganz begeistert von deiner Absicht, dieses Dekret zu erlassen. Du bist wirklich ein anständiger Mensch, Dagobert. Du tust genau das Richtige mit diesem Erlass. Es ist eine Schande für das Frankenreich, welche Lasten den Bauern aufgeladen werden. Mein Vater, mein Bruder und ich haben es am eigenen Leib zu spüren bekommen. Und erst recht bewundere ich dich für deinen Mut, es mit den Adligen aufzunehmen, die das Dekret bestimmt ablehnen werden."

„Aber es gibt einen Punkt, Haldetrud, in dem ich mir selbst etwas vorgemacht habe. Selbstverständlich soll das Dekret erlassen werden, damit diese ungerechten, unhaltbaren Zustände beseitigt werden können. Die Königskrone habe ich angenommen, damit ich die Macht habe, Gutes zu tun für die Bürger des Landes, besonders die Armen. Doch mein Motiv, König zu werden, war noch ein anderes. Es war meine Eitelkeit. Es hat mir geschmeichelt, dass ich als Verbannter, als Verstoßener, dem man seinen Vetter Childerich II vorgezogen hatte, doch noch die Berufung zum König von Austrasien erhalten habe. Und es hat mich durchaus gereizt, königliche Macht in den Händen zu halten, über mein Volk, die Franken, zu herrschen als rechtmäßiger Erbe des Königreichs."

Haldetrud lächelte. „Wenn du das Königtum von Anfang an, als es dir angetragen wurde, verabscheut hättest, dann hättest du mit Sicherheit auch nicht zugestimmt. Es liegt auf der Hand, dass es dich gereizt hat, die Machtfülle eines Königs zu besitzen. Ich finde das keineswegs verwerflich. Es ist menschlich. Es kommt in meinen Augen ganz bestimmt nicht darauf an, ob ein König gern regiert oder ungern. Es kommt vielmehr darauf an, ob er umsichtig und weise, vor allem, ob er gerecht regiert. Er sollte gütig und gerecht zu jedermann sein, ohne Ansehen der Person. Er sollte dafür sorgen, dass es möglichst keine bittere Armut im Land gibt. Und selbstverständlich sollte er auch das Volk vor Verbrechern im Inneren und vor kriegslüsternen Nachbarn schützen. Das alles traue ich dir zu, Dagobert, du wirst bestimmt ein guter König sein."

Dagobert nahm sie in die Arme und küsste sie auf die Stirn. „Du bist mir eine große Stütze, Haldetrud, ich bin so froh, dass du aus Irland mitgekommen bist. Ich habe jetzt zwar meine leibliche Mutter wiedergefunden, aber nur dich liebe ich, wie ein Sohn seine Mutter liebt."

Sie tranken ein Glas guten elsässischen Wein, Dagobert wurde wieder sehr nachdenklich. Schließlich wandte er sich mit ernster Miene an Haldetrud. „Sollte ich doch den Weg einiger meiner Verwandten gehen und frühzeitig sterben müssen, bitte ich dich von ganzem Herzen, Haldetrud, kümmere dich um meine Kinder! Ob du bei einem Nachfolger weiterhin am Königshof willkommen wärst, weiß ich nicht. Solltest du dich hier nicht mehr wohl fühlen, könntest du zu deinem Vater nach Aquitanien ziehen. Ich werde vorsorglich schon zwei zuverlässige Soldaten aussuchen, die dich zu eurem Hof geleiten könnten. Das Geld für die Reise und die Zeit danach, auch zur Bezahlung der Soldaten, werde ich dir jetzt schon geben.Wir suchen ein sicheres Versteck aus, dort verwahren wir einen Beutel mit einer ausreichenden Menge an Goldsolidi und Goldtremisses. Die Prägung dieser Goldtremisses werde ich vielleicht demnächst wieder aufnehmen lassen. Du könntest auch Ansegisil in Irland benachrichtigen und ihn fragen, ob er mit seiner Familie auch auf eurem Hof bei Poitiers leben will. Sollte aus diesen Plänen aber nichts werden, bitte ich dich, meine Kinder in einem fränkischen Kloster unterzubringen; meinen Sohn Sigibert im Kloster Stavelot-Malmedy in der Provinz Lüttich, die beiden Mädchen im Frauenkloster Chelles bei Paris. Diesen zwei Klöstern werde ich Ländereien stiften, damit meine Kinder nach meinem Tod dort willkommen und gut versorgt sind. Selbstverständlich stände es dir frei, mit den Kindern wieder nach Irland zurückzukehren zu deinem Bruder. In dem Fall wäre es wohl ratsam, dass er dich hier oder auf eurem Hof bei Poitiers abholt. Euren Vater könntet ihr dann gleich mitnehmen." Dagobert seufzte. Er war offensichtlich sehr bekümmert.

Haldetrud begann zu weinen bei der Aufzählung all dieser Möglichkeiten, die Dagobert ihr gerade erläutert hatte. Er nahm sie in die Arme, und während ihre Tränen weiter flossen, stammelte sie: „Dagobert, seit so vielen Jahren bist du wie ein Sohn für mich, ich hab dich sehr lieb. Ich würde nie deine Kinder im Stich lassen, wenn du – was Gott verhüten möge – frühzeitig sterben solltest. Falls aber das Schicksal dir doch einen frühen Tod bestimmt hat, würde ich am liebsten mit allen Kindern zurück nach Irland auf unseren Hof Ath Troim ziehen, in Begleitung meines Vaters. Ansegisil wird uns bestimmt abholen." Sie lehnte sich an Dagoberts Brust, er strich über ihr Haar und versuchte, sie zu trösten, obgleich auch ihm schwer ums Herz war.

Eine Woche später erreichten tatsächlich die von ihrem Pachtland geflohenen Bauern, denen Dagobert auf dem Zug von Calais nach Metz begegnet war, die Residenzstadt Metz und fragten sich zum Königspalast durch. Wie Dagobert befohlen hatte, wurden sie zu ihm vorgelassen. Nachdem sie eine ordentliche Mahlzeit zu sich genommen hatten, wandte sich König Dagobert an die Gruppe: „Ich habe inzwischen meine Verwaltung angewiesen, Pachtgebühren, Steuern und sonstige Abgaben für die Bauern in Austrasien senken zu lassen. Vielleicht könnt ihr euch entschließen, unter diesen Umständen zu dem von euch beackerten Land zurückzukehren, oder ihr versucht woanders einen Neuanfang. Als Starthilfe erhält jeder von euch jetzt gleich einen Beutel mit zehn Goldtremisses. Ich wünsche euch für die Zukunft alles Gute, und möge Gott euch segnen." Die Bauern freuten sich über diese Nachricht, beugten ihr Haupt vor König Dagobert und dankten ihm für seine rege Anteilnahme an ihrem Schicksal.

Schon am nächsten Tag kam Chlodulf, der Bischof von Metz, zu einer Audienz beim König in den Palast. Er wurde mit allen Ehren empfangen. Nach einer knappen Verbeugung vor dem König in dessen Arbeitszimmer nahm er auf einem bequemen Stuhl dem König gegenüber Platz. Es war Dagobert bekannt, dass Chlodulf der Sippe der Arnulfinger entstammte, zu der auch Grimoald gehört hatte, der ihn, Dagobert, als Vierjährigen hatte scheren lassen, um ihm damit seine Eignung als König abzusprechen, denn die Könige der Merowinger trugen ihr Haupthaar lang. Er hatte ihn dann nach Irland verbannt, er sollte dort sein Leben als Mönch verbringen. Doch Dagobert erwähnte die Verwandtschaft des Bischofs mit keinem Wort. Chlodulf konnte sich aber denken, dass der König darüber informiert war. Das Treffen zwischen den beiden war also eine etwas pikante Situation. „Wie lange bist du schon Bischof von Metz?" wollte Dagobert wissen.

„Seit 20 Jahren, König Dagobert. Vorher war ich in der staatlichen Verwaltung tätig. Das ist eine vorzügliche Vorbereitung auf das Bischofsamt, das neben der Tätigkeit als Geistlicher auch viele administrative Aufgaben mit sich bringt. Die meisten Bischöfe sind diesen Weg gegangen. Mir steht für diese Pflichten ein gut ausgebildeter Stab von Mitarbeitern zur Verfügung."

„Soviel ich weiß, Bischof Chlodulf, obliegen dir so gänzlich verschiedene Aufgaben wie die Armenfürsorge sowie die Überwachung und Ausbesserung der Stadtmauern von Metz."

„Das ist richtig, König Dagobert. Die Wahrnehmung öffentlicher Aufgaben nimmt einen Bischof am meisten in Anspruch. Zum Glück haben schon die Römer einen mächtigen Aquädukt gebaut, um Metz immer mit genügend Wasser zu versorgen. Das Wasser aus der Mosel direkt vor unserer Haustür würde wohl nicht ganz reichen, besonders für die Thermen, die den Römern sehr wichtig waren. Die Instandhaltung des Aquädukts gehört ebenfalls zu meinen Pflichten."

„Gibt es denn genügend Priester und Diakone in der Stadt, um alle notwendigen Aufgaben, die Gottesdienste, die Seelsorge für die Gemeindemitglieder und die Armenfürsorge zu gewährleisten?"

„Du brauchst dir keine Sorgen zu machen, König Dagobert, das Bistum ist wohl geordnet, alle erforderlichen Aufgaben und Pflichten werden sorgfältig und pünktlich erfüllt."

„Ich danke dir, Bischof Chlodulf, für dieses aufschlussreiche, interessante Gespräch. Ich hoffe, wir werden immer gut miteinander auskommen."

„Das hoffe ich auch, mein König. Möge Gott der Herr, der Allmächtige und Gütige, dich allezeit beschützen und segnen." Mit diesen Worten verabschiedete sich der Bischof.

Einige Tage später beschloss Dagobert, den Besuch der zwei Klöster, in denen er seine Kinder unterbringen lassen wollte, falls er vorzeitig stürbe, nicht auf die lange Bank zu schieben. Er ließ Vorbereitungen für die Reise treffen, eine Eskorte ausgewählter Soldaten sollte ihn begleiten. Es wurden auch Maultiere zum Transport von genügend Proviant sowie Zelten mitgenommen. Nach drei Tagen ritt er frühmorgens mit seinen Begleitern los. Sie hatten Glück mit dem Wetter, es war sommerlich warm, aber nicht zu heiß. Nach sechs Tagen erreichte die Kavalkade die Stadt Chelles. Das Kloster besaß ein Gästehaus, in dem Dagobert und einige Männer seines Gefolges aufgenommen wurden. Hier hatte einst Chrodechild, die Ehefrau von Chlodwig I , einen kleinen Frauenkonvent gegründet. Im Jahr 658 hatte die einstige Regentin Balthild, Dagoberts Tante, diese Abtei zu einem Frauenkloster ausgebaut. Als Dagobert eintraf, war Balthild äußerst beglückt über den Besuch ihres Neffen. Zu dieser Zeit war Berthild, eine Freundin von Balthild, Äbtissin des Klosters. Beide Frauen waren hocherfreut, als Dagobert ihnen mitteilte, dass er der Abtei Ländereien in der Nähe von Reims schenken werde, das ja zu Austrasien gehörte. Natürlich erhielt Dagobert die feierliche Zusicherung, dass seine beiden Töchter im Kloster aufgenommen würden, wenn es das Schicksal erfordern sollte.

Auf dem Rückweg nach Metz wurden Dagobert und seine Begleiter von einem Sommergewitter überrascht. Da sie ihre Zelte nicht so schnell aufbauen konnten, suchten sie Unterschlupf in einer Herberge. Erst einmal kehrten sie nach Metz zurück, da das zweite Ziel, das Kloster Stavelot-Malmedy in der Provinz Lüttich genau in nördlicher Richtung lag. Nach drei Tagen Pause zog Dagobert mit seiner Truppe wieder los. Die Entfernung von Metz bis zum Kloster Stavelot-Malmedy war nur etwas mehr als halb so weit wie nach Chelles, so dass sie ihr Ziel nach vier Tagen erreichten. Der Abt Theobart freute sich über die Maßen, als er Dagobert empfing. „Ich bin überglücklich, dass auch du dieses Kloster besuchst, König Dagobert, nachdem dein Vater Sigibert ebenfalls hierher gekommen ist und dem Kloster Land gestiftet hat. Damals war Remaclus Abt des Klosters, er war auch mein Lehrer. Es ist eine große Ehre für mich und das Kloster, dass du zu einem Besuch gekommen bist."

„Ich habe eine Bitte an dich, Abt Theobart," erwiderte Dagobert. „Ich bitte dich, meinen Sohn Sigibert im Kloster aufzunehmen für den Fall, dass ich vorzeitig sterben sollte. Niemand kennt sein eigenes Schicksal außer Gott dem Herrn. Ich möchte schon jetzt zum Dank eine Urkunde ausstellen, die den Besitz des Klosters bestätigt. Ich habe einen Schreiber mitgebracht, der die Urkunde ausfertigen wird."

Der Abt verbeugte sich vor dem König. „Dankbar werde ich diese Urkunde entgegennehmen, König Dagobert. Du und deine Leute sind natürlich herzlich eingeladen, hier im Gästehaus zu übernachten."

Als Dagobert wieder in Metz eingetroffen war, berichtete er Haldetrud von den beiden Reisen: „Ich habe erreicht, was ich mir vorgenommen hatte. Für meine Kinder wird in den beiden Klöstern gesorgt werden, falls Gott der Herr mich vor der Zeit abberuft. Solltest du die Kinder aber mitnehmen wollen, zu eurem Hof in Aquitanien oder nach Irland, ist es mir auch recht."

Gleich am folgenden Tag bat ihn Wulfoald, der Majordomus, um eine Unterredung: „Vor einiger Zeit kam eine Gesandtschaft des langobardischen Königs Pektarit nach Metz und schlug im Namen des Königs vor, dass unsere beiden Länder einen Friedensvertrag schließen sollten. Wie du sicher weißt, König Dagobert, hat es unter deinen Vorgängern mehrfach kriegerische Auseinandersetzungen der Franken mit dem langobardischen Königreich in Norditalien gegeben. Seither herrscht zwar ein Waffenstillstand, aber ein formeller Friedensvertrag wäre doch vielleicht die beste Lösung, um den Frieden zwischen unseren Völkern zu festigen.

„Da stimme ich dir völlig zu, Wulfoald. Ich bin sicher, Gott will, dass die Menschen untereinander Frieden halten. Jesus Christus hat in seinen Reden niemals zum Krieg aufgerufen."

„Es gibt da noch eine Sache, die ich mit dir besprechen wollte," fuhr Wulfoald fort. „Es geht um die Prägung von Goldmünzen. Dein

Vorgänger, König Childerich II, hat die Prägung von Goldmünzen vor sechs Jahren ausgesetzt. In der königlichen Münzprägungsstätte von Marseille wurden die Münzen bereits seit dem Jahr 613 geschlagen. Wie dir bekannt ist, König Dagobert, zeigen die Goldtremisses auf der Vorderseite das Bild des Königs, auf der Rückseite ein Kreuz über einem Globus. Es liegt auf der Hand, dass sie für das Ansehen des Königs äußerst nützlich sind. Sie werden auch gebraucht, um die syrischen, jüdischen und griechischen Fernhändler zu bezahlen für ihre Importe von allerlei Luxusgütern, wie Juwelen, kostbare Gewänder, erlesenen Schmuck, Papyrus und Gewürze. Sollte es keine Bezahlung mehr mit Gold geben, dürfte der Fernhandel zu einem armseligen Rinnsal verkümmern und schließlich ganz verschwinden."

Dagobert schmunzelte. „Als Kind habe ich einmal eine dieser Karawanen aus einem fernen Land gesehen. Ich war natürlich außerordentlich beeindruckt von den Kamelen, die mit stoischer Gelassenheit an uns vorüberzogen. Ich selbst habe kaum Bedarf an Luxusgütern, abgesehen von Papyrus, aber ich weiß, dass diese Waren bei den fränkischen Adligen sehr begehrt sind. Daher bin ich einverstanden, die Prägung von Goldtremisses wieder aufzunehmen.

SECHZEHNTES KAPITEL

DER WALD VON WOEVRE

Ein besonders strenger Winter überzog das Land in diesem Jahr mit viel Schnee und Eis. Mehrere Male begab sich Dagobert mit Haldetrud und den Kindern in die Ardennen, um die herrliche, tiefverschneite Landschaft zu bewundern und mit den Kindern Schlitten zu fahren. Die Schlitten wurden auf Packpferden mitgeführt. Die schneebedeckten Wälder, die sich scheinbar grenzenlos auf den sanften Hügeln hinzogen, waren ein Anblick, der Dagoberts Herz tief berührte. Kein Mensch war weit und breit zu sehen, man hatte den Eindruck, als schwebte nur der Geist Gottes über der unberührten Natur. Für die Kinder war das Schlittenfahren natürlich ein Riesenspaß. Noch nie hatten sie es in ihrem Leben bisher erlebt. Sie johlten, jubelten und kreischten vor Vergnügen, wenn sie einen Hügel hinabsausten. Dagobert und Haldetrud halfen beim Heraufziehen der Schlitten für die nächste Abfahrt.

Nach Weihnachten ging es Chimnechild, Dagoberts Mutter, die sich bisher bester Gesundheit erfreut hatte, zunehmend schlecht. Es begann damit, dass sie darüber klagte, sie fühle sich matt und kraftlos. Dagobert maß dem noch keine besondere Bedeutung bei, zumal seine Mutter nichts von einem Arzt wissen wollte. Doch dann begann sie zu husten, es war ein harter, trockener Husten, ihre Augen waren gerötet, und sie klagte über Kopfschmerzen. „Ich muss mich erkältet haben, als ich mit meiner Zofe vor einer Woche einen längeren Spaziergang gemacht habe. Die Luft war viel kälter, als ich erwartet hatte," ließ sie Dagobert etwas kleinlaut wissen.

„Vor allem darfst du dich jetzt nicht anstrengen," meinte ihr Sohn, „am besten, du ruhst dich mehrmals am Tag in deinem Bett aus. „Ich werde den Arzt kommen lassen, keine Widerrede. Mutter." Am nächsten Tag kam der Arzt Eusebius zum Krankenbesuch. Er war ein würdiger, älterer Mann, der einen Vertrauen erweckenden Eindruck machte. Er hatte vor vielen Jahren in Konstantinopel die Medizin des Asklepios und des Galenus studiert, hatte zuerst dort praktiziert, danach im Frankenreich. Schließlich war er von Dagoberts Vater nach Metz berufen worden.

Nachdem er die Patientin gründlich untersucht hatte, erklärte er Chimnechild und Dagobert, dass es sich um eine ernste Bronchitis handelte. Er verordnete Kamillendampf-Inhalationen, einen aus Huflattich zubereiteten Tee mit Honig, sowie abwechselnd einen Tee, der zu gleichen Teilen aus Spitzwegerich und Thymian bereitet werden und mehrmals am Tag getrunken werden sollte, vorzugsweise schluckweise. Leider waren in dieser Jahreszeit keine frischen Kräuter zu bekommen, aber Eusebius besaß einen großen Vorrat der Kräuter in getrockneter Form. Er wies außerdem eine Pflegerin an, der Kranken einmal am Tag Brust und Rücken nass abzuklatschen und sie danach in wärmende Decken zu hüllen. Für den Fall, dass sich Fieber einstellte, müsste noch zusätzlich ein Weidenrindentee getrunken werden. Der Arzt versprach, jeden Tag nach Chimnechild zu sehen. An den nächsten Tagen schien es der Patientin tatsächlich besser zu gehen. Sie hustete weniger, fühlte sich wieder kräftiger und hatte wieder mehr Appetit. Sie wollte sogar wieder an den gemeinsamen Mahlzeiten im Speisesaal teilnehmen. Doch der Arzt riet ihr ab. „Du bist noch nicht über den Berg, Königin," mahnte er, „du musst dich noch schonen." Nach einer Woche trat abends plötzlich Schüttelfrost auf, dann stieg das Fieber rasch an. Als der Arzt Chimnechild am nächsten Tag untersuchte, war seine Miene sehr besorgt. „Sag mir die Wahrheit, Eusebius, muss ich sterben?"

„Das weiß nur Gott allein," sagte Eusebius leise, „du hast jetzt eine Lungenentzündung, das ist eine Verschlimmerung, aber du kannst dich davon noch erholen. Ich werde die Pflegerin anweisen, dir noch etwas mehr von dem Tee aus Spitzwegerich und Thymian zu verabreichen, auch von dem Weidenrindentee solltest du mehr trinken. Ganz wichtig ist es, dass du mehrmals am Tag in kaltes Wasser getauchte Tücher um die Unterschenkel gewickelt bekommst. Das senkt das Fieber. Ich wünsche dir gute Besserung, Königin, ich werde auch zu Gott für dich beten."

Fast den ganzen Tag lang schlief Chimnechild, gegen Abend wachte sie auf, das Fieber war etwas gesunken. Sie bat die Pflegerin, ihren Sohn zu holen. Als Dagobert seine Mutter sah, erschrak er, bemühte sich aber, es sich nicht anmerken zu lassen. Sie war sehr blass, ihr Gesicht wirkte eingefallen, doch ihr Geist war völlig klar, wie er im nächsten Moment feststellte. „Wie geht es dir, Mutter?" fragte er sie zögernd.

„Ach, Dagobert, mein lieber Sohn, du siehst ja, wie es mir geht. Ich habe keine Hoffnung, mich noch einmal zu erholen, obwohl der Arzt anscheinend anderer Meinung ist. Ich sterbe, mein Sohn. Vielleicht habe ich morgen schon das Bewusstsein verloren, deshalb wollte ich heute noch einmal mit dir reden und mich von dir verabschieden."

Dagobert war erschüttert. Seine Mutter war doch erst Mitte vierzig. Das war doch kein Alter zum Sterben! Andrerseits, er wusste, dass in seiner Sippe viele seiner Verwandten auch kein höheres Alter erreicht hatten, manche waren in noch jüngeren Jahren gestorben. „Hier bin ich, Mutter." Er strich ihr über ihr langes dunkelblondes Haar und küsste sie auf die Stirn. „Was wolltest du mir sagen?"

„Ich war dir keine gute Mutter, mein lieber Sohn. Als dein Vater starb, und der Majordomus Grimoald dich rücksichtslos aus meinen Armen riss, um dich nach Irland zu verbannen, da konnte ich allerdings nichts machen. Es war schrecklich.   Ich weinte mir die Augen aus, ich dachte, ich würde dich niemals wiedersehen. Immerhin hatte ich noch meine Tochter Bilichild, die zwei Jahre jünger war als du. Aber Grimoalds Sohn Childebert, den er statt deiner zum König gemacht hatte, starb schon 661. Da hätte ich alle Hebel in Bewegung setzen müssen, um dich aufzuspüren. Gott möge mir vergeben, das habe ich nicht getan. Statt dessen stimmte ich dem Vorschlag des neuen Majordomus Wulfoald zu, meine kleine Bilichild mit ihrem Vetter Childerich zu verheiraten. Beide waren zu dieser Zeit noch Kinder. Ein Jahr später wurde Childerich zum König über Austrasien ernannt. Für ihn übernahm ich damals die Regentschaft. Ich kann heute nicht begreifen, wieso ich das getan habe, statt nach dir zu suchen, mein Sohn. Du warst doch der rechtmäßige Thronerbe. Ich muss verblendet gewesen sein von der Macht, die ich nun im Namen des unmündigen Childerich ausübte. Macht auszuüben, wenn sie in greifbarer Nähe ist, das ist eine schreckliche Versuchung. Zu meiner Schande muss ich es dir jetzt sagen, Dagobert, ich bin dieser Versuchung erlegen. Ich war die Regentin bis vor 7 Jahren, als Childerich mit 15 Jahren volljährig wurde. Allerdings hat er kaum eigenständig regiert, vielmehr tat das Wulfoald, der Majordomus, der ja bis heute im Amt ist. Wie du weißt, Dagobert, wurde Childerich vor 2 Jahren ermordet, zusammen mit seiner Frau, meiner geliebten Bilichild, deiner Schwester. Erst da habe ich angefangen, nach dir zu suchen, mein Sohn, zusammen mit Wulfoald und einigen Adligen. Als wir wussten, dass du nach wie vor in Irland lebtest, haben wir Wilfrid, den Bischof von York, gebeten, dich mit einem sicheren Geleit nach Metz bringen zu lassen. Mein lieber Sohn, ich habe versagt, da gibt es nichts zu beschönigen. Trotzdem hoffe ich, dass du mir verzeihen kannst." Sie nahm Dagoberte Hände in ihre und küsste sie. Ihre Tränen rannen über ihre Wangen und tropften auf die Hände ihres Sohns.

Auch Dagobert hatte feuchte Augen bekommen. Er beugte sich zu seiner Mutter herab, nahm sie in die Arme und küsste ihre Stirn. „Natürlich vergebe ich dir, liebste Mutter. Ich bin sehr dankbar, dass uns das Schicksal wieder zusammen geführt hat. All die Jahre habe ich geglaubt, ich hätte dich für immer verloren, aber jetzt haben wir uns doch wiedergefunden. Der Herr unser Gott, Jesus Christus und die Jungfrau Maria seien gelobt."

Chimnechild fiel auf ihre Kissen zurück. Das Gespräch hatte sie erschöpft. „Ich danke dir, mein lieber Junge," flüsterte sie. „Jetzt weiß ich, dass auch Gott mir vergeben hat. Ich wünsche dir noch viele glückliche Jahre mit deinen Kindern. Gott der Herr sei uns gnädig und nehme uns beide auf in sein Reich. Dort werden wir uns, so Gott will, wiedersehen." Sie versank in einen unruhigen Schlaf. Drei Tage später starb Chimnechild. Sie wurde feierlich zu Grabe getragen und in der Kathedrale beigesetzt.

Die nächsten zwei Jahre wurden wirklich, wie es Chimnechild ihm gewünscht hatte, eine glückliche Zeit für Dagobert. Er war viel mit seinen Kindern zusammen sowie auch mit Haldetrud und ihren Kindern. Er regierte das Königreich so gut, wie er es vermochte, er bemühte sich, zu jedermann gerecht zu sein. Bei den Regierungsgeschäften stand ihm Wulfoald loyal zur Seite. Doch es blieb Dagobert nicht erspart, dass zwischen Austrasien und Neustrien ein Grenzkrieg ausbrach. Er selbst war dafür nicht verantwortlich; vor allem Ebroin, der mächtige Majordomus von Neustrien, hatte im Verbund mit einigen Adligen die Fäden gezogen. Im Lauf des Jahres 677 wurde der Krieg glücklicherweise beendet. Im Frühjahr 679 erreichte ein Bote von Wilfrid, dem Bischof von York, Dagoberts Kanzlei mit folgender Botschaft: Er habe den Winter beim König von Friesland verbracht und mache sich nun auf die Weiterreise nach Rom. Er würde sehr gern den Weg über Metz nehmen und bei seinem alten Freund Dagobert Station machen. Dagobert freute ich sich sehr über diese Nachricht. Er fragte sich nur, warum Wilfrid wohl nach Rom ziehen wollte. Er hatte ihm selbst einmal erzählt, dass er schon als junger Mann eine Pilgerreise nach Rom unternommen hätte, wo er den Papst bei einer Audienz getroffen hätte. Seither war Wilfrid ein glühender Verfechter des römischen Ritus, im Gegensatz zum irisch-schottischen Ritus. Aber Dagobert war sicher, dass er von Wilfrid den

Grund für die Reise erfahren würde. Schließlich kam Wilfrid mit einigen Begleitern im Sommer 679 in Metz an. Er wurde von Dagobert fürstlich empfangen, der König bestand darauf, dass Wilfrid samt seinem Gefolge im Palast wohnen sollte. Die Zeit, die Dagobert zu Studien in York verbracht hatte, lag schon etliche Jahre zurück; aber es war noch nicht so lange her, dass Wilfrid Dagobert seine Rückkehr ins Frankenreich als frisch gekürter König ermöglicht hatte. So begrüßten sich die beiden wie gute alte Freunde. Natürlich stellte Dagobert dem Bischof seine Kinder und auch seine Ziehmutter Haldetrud vor. Beim gemeinsamen Abendessen berichtete Wilfrid, er wäre wegen einiger Zwistigkeiten seines Postens als Bischof von York vom König enthoben worden. Aus diesem Grund wolle er jetzt nach Rom reisen, um an Papst Agatho zu appellieren, er möge kraft seiner Stellung als Papst von Rom diese Amtsenthebung rückgängig machen. Dagobert war entsetzt, als er von all den Problemen, den Eifersüchteleien und Intrigen in Northumbria hörte. Während seines Studienaufenthaltes im Königspalast von York, als er auch seine spätere Frau Mechthild kennengelernt hatte, war ihm dort alles so harmonisch erschienen. Doch hatten ihm damals wohl die Freundschaft zu den drei Prinzen, sein gutes Verhältnis zu Wilfrid und vor allem seine Liebe zu Mechthild den Blick für die politischen Verhältnisse im Land getrübt.

Selbstverständlich war Dagobert betrübt über die Absetzung seines Freundes vom Bischofsamt, und wer wusste schon, wie der Papst entscheiden würde? Es wäre durchaus möglich, dass er Wilfrids Bitte zurückweisen würde. Daher überlegte Dagobert, ob und wie er seinem

Freund vielleicht helfen könnte. Schließlich kam er auf die Idee, ihm einen anderen Bischofssitz anzubieten, der York in keiner Weise nachstand. Während die beiden bei angenehmem Sommerwetter einen Spaziergang durch den Palastgarten machten, fragte Dagobert den Bischof: „Könntest du dir vorstellen, in einem anderen Bistum als Bischof zu wirken? Möglicherweise in einem bedeutenden Bistum des Frankenreiches?"

„Warum fragst du, Dagobert? Schwebt dir eines vor?"

Dagobert lächelte. „Allerdings, mein Freund! Das Bistum Straßburg ist gerade vakant. Es ist neben Metz die wichtigste Diözese in Austrasien. Es wäre mir eine große Freude, wenn du dieses Angebot überdenken könntest, um mir dann mitzuteilen, dass du Bischof von Straßburg wirst."

„Ich fühle mich sehr geehrt durch dein Angebot, Dagobert. Straßburg ist in der Tat eine bedeutende Diözese. Außerdem wären du und ich dann beinahe Nachbarn, besonders weit entfernt von Metz liegt Straßburg ja nicht. Trotzdem kann ich dein großzügiges Angebot nicht annehmen, lieber Freund. Ich bin durch und durch Angelsachse, ich liebe meine Heimat sehr, es würde mir äußerst schwer fallen, sie zu verlassen. In Straßburg wäre ich auf Jahre ein Fremder, die Sprache der Einwohner würde ich zwar verstehen, aber es ist nicht dasselbe, als wenn man sich in der Muttersprache mit den Einwohnern verständigt. Dazu kommt aber noch, dass mich die Enthebung vom Bischofsamt in York tief verletzt hat. Ich betrachte sie als völlig ungerechtfertigt. Ich möchte diese Schande nicht auf mir sitzen lassen. Deshalb will ich den Papst bitten, mir Gerechtigkeit widerfahren zu lassen und diese schmähliche Amtsenthebung rückgängig zu machen. Ich denke, meine Aussichten stehen dafür ganz gut. Auf jeden Fall danke ich dir sehr herzlich, Dagobert. Ich hoffe, du kannst mich verstehen und wirst mir wegen dieser Entscheidung nicht böse sein."

„Natürlich schmerzt es mich, Bischof Wilfrid, dass du mein Angebot nicht annimmst. Es hätte mich überaus glücklich gemacht, wenn du in meinem Reich bliebst und wir sozusagen Nachbarn würden. Aber böse werde ich dir deswegen niemals sein, mach dir darüber keine Gedanken. Ich wünsche dir viel Glück bei deiner Appellation beim Papst in Rom. Möge Gott unser Herr deinen weiteren Lebensweg segnen!"

Zum Jahresende pflegten die austrasischen Könige eine große Jagd zu veranstalten, an der auch viele Adlige teilnahmen. Die ausgedehnten Wälder der Ardennen eigneten sich hierfür ganz vorzüglich. In diesem Jahr sollte die Jagd östlich von Verdun in dem herrlichen Waldgebiet von Woevre stattfinden. Da es dort keine größeren Ortschaften gab, die Übernachtungsmöglichkeiten boten, oder in denen sich eine große Gruppe von Menschen verproviantieren konnte, musste alles Nötige, also vor allem Lebensmittel und Zelte, auf Packpferden und Maultieren herangeschafft werden.

Im Königspalast von Metz wurde schon eine Woche vorher mit den Vorbereitungen begonnen. Das Zaumzeug für die Pferde und Maultiere wurde bereit gelegt, die in Frage kommenden Tiere wurden ausgesucht, auch einige Ersatzpferde für den Fall, dass eines oder zwei auf den holprigen Waldwegen stolpern, hinfallen und sich ein Bein brechen sollten. Der König sollte von Knechten und Soldaten begleitet werden, für diese wurden die Waffen bereit gelegt. Und selbstverständlich brauchte man wetterfeste Zelte, die ebenfalls zu dem übrigen Gerät gelegt wurden, wozu vor allem Kochtöpfe und Geschirr gehörten, ganz zu schweigen von den beträchtlichen Mengen Lebensmitteln, Pferdefutter und Hundefutter. Denn selbstverständlich wurden für die Jagd auch Hunde mitgenommen. Die Adligen, die sich an der Jagd beteiligen wollten, trafen einen Tag vor dem Abmarsch ein, alle waren bester Laune und freuten sich auf einige schöne Jagdtage.

Früh am nächsten Morgen wurden die Jagdhörner zum Aufbruch geblasen. Wie immer bei solchen Gelegenheiten entstand erst einmal ein unbeschreibliches Chaos. Die Knechte liefen hin und her, weil sie meinten, dies oder jenes sei doch noch vergessen worden; die meisten Adligen waren schon aufgesessen und bekamen von den Mägden zur Stärkung Wein gereicht, worauf bald viele begannen, beliebte Jagdlieder zu singen. Die Tiere wurden allmählich aufgeregt, die Pferde wieherten, die Maultiere schrien mit ihnen um die Wette. Auf einmal kam von irgendwoher eine Schar Hühner wild gackernd angerannt, worauf es einigen Hunden gelang, sich loszureißen und Jagd auf die Hühner zu machen. Doch die Hühner schlüpften geschickt zwischen den Beinen der Menschen hindurch, es flogen zwar einige Federn durch die Luft, aber kein Huhn kam zu Schaden. Nach viel Geschrei und Fluchen gelang es den Hundeführern, alle Hunde wieder einzufangen und anzuleinen.

Endlich war es soweit, dass der Abmarsch der Jagdgesellschaft beginnen konnte. Die Hörner wurden noch einmal geblasen, und der ganze Zug setzte sich in einigermaßen guter Ordnung in Bewegung. Dagobert ritt in der Mitte des Zuges auf seinem Lieblingspferd, einem herrlichen Schimmelhengst, dem er den Namen Sigurd gegeben hatte. Neben ihm ritt sein Sohn Sigibert auf einem kleinen Pferd. Dagobert hatte Haldetrud gefragt, ob sie mitreiten wolle, doch sie hatte es vorgezogen, im Palast zu bleiben. Sie hatte den Kindern versprochen, im Schlossgarten ein Mittagessen auftragen zu lassen. Beim Abschied winkte sie Dagobert noch einmal zu.

Es war eine stattliche Kavalkade, die auf der alten Römerstraße Richtung Verdun voran trabte. Es wurde ein wunderschöner Wintertag, die Sonne strahlte von einem blauen Himmel und brachte den Schnee zum Funkeln und Glitzern. Als sie nach zwei Stunden ein winziges Dorf erreichten, machten sie Halt. „Wir sind jetzt etwa im Zentrum des Waldes von Woevre," riefen einige ortskundige Soldaten. Dagobert war hier vor vier Jahren mit Haldetrud, den Kindern und der Eskorte durchgezogen. Plötzlich öffnete sich die Tür eines Bauernhauses, eine alte Frau mit aufgelöstem, wirrem Haar stürzte heraus und rannte schreiend auf Dagobert zu. Zwei Soldaten hielten sie fest, damit sie nicht zu nah an den König herankäme. Sie kniete nieder und rief mit heiserer Stimme: „König Dagobert, du Geliebter Gottes, reite nicht weiter! Kehre sofort um nach Metz! Hier erwartet dich der Tod! Ich habe letzte Nacht in einem Traum gesehen, wie du hier ermordet wurdest!"

Dagoberts Begleiter blickten sich verblüfft an, einige lachten. Wulfoald, der Majordomus, befahl in ärgerlichem Ton, die Frau von der Straße zurück in ihr Haus zu schaffen. Bevor die Soldaten die Frau zurückbringen konnten, antwortete ihr Dagobert: „Mach dir keine Sorgen, Mütterchen, es wird mir schon nichts passieren. Sterben müssen wir alle. Aber der Herr unser Gott wird bei uns sein. Wir sind in seiner Hand." Er ließ die Frau näher herantreten und reichte ihr einen Goldtremissis. „Kauf dir davon Hühner oder Ferkel! Leb wohl! Gott segne dich!"

Die alte Frau lächelte ganz verzückt. Unter vielen Segenswünschen ging sie zurück in ihr Haus. Dagobert bemerkte sehr wohl, dass manche aus seiner Begleitung die Nase rümpften. Aber das war ihm gleichgültig.

Sie ritten nun auf einem Waldweg immer weiter in die Tiefen des Waldes hinein. Selbst im Sommer ließen die Baumwipfel nur wenig Sonnenlicht durch, so dass sie sich erst recht jetzt im Winter durch ein halbdunkles Schattenreich bewegten, dort, wo Tannen und Fichten überwogen. Wo vor allem Laubbäume standen, die jetzt keine Blätter trugen, drang natürlich viel mehr Licht bis zum Waldboden vor. Von den Jagden früherer Jahre war ihnen auch dieser Weg vertraut, sie wussten, dass sie etwa in einer halben Stunde eine Lichtung erreichen würden. Dagobert war sehr nachdenklich geworden. Er glaubte nicht daran, dass man im Traum einen Blick in die Zukunft werfen könne, trotzdem hatte ihn der Auftritt der alten Frau beeindruckt. Möglicherweise hatte sie hier und da etwas aufgeschnappt, was vielleicht die Stimmung im Volk widerspiegelte. Er hatte gehört, dass er bei vielen Franken sehr beliebt war, und gerade, weil sie ihn für einen guten Menschen hielten, fürchteten sie, dass gewissen Adelskreisen ein solcher König ungelegen kam. Nur allzu bekannt war

Dagobert, dass Ebroin, der mächtige Majordomus von Neustrien, erbitterten Widerstand gegen seine, Dagoberts, Einsetzung als König von Austrasien geleistet hatte. Ebroin hätte nur allzu gern das gesamte Frankenreich unter einem König vereinigt, mit ihm selbst als Majordomus, der in Wirklichkeit die Macht ausüben würde. Diesem Ebroin war nicht zu trauen, er würde vor keinem Mord zurückschrecken, um seine Macht auszudehnen.

Mit Wehmut blickte Dagobert auf die Zeit zurück, als er noch in Irland gelebt hatte, besonders auf die Jahre mit seiner geliebten Mechthild. Vielleicht war es doch ein Fehler gewesen, die Königswürde von Austrasien anzunehmen. Es ging ihm doch gut auf dem Landgut Ath Troim, zusammen mit seinen Zieheltern Haldetrud und Ansegisil sowie seinen Kindern. Es war wohl diese unselige Verlockung der Macht gewesen, die ihn dazu bewogen hatte, Irland zu verlassen und nach Metz zu ziehen. Aber nun war er einmal hier, er wollte sich nicht vor der Verantwortung drücken, die er übernommen hatte. Er konnte nur hoffen, falls er ermordet würde, dass es Haldetrud gelingen möge, sich um seine Kinder zu kümmern, sie entweder sicher in einem Kloster unterzubringen, oder mit ihnen nach Irland zurückzukehren. „Herr mein Gott," flehte er, „schütze das Leben meiner Kinder!"

Als die Jagdgesellschaft die Lichtung erreicht hatte, wurden die Zelte aufgeschlagen. Da inzwischen alle von der frischen Luft einen gesegneten Appetit bekommen hatten, lagerten sie sich zwischen den Zelten und nahmen eine Mittagsmahlzeit ein mit Fladenbrot, Gerstenbrei und Trockenfleisch. Nach einer kurzen Mittagsrast schwärmten Trupps in verschiedene Richtungen aus, um ihr Jagdglück zu versuchen. Dagobert blieb mit seinem Sohn Sigibert im Lager. Er war froh, einmal genug Zeit zu haben, um sich mit dem Knaben zu unterhalten. So wie er selbst früher in Irland in die Klosterschule gegangen war, so besuchte sein Sohn jetzt eine Schule im Königspalast. Es war Dagobert gelungen, mehrere namhafte Gelehrte für diese Schule zu verpflichten, in der Sigibert unterrichtet wurde, seit kurzem auch Hrodwyn. Sie hatten auch einige Kinder von Adligen als Klassenkameraden. Sigibert war kein enthusiastischer Schüler, Hrodwyn hingegen liebte den Unterricht. „Morgen werde ich mich auch an der Jagd beteiligen, Sigibert. Willst du mitkommen, oder lieber hier im Lager bleiben?"

Sigibert blickte seinen Vater freudestrahlend an, „Bitte nimm mich mit, Vater, ich will unbedingt dabei sein."

„Gut, mein Sohn, dann soll es so sein. Wir werden zu Fuß auf einem sehr schmalen Waldweg entlang gehen und nach Wild ausspähen. Zwei oder drei meiner Leute werden mich begleiten. Nach etwa einer halben Meile werden wir einen Bach erreichen. Dort kommen manchmal Rehe oder Wildschweine hin, um zu trinken. Wir werden uns nahe am Bach im dichten Unterholz verstecken und abwarten. Sollten wir ein Wild in Schussweite sehen, werde ich versuchen, es mit meinem Bogen zu erlegen."

„Oh ja, Vater, das wird aufregend! Ich freue mich schon auf morgen." Gegen Abend kamen die Männer zurück, die an diesem Tag schon auf die Jagd gegangen waren. Sie brachten drei erlegte Rehe und mehrere Hasen mit, wurden mit großem Hallo begrüßt und zu ihrem Jagderfolg beglückwünscht. Sofort begannen Knechte damit, den Tieren das Fell abzuziehen, sie auszunehmen und am Spieß zu braten. Bis man mit dem Essen beginnen konnte, vertrieben sich die Teilnehmer der Jagdgesellschaft die Zeit mit Gesängen und Geschichten Erzählen. Einige Adlige steckten auch die Köpfe zusammen, um sich über politische Angelegenheiten zu beraten. Als das Fleisch endlich gar gebraten war, gab es kein Halten mehr. Die Knechte schnitten unermüdlich Stücke des köstlich duftenden Wildbrets ab; die Teller mit dem Fleisch wurden ihnen gleich von der hungrigen Meute aus den Händen gerissen. Bald war überall im Lager nur noch zufriedenes Rülpsen und Schmatzen zu hören, begleitet von Lauten wie „Ah!" und „Oh!" Als schließlich die Trinkhörner mit schäumendem Bier gefüllt wurden, war die Glückseligkeit der Jäger vollkommen. Es wurde hemmungslos getrunken, bis die Hälfte der vollgesoffenen Recken auf die Seite rollte und nur noch Schnarchtöne zu hören waren. Andere hingegen wurden immer redseliger und hitziger, bis die Fäuste flogen und etliche nach einem wohl gezielten Schlag zu Boden gingen.

Dagobert saß mit seinem Sohn ein wenig abseits, auch sie aßen von dem Wildbret, aber beim Bier hielt Dagobert sich zurück. Endlich torkelten die meisten in ihre Zelte, manche waren allerdings so betrunken, dass sie auf dem Erdboden liegen blieben und bis zum frühen Morgen ihren Rausch ausschliefen. Dagobert hatte mit Sigibert schon etwas früher sein Zelt aufgesucht. Er schlief sehr unruhig in dieser Nacht, er hatte einen seltsamen Traum. Er hatte sich in Irland in einem alten Wald verlaufen und irrte darin umher. Die Tiere des Waldes hatten keine Furcht vor ihm, sie konnten alle sprechen. Ein

Auerochse sprach ihn mit seiner tiefen Stimme an: „Du solltest nicht hier sein, Dagobert, dieser Wald gehört nur uns, den Tieren. Du hast dein Leben verwirkt, König Dagobert. Ich werde mit den anderen Tieren jetzt beraten, ob du sterben musst, oder ob du gerettet wirst. In schrecklicher Todesangst lief Dagobert weiter durch den Wald, doch vergeblich, er konnte den Waldrand nicht finden. Da hörte er eine krächzende Stimme, die von oben zu ihm sprach, es war ein Uhu: „Die Tiere haben das Urteil noch nicht gefällt, aber fürchte dich nicht! Selbst wenn du jetzt stirbst, wird zwar dein menschlicher Körper sterben, aber du wirst verwandelt in eines von uns Tieren. Du wirst ein Tier des Waldes sein wie wir! Wäre das nicht schön? Ich verspreche dir, dein Leben wird viel glücklicher sein als dein jetziges menschliches Leben! Alles Gute, mein König!" Ganz verstört wachte Dagobert mitten in der Nacht auf. Bis auf die Schnarchgeräusche war es still im Lager. Auf einmal hörte er die Laute vieler Tiere. Zuerst konnte er das Geheul eines Wolfsrudels vernehmen, dann das Gebrüll eines Auerochsen. Zuletzt hörte er die Rufe eines Waldkauzes, danach eines Uhus. Dies war kein Traum mehr, Dagobert lächelte glücklich. Er war schon jetzt in die Gemeinschaft der Tiere des Waldes aufgenommen, er gehörte zu ihnen. Zufrieden fiel er in einen tiefen Schlaf.

Als er am frühen Morgen aufwachte, fühlte er sich frisch und ausgeruht. Sigibert war schon wach. Mit glänzenden Augen wandte er sich an seinen Vater: „Ich bin schon so aufgeregt, ich konnte nicht mehr schlafen." Die beiden nahmen ein kräftiges Frühstück zu sich. Als sie ins Freie traten, war die Sonne gerade aufgegangen. Es versprach wieder, ein schöner Wintertag zu werden. Die meisten Jäger waren schon auf den Beinen und begannen, sich mit Bogen, Köchern voller Pfeile, Messern und Speeren auszurüsten. Wie am gestrigen Tag gingen sie nur in kleinen Gruppen auf verschiedenen schmalen Pfaden in den Wald. Dagobert nahm zwei Soldaten mit, er schlich mit Sigibert dicht hinter ihm behutsam auf einem sehr engen Pfad voran, wahrscheinlich ein ehemaliger Wildwechsel. Sie sprachen kein Wort und bemühten sich, auf keinen trockenen Zweig zu treten. Sigibert empfand das Dämmerlicht des Waldes als unheimlich. Zwischen den hohen Bäumen wuchs dichtes Unterholz, so dass man kaum mehr als zwei Ellen weit sehen konnte. Sie hörten auf einmal ein Quieken und Grunzen zu ihrer Linken. Dagobert drehte sich um und flüsterte: „Eine Rotte Wildschweine, sie müssten aber näher herankommen, um eines schießen zu können." Sigiberts Herz klopfte bis zum Hals, es war herrlich aufregend. Dagobert dachte immer noch an seinen Traum der vergangenen Nacht, im Grunde verspürte er kein Verlangen mehr, eines dieser wunderbaren Tiere zu töten. Seit diesem Traum empfand er sie als seine Brüder und Schwestern. Sie hatten Recht. Dieser heimliche Wald war ihr Reich, was hatten die Menschen darin zu suchen? Doch er wollte seinen Sohn nicht enttäuschen, der offenbar der Begegnung mit einem Wild entgegenfieberte, das sein Vater erlegen würde.

Wie Dagobert vorausgesagt hatte, erreichten sie nach etwa einer viertel Meile den leise plätschernden Bach. Sie verbargen sich hinter einem Erlengehölz, von wo Dagobert ein einigermaßen freies Schussfeld auf den Bach hatte. Er nahm seinen Jagdbogen in die linke

Hand, aus dem Köcher zog er einen Pfeil, legte ihn aber noch nicht auf die Sehne. Keiner aus der Gruppe hatte bemerkt, dass zwei weitere Männer hinter ihnen her geschlichen waren. Es gelang den beiden, sich nicht weit von Dagobert, Sigibert und den zwei Soldaten im Unterholz zu verstecken, aber so, dass sie noch genug Sicht hatten, um Dagobert mit einem Speer zu treffen.

Während der nächsten Stunde tauchte kein größeres Wild am Bach auf, lediglich einige Hasen, ein Wiesel und ein Baummarder. Sigibert wagte kaum zu atmen. Er flüsterte seinem Vater zu: „Hoffentlich kommt bald ein Tier, das du erlegen kannst." Dagobert legte den Finger auf seinen Mund. Er lächelte seinem Sohn zu. In sein Herz war ein wunderbarer Friede eingekehrt, er fühlte sich eins mit diesem Wald und seinen Geschöpfen.

Da! Ganz leise schritt ein Reh auf den Bach zu. Dagobert legte den Pfeil in seiner rechten Hand auf die Sehne und spannte den Bogen. In diesem Moment sprang einer der beiden Verfolger aus dem Unterholz hervor und schleuderte seinen Speer auf Dagobert. Er traf den König unterhalb des linken Schulterblatts. Der Speer war mit solcher Wucht geschleudert worden, dass er vorne aus Dagoberts Brust wieder heraustrat. Dagobert stieß einen gurgelnden Schrei aus, er stürzte röchelnd nach vorn auf den Waldboden. Er gab keinen Laut mehr von sich, er regte sich nicht mehr.

Sigibert war im ersten Moment starr vor Schreck. Dann schrie er wie ein gequältes Tier laut auf und warf sich auf seinen Vater. Auch die beiden Soldaten, die den König hätten bewachen sollen, waren für einen Augenblick wie gelähmt, dann zogen sie ihre Schwerter und

378

stürzten auf den Attentäter zu. Dem einen gelang es sofort, diesen nach kurzem Kampf zu durchbohren. In der Hitze des Gefechts bemerkten sie den zweiten Attentäter zu spät, der nun ebenfalls aus dem Unterholz hervorsprang und nach wenigen Schritten seinen Speer in Sigiberts Körper stieß. Unmittelbar danach erlag auch dieser Attentäter dem Angriff der beiden Soldaten.

Die Soldaten bückten sich zu Dagobert und seinem Sohn hinab, aber sie konnten nichts mehr für die beiden tun. Der König und sein Sohn waren zweifellos beide tot. Betroffen standen sie neben den Leichnamen, sie konnten noch kaum begreifen, was geschehen war, so schnell war alles gegangen. Dazu war ihnen klar, dass sie als Leibwachen des Königs versagt hatten. Sie gaben den Leichen der Attentäter einige Fußtritte und spuckten auf sie. Sie wechselten einige Worte, das Ganze war so ungeheuerlich, was sollten sie nur machen? Würde man sie für ihr Versagen bestrafen? Am liebsten wären sie davon gerannt, aber sie konnten den toten König nicht einfach hier liegen lassen. So nahm der kräftigere der beiden Dagobert auf seinen Rücken, der andere dessen Sohn Sigibert. Sie schleppten sie ins Lager, wo sofort helles Entsetzen ausbrach und Wehgeschrei. Alle, die sich gerade im Lager aufhielten, stellten sich im Kreis um die beiden Ermordeten und sprachen gemeinsam Gebete. Manche weinten, andere standen nur stumm wie betäubt da. Die Jagd musste selbstverständlich abgebrochen werden; es wurden mehrmals Hornsignale geblasen, um die Jäger aus dem Wald zurückzurufen.

„Heute ist der 23. Dezember," sagte ein Knecht zu seinem Nebenmann in der Schar der Trauernden, welche die beiden Toten umringten. „Am Tag vor Heiligabend wurde unser junger König ermordet. Ich glaube, er war erst 27 Jahre alt. Wer mag die Attentäter zu diesem grauenhaften Mord wohl angestiftet haben?"

Im Tross fand sich ein einfacher Wagen zum Transport von Bierfässern. Auf diesen Wagen legte man König Dagobert und seinen Sohn Sigibert. In Begleitung etlicher Adliger wurden die beiden Leichname nach Stenay überführt und im dortigen Kloster aufgebahrt. Dort wurden sie auch begraben.

NACHWORT

Bis heute ist nicht klar, wer der oder die Auftraggeber für den Mord an König Dagobert II und seinem Sohn Sigibert waren. Die Forschung vermutet, dass vor allem Ebroin, der machthungrige Majordomus von Neustrien, dahinter steckte. Er wollte unbedingt das ganze Frankenreich wieder unter einem König aus der Sippe der Merowinger vereinen, das heißt, unter einem schwachen König, so dass in Wirklichkeit er selbst über die ganze Macht verfügt hätte. Dabei stand ihm Dagobert II, ein junger, tatkräftiger Herrscher, im Weg. Den Sohn „musste" er auch beseitigen lassen, damit der nicht bald das Erbe seines Vaters antreten konnte – wenn auch erst einmal unter der Vormundschaft Wulfoalds, des Majordomus von Austrasien. Es wird vermutet, dass einige austrasische Adlige mit Ebroin gemeinsame Sache gemacht haben. Doch dieser wurde 680 von dem neustrischen Adligen Ermenfred ermordet, bevor er seinen Triumph auskosten konnte. Nachfolger Dagoberts in Austrasien wurde sein Vetter Theuderich III, der aber schließlich 687 in der Schlacht von Tertry vom neuen austrasischen Majordomus Pippin dem Mittleren besiegt wurde. Von da an regierten die Pippiniden de facto das gesamte Frankenreich; nach einem der Söhne Pippins des Mittleren, Karl Martell, wurde das Geschlecht Karolinger genannt. Nach der Absetzung des letzten Merowingers wurde Karl Martells Enkel Karl (später Karl der Große genannt) König des wieder vereinten Frankenreichs, im Jahr 800 krönte ihn der Papst in Rom zum Kaiser.

Dagoberts Töchter wurden nach dem Tod ihres Vaters möglicherweise als Novizinnen in ein Frauenkloster aufgenommen, vielleicht das Kloster Chelles bei Paris. Doch der Autor hält es auch für möglich, dass gute Freunde der Familie die beiden Mädchen nach Irland brachten, wo Dagobert einen Großteil seines Lebens verbracht hatte. Dort könnten diese Freunde die Schwestern bei sich aufgenommen haben.

Nach einer lokalen Tradition wurde Dagobert II nicht im Kloster von Stenay begraben, sondern in der Kirche des Heiligen Remigius in Stenay. Ein Kind soll im Jahr 872 im Inneren des Altars der Sankt Remigius-Kirche von Stenay das Beerdigungsepigramm gefunden haben. König Karl der Kahle wurde über diesen Fund informiert. Man hob den Körper nahe der Inschrift aus dem Boden. Auf dem Altar des Oratoriums des Palastes in Douzy wurde er für die Gläubigen zur Verehrung niedergelegt. Am 10.09. 872 wurde in Anwesenheit von König Karl dem Kahlen, Hincmar von Reims, Bernhard von Verdun und anderen Bischöfen die Heiligsprechung Dagoberts II vollzogen. Die Kirche von Stenay wurde in Sankt Dagobert Kirche umbenannt.

Spätestens seit 1068 galt der Heilige Dagobert als Patron der Kirche, vor allem in Lothringen und im Elsass. Die Kirche Sankt Dagobert wurde während der Französischen Revolution 1789 zerstört. Die Reliquien gingen bis auf den Schädel verloren. Mindestens seit dem 9. Jahrhundert galt Dagobert II als Märtyrer.

VERZEICHNIS DER NAMEN IN ALPHABETISCHER REIHENFOLGE

Aengus mac Domnaill, Oberhaupt des Clans Domnaill

Aethelred, Schulkamerad Dagoberts in York

Aethelthryth, Ehefrau König Ecgfriths von Northumbria

Agilbert, Gelehrter am Königshof in York

Aidan, irischer Adliger, Ehemann Haldetruds

Aldfrith, angelsächsischer Prinz, Freund Dagoberts

Aodnait, Tochter Haldetruds und Aidans

Ansegisil, Franke, Bruder Haldetruds, Ziehvater Dagoberts

Ath Troim, Landgut Aidans

Balthild, Regentin in Neustrien und Burgund

Bilichild, Tochter Chimnechilds, Schwester Dagoberts II, Ehefrau Childerichs II

Blathmac, Bruder von Diarmait Ruanaid

Brighid, Tochter Haldetruds und Aidans

Brodulf, Bauer auf Nachbarhof von Haldetrud in Aquitanien

Brothaigh, irisches Clan-Oberhaupt

Brug na Boinne, Schlachtfeld am Fluss Boinne

Cacht ingen Cellaig, Tochter des Hochkönigs Cellach

Cailan O`Neill, Mönch im Kloster Slane

383

Cailleach, Bauer in der Nähe von Slane

Cathal, Mönch im Kloster Slane

Cellach mac Maele Coba, irischer Hockkönig

Cenel Conaill, Clan Aidans

Cenel n Eogain, irischer Clan

Cliodhna, Fee im Moor Bronavan Bog

Childebert Adoptivus, Sohn des Grimoald, König von Austrasien

Childerich II, König von Neustrien, Burgund und Austrasien, 675 ermordet

Chimnechild, Mutter Dagoberts II

Chlodwig I, erster König von Neustrien, Burgund und Austrasien

Chlodulf, Bischof von Metz

Chlothar III, König von Neustrien , Burgund und Austrasien

Dagobert II, König des fränkischen Teilreichs Austrasien, ermordet 679

Darragh, Erins Vater

Davin, irischer Mönch

Diarmait Ruanaid, irischer Hochkönig, Nachfolger des verstorbenen Königs Cellach

Diarmait, Mönch, Lehrer in der Klosterschule Slane

Dido, Bischof von Poitiers

Dubhan, Mönch, Lehrer in der Klosterschule Slane

Eadgyth, Mechthilds Gouvernante

Eadwulf, angelsächsischer Prinz, Freund Dagoberts

Eadwyth, zweite Tochter Dagoberts und Mechthilds

Ebroin, Majordomus in Neustrien, für kurze Zeit im gesamten Frankenreich

Ecgfrith, König von Northumbria

Enkidu, Lehrer der Astronomie am Königshof in York

Erin, Freundin Dagoberts während der gemeinsamen Schulzeit in York

Eurich, Sohn von Rodulf

Farlan, Libanius' Führer

Fergus, Sohn von Haldetrud und Aidan

Finlay O'Hara, Abt des Klosters Slane

Gerhild, entflohene Sklavin, Ehefrau Ansegisils

Grimoald, Majordomus von Austrasien zur Zeit von Dagoberts Geburt

Haldetrud, Ziehmutter Dagoberts, Schwester Ansegisils, Ehefrau Aidans

Hrodwyn, erste Tochter Dagoberts und Mechthilds

Libanius, Archidiakon von Poitiers

Loingsech mac Aengusa, Oberhaupt des Clans Mac Domnaill

Mac Domnaill, irischer Clan

Martin, Heiliger, ehemaliger Soldat, Bischof von Tours

Martinus, Gelehrter am Königshof in York

Mechthild, northumbrische Prinzessin, Dagoberts Ehefrau

Naonmhan, Mönch im Kloster Slane

Nualla, Küchenhilfe auf Ath Troim, dem Landsitz Aidans

Nuallan, irischer Mönch

O`Coindeal bhain, irischer Clan

Orfhlaith, Erins Mutter

Osred, angelsächsischer Prinz, Freund Dagoberts

St. Patrick, Missionar in Irland, Nationalheiliger Irlands

Riam, Mitschüler Dagoberts in Klosterschule des Klosters Slane

Rodulf, Einwohner einer Kleinstadt in der Picardie, Vater Eurichs

Ronan, Auftragsmörder aus Caiseal

Seamus, Bauer, Nachbar des Landguts Ath Troim (Aidans Erbhof)

Sigibert III, König von Austrasien, Dagoberts Vater

Sigibert, Sohn von Dagobert und Mechthild

Sil n Aedo Slaine, irischer Clan

Slane, Kloster nördlich von Ath Cliath (Dublin)

Sophokles, Gelehrter am Königshof in York

Sulpicius, Gelehrter am Königshof von York

Wilfrid, Bischof von York, Freund Dagoberts

Wulfhart, geflohener Bauer in der Picardie

Wulfilaic, Vater von Haldetrud und Ansegisil

Wulfoald, Majordomus von Austrasien

LITERATURVERZEICHNIS

Dahn, Felix: Dagobert II, merowingischer Frankenkönig. In: Allgemeine Deutsche Biographie, Leipzig 1910

Ewig, Eugen: Die fränkischen Teilreiche im 7. Jahrhundert, Trierer Zs. 22, 1953

Ewig, Eugen: Die Merowinger und das Frankenreich, Stuttgart 2012

Geary, Patrick J. : Die Merowinger, Europa vor Karl dem Großen. New York-Oxford 1988. Dt. Ausgabe München 1996

Gregor von Tours: Zehn Bücher Geschichten. Ausgewählte Quellen zur deutschen Geschichte, Bd.II und III, Darmstadt 1964

Hiebl, Manfred: Genealogie – Mittelalter.de

Kusternig, Andreas. Haupt, Hermann: Quellen zur Geschichte des 7. und 8. Jahrhunderts. Ausgewählte Quellen zur deutschen Geschichte des Mittelalters, Darmstadt 1982

Nack, Emil: Germanien. Wien 1958

Mudrak, Edmund: Die Sagen der Germanen, Reutlingen 1961

Schneider, Reinhard: Königswahl und Königserhebung im Frühmittelalter. Untersuchungen zur Herrschaftsnachfolge bei den Langobarden und Merowingern, Stuttgart 1972

Todd, Malcolm: Die Germanen, Stuttgart 2000

VERZEICHNIS DER QUELLEN

Vita Sancti Wilfrithi, von Etienne Ripon (um715)

Liber historiae Francorum, Kapitel 43 (um 727)

Das Leben von König Sigebert III, von Sigebert de Gembloux (um 1090)

Geschichte der Langobarden, von Paulus Diaconus (um 787)

Vita Sanctae Sadalbergae   (Ende des 7. Jahrhunderts, anonymer Autor)

Beda Venerabilis (angelsächsischer Mönch, 672 bis 735): Historia ecclesiastica gentis Anglorum

Fortsetzungen der Fredegar-Chronik (Chronicarum quae dicuntur Fredegarii continuationes, reichen bis ins Jahr 768)

DANKSAGUNG

Der Verfasser dankt den Universitätsdozenten Sven Grosse, Raik Heckl und Andreas Scherer sowie seinem Sohn Daniel Gordis, für die Unterstützung bei der Fertigstellung dieses Buches.

© 2024 John Alexander Gordis
Verlag: BoD • Books on Demand GmbH,
In de Tarpen 42, 22848 Norderstedt
Druck: Libri Plureos GmbH, Friedensallee
273, 22763 Hamburg
ISBN: 978-3-7597-6838-4

®

FSC
www.fsc.org

MIX

Papier aus ver-
antwortungsvollen
Quellen
Paper from
responsible sources

FSC® C105338